tú, yo y un tal vez

María Martínez

Tú, yo y un tal vez

CROSS BOOKS

Obra editada en colaboración con Editorial Planeta – España

Bajo el sello editorial CROSSBOOKS M.R.
Avenida Presidente Masarik núm. 111,
Piso 2, Polanco V Sección, Miguel Hidalgo
C.P. 11560, Ciudad de México
www.planetadelibros.com.mx

Primera edición impresa en España: junio de 2022
ISBN: 978-84-08-25387-7

Primera edición impresa en México: noviembre de 2022
Segunda reimpresión en México: noviembre de 2023
ISBN: 978-607-07-9391-2

Impreso en los talleres Impresora Tauro, S.A. de C.V.
Av. Año de Juárez 343, Colonia Granjas San Antonio, Iztapalapa
C.P. 09070, Ciudad de México.
Impreso en México –*Printed in Mexico*

Para los que miden el tiempo en instantes

Prólogo

Nunca había visto a mi madre tan desesperada. Sus gritos se mezclaban con el llanto, mientras aquellas personas trataban de sacarla de nuestra casa a la fuerza. Se aferró al marco de la puerta y sus uñas dejaron huellas en la madera cuando tiraron de sus brazos sin ningún reparo. Como si en lugar de una persona estuvieran arrastrando una muñeca.

Un hombre la levantó en peso y trató de cargar con ella.

Quise detenerlo, pero otro se interpuso en mi camino y me empujó contra la pared.

Hae In evitó que cayera al suelo. Me rodeó los hombros con su brazo y me mantuvo pegado a su cuerpo.

—No mires —me dijo.

Hae In era mayor que yo, ya tenía doce años y yo, solo ocho, por esa razón siempre debía hacer lo que me pedía. Los hermanos pequeños obedecen a los mayores. Cerré los ojos y apreté los párpados con mucha fuerza, como si así también pudieran desaparecer los sonidos.

—Debe de ser un error. No es posible. ¡Él no puede habernos hecho esto! —gritaba mi madre—. ¿Dónde está? No puede haber desaparecido. Él jamás me abandonaría.

—Señora, hace semanas que vació sus cuentas y que entregó la propiedad de la casa al banco. ¿No ha visto los avisos?

—¿Qué avisos? No sé nada de eso. —Aulló como un animal herido. Lanzó los brazos a mi tía, que lo observaba todo desde una esquina, con lágrimas en los ojos—. Bo Hee, búscalo. Dile que venga. Él lo arreglará.

—No contesta al teléfono, y en su empresa dicen que renunció hace meses.

—¡¿Qué?! Eso no es verdad. Se habrán equivocado.

—Señora, llamaremos a la policía si no abandona la casa.

—Por favor, no pueden echarme de mi casa. ¿Adónde iré? ¿Y mis hijos?

—Señora...

—Es mi casa, no pueden quitármela.

Pero lo hicieron.

Pusieron un candado en la puerta y nos obligaron a marcharnos casi con lo puesto.

Con el poco dinero que nos quedaba, mi madre alquiló una habitación mohosa en una pensión que se caía a pedazos. La primera noche no hizo otra cosa más que llorar, y continuó en ese limbo extraño durante un tiempo. A ratos, ausente. A ratos, desquiciada. Sin hacer nada. Con la ropa mal colocada y el pelo sucio y revuelto. Rota. Haciéndose cada vez más pequeña. Más insignificante.

No hablaba.

Tampoco comía. Rechazaba todo lo que mi tía le ofrecía y que ella misma nos cocinaba.

A veces ni siquiera parecía que respirara dentro de aquella cama de la que no se levantaba.

Y fuera de esa habitación, el mundo continuaba girando mientras nosotros solo sobrevivíamos.

Cuando llevábamos así unas cuantas semanas, algo cambió.

Hae In y yo nos encontrábamos en el baño. Él me estaba lavando el pelo, hablábamos en susurros y pronunciamos su nombre. Segundos después, la puerta se abrió y mi madre entró dando tumbos. Tenía los ojos inyectados en sangre y el rostro, consumido. Nos miró como si nos odiara, y lo hizo durante tanto tiempo que logró asustarnos.

Entonces, su gesto cambió. Se arrodilló junto a nosotros y nos abrazó con fuerza, meciéndonos contra su pecho como cuando éramos pequeños. Nos apartó el pelo de la cara y nos besó en la frente.

—Quiero que me escuchéis atentamente —dijo con la voz rota. Tan flojito, que contuve el aliento para poder oírla—. Nunca, jamás, volváis a pronunciar su nombre. No habléis de él. No penséis en él. Para nosotros, ese hombre está muerto. Nunca ha existido, ¿de acuerdo?

—Sí, mamá.

—¿Me lo prometéis?

—Sí, mamá.

—Si rompéis esta promesa, me moriré.

—No lo haremos —respondimos.

—Solo os tengo a vosotros en el mundo. —Nos llenó de besos las mejillas—. Mis niños. Mis pequeños. Os quiero tanto.

—Y nosotros a ti.

—Saldremos de esta, os lo prometo. Mamá cuidará de vosotros.

—Y nosotros cuidaremos de ti —dijo Hae In con lágrimas en los ojos.

—¿De verdad?

—Nunca haremos nada que te ponga triste y siempre seremos buenos contigo. Nosotros no te dejaremos.

—No te dejaremos —repetí con el bajo de su vestido en mi puño.

—¿Me lo prometéis?

En aquel momento le habríamos prometido cualquier cosa para aliviar su tristeza, sin importar las consecuencias.

—Lo prometemos.

Sus labios se curvaron con una pequeña sonrisa. La primera en semanas.

Esa misma noche, nos bañó como siempre había hecho, nos preparó la cena y lavó nuestras ropas. Después nos abrazó hasta que nos quedamos dormidos. Al día siguiente salió muy temprano y regresó con un trabajo en una casa de baños, donde pasaba horas y horas lavando toallas y limpiando azulejos.

Por las noches, la cena era nuestro ritual. El único momento en el que podíamos verla.

Siempre llegaba oliendo a lejía y con las manos enrojecidas. Nunca se quejó. Ni volvió a llorar en nuestra presencia, aunque sabíamos que lo hacía cuando creía que dormíamos.

Tampoco volvió a ser la misma.

Ninguno lo fuimos.

Tuvimos una vida, que desapareció tras una puerta de madera con un candado junto con las personas que habíamos sido en esa casa. Después construimos una nueva. Distinta. Más fuerte, porque nuestros lazos se habían estrechado tras superar tantas dificultades. También más frágil, porque sus cimientos se habían levantado sobre un suelo por el que caminábamos de puntillas con miedo a herirnos.

Esconder nuestros verdaderos sentimientos se convirtió en una constante.

Fingir que todo estaba bien, en una costumbre.

Aferrarnos a promesas imposibles de cumplir solo nos hizo daño.

Porque en la vida siempre hay un momento en el que debes elegir entre morir por otros y vivir por ti. Y sobrevivir es un instinto que anula la conciencia y no obedece a la razón.

Aunque ese impulso también suponga el fin.

Como aguantar la respiración bajo el agua, siempre llega ese instante en el que tu cerebro te obliga a abrir la boca e inspirar.

Y lo haces, aun sabiendo lo que viene después.

1
Jun

Las familias son complicadas, independientemente de su origen, y la mía no era una excepción. Complicada, absorbente y muy tradicional. Una familia típica coreana, dirían algunos. Una definición demasiado simple para la realidad tan compleja que se esconde en sus cimientos. Preceptos transmitidos por tradición, de generación en generación, enraizados en los huesos. Normas que, tras más de una década asentada en Londres, mi familia cumplía como si aún viviese en Seúl.

Es lo que ocurre cuando te mudas de una burbuja grande a una más pequeña, que nada cambia salvo el espacio; y eso era New Malden, un suburbio al suroeste de Londres que había acabado por convertirse en una pequeña Corea para los miles de inmigrantes y exiliados que habían llegado al país a lo largo de las últimas décadas.

En sus calles, hasta el tiempo transcurría de un modo distinto. Un mundo con un idioma propio y una forma de vida anclada en el pasado, en el que la devoción, el honor y el deber eran mucho más que un sentimiento.

La obediencia, un mandamiento.

Dirigir tu propia vida, una insolencia y una provocación.

Aun así, yo lo intentaba. Buscaba cada resquicio de libertad escondido en la sombra que proyectaba Hae In, mi hermano mayor. En él se centraban todas las miradas y esperanzas en casa. También la presión por unas expectativas que, a veces, resultaban demasiado duras y exigentes.

Era un pensamiento egoísta, pero me alegraba de no estar en su pellejo.

Mi familia no solía fijarse tanto en mí y había crecido con cierta independencia y un espíritu rebelde que me había ayudado a alcanzar cada meta que me había propuesto. Un espíritu que solía quebrarse cuando era mi madre la que trataba de aplastarlo.

—¿Qué haces aquí? —pregunté sorprendido.

Mi madre hizo un gesto para que me apartara de la puerta y entró en mi casa como si fuese la dueña de todo. De su brazo colgaban un par de portatrajes de una firma conocida. Mi hermano la seguía con cara de fastidio.

—Quiero asegurarme de que te vistes de forma adecuada y no llegas tarde —respondió mientras se dirigía a mi dormitorio.

Le dediqué a mi hermano una mirada inquisitiva y él se encogió de hombros, antes de lanzar su chaqueta a un sillón y desplomarse en el sofá con un suspiro.

—¿Por qué la has traído? —susurré molesto.

—Lo preguntas como si no la conocieras.

Me lo quedé mirando. Tenía razón, cuando a mi madre se le metía algo en la cabeza era imposible detenerla. Había sido así desde siempre, y no cedía un ápice. Imponía su voluntad sin importarle que ya no fuésemos unos niños. O cómo sus deseos afectaban a nuestras vidas. O sus sueños destrozaban los nuestros.

Me senté al lado de Hae In y hundí la cabeza entre las rodillas.

—Todo es una mierda —masculIé mientras me tiraba del pelo con frustración.

Él me dio una palmadita en la espalda.

—Venga, complácela. Ve a esa cita.

—No quiero hacer esto.

—Solo es una cena.

—Sabes que es mucho más que eso.

—Puede que salga bien.

Levanté la cabeza y lo miré con el ceño fruncido.

—¿Tan bien como te salió a ti? —no pude evitar el tono sarcástico.

—Mi mujer y yo nos queremos —replicó con dureza.

Tragué saliva, sintiéndome mal por mi actitud, y sacudí la cabeza a modo de disculpa. Quería creerlo, de verdad que deseaba creerlo. Y, a veces, cuando los veía juntos, cogidos de la mano como cualquier otro matrimonio, parecía tan real que me avergonzaba de mi sentimiento de lástima. Sin embargo, sabía cómo había comenzado su relación. Fui testigo desde el principio, y nunca tuvieron elección.

A ver, nadie les puso una pistola en la sien. Ojalá hubiera sido así de sencillo. Pero cuando creces con la creencia de que la familia es lo más importante, que no existes como individuo sino como parte de un todo que define quién eres, romper con tus raíces por un deseo personal, como elegir a la mujer con la que quieres pasar el resto de tu vida, no es algo que te atrevas a plantearte.

Mi madre me llamó desde mi habitación.

—Hae Jun.

La encontré frente a mi armario, corriendo las perchas de un lado a otro. Sobre la cama había dos trajes: uno negro con rayas grises y otro azul oscuro. También dos camisas blancas.

No pensaba ponerme nada de eso.

Me apoyé con la espalda en la pared y los brazos cruzados sobre el pecho. Observé a mi madre mientras se volvía loca revolviendo los cajones. Llevaba un vestido turquesa con una chaqueta del mismo color y su collar de perlas favorito. El pelo, recogido en un moño, adornado con un pasador, y zapatos de tacón. Siempre tan presumida.

Y continuaba siendo la mujer más guapa del mundo.

La oí refunfuñar y mi corazón se ablandó un poco. A pesar de todo, la quería con locura y que perdiera la sonrisa me mataba.

—¿Cuál te gusta más? —me preguntó. Frunció el ceño, pensativa—. Creo que deberías ponerte el traje azul, tiene un corte más clásico.

—Me gusta el negro —repliqué, solo por llevarle la contraria.

—El azul es más elegante.

—No sé para qué me preguntas —dije en un susurro.

Ella se volvió y me miró.

—Con las prisas, he olvidado comprar corbatas. Espero que alguna de las tuyas quede bien. ¿Dónde las guardas?, no las encuentro.

—No tengo.

—¿No tienes corbatas?

—No.

—¿Y qué pensabas ponerte esta noche? —Moví mis manos de abajo arriba, señalando mi atuendo: vaqueros negros y una camisa azul sobre una camiseta blanca. Arrugó los labios con una mueca—. ¿Por qué me haces sufrir de este modo?

—Mamá...

—¿No te das cuenta de lo importante que es este momento? Debes causarle una buena impresión. Hoy en día no es fácil encontrar un buen partido y yo me he esforzado mucho para que sea posible —dijo de forma atropellada, mientras sacaba del armario una camisa azul y la colocaba sobre el traje negro—. Minah es muy bonita y ha estudiado en la Universidad de Seúl, al igual que sus padres y su hermano.

—Yo también.

Hizo un ruidito de desaprobación.

—¿Y para qué te ha servido? Tienes suerte de que su familia valore tanto a la nuestra, que tu ocupación no les suponga un gran problema.

—¿Qué tiene de malo mi trabajo? —protesté ofendido.

—¿A eso lo llamas trabajo? ¡Dibujas monigotes!

Sus palabras me atravesaron el corazón. Un escalofrío de indignación me recorrió la espalda.

—Desarrollo videojuegos, mamá.

—Lo que he dicho, monigotes.

—Soy dueño de mi propio estudio y hasta tengo empleados que dependen de mí —repliqué a la defensiva.

Me molestaba que menospreciara mis logros, cuando no tenía la menor idea de lo que hacía y lo mucho que me había costado abrirme camino en un mundo tan competitivo.

—¿Cuántos empleados?

—Muchos. Una docena.

—¿Y les pagas por hacer esas tonterías para niños?

Parpadeé sin dar crédito a su actitud tan cáustica.

—Pues sí, y bastante. Que sepas que gano mucho dinero dibujando esos monigotes, mucho más que Hae In en la empresa. ¿Eso no cuenta?

—¡Y también eres más idiota! —gritó mi hermano desde el salón.

Puse los ojos en blanco. Me estaba comportando como un niño enfurruñado, pero no podía evitarlo.

—El dinero es importante, Hae Jun, pero el prestigio lo es mucho más —repuso mi madre sin mucha paciencia—. Médico, abogado, juez, analista, director... esas son las profesiones que inspiran confianza y seguridad a una mujer.

—Dijiste que esa chica es abogada y trabaja, ¿para qué necesita un hombre que le dé seguridad?

Mi madre me fulminó con la mirada y yo me tensé.

Primer aviso.

—A ti desde luego que no te necesita, y deberías sentirte afortunado por tener esta oportunidad. Nunca encontrarás a nadie como ella. Su familia es importante, tienen muchas influencias y contactos, aquí y en Corea, que harán crecer el negocio de tu padre y su reputación, la tuya desde que te adoptó. Es ventajoso para todos.

—¿También para mí? Porque me siento como una moneda de cambio que...

Dejó escapar un sollozo y se llevó las manos al pecho. Estaba sacando la artillería pesada.

—Aunque no lo creas, me preocupo mucho por ti, y siempre me he esforzado por darte la mejor vida posible y un buen futuro.

—Lo sé.

—Y encontrarte una buena mujer y unos buenos suegros es ahora mi prioridad. Mi deber como madre. Un matrimonio no es solo la unión de dos personas, sino la de dos hogares. No es un capricho con el que frivolizar.

Sus palabras sonaban tan anticuadas. Tan fuera de lugar. Citas arregladas por las familias, matrimonios concertados en pleno siglo XXI. Esos conceptos me parecían un despropósito, a pesar de haber crecido con ellos como una religión y ser testigo de cómo mi propio hermano pasaba por todo ello.

Yo no quería salir con nadie, y mucho menos comprometerme. Casarme, una bandera roja. Era demasiado joven para algo así. Además, ¿dónde quedaban la atracción y el amor?

—Pero ¿los que van a casarse no deberían sentir algo el uno por el otro?

—Consideración, respeto, lealtad... ¿Te parecen sentimientos triviales?

—No, son importantes, pero hablamos de compartir toda una vida. —Tragué saliva y noté que se me calentaban las orejas hasta arder—. Y de hacer bebés.

Los ojos de mi madre se abrieron como platos. Después se aclaró la garganta para disimular su propia incomodidad.

—A tu padre y a mí no nos ha ido tan mal. Yu Ri es la prueba.

Empezaba a arrepentirme de aquella conversación.

Hablar de sexo con mi madre, aunque fuese de forma tácita, no era algo que hubiese hecho antes. No era correcto y sí muy irrespetuoso. Sin embargo, para mí era un punto importante en una relación. ¿Cómo se afronta algo así en un matrimonio que no has elegido?

—Pero hacer bebés con una persona que no te quiere o a la que tú no... Quiero decir que... No sería algo así como... ¿No estaría mal...?

Levantó la mano para hacerme callar. Me apuntó con el dedo.

Segundo aviso.

—Estoy segura de que no tendréis ese problema, ambos sois muy guapos. Os adorareis el uno al otro.

—¿Y si...?

—Minah es perfecta para ti en todos los sentidos y deberías estar agradecido de que ambas familias apoyemos y queramos esta unión.

—Mamá... —gemí frustrado.

—No continuaremos esta conversación. Vístete. No debes llegar tarde —dijo en tono cortante.

Se encaminó hacia la puerta con paso rápido.

—Mamá... —insistí, alzando la voz.

Se volvió y clavó sus ojos cargados de dolor en mí.

Tercer aviso. Nunca había un cuarto.

Abrió la boca y sus palabras me golpearon. A propósito y sin dudar. Tan amorosas como duras. Porque así era ella. Capaz de enfrentarse a un dragón con las manos desnudas para protegernos. Capaz de devorarnos para protegerse a sí misma.

—Comprendo que te parezcas a él, incluso que tengas sus ideas —empezó a decir con un nudo de emoción en la garganta—. Es inevitable por más que lo deteste. Está en tu interior, forma parte de ti y aflora como el agua de un manantial, pero soy yo quien te ha llevado de la mano y te ha convertido en un hombre. Quien ha estado a tu lado. No olvides nunca mis sacrificios, Kim Hae Jun.

Ella sabía que me dolerían. También que usara mi nombre completo de ese modo. Aunque no imaginaba hasta qué punto, porque ese recordatorio me hacía sentir una gran culpa. Un sentimiento que crecía tanto como se alargaba mi silencio.

Aparté la mirada e incliné la cabeza en un gesto de respeto. No podía mirarla a los ojos sin sentirme el peor hijo del mundo. La vergüenza me calentó la cara y frenó mis palabras.

—Lo siento, no quería enojarte.

Mi madre acortó la distancia que nos separaba y alzó los brazos para enmarcar mi rostro con sus manos.

—¿Cómo voy a enfadarme contigo si pones esta cara? Nadie debería ser tan guapo.

La miré a los ojos y fruncí los labios con un puchero.

—No tengo la culpa de serlo, me parezco a ti. —Rompió a reír y me apretujó los mofletes—. ¡Ay, duele!

—Cuándo madurarás, ¿eh? —Suspiró y el amor que expresaba su mirada me traspasó el alma—. Sé que te cuesta aceptar esta situación, y que ha sido un poco precipitada, pero el momento propicio es este.

—Si ahora dices que nuestros grupos sanguíneos son compatibles...

—Y las fechas de nacimiento. —Maldije en silencio. Odiaba las supersticiones—. Confía en mí cuando te digo que Minah es perfecta para ti. Ambos provenís del mismo entorno social. Al final, con el paso de los años, lo que de verdad une a una pareja es compartir los mismos valores y metas. ¿Recuerdas lo que decía tu abuelo?

Asentí malhumorado.

—Los esposos están hechos de tierra y los amantes, de nieve. Los primeros florecen cuando llega la primavera y los segundos desaparecen bajo su calor.

—Así es. Y estoy segura de que Minah y tú os convertiréis en un hermoso jardín. —Sus palabras me hicieron tragar saliva y fruncir el ceño—. Vamos, alegra esa cara. Nadie está diciendo que debáis casaros mañana, solo salir y conoceros. El tiempo se encargará de lo demás.

Forcé una sonrisa y asentí.

—Está bien, lo haré.

—Eres un buen hijo, Hae Jun, y serías un buen juez, incluso un médico admirable. Aún podrías...

Gruñí al tiempo que la tomaba por los hombros y la sacaba de la habitación entre risas. Nunca se rendía, y dudaba de que lo hiciera algún día. No aceptaba que la imagen perfecta que había construido a mi alrededor nunca se haría realidad. Sabía que la había decepcionado en ese sentido, y lo sentía, pero mi instinto de libertad era mucho mayor.

Ninguno de los dos imaginábamos cuánto.

2
Jun

En cuanto mi madre se marchó con Hae In, me quité el traje que me había obligado a ponerme y lo devolví a su funda. Acudiría a la cita, pero me negaba a dar una imagen que no iba conmigo. Me puse de nuevo los vaqueros y saqué una camisa limpia del armario.

Me asomé a la ventana. Volvía a llover, así que aparté de una patada las zapatillas y me puse las botas. Bajé las escaleras mientras me abrochaba la cazadora y crucé la calle en busca de un taxi libre. Veinte minutos más tarde, atravesaba las puertas del restaurante en el que mi madre había insistido que hiciera la reserva. Me tomé un momento para observar el interior.

Había mucha gente y tuve que esperar un rato hasta que el camarero me acompañó a la mesa. Miré a mi alrededor, más nervioso a cada minuto que pasaba, y descubrí a un tipo que parecía estar pasando un mal rato. Se sonaba la nariz de forma compulsiva y le brillaban los ojos como si estuviera resfriado. Nuestras miradas se encontraron y le dediqué una pequeña sonrisa.

Comprobé la hora en el móvil e inspiré hondo. Mi cita se retrasaba. La tensión se me acumulaba en el cuello y el estómago. Pensé en largarme y ponerle fin a aquel despropósito.

Sin embargo, la posibilidad de humillar a mi madre me aplastaba contra la silla.

La puerta se abrió de nuevo y levanté la vista. Mis ojos se vieron atraídos por una boina roja y una gabardina del mismo tono. Era imposible no fijarse en esa nota de color brillante que se abría paso entre tanto negro y gris. Ni en la chica que las lucía. Tenía unos ojos enormes, que se movían por la sala como los de un gato asustado.

De pronto, frenó en seco y se quedó observando la mesa del tipo que no dejaba de sonarse la nariz. Sacó su teléfono del bolsillo y lo miró como si estuviera comprobando algo. Lo volvió a guardar y, por un momento, creí que iba a dar media vuelta y a marcharse corriendo. Entonces la vi tomar aire, soltarlo con fuerza y dar un paso adelante. Después, otro, y otro más.

Pensaba que iba a sentarse con el tío de los mocos cuando, de repente, aceleró y pasó por mi lado como un rayo. Giré la cabeza y la contemplé por encima del hombro. Caminaba estirada, sobre unos tacones muy altos que la hacían parecer una espiga. Hasta que alcanzó el pasillo en penumbra que conducía al baño y vi como se desinflaba. Parecía que iba a sufrir un ataque. O que rezaba a algún punto en la pared. Tenía mis dudas.

Estaba maldiciendo, seguro. O estrangulando a alguien imaginario.

Sonreí para mí mismo. A esa chica le faltaba un tornillo.

—Disculpe, señor. —Levanté la cabeza, sorprendido, y me encontré con la sonrisa del camarero—. Siento molestarle, pero ¿le importaría cambiar su mesa con la de aquel caballero? Es alérgico a las flores y en este momento nos resulta muy difícil mover esos búcaros con tantos clientes en la sala.

Se refería al tipo de los pañuelos. Le eché un vistazo a los jarrones que había mencionado, colmados de flores naturales. Eran enormes y servían para separar el comedor de la zona de barra. Su mesa estaba justo al lado.

Asentí y me levanté.

—Por supuesto, sin problema.

—Gracias, señor. La casa le obsequiará con una botella de vino, por las molestias.

Le dediqué una sonrisa de agradecimiento y cambié de lugar.

—Lo siento mucho —se disculpó el otro cliente.

—No importa.

Me acomodé en la silla y me giré para echarle un vistazo a la puerta, que ahora se encontraba a mi espalda. Algo sacudió la mesa y me sobresalté.

—¡Siento llegar tarde! Está lloviendo y el tráfico es un horror. —Alcé la mirada y me encontré con la chica de la boina roja, que trataba torpemente de quitarse la gabardina—. No estaba segura de que fueses tú, pareces más mayor que en las fotos. Pero es lo que tienen estas aplicaciones, ¿verdad? La calidad de las imágenes es mala, pierden mucha definición cuando las subes. —Soltó una risita estridente mientras dejaba la gabardina en el respaldo de la silla y se sentaba frente a mí—. Supongo que yo también me veré distinta. En fin, este lugar parece agradable, muy elegante y acogedor. Porque puede ser las dos cosas, ¿verdad? Elegante y al mismo tiempo acogedor. —No dejaba de parlotear, tan nerviosa que le temblaban las manos. Yo la miraba confuso, también intrigado por un acento que no terminaba de reconocer—. Por cierto, no recuerdo si...

Sus ojos se detuvieron en los míos por primera vez. Eran azules, de ese azul que tiñe las nubes justo antes de una tormenta. Dio un respingo. Parpadeó como si tratara de enfocarme mejor y la sonrisa forzada de su cara desapareció de golpe.

—Tú no eres Harry. —Negué muy despacio y apoyé los codos en la mesa—. ¿Y quién eres?

Me hizo gracia su expresión y el descaro que mostraba su voz al dirigirse a un completo desconocido.

—Eso debería preguntárselo yo, está en mi mesa.

—¿Tu... mesa? —Contuvo el aliento y miró a su alrededor. El tipo de la alergia levantó su brazo desde el otro extremo de la sala y le hizo señas. Ella volvió a mirarme y hundió la cara entre las manos—. ¡Cuánto lo siento! Juraría que al entrar vi... No importa. —Se puso en pie y agarró su bolso y la gabardina—. Disculpa, siento si te he molestado.

—No se preocupe, podría pasarle a cualquiera.

—Ya, pero siempre me pasa a mí —murmuró para sí misma. Me mordí el labio para no sonreír abiertamente—. Bueno, disfruta de tu cena.

—Gracias. Espero que usted también disfrute de la suya.

Durante unos segundos, me contempló como si la hubiera molestado. Después se alejó.

La seguí con la mirada y comencé a atar cabos.

No había que ser muy listo para darse cuenta de que la señorita Ojos Azules y el señor Alergia se habían conocido a través de una de esas aplicaciones de citas y aquella era la primera vez que se veían en persona. Por la reacción de ella al descubrirlo, él no era lo que esperaba encontrar. La decepción había sido evidente, incluso para mí.

Sin otra cosa mejor que hacer, me dediqué a observarlos disimuladamente.

Solía estudiar a la gente casi sin darme cuenta; un defecto de mi trabajo, supongo. Me fijaba en sus rostros y en las expresiones que adoptaban, las emociones que reflejaban según el momento. En la postura corporal, la tensión de los músculos y el movimiento de las manos. En esos detalles sutiles, que para otros pasarían desapercibidos. Gestos que expresaban mucho más que las palabras. Como la incomodidad que se extendía alrededor de la señorita Ojos Azules, mientras su acompañante movía la silla para colocarse más cerca. Su rigidez cuando él se inclinaba para hablarle al oído. Cuando rozaba su mano a propósito.

Apreté los puños sobre la mesa.

Me saca de quicio la gente sin educación. La que invade el espacio personal sin preguntar primero y se toma la libertad de tocarte sin tu permiso. La que da por hecho una cercanía y una confianza que nadie le ha ofrecido, forzando una intimidad que es imposible que exista.

«Es una cuestión cultural, vosotros sois mucho más fríos», solía decirme Luke cada vez que salía el tema. ¡¿Fríos?, y una mierda! Es una cuestión de respeto, sobre todo, hacia alguien que acabas de conocer.

—Disculpe.

Levanté la cabeza al escuchar una voz femenina.

Entonces la vi. No sabría decir qué sentí en ese instante. Cosas que esperaba y otras que no. Más buenas que malas, esa es la verdad. Y fue extraño. Como cuando te recorre un estremecimiento y despiertas de golpe.

Observé su rostro en forma de corazón y me detuve en sus ojos rasgados, tan oscuros que era imposible distinguir las pupilas. Unos ojos que me observaban divertidos, con un brillo travieso que me avergonzó un poco. La dueña de esa mirada coqueta me dedicó una sonrisa y mis labios respondieron sin pedirme permiso.

—¿Es usted Kim Hae Jun?

Me mordí el labio para no reírme. Me puse en pie e incliné la cabeza a modo de saludo.

—¿Park Minah?

Ella asintió sin dejar de sonreír.

—Siento el retraso. Le aseguro que soy una persona muy puntual.

—No lo pongo en duda.

—Está lloviendo y ha sido difícil conseguir un taxi.

—No pasa nada.

Nos miramos durante un largo instante y su expresión se volvió más dulce.

—Me alegra que podamos conocernos por fin —me dijo.

Sonreí de medio lado.

—Yo también me alegro. —Me percaté de que seguíamos en pie y algunas personas nos observaban—. ¿Nos sentamos?

—Sí.

Ocupamos nuestros sitios y nos miramos en silencio.

—Todo esto es un poco raro —suspiró cohibida.

—Lo es —convine.

Se humedeció los labios y su pecho se llenó con una inspiración.

—¿Ha tenido muchas citas a ciegas?

—Esta es la primera.

—También es la primera para mí.

—No tengo ni idea de qué se hace en estos casos —le confesé en un susurro.

Se le escapó una risita.

—Ni yo.

—¿Y qué hacemos?

Se encogió de hombros y bajó la mirada a sus manos. En uno de sus dedos llevaba un anillo y comenzó a girarlo.

—Mis padres tienen expectativas muy altas sobre nosotros.

—Dudo que superen las de mi madre. Son inalcanzables.

Sus labios se curvaron con una bonita sonrisa.

—Pero de un hijo se espera que pueda cumplirlas, ¿no es así?

—Sí, aunque no siempre es fácil. Sobre todo, si esas expectativas te obligan a vivir una vida muy distinta a la que imaginabas —respondí en un tono que sonó a reproche.

La sonrisa se borró de su cara. Miró a su alrededor y supe que la había incomodado.

No era mi intención. Los dos estábamos allí por el mismo motivo y, al igual que yo, ella no tenía ninguna culpa de la situación en la que nos encontrábamos.

—Este sitio es muy bonito y elegante, ¿ya lo conocía? —Cambió de tema y recuperó la sonrisa.

—No. Dudo que hubiera venido aquí por iniciativa propia.

Sus ojos brillaron divertidos.

—¿Por qué? Parece muy cómodo.

—Prefiero ambientes menos rígidos.

—¿De verdad? Nadie lo diría por su aspecto.

Incliné la cabeza y la observé con los párpados entornados.

—¿Qué le ocurre a mi aspecto?

—Intuyo que le representa con bastante exactitud.

—¿Se burla de mí, señorita Park?

Se le escapó una risita y sacudió la cabeza avergonzada mientras se tapaba la cara con las manos. Poco a poco las apartó y se inclinó hacia mí sin dejar de sonreír. Su expresión traviesa y confiada me invitó a acercarme. Por fin se había aburrido de jugar.

—Hae Jun-*ah* —susurró mimosa.

Reí con ganas, no pude evitarlo.

Me acerqué un poco más. Ahora podía ver mi reflejo en sus ojos oscuros.

—¿Sí, Minah-*ah*? —dije con la misma confianza.

—Me alegro mucho de volver a verte. No sabes cuánto.

Estiró el brazo sobre la mesa y me ofreció su mano con la palma hacia arriba. Tragué saliva. Aparté la copa a un lado y cubrí con mi mano la suya. La estreché con suavidad y su tacto familiar me hizo contener el aliento. Hay sensaciones que ni el tiempo es capaz de borrar.

La miré a los ojos. Con afecto. Con miedo.

—Yo también me alegro de volver a verte.

3
Jun

Pedimos sopa dulce de maíz, lubina al horno con miel y una botella de vino blanco.

Durante un rato, hablamos de cosas sin importancia, nada personal.

Una sensación familiar flotaba entre nosotros y relajaba el ambiente. El calor de una intimidad compartida que, de repente, notaba en la piel como si el tiempo no hubiera pasado.

Minah apenas había cambiado desde la última vez que la vi. Aún recordaba ese día, frío y tormentoso, tan gris y triste como nuestra despedida.

Las vueltas que da la vida. Puedes intentar predecirla, y solo perderás el tiempo. No hay leyes que la controlen. Ni fórmulas. No es una ciencia exacta, por mucho que intentemos calcularla. Está compuesta por casualidades, posibilidades, variables y los caprichos de un destino que suele ser bastante capullo y no dudará en reírse en tu cara si tiene la oportunidad. Yo casi podía oír sus carcajadas en ese momento.

—¿Cuánto ha pasado? —me preguntó Minah.

—Tres años.

—¿Tanto? —Apoyó los codos en la mesa y la barbilla en sus manos entrelazadas—. Te han sentado muy bien.

—¿Tú crees?

—Estás muy guapo.

—Tú estás increíble.

—Mentiroso.

Sonreí. Aún se ponía nerviosa cuando recibía un cumplido, como si de alguna manera no se sintiera digna de ellos.

—¿Cuándo has vuelto? —me interesé.

—Hará un par de meses. En cuanto finalicé el posgrado, papá me obligó a regresar. Ahora trabajo con mi hermano.

—Eso era lo último que querías hacer.

—¿Y cuándo han importado mis deseos? —Se encogió de hombros y negó con la cabeza—. A veces creo que mi padre encargó la placa que cuelga de mi puerta el mismo día que nací. —Suspiró y su mirada se perdió por un momento, antes de posarse de nuevo en mí—. ¿Y qué hay de ti? He oído que por fin has montado tu propio estudio.

—Sí.

—¿Sí? ¿Y ya está? —Rompí a reír y me lanzó un trocito de pan, que atrapé y me llevé a la boca—. ¿Cuánto hace que lo tienes?

—Pronto cumplirá tres años.

—Entonces, lo creaste al poco de volver de Seúl.

—Cuatro meses después.

Me contempló con la boca abierta.

—¿Y cómo demonios consigue un estudiante cientos de miles de libras para montar un negocio como ese? Aún recuerdo cómo lloriqueabas cada vez que te negaban un préstamo. —Frunció el ceño—. ¿Al final te lo concedieron?

—Nunca conseguí el aval.

—¿Entonces?

—No me creerías.

Me miró con desconfianza.

—Siendo tú, seguro que hiciste alguna locura. —Me reí.

Pocas personas me conocían tan bien como Minah—. ¿Se trata de algo ilegal?

—¡No! ¿Por quién me tomas?

—Nunca has sido muy sensato.

—Es uno de mis encantos naturales.

Le guiñé un ojo y ella resopló.

—Puedo asegurarte que no lo es.

Me llevé las manos al corazón y fingí que me dolía.

—Te lo contaré para que veas que no tienes de qué preocuparte. ¿Recuerdas el motivo por el que regresé?

—Claro, la East London te concedió una beca para que acabaras aquí tus estudios.

—¿Y recuerdas a Ren?

Su expresión cambió.

—¡Cómo olvidarlo! —exclamó en tono mordaz.

Sonreí a medias.

Ren y Minah solo se habían visto un puñado de veces, durante unas vacaciones de verano en las que mi mejor amigo me visitó en Corea mientras yo estudiaba en el país, y el flechazo fue inmediato: odio a primera vista. Nunca antes había visto a dos personas discutir tanto y por todo.

—Ren consiguió la misma beca y, por aquel entonces, quedábamos mucho con un compañero del campus que estudiaba finanzas. Ese tío estaba muy interesado en los activos digitales...

Guardé silencio mientras el camarero retiraba los platos.

—¿Activos digitales? —me preguntó Minah en cuanto el hombre se alejó.

—Monedas digitales, criptomonedas... ¿Has oído algo sobre eso? —Ella asintió con la cabeza—. Pues este tío se pasaba el día hablando de divisas, cifrados, transacciones y mil cosas más, con tanta seguridad que era imposible no creer en lo que decía.

—¿Qué decía?

—Que podíamos ganar mucho dinero, si invertíamos en ese mercado.

—Y lo hicisteis —dijo en voz baja y crítica—. ¿Vuestras becas?

—Al principio dudamos, porque podíamos perder hasta el posgrado si salía mal. Entonces, una empresa de programación sacó a concurso el desarrollo de un juego para móvil, era una gran oportunidad y nos arriesgamos. Le dimos a nuestro amigo todo el dinero del que disponíamos y...

Sonreí de oreja a oreja. El recuerdo de ese momento aún me emocionaba tanto como me causaba pesadillas.

—¿Qué? —me apremió Minah.

—Lo multiplicó en dos semanas. ¡Y nos hizo ganar trescientas cincuenta mil libras en mes y medio! —susurré excitado.

Minah se llevó las manos a la boca para ahogar un grito.

—Eso fue una locura, podríais haberlo perdido todo, Hae Jun.

—Lo sé, y te juro que nunca más haré algo parecido.

Dejó escapar un suspiro.

—Me alegro de que saliera bien.

—Con ese dinero pudimos alquilar una oficina, comprar equipo y contratar a unos amigos para pujar por el proyecto.

—¿Y lo conseguisteis?

—No, esa compañía no quiso apostar por un grupo de veinteañeros sin ninguna experiencia y que aún no habían terminado sus estudios.

—Lo siento mucho.

—¡No lo sientas! —exclamé—. Ese rechazo nos animó a trabajar por nuestra cuenta y meses después lanzamos nuestro propio juego. Le siguieron otros dos y ahora hemos firmado un contrato con Sony. ¡Sony! Lo estoy logrando, Minah. ¡Mi sueño se hace realidad!

Ella se echó a reír, contagiándose de mi entusiasmo.

—¿Y te sorprende? Porque a mí no. Lo que sí me asombra es que Ren y tú os hayáis convertido en socios.

—Es mi mejor amigo, ¿con quién iba a hacerlo si no?

—¿Con alguien que no tenga la madurez de un niño de cinco años?

Me reí.

Mientras, Minah me observaba divertida. Aunque yo era muy consciente de la preocupación oculta tras esa sonrisa. Una inquietud que yo mismo compartía y que no podríamos evitar para siempre.

Sin embargo, lo intentamos, conversando sobre cualquier cosa trivial. Entre bromas y risas. Entre miradas alegres, y también precavidas.

—¿Te apetece algo más? ¿Postre? —le propuse al cabo de un rato.

—¡No! Estoy llena.

—¿Un té?

—¿Y una copa? Al llegar he visto un pub al otro lado de la calle. Podríamos ir —me sugirió.

—Suena bien.

4
Jun

La ayudé a ponerse el abrigo y salimos del restaurante. El intenso aguacero había dejado paso a una ligera llovizna. Gotas diminutas en las que se reflejaban las luces de la ciudad. Minah se aferró a mi brazo mientras evitábamos los charcos al cruzar la calle y no me soltó hasta que entramos en el pub.

El lugar estaba lleno de gente.

Nos abrimos paso entre la multitud para llegar a la barra. A nuestra espalda, al fondo, un grupo de música tocaba una versión acústica de *Live Forever* de Oasis. Llamé la atención del camarero y pedí dos cervezas. Nos acomodamos cerca de la esquina, donde una pareja acababa de marcharse dejando dos taburetes libres.

Bebí un trago largo y contemplé a Minah, que se lamía la espuma de los labios mientras observaba al grupo. Volví a pensar que la vida es tan impredecible que asusta, y, por un momento, también pensé en el destino. Un concepto impreciso al que solemos aferrarnos cuando no encontramos una explicación lógica que nos ayude a comprender por qué nos pasan ciertas cosas y tu mente se llena de quizás.

Quizá estaba escrito.

Quizá he estado caminando en círculos sin saberlo.

Quizá siempre ha sido ella y no he sabido verlo.

Sentirlo.

El corazón comenzó a latirme con fuerza. Podíamos seguir fingiendo que no pasaba nada, que aquello no era más que un encuentro entre dos amigos. Una cita normal. Pero no lo era, y evitar la realidad no la haría desaparecer. Debíamos hablar del motivo que nos había llevado hasta allí.

Dejé la jarra de cerveza sobre la barra y llené mis pulmones de aire, en busca de un valor que me estaba costando reunir. Los primeros acordes de una nueva canción comenzaron a sonar.

—Oye, Mi...

Giró el rostro y clavó sus profundos ojos negros en los míos.

—¿Sales con alguien? —me preguntó sin ningún preámbulo.

—No, desde hace mucho.

—Entonces, ¿no ha habido nadie importante en todo este tiempo?

—Nadie.

Hizo un puchero e inclinó su cuerpo hacia mí. Una sonrisa traviesa curvó sus labios.

—¿Aún no has superado lo nuestro, Hae Jun? —se burló. Me llevé la mano al corazón y respondí a su puchero con otro más compungido. Se echó a reír—. No debiste romper conmigo.

—¡Fuiste tú la que terminó la relación!

—En realidad, creo que ninguno lo hizo.

Nos miramos en silencio durante un largo instante. Ella tenía razón, ninguno lo hizo. Nuestra relación había sido una montaña rusa. Dos niños jugando a ser mayores. Que actuaban sin pensar, dejándose llevar por los impulsos. Orgullosos e inmaduros, comunicarnos nunca se nos dio bien. Así que le hacíamos daño al otro a propósito para llamar su atención, abriendo heridas que llenábamos de sal con cada nuevo problema que surgía. Hasta que, en una de nuestras muchas discusiones, decidimos alejarnos un tiempo.

Sí, también éramos unos cobardes que cerraron los ojos a la verdad: lo nuestro se había terminado. Lo habíamos asfixiado.

—¿Y tú sales con alguien? —quise saber.

Se encogió de hombros y forzó una pequeña sonrisa.

—Hay un chico, aunque no es nada serio.

—¿Te gusta?

—No estoy segura, creo que sí.

—¿Crees? —la cuestioné; Minah no solía dudar.

—Es muy guapo, en ese sentido me gusta mucho. Pero solo hemos salido un par de veces, apenas lo conozco. Y ahora no sé si podré.

Su incertidumbre me hizo sentir mal.

—Siento mucho todo esto, Minah. Lamento que te encuentres en esta situación.

—¿Por qué te disculpas? Tú no eres responsable de que nuestras familias aún vivan en el siglo pasado.

—Puedo hablar con tus padres y explicarles que lo nuestro nunca funcionará. Ya lo intentamos una vez y fue un desastre absoluto.

Sus hombros se tensaron de golpe. Me miró con los ojos muy abiertos y un brillo de alarma en su interior.

—¿Pretendes arruinarme la vida?

—Es lo que trato de evitar —respondí con un nudo en el estómago.

—Mis padres no pueden saber que ya nos conocíamos, y menos aún que estuvimos saliendo durante un año. No pueden saberlo, Hae Jun, prométeme que no dirás nada.

—Minah...

—Son demasiado estrictos y no me lo perdonarían. Para ellos soy la hija pura y perfecta que siempre han deseado, y que lo crean me ha permitido vivir mi vida como he querido. No puedo perder su confianza.

—Te mereces estar con alguien que te guste.

—Todos lo merecemos, pero así es la vida, ¿no? Al menos, la nuestra lo es.

—Entonces, ¿qué debemos hacer? ¿Seguir adelante?

—Yo no he dicho eso.

—¿Obedecer sin más y casarnos cuando ellos decidan que ha llegado el momento? —le espeté enrabietado.

—¡No! —Sacudió la cabeza, irritada—. ¿Por qué... por qué te enfadas conmigo? Esta situación me molesta tanto como a ti y tampoco veo que hayas hecho nada al respecto.

Estaba en lo cierto, y esa verdad hizo que sus palabras se me clavaran en el pecho como un puñal. No había hecho nada, salvo protestar y poner malas caras, pero, a la hora de la verdad, había cumplido con todo lo que mi madre me había pedido. Bueno, todo no, el estúpido traje se había quedado en el armario y una parte de mí, pequeña e infantil, aún palpitaba culpable.

—Lo siento. Es que... me siento frustrado.

Minah se llevó la jarra de cerveza a los labios y bebió sin respirar hasta acabarla. Después la dejó en la barra. La hizo girar sobre el posavasos, concentrada. No sé cuánto tiempo estuvo así, perdida en sus pensamientos.

—Está bien —dijo de repente. Dejé de observar al grupo y la miré—. Tenemos dos opciones. La primera, volver a casa y decirles a nuestros padres que jamás nos casaremos, puede que lo acepten y se rindan. Aunque no evitará que continúen empujándonos a más citas a ciegas con otras personas que cumplan con sus expectativas.

—¿Y la segunda?

—Podemos fingir.

—¿Fingir?

—Les haremos creer que nos estamos conociendo. Después, que hemos comenzado una relación. Eso nos dará tiempo, puede que mucho si lo hacemos bien. Nos dejarán en paz y cada uno podrá hacer su vida. Mientras, pensaremos en un modo de solucionarlo.

—Fingir... —repetí para mí mismo.

—¿No te gusta la idea?

Me froté la mandíbula mientras le sostenía la mirada. Minah era distinta a cualquier otra chica que hubiera conocido. Tenía carácter, mal genio si la provocabas, y le costaba rendirse. También era imprevisible y capaz de jugar con el mismísimo destino para conseguir todo lo que deseara. Conmigo lo logró. Tiempo atrás me tuvo en sus manos, mucho antes de que yo me diera cuenta de que quería estar entre ellas. Con ella.

Pensé en lo que acababa de decir y un punto comenzó a arder en mi pecho. No era un mal plan. De hecho, era lo bastante bueno para funcionar.

—Podría salir bien —comenté con fingida indiferencia.

Ella entornó los párpados y me fulminó con la mirada.

—Te molesta que no se te haya ocurrido a ti, ¿eh? —me dijo con aires de suficiencia. Intenté no reírme, pero fui incapaz de contenerme—. ¡Qué idiota! Entonces, ¿tenemos un trato?

Me ofreció su mano y no dudé en aceptarla.

—Lo tenemos.

—Voy un momento al baño. Después podríamos dar un paseo.

—Haremos lo que tú quieras.

—Exacto, así que ya puedes ir acostumbrándote.

Le saqué la lengua y ella me imitó, antes de darse la vuelta.

Alcé el brazo para llamar la atención del camarero. Después le pedí la cuenta.

Tomé aliento y noté que por fin podía respirar con normalidad. Desde que mi madre pronunció por primera vez el nombre de Minah, mi mente y mi cuerpo habían gravitado entre el alivio y la ansiedad. Con solo veintiséis años, no entraba en mis planes tener una relación seria, y mucho menos una relación impuesta de la que no podía huir sin consecuencias.

Sin embargo, ese parecía ser mi futuro.

Una parte de mí había encontrado cierto consuelo al descubrir que la otra persona era alguien a quien ya conocía. A quien había querido. Alguien en quien podía confiar, pero que no podría amar. Esa era la parte que me angustiaba, perder la posibilidad de encontrar ese sentimiento en otras opciones. No encontrarlo nunca. Descubrirlo y no poder tenerlo.

5
Jun

—Un agua con gas —dijo una voz de mujer a mi espalda.

—Marchando —respondió el camarero.

—¿Dónde demonios estás? ¿Por qué no respondes? Contesta, por favor —rogaba la mujer—. ¡Quiero irme de aquí!

Esa súplica me hizo volver la cabeza y mirar por encima del hombro. Alcé las cejas al reconocer a Ojos Azules. Estaba inclinada sobre la barra, con un teléfono entre las manos, en el que escribía mientras murmuraba una retahíla de maldiciones.

No soy una persona cotilla, pero, en aquel momento, sentí una gran curiosidad por el motivo que la tenía tan alterada. Estiré el cuello y miré con disimulo la pantalla de su teléfono. Me costó no echarme a reír al leer los mensajes, en los que pedía a una amiga que la llamara con una excusa que le permitiera huir de su cita. ¿La gente de verdad se enredaba tanto con esas cosas?

—Podría largarse sin más —dije.

Ella levantó la cabeza y me miró sorprendida.

—¿Disculpa?

Señalé el teléfono.

—De la cita, podría largarse y ya está.

Pestañeó varias veces y frunció el ceño.

—¿Te conozco? —Me encogí de hombros y sonreí. Sus ojos se iluminaron de golpe—. ¡Ah, sí, del restaurante! —Suspiró hasta desinflarse—. No puedo largarme así como así.

—¿Por qué no puede?

—No estaría bien. ¿A ti te gustaría que una chica con la que has quedado desapareciera como el humo y sin una explicación?

Pensé en ello.

—Supongo que no —respondí. Me encogí de hombros y agregué—: Entonces, dígale que la cita no ha salido como esperaba, que él no es su tipo y que se va a casa.

—¡Decirle eso a la cara heriría sus sentimientos! No hay por qué ser desagradable.

—Parece que él lo está siendo; si no, no estaría planteándose huir.

—No es eso... A ver, es cierto que el tío es un pulpo y que lleva media hora hablándome de lo bien que me van a caer sus padres... Aun así, tampoco ha hecho nada malo que justifique que yo... —Dejó de parlotear y vaciló, como si no encontrara el modo de terminar esa frase—. No se merece que lo humille.

Una sombra oscureció su semblante.

Era un poco exagerado que hablara de humillación en aquellas circunstancias, y me hizo pensar que tras esas palabras había algo mucho más personal. Cortar por lo sano una cita con un tipo que no te gusta no me parecía un gesto humillante si se usaban las palabras adecuadas.

—Ya veo... Así que su plan es marcharse con una excusa convincente y cuando vuelva a llamarla...

—Habré bloqueado su número, sí. —Rompí a reír con ganas. Ella se me quedó mirando muy seria—. Oye, ¿por qué me hablas de usted? ¿Tan mayor te parezco?

—Por respeto, nada más.

Y lo decía en serio. Sabía que en Occidente las formalidades y el uso de honoríficos no era algo usual sin motivos concretos. No era raro ver a un alumno tuteando a un profesor, un empleado a un jefe, incluso un desconocido a otro en la cola de un supermercado, sin importar la diferencia de edad. A mí, desde muy pequeño, me habían enseñado todo lo contrario. Un respeto reverencial por los mayores. Podrían golpearme, y aún bajaría la cabeza y me disculparía.

—¿Respeto porque te parezco vieja? ¿Cuántos años crees que tengo? —inquirió con un atisbo de orgullo herido.

Me puse en guardia de inmediato y me enderecé en el taburete.

—Perdone, pero hasta yo sé que no debo responder esa pregunta.

Una pequeña sonrisa se insinuó en sus labios, que se hizo un poco más amplia cuando el camarero puso sobre la barra su agua con gas. Pagó la bebida y dio un sorbito. Pensé que entonces se iría, pero no se movió.

—Tengo treinta y dos —dijo al cabo de unos segundos, como si le estuvieran arrancando una confesión.

No pude reprimir un gesto de sorpresa. Intuía que era algo mayor que yo, pero no tanto. Incluso mi hermano era un poco más joven que ella. A ver, no es que seis años marquen una gran diferencia, pero no los aparentaba.

Me miró de arriba abajo y suspiró.

—Bueno, imagino que para alguien de tu edad debo de parecer mayor.

—¿De mi edad?

—¿No estarás usando uno de esos carnés falsos para poder beber?

Me giré por completo hacia ella y la miré fijamente. Le brillaban los ojos, no sé si por el alcohol o porque intentaba tomarme el pelo. Quizá solo constataba una verdad sobre mi aspecto. Sonreí mientras la contemplaba. Me entretuve en ese momento un poco más de lo debido. Ojos Azules era muy guapa, no de un modo convencional, ni siquiera llamativo. En realidad, pasaba desapercibida al primer vistazo. Sin embargo, una vez que reparabas en ella, descubrías infinidad de pequeños detalles que formaban un conjunto perfecto. Como el grosor de sus pestañas, el arco de sus pómulos o sus labios llenos. El color de su piel, los reflejos cobrizos de su cabello o la longitud de su cuello.

—Puedo comprar alcohol sin incumplir ninguna ley.

—Entonces, eres un chico grande —se burló.

Me mordí el labio para no reír abiertamente.

Ojos Azules le echó un vistazo rápido a su móvil y suspiró resignada.

Yo seguía sin entender por qué ella complicaba algo tan sencillo. Que, pese a las circunstancias, le preocupara rechazar a un desconocido.

O quizá fuese algo tan simple como cobardía.

Algo tan humano.

—Yo lo haré —le dije. Ella me miró sin entender. Entonces señalé su teléfono—. ¿Sigue queriendo una excusa?

Sus pupilas se dilataron mientras consideraba mi propuesta. Asintió y yo tomé su teléfono. Tecleé mi número y llamé. Tras dos tonos, colgué y se lo devolví. A continuación, comprobé que la llamada había quedado registrada en mi móvil.

—Lo borrarás después, ¿verdad? —me preguntó.

—Lo prometo.

—Bien. Quiero decir, gracias. —Nuestras miradas se enredaron y una sonrisa sincera se dibujó en sus labios—. ¿Cinco minutos?

—Ni uno más —le aseguré.

—Vale... Entonces, me voy.

Alcé la mano a modo de despedida. Ojos Azules me devolvió el gesto y se perdió entre la multitud.

—¿Acabas de darle tu número a esa chica?

Me giré sobresaltado hacia Minah, que me observaba con los brazos cruzados sobre el pecho. Parecía enfadada. Después ladeó la cabeza y sonrió. Y esa sonrisa estaba desprovista de reproches, enojo o sorpresa, solo expresaba diversión. En ese momento, de verdad creí que nuestro plan podría funcionar. Que, además de una amiga, tenía una aliada.

—No es lo que piensas.

—Ah, ¿no?

—No.

—Es guapa.

—Pues no me he fijado.

—Mentiroso.

—Sabes que no es mi tipo.

—Sé muy bien cuál es tu tipo.

Me lanzó un beso y se dirigió a la salida sin esperar mi respuesta.

Tampoco habría podido darle una.

Salimos del pub y comenzamos a caminar sin rumbo. Minah enlazó su brazo con el mío y alzó la vista al cielo. Mi mirada siguió la misma dirección. Las nubes habían desaparecido y un manto de estrellas brillantes titilaba sobre nuestras cabezas. Mientras, en mi mente, transcurrían los segundos. Una silenciosa cuenta atrás que, sin una razón aparente, me ponía nervioso.

Saqué mi teléfono del pantalón y lo desbloqueé.

—¿Te importa? Debo hacer una llamada.

Minah sacudió la cabeza.

—Adelante.

Ojos Azules contestó al segundo tono.

—¿Sí?

—Cinco minutos.

—¡Hola, Amy! Es un poco tarde, ¿va todo bien?

Una chispa de diversión me calentó el pecho de golpe.

—Lo cierto es que no. ¿Lo que ha dicho antes sobre mi edad iba en serio? Creo que me ha ofendido.

—¡Oh, Dios mío! ¿Y estás bien? ¿Es grave?

—Pues... depende. ¿De verdad parezco un niño de instituto?

—¡Vaya, te habrás llevado un susto tremendo!

—Ni se lo imagina. Aún tengo el corazón acelerado.

—No te preocupes por nada, voy ahora mismo.

—Traiga tiritas, creo que me lo ha roto.

—Claro, sabes que puedes contar conmigo. Ya salgo para allá. —Percibí un atisbo de risa en su voz. Me reí entre dientes—. ¿Amy?

—¿Sí? —susurré.

—Gracias por haberme llamado.

Incliné la cabeza hacia abajo para esconder el calor que se había instalado en mi cara. Su voz sonaba distinta por teléfono. Más ronca. Más cálida.

—De nada.

Colgó y yo me quedé mirando mi teléfono un momento. Después lo guardé en el bolsillo y seguí caminando junto a Minah. Notaba su mirada en mí y la sonrisa burlona que curvaba su boca.

—¿Qué ha sido eso? —me preguntó.

—Acabo de ayudar a una chica a escapar de una cita que no iba bien.

—¿La chica del pub?

—Sí. —Ladeé la cabeza para mirarla—. Ya te he dicho que no era lo que parecía.

Minah empezó a reír. Se inclinó hacia mí y apoyó la cabeza en mi hombro.

—No has cambiado nada.

De pronto, el timbre de mi teléfono rompió el silencio. Lo saqué y le eché un vistazo. El corazón empezó a golpearme con fuerza las costillas al ver el número de Helen. Frené en seco. Nunca me llamaba tan tarde, a menos que hubiera pasado algo.

—Lo siento, tengo que cogerlo, es importante —me disculpé con Minah.

Me alejé unos pasos y descolgué.

—¿Qué ocurre?

—Ha tenido otro ataque —respondió Helen.

Tragué saliva, nervioso y preocupado.

—¿Está... está bien?

—Sí, ahora duerme. El médico lo ha sedado para que descanse.

—Voy para allá.

—Jun, no es necesario que vengas esta noche. Solo te he llamado para informarte, es mi trabajo. Además, tampoco hay nada que puedas hacer aquí.

—Lo sé, pero voy a ir.

—El médico insiste en que debería estar en un hospital.

Tensé la mandíbula.

—No puedo obligarlo. Su deseo es permanecer en su casa, cerca de sus libros y sus cosas. —Me pasé la mano por el pelo, frustrado y cansado—. Y no es que vaya a cambiar nada si lo ingresan en un hospital.

—Estaría mejor atendido y más vigilado, por si ocurre algo. Recibiría una atención inmediata si tiene un ataque más grave.

Me quedé callado, considerando lo altas que eran las posibilidades de que eso pasara. Solté un suspiro de impotencia.

—Tú lo cuidas bien.

—Pero no es suficiente.

—Lo ha dispuesto así. No quiere más tratamientos, Helen. Y no voy a forzarlo —repliqué tajante.

—No pretendía insistir, solo ayudar y evitar que sufra durante el poco tiempo que le queda —respondió ella con su habitual y serena paciencia. Yo no fui capaz de decir nada. Tras unos segundos de tenso silencio, Helen añadió—: No te preocupes por nada esta noche y descansa. Nos vemos mañana.

—Vale. Buenas noches... y gracias.

Colgué el teléfono y cerré los ojos. Un dolor agudo me atravesaba el pecho. Me sentía como si estuviera encerrado en una de esas atracciones de feria repletas de espejos. Si los abría, vería decenas de reflejos. Todos iguales a mí. Todos distintos entre sí, porque uno reflejaría culpa. Otro, deber. Mentira. Anhelo. Traición... Sentimientos que crecían como el agua que llena gota a gota un vaso. Me daba miedo el día que sobrepasaran el borde y acabaran derramándose.

Noté una mano en la espalda.

—¿Estás bien? —me preguntó Minah.

Me volví hacia ella.

—Sí, no es nada. —Forcé una sonrisa—. Vamos, te acompaño a casa.

6
Dani

Salí de aquella cama desconocida, donde dormía un tío del que ni siquiera recordaba el nombre, y empecé a vestirme sin hacer ruido. Con los zapatos en la mano, caminé de puntillas hasta la puerta entreabierta, mientras me juraba a mí misma que jamás volvería a usar una web de citas, ni nada que se le pareciera, para encontrar al hombre de mi vida.

Me habían bastado un mes y cuatro intentos, a cuál más desastroso, para convencerme de que aquello no era para mí. De la primera cita hui en cuanto el tipo con el que había quedado me preguntó cómo me imaginaba a nuestros hijos y si me planteaba seguir trabajando después de ser madre.

La segunda solo duró cinco minutos, el tiempo que tardé en descubrir que el modelo con el que llevaba dos semanas intercambiando mensajes era en realidad un divorciado que me doblaba la edad.

Después fue el turno de Paul, un entrenador personal, amante de los animales, que, a juzgar por su conversación, parecía un chico bastante normal. A esas alturas, era un detalle prometedor que me hacía albergar una pequeña esperanza.

Quedamos para cenar en un restaurante del centro, muy cerca de Trafalgar Square.

Paul, que ya conocía el lugar, ordenó para los dos un menú *veggie* degustación y una botella de vino tinto. Cuando llegó el segundo plato, ya me había diseñado un plan personalizado de entrenamiento, que iba a transformar mi cuerpo menudo y blandito en uno mucho más esbelto y tonificado. Pese a su empeño por convertirme en una diosa del fitness, la cita iba bien, mejor que bien, y empecé a creer que por fin había encontrado a alguien interesante y compatible conmigo.

Hasta que llegó el postre.

Paul pidió una *mousse* de chocolate con helado de frambuesa y, al primer bocado, se transformó. Comenzó a lamer de forma extraña la cuchara. De arriba abajo y luego en círculos, como si fuese un chupachups, mientras me miraba fijamente a los ojos y hacía ruiditos raros con la garganta.

Fue de lo más inquietante.

Y desagradable.

Y cualquier posibilidad de que lamiera otra cosa se esfumó.

El cuarto y último intento... De ese intentaba escabullirme.

—¿Te marchas sin despedirte?

«¡Mierda!», maldije para mí. Adiós a mi única oportunidad de largarme de forma cobarde para no enfrentarme a un momento incómodo y vergonzoso. Me di la vuelta y forcé una sonrisa poco natural.

—¡No! Yo no haría eso. Es que... llego tarde a trabajar y tú estabas tan dormido.

—¿Trabajas los domingos?

—A menudo, sí.

Se rascó la coronilla y su boca se abrió con un bostezo.

—Dijiste que eres diseñadora de moda, ¿verdad?

—Así me gano la vida.

—¿Y trabajas los domingos? Si solo dibujas y coses ropa.

Se me escurrieron los zapatos y me agaché rápidamente a cogerlos.

—¿Qué has dicho? —le bufé.

Me miró de arriba abajo y sonrió para sí mismo.

—Era una broma.

Elegí creerle. Mi otra opción era lanzarle a la cabeza una figura de bronce que reposaba sobre la cómoda por ser un imbécil.

Se incorporó hasta quedar sentado, con la sábana cubriendo tan solo sus caderas.

—Me encantaría volver a verte.

—No sé si...

—Anoche lo pasé muy bien, ¿tú no?

Abrí la boca con intención de responder, pero no tenía muy claro cómo hacerlo y con qué grado de sinceridad. Lo cierto es que la noche comenzó bien, salvo porque confundía mi nombre con el de su exnovia constantemente. Ese incómodo detalle dejó de molestarme cuando tomamos la tercera copa y, entre lágrimas, me contó lo mucho que le había dolido que ella le pusiera los cuernos con su mejor amigo, tres meses atrás. Acertó de lleno en mi punto débil. Esa cosita llamada empatía, hacia todos los cachorritos tristes y abandonados que me iba encontrando por el camino desde hacía año y medio.

Y acabé acostándome con él. No sé si por pena, o porque necesitaba recordar qué se sentía al desnudarme para otra persona. Porque extrañaba sentir otros labios sobre los míos. Otras manos acariciando mi piel. Crear nuevos recuerdos que anularan los que Adrián me había dejado como una marca, que no lograba borrar.

—¿Dani? —insistió.

—No estuvo mal —respondí casi sin voz.

—Podríamos volver a quedar esta noche. Conozco un sitio...

—Verás, Rob...

Le cambió el gesto.

—Me llamo Alan.

Asentí y estiré la curva de mis labios un poco más.

«¿A que jode?», dije para mí misma.

Dejé los zapatos en el suelo y empujé dentro mis pies. Después traté de alisar con las manos las arrugas de mi vestido, al tiempo que buscaba una forma amable de terminar para siempre con cualquier esperanza que pudiera albergar.

—Verás, Alan, el caso es que... Si soy sincera contigo, no creo que ninguno de los dos esté en el mejor momento para intentar tener una relación. Tú... tú te estás recuperando de una experiencia muy dolorosa y yo aún trato de superar una ruptura muy difícil y tóxica. —Sacudí la cabeza y me llevé las manos al pecho con dramatismo—. No saldría bien.

—Puede que sí, anoche...

—Ya te digo yo que no. Para nada.

—Podría...

—Estoy segura.

—Pero el sexo estuvo bien, ¿no?

Abrí la boca, pero lo pensé mejor y volví a cerrarla. No quería herir sus sentimientos, aunque también me negaba a mentir sobre eso.

—Lo siento mucho, Rob, pero se me hace tarde.

—Alan.

—Sí, eso. —Solté una risita, que sonó falsa e incómoda—. Cuídate, ¿vale?

No le di opción a que dijera nada más. Salí corriendo y no me detuve hasta alcanzar el final de la calle. Al doblar la esquina, me apoyé en el seto de una casa para recuperar el aliento.

Subí al primer taxi libre que encontré y cerré los ojos en cuanto mi cuerpo tocó el asiento. Una sensación incómoda me encogía el estómago. Sabía que no tenía motivos, que no había hecho nada malo, y aun así me sentía mal por haberme acostado con ese hombre. Avergonzada.

Mi teléfono comenzó a sonar.

—¿Dónde estás? —me preguntó Amy al otro lado de la línea.

—Lo siento, voy de camino.

—No te disculpes, eres tú la que quiere mudarse antes de mediodía —replicó cortante y molesta.

Apoyé la cabeza en la ventanilla y suspiré.

—Amy...

—Es que no entiendo por qué tienes que marcharte.

—Lo hemos hablado un millón de veces. Ahora que James y tú vais a vivir juntos, yo no pinto nada compartiendo piso con vosotros.

—Eso es una tontería, a James no le importa que continúes aquí. Hay sitio de sobra.

—Lo sé, y ese no es el problema. —Suspiré de nuevo y dibujé una carita triste en el vaho que se había condensado en el cristal—. Amy, ha pasado año y medio desde que llegué a Londres y me instalé contigo. Va siendo hora de devolverte tu espacio y que yo tenga el mío.

—Nos veremos menos, ¿no te da pena?

—¡Trabajamos juntas!

—Pero eres mi mejor amiga.

—¿Y eso qué tiene que ver?

—No quiero que sientas que yo también te abandono.

Torcí el gesto.

—Jamás pensaría eso de ti —le dije con sinceridad. Cogí aire e ignoré el pellizco que me oprimía el corazón en ese momento. Amy era la única que había estado ahí conmigo desde siempre, mucho más presente que mi propia familia. Tan leal y comprensiva. La única que me había defendido cuando nadie lo intentó siquiera—. Escucha, quiero hacer esto, ¿vale? Necesito vivir sola y descubrir qué se siente. Ser independiente y sentirme bien. Además, el piso que he alquilado es precioso. Está en un buen barrio y... ¡Quiero hacerlo, Amy!

El silencio se alargó unos segundos.

—Vale, lo entiendo, es que estoy acostumbrada a cuidar de ti.

—Y ya va siendo hora de que empiece a cuidar de mí misma, ¿no crees?

—Como si supieras hacer eso.

—¡Amy! —exclamé.

Sentí su risa.

—¿Qué tal tu cita?

—Se acabó. Me rindo. No pienso salir con nadie más.

—¿Tan mal ha ido?

—No te imaginas. Se pasó toda la noche hablando de su exnovia. Me llamaba como a su exnovia. Su casa estaba llena de fotos de su exnovia.

Mi mirada se cruzó con la del taxista en el espejo retrovisor. Un señor que tendría la edad de mi padre, de ojos afables y sonrisa perenne. Lejos de molestarme que estuviera pendiente de mi conversación, me encogí de hombros y le dediqué un guiño, que él me devolvió.

—¿Fuiste a su casa? Por favor, dime que al menos el sexo fue bueno.

—¿Bueno? Fue un desastre. Es el primer chico con el que me acuesto en mucho tiempo y acabó llorando porque mi perfume le recordaba al de su...

—No me lo digas, su exnovia.

Me reí.

—Paso de más citas. Paso de los hombres en general. No sé... quizá aún no sea el momento. Tampoco es que haya pasado tanto desde que Adrián...

—Ha pasado media vida, tienes que superarlo.

—¡Lo he superado!

—Genial, porque te mereces un hombre maravilloso que te adore, y debe de estar en alguna parte. Así que no te rindas.

—No me rindo, Amy, es que no creo que necesite esto ahora.

Me gustaba la idea de encontrar a alguien con quien compartir el futuro, formar una familia y tener esa relación especial que veía en mis padres. Nunca había conocido a dos personas que se quisieran y apoyaran tanto como ellos, en lo bueno y en lo malo. El amor que compartían estaba por encima de cualquier cosa, incluso de sus propias hijas.

Yo aspiraba a ese sentimiento, a querer y que me quisieran sin condiciones. A ser la prioridad de otra persona. Hubo un tiempo en el que creí serlo para él, el chico con el que compartí muchos años de mi vida. No lo fui. Al contrario, le importaba tan poco que no dudó en destrozarme el corazón frente al mundo. Todos pudieron verlo. Y no fue lo único que rompió ese día.

Aun así, no me rendía. Esperaba encontrar a ese alguien. Sin embargo, no era el momento. No estaba preparada. Y volver al mercado de las citas solo lo había confirmado. Además, ese alguien no podía ser cualquiera.

Aunque tardara toda una vida en aparecer.

O no lo hiciera nunca.

7
Dani

Aparté la caja de cartón a un lado y me quedé mirando el armario, por fin estaba todo en su sitio. Abrigos, camisas y vestidos, arriba. Faldas y pantalones, abajo. Jerséis y camisetas, en los estantes, y sombreros, en el altillo.

El pecho se me llenó de felicidad mientras contemplaba la verdadera razón por la que había alquilado ese piso. El vestidor era enorme, con armarios hasta el techo y espacio más que suficiente para todos mis sombreros y zapatos. Eran mis complementos favoritos, dos piezas capaces de darle un toque totalmente diferente a cualquier estilismo y transformar un *outfit* muy básico en uno insuperable.

Esa fue una de las primeras cosas que aprendí cuando comencé a estudiar en el Instituto Europeo de Diseño de Madrid: la importancia de los accesorios. Son los que marcan la diferencia y logran que un mismo vestido luzca completamente distinto, dependiendo de los objetos con los que lo combines.

Puede que no lo parezca, pero la moda es también una forma de arte. Ambos son medios de expresión, que crean objetos no solo hermosos, sino también capaces de emocionar. De perdurar. De contar una historia.

Otro punto a favor para elegir ese piso había sido el barrio.

Camden Town me fascinó desde el primer instante en el que puse un pie en sus calles, varios años atrás. Cuando al finalizar el grado superior de patronaje, conseguí unas prácticas en Londres como asistente de diseñador en una conocida marca de *prêt-à-porter*.

Me gustaba pasear por sus mercadillos y buscar en las tiendas de segunda mano ideas que me ayudaran a inspirarme. Era un barrio lleno de vida, con un estilo único y ecléctico, y un ambiente alternativo y artístico que le daba alas a mi imaginación.

Llené mis pulmones de aire y un cosquilleo se extendió por mi estómago. Estaba preparada para transformar aquel lugar en mi hogar. Para dar otro paso adelante y convertirme en la clase de persona que siempre quise ser. Una que no se esconde detrás de los demás y se limita a ser ella misma. Puede parecer fácil, pero llevaba treinta años intentándolo y aún no lo había logrado.

—¡Vale, creo que he encontrado al definitivo! —gritó Amy desde el salón. Solté un suspiro y fui con ella. Me miró desde el sofá, donde llevaba un buen rato tumbada, con mi teléfono en una mano y una copa de vino en la otra—. Treinta y cinco años, es bibliotecario y tiene dos perros, lo que significa que es alguien responsable. Le gustan el cine, la música y la fotografía. Y, por las fotos, parece bastante guapo.

—Ya te he dicho que las citas a ciegas se han terminado para mí. ¿Por qué has vuelto a instalarme esa cosa? —protesté.

Amy hizo un puchero.

—Quiero que seas feliz.

—Ya soy feliz.

—Pero estás sola.

—Soy feliz sola y no creo que estar con un chico sea un motivo relevante para serlo.

—Pero...

—Amy, déjala en paz con ese tema. ¿Qué hay de malo en

no tener pareja? Mírame a mí —dijo Max desde el balcón, donde fumaba un cigarrillo junto a James, el novio de mi mejor amiga.

Me guiñó un ojo cuando nuestras miradas se cruzaron y yo le lancé un beso.

Max era el hermano mayor de Amy. Un chico amable y atractivo al que quería tanto como la quería a ella. Había estado presente en mi vida desde siempre y no tenía recuerdos importantes de los que él no formara parte.

—Tú estás solo porque eres tan exigente que nadie te soporta —replicó Amy.

—No voy a conformarme con la primera mujer que aparezca. Solo me comprometeré con la chica perfecta para mí.

—¡Bien dicho! —exclamé.

—Pues ya que ambos os parecéis tanto, deberíais salir juntos. Problema resuelto —se burló ella.

Me giré hacia Max espantada, y él me miró con la misma expresión de horror.

—¡Dios mío, eso sería algo así... así como... incesto!

Me recorrió un escalofrío y Max rompió a reír.

—¿Por qué? No sois hermanos —intervino James.

Él y Max intercambiaron una larga mirada, y este le dio un puñetazo en el hombro.

—Cierra el pico. —James se tragó una risita y dio un paso atrás para no recibir otro golpe. Entonces, Max se inclinó sobre la barandilla del balcón—. ¿Has visto a esos?

James se colocó a su lado y asintió con la cabeza.

—¿Por qué me hace sentir tan viejo? —inquirió molesto.

—Tío, porque lo somos comparados con ellos.

—¿Recuerdas cuando vivíamos así y solo debíamos preocuparnos de aprobar los exámenes finales?

—¡Qué envidia me dan!

Max se inclinó hacia delante.

—¿Eso es una ametralladora con cañón automático giratorio?

—Lo es, y de las buenas. Al menos debe de alcanzar los treinta metros —le aseguró James.

—¡Con una de esas habríamos sido los reyes de la residencia!

Intrigada por la conversación, me levanté del sofá y salí al balcón. Me abrí paso entre ellos y busqué aquello que los tenía tan impresionados. Se había puesto el sol y solo la luz de las farolas y los faros de los coches iluminaban la calle. No vi nada que me llamara la atención.

—¿Qué es eso tan fascinante?

James señaló el otro lado de la calle.

Mis ojos volaron hasta allí. En el tercer piso había varios ventanales, a través de los que se podía ver el interior del edificio: un espacio abierto sin tabiques, a excepción de unos paneles de cristal opaco que separaban lo que parecía una zona de trabajo de otra de descanso.

Había mucho movimiento, personas que corrían de un lado a otro. Saltaban entre los muebles y rodaban por el suelo. Desde donde nos encontrábamos podíamos oír los gritos, las risas y un sinfín de palabrotas y maldiciones. Me costó unos segundos entender que lo que estaba viendo era un juego, y lo que se disparaban unos a otros, con unas armas gigantescas que parecían sacadas de una película de alienígenas, eran proyectiles de gomaespuma.

Aunque, por el volumen y la intensidad de la pelea, cualquiera podía pensar que sus vidas estaban de verdad en peligro.

Miré a James, y después a Max. Me hizo gracia ver la expresión de sus caras. Una mezcla entre la admiración, la nostalgia y una gran antipatía por unos chicos tan jóvenes a los que ni siquiera conocían. Una parte de mí podía entender esos sentimientos. Pequeños fantasmas que hacen que tomes conciencia del paso del tiempo y la juventud que se va consumiendo en un viaje imparable hacia los cuarenta, mientras que otros la estrenan y presumen de las huellas de su recién abandonada adolescencia en tus narices.

Sacudí la cabeza y sonreí para mí. Eché otro vistazo al piso de enfrente y sentí curiosidad por el ambiente brillante y colorido, casi infantil, que intuía entre los pósteres de las paredes y las figuritas y muñecos que distinguía en los muebles. No tenía la más remota idea de qué clase de lugar era ese.

Me puse de puntillas y coloqué los brazos alrededor de los hombros de mis amigos.

—¡Eh, abueletes, ¿y si abrimos otra botella de vino y pedimos unas pizzas?!

—Que sean veganas —dijo Amy desde el sofá.

Aún trasteaba mi teléfono y tuve un mal presentimiento.

—¿Ha dicho abueletes? —preguntó Max a James.

—Con todas las letras.

—Eso me ha parecido.

Max alzó un par de veces las cejas y le tendió la copa que sostenía a nuestro a amigo.

—Sujeta esto, por favor —le pidió. Luego me dedicó una sonrisa maliciosa.

Me puse en guardia de inmediato y di un paso atrás al adivinar sus pensamientos.

—¡Oh, no, ni se te ocurra!

—¡Oh, sí, ya puedes correr!

—¡Max! —exclamé en tono de súplica.

La última vez que me miró así, me colgó de una percha en el taller y me dejó allí pataleando durante media hora. Después me hizo una foto y la puso de fondo de pantalla en su teléfono. Lo odiaba por devolverme cada broma multiplicada por mil.

—Corre...

8
Jun

Cerré los ojos con fuerza y volví a abrirlos.

Nada había cambiado. Seguían allí de pie, mirándome fijamente.

Me apreté el puente de la nariz y contemplé la imagen que aparecía en la pantalla de mi ordenador. Después le eché un vistazo al boceto que aún colgaba de la pared, y que yo mismo había diseñado meses antes. Era imposible pasar por alto las diferencias, y no lo haría. Ahora solo me quedaba averiguar a qué brillante idiota se le había ocurrido la genial idea de hacer algo así. Luego, lo cortaría en pedacitos.

—Jun, no puedes permitir que la dejen con esa pinta. Es ofensivo —insistió Erin.

Luke puso los ojos en blanco e hizo una mueca.

—Es la diosa de la guerra, un personaje que debe llamar la atención.

—Parece una *stripper* —intervino Miku, y Lisa le dio la razón.

—Acordamos que no crearíamos este tipo de personajes sexistas —nos recordó Erin.

—Yo no creo que sea sexista —opinó Noah.

Lisa hizo un ruidito con la garganta.

—Pero si sus tetas son más grandes que su cabeza. ¿Y a eso lo llamáis armadura?

—Es de metal.

—Una cuchara también, y le taparía mejor los pezones.

Intenté no reírme.

—Siempre ha habido personajes así, y funcionan —comentó Luke.

—Y un cuerno, son estereotipos creados por hombres para otros hombres, cuando os creíais los únicos capaces de sostener un mando y pulsar botones al mismo tiempo. Unga, unga —se burló Miku.

—¿Nos estás llamando machistas? —saltó ofendido.

Noah se colocó a su lado para darle apoyo. No tenían nada que hacer, y me sorprendía que aún no lo supieran. Ya habíamos pasado por esto otras veces.

—Si con machista te refieres a incluir en un juego personajes que parecen hechos para que idiotas como tú se masturben.

—¡¿Qué?! ¿Habéis oído lo que ha dicho? También hay personajes masculinos con el torso casi desnudo y nadie se queja.

—Te quejarías si yo les hubiera ampliado el paquete un ciento cincuenta por ciento.

—Entonces no podrían correr —replicó Noah.

Erin se llevó las manos a la cabeza.

—Acaba de explotarle la última neurona.

Comenzaron a discutir otra vez. Abrí el cajón, cogí un analgésico y lo mastiqué. Sus gritos me habían provocado dolor de cabeza.

Se giraron para mirarme.

—¡Jun! —corearon mi nombre.

Si con solo chasquear los dedos pudiera desaparecer.

Ren entró en la oficina, con el pelo mojado y gafas de sol.

Lo seguí con la mirada mientras se dirigía a su mesa sin mediar palabra y tecleando en su teléfono. Me centré en el problema que tenía ante mí. Un consejo: jamás contratéis a un puñado de amigos como equipo de trabajo para vuestro negocio. Nunca. Los conceptos jefe y empleados se difuminan hasta desaparecer y acabas gestionando un patio de recreo.

—Vale... —Recorrí sus rostros y resoplé—. Empecemos por el principio, ¿quién es el director creativo? Yo. ¿Quién ha diseñado todos y cada uno de los personajes? También yo. Personalidad, historia y guion... —Abrieron la boca y yo alcé la mano—. Exacto, yo. Entonces, ¿por qué esta diosa de la guerra no se parece en nada a la que yo modelé y animé, y con la que todos estuvimos de acuerdo en la etapa de preproducción?

Las chicas comenzaron a sonreír. Mientras, Luke y Noah se miraban entre sí.

—Cuando empezamos a trabajar en los niveles de los templos, pensamos que...

Apunté a Noah con el dedo y negué con un gesto.

—No sigas por ese camino, tú no piensas.

Se puso rojo y señaló a Ren.

—Él dijo que podíamos hacerlo.

Me volví hacia mi amigo.

—¿Les dijiste que podían rehacer el personaje?

Ren dejó de curiosear en su teléfono y me miró por primera vez.

—¿Si yo hice qué?

—¿Les diste permiso para convertir a Nira en Jessica Rabbit?

—¿De qué hablas?

Luke dio un paso hacia él y asintió con vehemencia.

—Te preguntamos si no era mejor tetas grandes que pequeñas y dijiste que, por supuesto, grandes.

—Me gustan grandes —replicó inocente.

¿Podía ser más idiota?

No me lo pensé. Salí disparado hacia él y salté por encima de la mesa, arrastrando conmigo un teclado. Ren se escabulló por debajo y escapó a gatas. Echó a correr fuera de nuestra oficina y yo lo seguí. Brincó sobre el sofá. Logré atraparlo por la cintura y ambos caímos al suelo en una maraña de brazos y piernas. Forcejeamos sin que ninguno de los dos diera su brazo a torcer.

—Un día de estos te mato —mascullé.

—Pero si no he hecho nada.

—Por eso, porque nunca haces nada.

—Me estás ahogando.

—Es lo que quiero.

—Vale, me rindo —jadeó Ren sin aliento. Volvió a golpear el suelo con la mano—. Me rindo, me rindo...

Solté su cuello y él me empujó para que me quitara de encima. Se sentó con la espalda apoyada en la pared y me observó. No había un ápice de acritud en su mirada, al contrario. Se pasó la mano por los labios y empezó a reír. Con la adrenalina aún corriendo por mi cuerpo, me senté a su lado y lo empujé con el hombro.

Sus ojos se convirtieron en dos ranuras al contemplarme y yo le sostuve la mirada.

—Ren, dentro de estas paredes no puedes tratarlos como colegas y confiar en ellos ciegamente, ¿vale? Y mucho menos, en esos dos, ya sabes cómo son. No harán bien su trabajo si tú no haces el tuyo. Deberías centrarte un poco —le dije en voz baja.

Suspiró.

—Tienes razón, y lo siento. Me pillaron con la guardia baja. Estoy muy liado con la banda sonora, los efectos de sonido y las últimas fases de producción. Estos días soy un zombi y me volvería loco si les prestara atención todo el tiempo. —Se apartó el pelo negro de la frente y apretó con fuerza los párpados—. Aunque debí imaginar que no me preguntaban por mis preferencias personales en cuanto a pechos. O sí, vete tú a saber qué se les pasa por esa cabeza.

Me reí.

—Solo tenemos unos pocos meses y hay mil cosas que aún no funcionan. Si ellos comienzan a perder el tiempo, cambiando cosas inútiles por su cuenta...

—Lo arreglaré, ¿vale? Tendré una charla con todos ellos y pondré límites. —Hizo una mueca—. ¿De verdad han transformado la apariencia de Nira?

—Tío, le han puesto unos melones así de grandes. —Abrí los brazos de forma exagerada—. Y han convertido su armadura en un bikini de hojalata. Están enfermos.

Ren estalló en carcajadas. Me reí con él. ¿Qué otra cosa podía hacer que no implicara una ventana abierta y yo saltando al vacío?

—Habrá que revisar todo lo que han hecho estos días, solo por si acaso.

Asentí, dándole la razón. Después me dejé llevar por la ansiedad y gemí como si estuviera a punto de echarme a llorar.

—Siento que el tiempo se nos escapa. Quiero que nuestro estudio se convierta en uno de los mejores y que todo el mundo conozca nuestros nombres. Quiero que nuestros putos nombres aparezcan junto a los de Hideo Kojima algún día, y para eso tenemos que esforzarnos mucho.

Ese tío era mi inspiración, la única persona a la que quería parecerme. El espejo en el que esperaba encontrar algún día mi reflejo.

—Yo lo veo bastante factible; a ver, ¿cuántos años tiene Kojima?

—No sé..., ¿cincuenta y cinco? —aventuré, no estaba muy seguro, y tampoco de adónde quería ir mi amigo.

—¿Y cuánto hace que abandonó Konami y se convirtió en un estudio independiente?

—¿Fue en 2015?

—Vaaaale... Si hago cálculos y no me equivoco, eso nos da un margen de unos veintiuno o veintidós años para conseguirlo. ¡Es posible!

Fruncí el ceño y me giré para mirarlo.

—¿En serio? ¿Ese es tu razonamiento? Ese tío lanzó el Metal Gear Solid cuando tú y yo aún llevábamos pañales.

—Cierto, eso reduce el margen. Entonces, recalculando... aún tenemos unos cinco años para petarlo en The Game Awards. ¡Factible!

Puse los ojos en blanco.

—Por favor, véndeme tu parte del estudio. Necesito perderte de vista.

—Aunque dijera que sí, no tendrías cómo pagarme.

Le di un codazo en el estómago y me reí. Luego hundí la cabeza entre las rodillas y llené mis pulmones de aire. Nos quedamos en silencio, uno al lado del otro. A veces solo necesitábamos eso, sentirnos cerca para que las cosas parecieran ir mejor.

Ren fue la primera persona que conocí al llegar a Londres desde Corea, cuando solo tenía trece años. Nos cruzamos en un parque, donde yo intentaba esconderme un rato para respirar lejos de mi familia y él de la suya, aunque no por los mismos motivos. Eso lo supe tiempo después, cuando me di cuenta de que las heridas y los moratones que solía lucir no se los hacía peleando con otros chicos.

Nos hicimos amigos de inmediato, inseparables desde ese día. Mi mejor amigo.

Al principio nos costó comunicarnos con facilidad. El padre de Ren era surcoreano y su madre, inglesa, él había nacido en Londres y su coreano no era mucho mejor que mi inglés. Nunca fue un problema. Con el paso del tiempo dejamos de necesitar las palabras para saber qué pensaba el otro. Nos bastaba una mirada o un gesto para entendernos.

—¿Qué es lo que de verdad te preocupa? —me preguntó de repente.

—¿Quién dice que me preocupa algo?

—Vale, tú mismo.

Me froté la cara con ambas manos.

—Me siento mal todo el tiempo. Pensaba que el acuerdo con Minah me daría algún alivio, pero cada vez que quedo con ella, o miro a mi madre a la cara y le digo que todo va bien, me siento como una mierda. Odio mentirle, pero no sé qué otra cosa hacer.

—No debe de ser fácil.

—No lo es. No te haces una idea de lo que supone haber crecido y formar parte de una familia como la mía.

—Imagino que no. Ni siquiera tengo familia.

Giré la cabeza y lo miré, consciente de lo que acababa de decir.

—Perdona, no quería...

Me dio un golpecito en la rodilla con la suya y sonrió.

—Tranquilo, mejor solo que mal acompañado, ¿no es eso lo que dicen? —Estiró las piernas y se quedó observando el techo—. Aunque no lo creas, te entiendo. No he crecido en una familia como la tuya, pero os conozco desde hace mucho y me hago una idea de cómo te sientes. ¿Sabes? La señora Bae es lo más parecido a una madre que he tenido y no soy capaz de negarle nada. Creo que haría cualquier cosa que me pidiera. Jamás podré agradecerle que me acogiera en su familia.

—¿Cualquier cosa? ¿Incluso casarte con alguien por obligación?

—No lo sé. —Inspiró y asintió varias veces—. Sí, probablemente, si corriera el riesgo de perderla.

Tragué saliva y me incliné hacia delante para verle el rostro.

—¿De verdad?

—Esa mujer me salvó la vida, Jun. La simple idea de contrariarla o disgustarla me destroza. Así que, después de todos estos años, entiendo tu situación. Comprendo que no tengas el valor para rebelarte y decepcionar a tu madre.

—No quiero hacerle daño, pero tampoco quiero la vida que ha elegido para mí.

—Pues dile lo que piensas y plántate. —Se encogió de hombros y me sostuvo la mirada—. Ya has pasado por algo parecido, cuando decidiste no estudiar la carrera que ella quería. Estuvo enfadada contigo durante mucho tiempo, pero se le acabó pasando.

Sacudí la cabeza.

—Sigue sin parecerle bien, solo lo acepta porque entré en la Universidad de Seúl y ahora sabe que podría mantener una familia y una posición social con mi trabajo. Es flexible si el resultado final es el que ella desea. ¡Está obsesionada!

—Cuesta creer que a estas alturas aún haya personas que vivan con esas costumbres.

—Ya, pues mi madre es una de ellas. Y tendría alguna lógica si aún estuviéramos en Corea, pero, incluso allí, las cosas ya no son como antes. La gente avanza con los tiempos.

—Acabarás encontrando la solución.

El aire se me escapó de los pulmones. Pensaba a todas horas en esa solución, que nunca llegaba a tomar forma. No había alternativa al ideal de familia perfecta con el que mi madre soñaba cada día. Y ese ideal se había convertido en algo mucho más importante para ella que sus propios hijos, aunque no fuese consciente de ello.

—Tengo que pasarme por la librería —susurré.

—¿Va todo bien? ¿Ha tenido otro ataque?

—Está bien. Solo quiero ver cómo ha pasado la noche.

Le di unas palmaditas en la pierna y me puse en pie.

Me dirigí a la puerta, pero me detuve antes de salir. Inspiré hondo y me di la vuelta. Paseé la mirada por el estudio que tanto nos había costado crear, por todos los rostros que lo habían hecho posible. Pese a los problemas y conflictos, a los dolores de cabeza que me provocaban, no renunciaría a ninguno de ellos.

—¡Eh! —dije en voz alta. Todos levantaron la cabeza y me miraron desde sus mesas—. Lo estáis haciendo genial. De verdad, lo estáis haciendo realmente bien, pero si a alguien más se le ocurre cambiar algo sin consultarme primero, aunque sea una sola línea de código, está muerto. ¿De acuerdo?

Hubo un murmullo general, y yo añadí:

—Por cierto, he pensado en vuestras últimas propuestas y... —Me aclaré la garganta—. Vale, sí al dispensador de gominolas y a cambiar la cafetera por otra que haga chocolate. No al grifo de cerveza.

Liam y Noah alzaron los brazos en un gesto de triunfo. Luke se hundió en su silla, enfurruñado. Continué:

—Erin, puedes traer a tu gato mientras tus padres estén de vacaciones, pero asegúrate de que todo el mundo está de acuerdo y nadie es alérgico.

Erin soltó un gritito y vino corriendo a abrazarme. Me la quité de encima entre risas. Era demasiado blando con ellos, y lo sabían.

—Eso es todo. Ahora, a trabajar.

9
Dani

Desde que tenía uso de razón, mi familia había sido lo más importante para mí. Una familia enorme y muy unida, con abuelos, tíos y primos por los que siempre me había desvivido. Mis mejores recuerdos pertenecían a los veranos que pasábamos todos juntos en la playa, las Navidades en el pueblo de mis abuelos y los domingos de barbacoa en casa de mis padres.

Mientras hablaba con mi madre por teléfono, solo podía pensar en esos momentos. En lo mucho que los echaba de menos. En cuánto habían cambiado las cosas desde la última vez que estuvimos todos juntos. Ese día me perseguía como un fantasma, también los que vinieron después.

Lograron que me sintiera tan sola.

Una sensación que aún permanecía bajo mi piel.

—¿Me estás escuchando, Dani?

—Perdona, mamá. ¿Qué?

—Que debes perdonar, hija.

—No puedo seguir hablando de esto.

No quería llorar, pero sentía de nuevo el peso de las lágrimas. Apreté con fuerza el teléfono y cogí aire. Habíamos tenido aquella conversación muchas veces, y me seguía doliendo tanto como la primera.

Puede que más.

El agujero dentro de mi pecho no había dejado de expandirse y apenas quedaba espacio para otra cosa. Con el paso de los años me había convertido en una experta en simular que todo iba siempre de maravilla, aunque yo no lo estuviera en absoluto. Al parecer, esa parte de mí se había agotado. Me había quedado sin fuerzas y no tenía más remedio que protegerme a mí misma como nunca antes lo había hecho.

—Solo digo que es hora de que lo superes. ¿Vas a pasarte toda la vida enfadada? Por Dios, Dani, que es tu hermana. ¿No crees que ella es más importante que todo ese despecho y rencor que guardas?

—¿Te refieres a la misma hermana que me traicionó y me apuñaló por la espalda, mamá? —pregunté casi sin voz.

—Debes entenderla, cariño, eres la mayor. Sofía siempre ha sido más impulsiva e infantil, no piensa en las consecuencias de sus actos. Además, su único delito ha sido enamorarse.

—¡De mi marido, mamá! Se enamoró de mi marido y me estuvieron engañando durante Dios sabe cuánto. Y ahora me pides que pase las Navidades en casa, todos juntos, y finja que nunca ha ocurrido nada.

¿Cómo esperaba que hiciera eso? Sentarme a una mesa frente a ellos, ser testigo de la relación que habían construido mientras me destrozaban en el camino, y que les diera mi bendición con una sonrisa. Que aliviara cualquier culpa que pudieran sentir, si en algún momento se habían sentido de ese modo.

—Por el bien de la familia, hija. Siempre hemos estado unidos. Hemos pasado juntos cada verano, cada Navidad... Piensa en tus abuelos, en tu padre... —Hizo una pausa e inspiró de forma temblorosa—. Piensa en mí. Puede que esta sea la última vez que...

Me encogí como si me hubiera golpeado.

—¿De verdad vas a usar tu enfermedad para chantajearme? —exploté pasmada—. No puedo creerlo.

—Podría recaer en cualquier momento...

—¡Mamá!

—Lo siento, es que... —Empezó a llorar y mis propias lágrimas se derramaron sin control—. No puedo permitir que esta familia se separe, no puedo. Necesito ver a mis hijas a la misma mesa, que las cosas sean como antes. Esto me está matando, Dani.

Sorbí por la nariz y me sequé las mejillas con la manga. Me ardía la cara y no supe discernir si era enfado, tristeza o decepción.

—Las cosas nunca podrán ser como antes, mamá. Es imposible —dije con disgusto.

—¡Porque tú no quieres! —me espetó entre sollozos—. Es más importante tu orgullo que la familia. ¿Cómo puedes ser tan egoísta?

La rabia me quemó por dentro.

—¿Egoísta? ¿Y no es egoísta pedirme que ignore mis sentimientos y finja que las dos personas a las que más quería no me rompieron el corazón? Tú estabas allí. Viste lo que me hicieron, y aún te pones de su parte y los proteges —repliqué sin aliento. Me llevé una mano al pecho, la opresión que sentía no me dejaba respirar—. Prefieres sacrificarme a mí, siempre lo has hecho. Pobre Sofía, solo se enamoró, ¿y qué pasa conmigo? Mi hermana se acostaba con mi marido, mamá. ¿Qué parte es la que no puedes entender?

Me rompí y los sollozos se transformaron en un llanto desconsolado.

—Dani, por favor.

—Necesito tiempo.

—¡Ha pasado un año y medio!

—Mamá...

—Habla al menos con ella. Hazlo por mí y por papá. Estamos sufriendo mucho por esta situación.

Aquella conversación no llevaba a ninguna parte, solo hacía que nuestra distancia fuese mayor. Inspiré varias veces y me obligué a recomponerme. En eso también me había vuelto una experta.

—Tengo que colgar.

—Hija...

—Llego tarde a un sitio, lo siento. Hablaremos... hablaremos en otro momento.

Colgué el teléfono. Me había prometido a mí misma que nunca más sería la Dani que todo lo soportaba, la que siempre se sacrificaba. La que siempre cedía y fingía que no importaba.

Pese a lo que muchos pensaban, no odiaba a mi hermana por haber puesto mi vida patas arriba. La quería. Pero no era capaz de volver a verla. La simple idea me provocaba náuseas y mareos. Mi cuerpo reaccionaba con violencia y se bloqueaba.

Nunca he sido una idealista del amor, al contrario. «Para siempre» es un concepto poco racional. Nada perdura tanto. Que Adrián me fuese infiel era una posibilidad más entre muchas. El amor empieza y acaba. Así es la vida y ocurre todos los días entre millones de parejas.

Sin embargo, que mi hermana fuese capaz de mirarlo de ese modo. De mentirme y hacerme tanto daño. Que lo eligiera a él antes que a mí. Que prefiriera ser la otra y quebrar mi confianza. Mirarme a los ojos y decirme cuánto deseaba que la hiciera tía, cuando se estaba colando en mi cama. Eso no lograba entenderlo. Era tan antinatural.

Así que no, de ninguna manera volvería a España en Navidad. Ni en Semana Santa. Tampoco el próximo verano. Mi madre tenía razón, mi orgullo era más importante que una familia incapaz de ponerse en mi lugar y apoyarme cuando más lo necesitaba. Que me dejó marchar y abrió los brazos al tío que me humilló sin ninguna consideración y a la vista de todos. Mi orgullo era más importante que mi propia hermana, porque era lo único que no me había quitado.

10
Jun

Hay dos tipos de secretos: los que se guardan y los que se esconden.

Guardamos secretos para ayudar a otros.

Y los escondemos para protegernos a nosotros mismos.

Porque hay secretos que pueden romper corazones y destruir vidas.

Que, de explotar, nada sobreviviría.

Y, pese a todo, decides cargar con ellos. Protegerlos. Aunque debas vivir con el corazón envuelto en una red de espinas por culpa del silencio. Porque, de no hacerlo, el peso de tu conciencia sería aún peor. Como intentar respirar bajo el agua.

Así me sentía dentro de aquella casa, con el corazón encogido y la conciencia pesada. Triste e impotente cada vez que miraba su cuerpo débil y atrofiado.

—Seo Won-*nim,* ¿puede cerrar los ojos? Voy a aclararle el pelo.

Él hizo un ruidito con la garganta y muy despacio bajó sus párpados. Cada día le costaba un poco más. Vertí agua tibia sobre su cabeza, con cuidado de que no le cayera por el rostro. Repetí el gesto hasta que desapareció toda la espuma.

Helen entró en el baño con toallas limpias.

—Acercaré la grúa —me dijo.

La detuve con un gesto.

—Yo lo llevaré.

—¿Seguro?

—Apenas pesa —le hice notar preocupado.

Dudaba de que llegara a los cincuenta kilos. Bajo su piel solo se adivinaban huesos y músculos flácidos por la falta de movimiento. Su rostro no tenía mejor aspecto, se había convertido en una máscara inexpresiva. En un anciano prematuro. Mirándolo, nadie diría que solo tenía cincuenta y ocho años. Que apenas tres años atrás, salía a remar todas las mañanas por el canal, sin que le importara el tiempo que hiciera.

Ella me miró apenada y se acercó a la bañera.

—Vale, muévelo hacia delante y yo lo envuelvo con la toalla.

Me puse en pie con él en brazos y lo llevé hasta el dormitorio. Helen había puesto sábanas limpias y aireado el ambiente. Lo dejé con cuidado sobre la cama. A continuación, le froté el cuerpo con crema hidratante, tal y como me había enseñado Helen, para activarle la circulación. Después, lo vestimos entre los dos.

Mientras ella le preparaba la comida, un puré pastoso con todos los nutrientes que su cuerpo necesitaba y que ya no podía tragar por sí mismo, yo me quedé sentado en una esquina de la cama.

Alargué el brazo y coloqué mi mano sobre la suya. Sus ojos se movieron hacia la ventana. El sol de mediados de octubre se colaba entre las cortinas y trazaba débiles haces de luz sobre el suelo de madera.

—¿Quiere que corra las cortinas?

Su mano ejerció una ligera presión sobre la mía. Una sola

vez. Eso era un sí. Me levanté y cumplí su pequeño deseo. Regresé a su lado y tomé su mano de nuevo.

—Si no está cansado, podemos seguir leyendo. —Su mano presionó dos veces la mía—. ¿Quiere que ponga música? —También lo rechazó—. De acuerdo, solo nos quedaremos así.

Me miró. Su mano tembló dos veces más y de su garganta brotó un leve gruñido. Me estaba pidiendo que me marchara.

Cuando aún podía hablar, siempre me repetía lo mucho que le molestaba que perdiera mi tiempo con él. No se sentía merecedor de ese privilegio, como solía decir; y quizá tuviera razón, pero yo era incapaz de ignorarlo y fingir que no existía. Si no lo había logrado antes, cuando no sabía con certeza si estaba vivo o muerto, ¿cómo iba a hacerlo ahora?

—De acuerdo, pero volveré mañana.

Las manos se le estaban quedando frías. Lo arropé y salí del cuarto. Encontré a Helen en la cocina.

—Me marcho.

Ella me miró por encima del hombro.

—No te preocupes por nada, estará bien. —Abrí la boca, pero ella se me adelantó, quitándome las palabras—: Y te llamaré si ocurre algo, no importa la hora que sea.

Sonreí.

—Gracias.

Bajé las escaleras que comunicaban el piso con la librería. Rose se encontraba tras el mostrador, atendiendo el teléfono. Solo quedaban diez minutos para la hora de cierre y en el suelo aún estaban las cajas con las próximas novedades que habían llegado esa misma tarde. Pensé en echarle una mano para que pudiera irse a casa.

Cogí la primera y la llevé al almacén. De vuelta a la entrada, reparé en una mujer que daba saltitos frente a una estantería donde se colocaban los libros sobre artes, biografías y viajes. Llevaba un abrigo rosa y un sombrero de fieltro del mismo color con una cinta gris. Parecía un algodón de azúcar. Me acerqué, levanté el brazo por encima de su cabeza y tomé el libro que ella trataba de empujar hacia afuera con su dedo índice.

«Reinas del cine clásico», pude leer en la cubierta, sobre una fotografía de Rita Hayworth.

La mujer se dio la vuelta, sobresaltada.

—Aquí tiene, siento haberla asustado.

Alzó la cabeza al tomar el libro entre sus manos y mi estómago dio un pequeño vuelco al reconocerla. Era Ojos Azules. Parecía algo distinta, con el pelo un poco más corto y menos maquillaje que la primera vez que la vi.

En los días posteriores a aquel encuentro, había pensado en ella alguna vez. Después, simplemente, se diluyó.

—Gracias.

Parpadeó varias veces y frunció el ceño, sin dejar de mirarme.

—Perdona, pero ¿nos conocemos?

Traté de mantener una expresión neutra mientras le sostenía la mirada.

—No estoy seguro. Diría que no —mentí divertido.

Asintió un par de veces e hizo el ademán de marcharse. De pronto, su rostro se iluminó.

—¡Eres tú, el chico del restaurante, el de la llamada! ¡Qué coincidencia! —Hice una mueca y negué con la cabeza. Ella dejó de sonreír, confundida—. Estoy convencida de que eres tú. ¿Seguro que no te acuerdas? Coincidimos en ese restaurante del centro y yo me senté a tu mesa por error. Más tarde nos encontramos de nuevo en el pub que había justo enfrente. Yo estaba en una cita horrible y tú te ofreciste a fingir ser mi amiga y darme una excusa...

Era divertido verla parlotear de ese modo. Su acento se hizo más evidente y sentí curiosidad por su origen. Mantuve mi cara de póquer aunque ni yo mismo entendía por qué estaba comportándome así. Ella tragó saliva y sus mejillas se pusieron rojas. Entonces, se palpó los bolsillos del abrigo y sacó su teléfono.

—Espera un segundo... —Empezó a mover los dedos por la pantalla. Un instante después, la puso frente a mi cara para que pudiera verla—. Me llamaste, tengo tu número, ¿lo ves?

Repasé los dígitos dos veces, era mi número sin ninguna duda. Ojos Azules sonreía de oreja a oreja, satisfecha por haberme demostrado que tenía razón. Miré de nuevo la pantalla y me fijé en que me había agregado a su agenda con el emoji de un oso panda y una carita sonriente.

Me costó no echarme a reír, y una parte de mí se calentó al descubrir que no era el único que había roto su promesa.

—Tengo dos preguntas —le dije con los ojos entornados.

—Adelante.

—¿El oso panda es porque soy asiático? ¿Y por qué conserva mi número cuando me hizo prometerle que yo borraría el suyo?

El color de sus mejillas pasó de fresa a cereza madura en un solo segundo. Tragó saliva y bajó la mirada a sus pies. Vi como llenaba su pecho de aire y lo soltaba muy nerviosa.

—¡No tiene nada que ver con tu... tu origen o etnia! Ay, Dios, ¡no es racismo! —Dio un paso hacia mí con los ojos muy abiertos y la cabeza alta. Era tan bajita que me llegaba por la barbilla—. Me encantan los osos panda, son muy monos. ¿Has visto esa serie de Cartoon Network que trata sobre tres osos hermanos? Ya sabes, Pardo, Panda y Polar, así se llaman. Pues Panda es mi favorito, es el más adorable y gracioso.

—¿Como yo?

—¡Como tú! —replicó sin pensar. Dejé de contenerme y empecé a sonreír—. Mis calcetines favoritos están decorados con pandas, hasta mi fondo de escritorio es la foto de un bebé panda rodando por la nieve. —De pronto, se detuvo. Su expresión se transformó y me lanzó una mirada fulminante—. Has dicho que te hice prometer que borrarías mi número... ¡Me recuerdas!

Su cara era todo un poema. Se me escapó una carcajada y ella me atizó con el libro en el brazo.

—Perdóneme, solo estaba bromeando.

Se me quedó mirando y una pequeña sonrisa curvó sus labios. Se hizo más amplia y volvió a sacudirme.

—Me has hecho pasar un rato horrible.

—Lo siento, de verdad. Suelo portarme bastante bien.

—Eso es lo que diría alguien que hace todo lo contrario —repuso con un mohín travieso. Después me contempló de arriba abajo con indiferencia—. ¿No deberías estar en el colegio?

Me doblé hacia delante, como si me hubiera golpeado en el estómago. Intenté disimular lo divertida que me parecía la situación. Lo divertida que me parecía ella, en realidad.

—¿Por qué es tan cruel conmigo?

—Te lo mereces. —Paseó su mirada por las estanterías, los techos de madera y el suelo de parqué—. ¿Trabajas aquí?

—No, aunque vengo bastante —respondí. Me observó con curiosidad y yo añadí—: Pertenece a alguien que conozco. Ahora no se encuentra muy bien de salud y lo ayudo de vez en cuando.

—Siento que no se encuentre bien. —Asentí, agradeciendo sus palabras—. Es una librería preciosa.

—Pues no dude en volver, solemos hacer grandes descuentos.

Su boca se curvó con otra sonrisa. O quizá fuese la misma. No estaba seguro, porque las comisuras de sus labios no dejaban de moverse. Tampoco su nariz. Me recordaba a un conejito. Rodeada de tanto rosa, a uno de peluche.

Se encogió de hombros y soltó un profundo suspiro.

—Debería marcharme, se me hace tarde.

—Venga conmigo, le cobraré el libro.

La conduje hasta el mostrador, donde Rose aún hablaba por teléfono. Por la conversación, imaginé que había un problema con la agencia de transportes que repartía los pedidos de la tienda online. Escaneé el código del libro y el precio apareció en la pantalla del ordenador.

—Son diecisiete libras.

Ella me entregó un billete de veinte. Abrí la caja registradora para darle el cambio.

—Ha sido agradable volver a verte —dijo, tímida de repente. Nuestros ojos se encontraron y sonreí. Para mí también había sido un encuentro agradable—. Por cierto, ¿aún no sé cómo te llamas?

—Kim Hae Jun —respondí.

—*Kim... Kimgechun* —dijo vacilante. Unas arruguitas se formaron en su frente y supe que lo estaba repitiendo en silencio—. Cuesta un poco pronunciarlo.

Le entregué el cambio, junto con el libro en una bolsa de papel.

—Es un poco difícil, si no estás acostumbrado. Kim es mi apellido. Hae Jun, mi nombre. Pero puede llamarme Jun.

—Jun —repitió, y me gustó cómo sonó mi nombre en su boca. Apretó la bolsa contra su pecho y sus ojos me sonrieron—. Es bonito. Yo me llamo Daniela, pero es un poco largo y al final todo el mundo acaba acortándolo. Así que puedes llamarme Dani. Así, a secas. Dani.

—Dani —repetí en voz baja.

—Sí, creo que con eso habría bastado, pero siempre me enrollo y acabo hablando más de la cuenta. No sé por qué. Justo como ahora. ¿Lo ves?

Se tapó la boca con la mano y rompí a reír.

—No es malo hablar mucho.

—Lo dices porque solo llevo aquí cinco minutos —convino con una sonrisa mucho más grande—. Bueno, gracias por todo.

—De nada, y no olvide nuestros fabulosos descuentos.

—Y nuestras ofertas —dijo Rose a mi lado.

Dani asintió sonriente y se despidió con la mano.

Me quedé mirándola mientras se dirigía a la puerta, salía fuera y cruzaba la calle. Me puse de puntillas para ver hacia dónde se dirigía, y la perdí de vista, definitivamente, cuando un autobús ocupó el escaparate.

Todo podría haber terminado allí, con un encuentro fortuito sin ninguna importancia. Una casualidad que no se repetiría. Londres es lo bastante grande como para que los caminos de dos personas no vuelvan a cruzarse si el destino no pone de su parte.

Eso pensé en aquel momento. Sin saber que nuestros caminos no solo se habían cruzado, sino que habían colisionado. Que el destino había decidido unirlos en un único trayecto, repleto de casualidades que nos irían acercando. Dos personas completamente opuestas. Sin nada en común. Tan diferentes que era imposible creer que pudiera salir bien.

Y no podía.

Hay un dicho que dice que existen personas destinadas a encontrarse, lo que no significa que estén destinadas a permanecer juntas para siempre.

11
Dani

No recuerdo cuándo fue la primea vez que se me pasó por la cabeza dedicarme al mundo de la moda. Mis padres dicen que ya nací con ese deseo, que desde muy pequeña solía colarme en el taller de cortinas de mi familia y sisar retales para confeccionarles vestidos a mis muñecas, con la ayuda de una grapadora y pegamento de barra.

No tengo recuerdos de haber querido ser otra cosa.

Y, al contrario de lo que pueda parecer, descubrir mi vocación a una edad tan temprana no hizo más fácil mi camino. Mis padres nunca me apoyaron e hicieron todo lo posible para quitarme esas ideas de la cabeza. Ellos querían que estudiara ADE. Que tras graduarme en la universidad, comenzara a trabajar en el negocio familiar y, en el futuro, cuando ellos se jubilaran, pasase a dirigirlo yo sola. Su hija mayor.

Demasiado esfuerzo y sacrificio por algo que no me gustaba y que nunca sería completamente mío. La mitad de la empresa también pertenecería a mi hermana en ese futuro.

Por suerte, hubo alguien que siempre estuvo de mi lado: Ana, mi abuela materna.

Ella se enfrentó a todo el que trató de ponerme trabas. Y pagó de su bolsillo todos mis estudios y la estancia en Madrid durante esos años. Después me animó a conseguir unas prácticas en Londres, y a quedarme allí cuando logré un puesto de asistente de diseñador en una marca muy conocida. Nunca dejó de apoyarme, ni siquiera cuando decidí volver a Denia para estar más cerca de Adrián.

Jamás me lo dijo, pero sabía que la había decepcionado al sacrificar la pasión de mi vida por un chico. Por cometer los mismos errores que ella cometió en el pasado. Porque la experiencia de toda una vida la había convertido en una especie de vidente capaz de predecir mi futuro; y supo, mucho antes que yo, que ese chico no merecía la pena.

La echaba de menos, muchísimo, y el nuevo proyecto en el que estaba trabajando era mi regalo para ella. Mi homenaje a la mujer maravillosa que era.

Dejé el lápiz a un lado y me froté los ojos hasta que todo se llenó de puntitos blancos. Volví a estudiar el dibujo. Había algo en el boceto que no funcionaba. No estaba segura de cuál era el problema, si el escote a la caja o la cintura, demasiado alta. Quizá, si añadía un fajín a modo de cinturón y redondeaba un poco más el cuello, no se vería tan rígido.

Borré con cuidado esas líneas y dibujé los cambios.

Mucho mejor, pero aún faltaba algo.

O puede que sobrara.

Acorté el bajo de la falda y le di más volumen. Tras un instante de duda, eliminé el ribete de encaje que adornaba los hombros.

—¡Ahora sí, ahora sí, ahora sí...!

Me puse de pie e hice una reverencia ante un público imaginario. Después empecé a dar saltitos por la cocina. Con cada diseño que lograba terminar, la colección nupcial tomaba forma, y la presión que aplastaba mis hombros se iba aflojando un poco.

Me serví el café que quedaba en la cafetera y lo calenté en

el microondas. Luego fui al salón para subir el volumen de la música. Fuera, el sol brillaba pálido sobre los tejados de Camden. Salí al balcón y cerré los ojos. Me sentía en paz conmigo misma. Las cosas parecían estar justo donde tenían que estar. Sin sorpresas. Seguras. Y me gustaba esa sensación.

Di un sorbito al café. Me asomé a la calle y a lo lejos distinguí a la chica de la librería limpiando el cristal del escaparate.

Pensé inmediatamente en Jun, y no era la primera vez que lo hacía en los últimos días. No tenía una razón, solo aparecía cuando menos lo esperaba y me dibujaba una sonrisa. Nos habíamos encontrado en dos ocasiones y en ambas me había descolocado por completo. No recordaba cuándo fue la última vez que me crucé con alguien que me hiciera sentir bien con una simple sonrisa. Sin esforzarse para conseguirlo.

Estaba segura de que era una de esas personas que caían bien a todo el mundo sin proponérselo. El amigo junto al que todos quieren sentarse. El compañero con el que todos intentan formar equipo. Apostaría a que también era un novio estupendo y en algún lugar de Londres había una niña dibujando corazones con su nombre en una carpeta. O varias. Puede que docenas. Su rostro aniñado era realmente mono.

Sacudí la cabeza.

¿Por qué pensaba tantas tonterías?

Me llevé la taza a los labios y observé con disimulo los ventanales que ocupaban el piso de enfrente. Un chico acababa de abrirlos y un ligero olor a chocolate caliente flotó hasta mi nariz. Aún no había logrado descubrir a qué se dedicaban allí, y mi curiosidad no dejaba de crecer. Mi última suposición era que se trataba de una agencia de publicidad, especializada en el sector infantil. No encontraba otra explicación a los juguetes.

Mi teléfono comenzó a sonar en alguna parte y entré a buscarlo. Era Amy.

—¡Buenos días!

—Quiero morirme —lloriqueó.

—¿Va todo bien?

—Todo va mal. Todo.

—¿Qué ha pasado?

—Acabo de reunirme con Hana. Le he presentado la estimación de los costos de materiales y fabricación que valoramos la semana pasada y dice que no es posible con nuestros beneficios actuales.

El mundo, con todo su peso, me cayó encima.

—¿Qué? ¿Estás segura?

—Lo ha calculado de mil formas y no salen las cuentas —respondió en un tono de derrota que no era propio de ella—. O reducimos el número de modelos y tallas o usamos tejidos de menor calidad.

—¡Son vestidos de novia, Amy! Aunque sean diseños *prêt-à-porter*, no podemos fabricarlos con poliéster. Los tejidos deben ser naturales.

—Lo sé.

—Y necesitamos un mínimo de diez modelos con diferentes estilos.

—Eso también lo sé —gimoteó.

—Reducir el número de tallas tampoco me parece bien, todos los cuerpos son hermosos y merecen una prenda bonita. Esa es nuestra filosofía —le recordé, mientras caminaba nerviosa de un lado a otro del salón.

—No es a mí a quien debes convencer, Dani —suspiró e hizo una pausa—. No te preocupes, ya se me ocurrirá algo. Lo arreglaré.

Salí otra vez al balcón y apoyé la cadera en la barandilla.

—¿No estarás pensando en pedirle dinero a tu padre?

—¡Ni muerta, es peor que los bancos! —exclamó espantada.

Me reí.

Contemplé mis dedos manchados de lápiz y volví a pensar en esa idea que llevaba semanas en mi cabeza. Se me aceleró el corazón. Cuanto más vueltas le daba, más me convencía de que no era ninguna locura. Al contrario, sería una solución a nuestros problemas económicos. Podríamos añadir nuevas líneas y colecciones a la firma, tal y como habíamos planeado. Si bien transformar esa idea en una realidad requería un paso que no sabía si podría dar.

Inspiré hondo y me obligué a apartar mis inseguridades. No podía alargarlo eternamente.

—¿Y si yo consiguiera el dinero que necesitamos? —pregunté vacilante.

—¿De qué estás hablando?

—¿Aún quieres que seamos socias?

—¿Disculpa?

—Te pregunto porque...

—¿Te has dado un golpe en la cabeza o qué? Te considero mi socia desde que montamos aquel puesto ambulante de camisetas desteñidas a los doce años. ¿Debo recordarte que estás en esto conmigo desde el principio? Son tus diseños los que han hecho que mi firma funcione, Dani. Sacrificaste tu sueldo durante años para que pudiera abrir la tienda. Cariño, tú eres el cincuenta por ciento de este negocio ruinoso. Y no solo eso. Sin ti, nada sería posible. No podría haberlo hecho sola, ni continuar si te perdiera. ¿Te queda claro?

Asentí con la cabeza, porque el nudo que tenía en la garganta no me dejaba respirar.

Me sequé las lágrimas con la manga y una risa rota brotó de mi pecho. Sabía que decía la verdad, me lo demostraba cada día. Nunca daba un paso sin consultarme primero o tener mi aprobación. Mi nombre siempre aparecía junto al suyo y, una vez que el taller comenzó a generar beneficios, las escasas ganancias las dividía a partes iguales entre las dos.

Éramos un equipo.

—El puesto de camisetas desteñidas fue un desastre, no deberías mencionarlo —dije mientras me sorbía la nariz.

La risa de Amy lo llenó todo.

—Vender camisetas en una playa nudista no fue mi mejor idea, ¿verdad?

—Fue la peor y pasé muchísima vergüenza. —Sus carcajadas hicieron que apartara el teléfono de mi oreja. Llené mis pulmones de aire y tomé una decisión—. Amy, no canceles nada. Voy a conseguir el dinero que necesitamos.

—¿Cómo?

—Tengo un plan.

—¿Un plan? ¿Qué plan?

—Ya lo verás, confía en mí.

Guardó silencio durante unos segundos.

—Está bien, pero no hagas nada ilegal.

Me reí.

—Te lo prometo.

Colgué el teléfono con una sonrisa enorme en la cara y más segura que nunca de lo que debía hacer. Levanté la cabeza y contemplé el cielo otoñal salpicado de pequeñas nubes grises. Notaba el frío de la mañana en la nariz y en las mejillas, aunque no llegaba a ser muy molesto. Además, en alguna otra vida debí de ser una lagartija, porque, cuando encontraba un rayito de sol, era incapaz de abandonarlo.

Mi mirada vagó distraída, mientras daba vueltas a algunos pensamientos. De pronto, me topé con una persona que me observaba desde una ventana abierta del tercer piso del edificio de enfrente. Forcé la vista y parpadeé confundida, ya que ese chico de aspecto familiar, que parecía haberse quedado tan congelado como yo, no podía ser él.

¿O sí? ¿Era muy absurdo pensar que tuviera un gemelo?

Los latidos de mi corazón se dispararon, mientras alzaba la mano muy despacio y saludaba muerta de vergüenza. De repente, solo podía pensar en que llevaba puesto un chándal horrible y el pelo sucio, recogido en un moño desastroso. Me coloqué los mechones sueltos tras las orejas, más nerviosa de lo que me había puesto nunca.

Desde el otro lado de la calle, Jun también levantó su mano y me sonrió. Alguien gritó su nombre y él miró por encima de su hombro. Después volvió a contemplarme. Yo me encogí de hombros en respuesta a su gesto interrogante y me cubrí la cara con las manos. Vi que se reía.

Nos quedamos inmóviles, mirándonos sonrientes. El momento se alargó hasta que un chico apareció tras él, le rodeó el cuello con un brazo y lo arrastró dentro.

Sentí un pellizco en el estómago al verlo desaparecer.

Entonces no me di cuenta, pero fue en ese mismo instante cuando dejé de medir mi vida en días y empecé a componerla de momentos. Dejé de imaginar que vivía y comencé a vivir de verdad. A decidir qué puertas abrir y cuáles cerrar. Sin saber que hay algunas puertas que una vez que cruzas ya no puedes volver atrás.

12
Jun

Respiré hondo; un poco nervioso, un poco frustrado. Sentado a mi mesa, incliné la cabeza y forcé la vista a través de la ventana. En el piso de Dani no se veía ningún movimiento: las cortinas continuaban en la misma posición y no se había encendido ninguna luz. Puede que no estuviera en casa, o que su salida al balcón el día anterior solo hubiera sido una coincidencia. Después de todo, aunque estábamos a principios de noviembre, en la calle hacía un frío que no era normal para esa época.

Dejé de comportarme como un acosador y traté de prestar atención a lo que Ren me decía. Algo sobre Jisoo. Hacía rato que había perdido el interés.

—Así que voy a la universidad a recogerla. Y no porque yo quisiera, sino porque su madre me pidió que lo hiciera. Pues allí que me planto. Aparco el coche en la salida y a los pocos minutos la veo acercarse sonriente con un imbécil a su lado.

—¿Cómo sabes que es imbécil? —le pregunté.

Ren me fulminó con la mirada desde su mesa. Compartíamos despacho.

—Lo sé, solo había que verle la jeta.

—Claro —convine.

No tenía ningún sentido cuestionarlo. En todo lo referente a Jisoo, Ren era como un buldócer sin frenos que no atendía a razones.

—Como te iba diciendo, venían hacia mí. Los tenía casi encima, cuando el imbécil levanta el brazo y lo coloca sobre los hombros de Jisoo. Así, como si nada, y la abraza. ¡La abraza! Te juro que podía leerle los pensamientos, su cara de besugo era como una ventana al interior de su mente pervertida —masculló con los puños apretados. Intenté no reírme, mientras rezaba en silencio para que en el final de esa historia no hubiera huesos rotos o puntos—. Así que voy hacia ellos. Agarro al tío, se lo quito de encima y le digo que no vuelva a tocarla en la vida, que si no ha visto que es una niña. ¿Y sabes qué? ¡Se ha cabreado conmigo!

—¿El besugo imbécil?

—¡Él no, Jisoo!

Me incliné hacia la ventana. Me había parecido ver que se movía una de las cortinas.

—¿Jisoo cabreada contigo? ¡Venga ya! —repliqué con sarcasmo.

—Ha comenzado a empujarme y gritarme como una loca. A decirme que la estaba avergonzando delante de sus amigos, que no era una niña y, para mi información, ya ha salido con muchos chicos. —Se frotó la cara con ambas manos y se inclinó sobre la mesa—. ¿Crees que será verdad?

—¿Qué parte?

—Que ha salido con chicos —dijo en un susurro. Se estremeció y sacudió la cabeza—. No, imposible, es una niña. Y casi no sale de casa.

—No es una niña, tiene dieciocho años y sí que sale de casa. —Lo miré de reojo y vi cómo palidecía. Ese instinto protector iba a provocarle una úlcera—. En serio, Ren, ¿qué tiene de malo que salga con un chico?

—¡Podría darte mil razones! Para empezar, que aún es muy joven, y... y... —Dio un golpe en la mesa y yo me sobresalté—. Y que no puede, ¡joder! No sabe nada de nada. Es demasiado inocente y cualquiera podría aprovecharse de ella. ¿Tú te quedarías de brazos cruzados si vieras a un tío abrazando a tu hermana?

—Yu Ri solo tiene quince años, y Jisoo no es tu hermana.

—Puede que no de sangre, pero sí por todo lo demás. He cuidado de ella desde que llevaba pañales en ese culo plano. —Se quedó callado y noté su mirada fija en mí—. ¿Qué estás mirando?

—¿Qué?

—No apartas los ojos de la ventana.

—No miro nada.

—Llevas así toda la mañana.

—Que no. Solo... me duele este lado del cuello.

Me froté la nuca y después fingí que buscaba algo entre los papeles que tenía sobre la mesa. En realidad, Ren no se equivocaba. Había perdido casi toda la mañana frente a esa ventana. Y si alguien me hubiera preguntado el motivo, no habría sabido qué responder, porque ni yo mismo lo sabía.

Dani solo era una mujer a la que había visto tres veces, sin que ocurriera nada trascendental. Sin embargo, esos encuentros habían sido «diferentes» para mí. No podía ignorar esa sensación en la boca del estómago, como cuando esperas algo. Solo que yo no sabía qué estaba esperando. Bueno, tal vez sí, volver a verla.

Ren frunció el ceño.

—Estás raro.

Le lancé un lápiz y atiné a darle en la frente.

—Y tú, perdiendo el tiempo. ¿No deberías estar programando?

—Estoy cabreado, así no puedo concentrarme.

La puerta de cristal se abrió y Luke asomó la cabeza. Me dedicó una sonrisa de oreja a oreja, que disparó todas mis alarmas.

—Jun, creo que la cafetera se ha roto.

—Pero si es nueva.

—A Liam se le ha ocurrido cambiar el agua del depósito por un batido de chocolate y... —empezó a decir. Me llevé las manos a la cabeza, pero cómo podían ser tan burros—. Pensó que... No sé qué pensó, la verdad. El caso es que ha cortocircuitado y echa humo. Vengo a decírtelo yo, porque él se niega a salir del armario.

Ren estalló en carcajadas. Se dobló hacia delante, sujetándose la barriga, y cada vez que trataba de decir algo, se volvían más fuertes y escandalosas.

—¿Qué intentaba hacer? —le pregunté a Luke.

—Un moka.

Ren se cayó de la silla, incapaz de controlarse. Tenía el rostro bañado en lágrimas.

—¿Un moka? —repetí.

Rompí a reír.

En el fondo, éramos una panda de tarados que fingíamos ser adultos.

Salí de mi despacho y crucé la sala hasta el armario donde colgábamos los abrigos. Abrí las puertas y encontré a Liam sentado en el suelo, con el gato de Erin en el regazo. Tuve que morderme la lengua para permanecer serio y no partirme de risa. El señor Moka, y se había ganado el nombre en letras doradas, era el más joven de todos, también el más listo, y el último en unirse al equipo. Apenas llevaba seis meses trabajando con nosotros y no había nada que no pudiera programar, ni problema que no lograra resolver. Pero si lo perdías de vista un momento, era capaz de provocar un accidente con solo respirar.

—Sal de ahí.

—¿Estás enfadado?

—*Nop*.

—¿Me lo aseguras?

—*Sip*. —Gateó fuera del armario y se puso en pie sin perderme de vista. Me hizo gracia que no se fiara de mí y colocara al gato entre los dos—. Ponte el abrigo, te vienes conmigo.

—¿Adónde? —preguntó receloso.

Le rodeé el cuello con el brazo y lo despeiné con la otra mano.

—¿Quién quiere un café de Starbucks? —pregunté a los demás—. Hoy paga Liam.

13
Jun

La vi nada más entrar en la cafetería, sentada junto a la única ventana por la que se colaban unos pocos rayos de sol. Tenía la espalda apoyada en el cristal y los pies en una silla. Sobre las piernas, lo que parecía un bloc de dibujo. Lo estudiaba sin parpadear, mientras en su mano daba vueltas a un lápiz.

Me quedé mirándola, atrapado en la expresión que iluminaba su cara y en la pequeña contradicción que le hacía fruncir los labios. Sentí una curiosidad inmediata por eso que observaba con tanta atención.

Ganas de acercarme.

De hablar con ella.

Tal vez, tomar un café juntos.

Averiguar si prefería las películas a las series. Qué tipo de música escuchaba. Cómo pasaba el tiempo libre. Hacerle la pregunta que daba vueltas en mi cabeza desde hacía días: ¿por qué había guardado mi teléfono?

Di un par de pasos, pero me detuve con un pellizco en el estómago que me decía que solo con mis pensamientos ya me estaba excediendo. Tomándome libertades. Asumiendo una confianza que no existía, porque ella se había limitado a ser amable y educada, nada más.

Me dirigí a la barra. Liam ya había pedido los cafés y estaba sacando una tarjeta de su cartera.

—Déjalo, yo pago.

—Pero antes has dicho que invitaba yo.

Me encogí de hombros, quitándole importancia, y acerqué mi móvil al lector.

—¿Cómo se te ha ocurrido cambiar el agua del depósito por un batido? —le pregunté.

Liam me miró de soslayo y puso mala cara.

—Repondré la cafetera.

—No seas idiota, la cafetera me da igual. Solo quiero estar seguro de que no debo poner protectores en los enchufes y topes en los cajones.

Me dio un codazo y yo me aparté, muerto de risa.

—Eres gilipollas.

—Eh, un respeto, que soy tu jefe —bromeé. Liam se apoyó en la pared, rojo como un tomate. Me coloqué a su lado y mis ojos volaron por su cuenta hasta Dani—. ¿Sabes? La primera impresora que compramos solo duró una semana. Ren se la cargó mientras intentaba fotocopiar a Luke. Miku apareció un día con una incubadora llena de huevos; y no me preguntes por qué, sigo sin saberlo. Aquel día descubrimos lo importante que es tener un extintor a mano y un buen seguro a todo riesgo. Y no he vuelto a comer huevos.

—¿Me tomas el pelo?

—¡Ojalá! Poco después de eso, a Noah se le olvidó sacar el tenedor cuando fue a recalentar unos macarrones en el microondas. Aquello lanzaba más chispas y rayos que una bobina de Tesla. La lista sigue...

Ladeé la cabeza y miré a Liam, que me observaba con una mezcla de diversión y espanto en sus ojos. Me reí y le palmeé el hombro con afecto.

—No te preocupes por lo que ha pasado, lo digo en serio.

Prácticamente vivimos en el estudio, lo raro es que no ocurran más cosas.

La camarera nos llamó por señas. Dejó sobre la barra tres portavasos de cartón con asas. Liam cogió dos y yo cargué con el tercero. Me obligué a no apartar la mirada del suelo mientras nos dirigíamos a la puerta. Salimos a la calle e iniciamos el camino de vuelta en silencio. Al doblar la esquina, una ráfaga de aire frío me provocó un estremecimiento. Tiré de la capucha de mi sudadera y cubrí la gorra que ya llevaba puesta.

En mi mente seguía dando vueltas la imagen de Dani en esa ventana, y no tenía ningún sentido. Una mujer que me sacaba varios años, con la que a simple vista no tenía nada en común. Opuestos como la noche y el día. El invierno y el verano. Y aun así, no podía quitarme de la cabeza el momento en la librería.

Y ocurrió.

Como siempre, hice justo lo contrario que había decidido hacer.

—Eh, Liam. —Se detuvo y me miró—. ¿Crees que podrás volver solo al estudio con todo esto? Acabo de ver a alguien a quien quiero saludar.

—Claro.

—Genial. Dile a Ren que no tardaré mucho.

Lo ayudé a sujetar los portavasos. Agarré mi *latte* y eché a correr de vuelta a la cafetería.

14
Jun

Dani continuaba allí, ajena a todo lo que sucedía a su alrededor, incluido yo cuando me planté frente a su mesa. Me tomé un momento para observarla de pies a cabeza. Desde los botines de cordones, pasando por las medias y el vestido de flores en tonos marrones, una rebeca de color chocolate y un bombín negro. Una imagen calculada hasta el último detalle, armoniosa y perfecta. Todo lo contrario a mí.

—Disculpe. —Levantó los ojos y miró. Un brillo de reconocimiento los iluminó, que dio vida a una sonrisa que me desarmó por completo—. ¿Le importa si me siento aquí? Todas las otras mesas están ocupadas.

Ella se inclinó y echó un vistazo al local, en el que apenas había media docena de clientes. Se tragó el inicio de una risa y me estudió sin prisa.

—Solo si prometes que vas a tutearme. Me pone nerviosa que me hables como a una ancianita.

Me reí.

—Puedo intentarlo.

Me senté frente a ella y me fijé en los lápices de colores, el carboncillo y otros materiales de dibujo esparcidos sobre la mesa.

—¿Sería maleducado preguntarle... preguntarte qué haces?

—¿Por qué iba a serlo?

Me encogí de hombros y noté un ligero calor en las mejillas. Dani dejó el bloc sobre la mesa y lo giró hacia mí. Pude apreciar lo que parecía el esbozo de un maniquí femenino. Pasé las hojas y vi más dibujos similares. Algunos, unos simples trazos y otros, repletos de detalles y color.

—Soy diseñadora de moda.

Eso explicaba bastantes cosas.

—Son muy buenos.

—¿Cómo sabes que son buenos?

—Estudié Bellas Artes, y después me especialicé en ilustración y diseño digital. Dibujar es una parte importante de mi trabajo.

Me observaba sonriente, pendiente de cada palabra, y esa atención me ponía un poquito nervioso.

—¿A qué te dedicas? —se interesó.

—Desarrollo videojuegos.

Alzó las cejas, sorprendida.

—¿En serio? ¿Qué tipo de videojuegos?

—Cooperativos de rol, acción y aventura. Ya sabes, combates, misiones, mundos abiertos...

—Tengo unos amigos obsesionados con esos juegos. —Tomó su taza de café con ambas manos y dio un sorbito. Se lamió la espuma de los labios—. ¿Y qué haces exactamente?

—Me encargo sobre todo del proceso artístico y creativo. Suelo escribir los guiones de los juegos, ambientación, contexto, definir roles, diseñar e ilustrar personajes y escenarios, niveles. Luego los modelo y animo... Esa es la parte divertida.

—¿Y cuál es la aburrida?

—Datos, códigos, motores... A veces es tedioso, especialmente cuando hay que empezar de nuevo para corregir errores.

Entrelazó sus manos bajo la barbilla y se inclinó hacia mí. Me fijé en las motitas oscuras que salpicaban sus ojos.

—Nunca he conocido a nadie que se dedique a algo así, es un campo completamente nuevo para mí.

—Si tienes curiosidad, puedes pasarte un día por el estudio y te lo enseño. Hasta podrías ayudarme.

—¡¿Yo?!

Se echó a reír. Me encantó el sonido de esa risa, tan dulce, tan vivo.

—¿Sabes lo que me resulta más difícil a la hora de crear personajes? Más que su aspecto físico, decidir cómo van a ir vestidos. La ropa ayuda a reflejar la personalidad, pero también deben vestir acorde a sus habilidades, incluso su origen, naturaleza, género... Es mucho a tener en cuenta.

—Cuando diseño ropa, antes que en la prenda pienso en la mujer que se la pondrá. En cómo quiero que se vea y se sienta cuando se mire al espejo con una de mis creaciones.

—¿Y esto es en lo que trabajas ahora?

Arrugó la nariz y contempló el bloc con orgullo y un atisbo de timidez, que le coloreó las mejillas.

—Así es, ¡vamos a lanzar nuestra propia colección de vestidos nupciales!

Deslizó una mano por su cuello hasta la nuca y lo masajeó despacio. Seguí ese movimiento.

—¿Vamos? ¿Quiénes?

—Amy y yo —respondió. Sonreí al escuchar de nuevo ese nombre. Ella debió de adivinar mis pensamientos y se tapó la cara, muerta de risa—. ¿Aún te acuerdas?

—No creo que pueda olvidarlo, fue... ¿divertido?

—No trates de ser amable, debí de parecerte una lunática trastornada. —Se cubrió de nuevo el rostro y lanzó un gritito. Rompí a reír—. De todas formas, gracias por lo que hiciste.

Negué con la cabeza, quitándole importancia.

—¿Quién es Amy?

—Mi mejor amiga y mi socia.

—¿Os conocéis desde hace mucho?

—Toda la vida. Nuestros padres se conocieron cuando eran muy jóvenes, en un festival de música en Ibiza durante unas vacaciones de verano. Se hicieron tan amigos que han continuado viéndose cada año desde entonces. Somos casi familia. Yo me llamo Dani por la madre de Amy.

Y entonces, sencillamente, continuó hablando de su amiga, de lo unidas que siempre habían estado y todas las cosas que habían vivido juntas. Los sueños que compartían y poco a poco se iban haciendo realidad: crear una firma de moda, abrir un taller y una tienda en el centro de Londres, esos ya los habían cumplido.

—Amy y James llevan mucho tiempo saliendo, que quisieran vivir juntos era el siguiente paso en su relación. Así que decidí mudarme. Fin de la historia.

—Bueno, vivir solo tiene sus ventajas. A mí me gusta.

—¿Vives solo?

—Desde hace tres años, y no muy lejos de aquí. Mi casa se encuentra cerca de Regent's Park.

—¿Te cuento algo? —me preguntó en un susurro. Me quité la capucha y me incliné sobre la mesa, dedicándole toda mi atención—. Es la primera vez que vivo sola.

Alcé las cejas y me acerqué un poco más. A esa distancia habría podido contar una a una sus pestañas.

—¿Por qué lo dices como si fuese algo malo? —pregunté en el mismo tono susurrante.

—¡No lo sé!

Mirándonos, rompimos a reír. Me perdí durante unos segundos en sus ojos, enormes y brillantes; y en ese mohín tan gracioso con el que arrugaba la nariz. Contuve el aliento mientras recorría su cara y me detenía en su boca. Tragué saliva, inquieto, porque sentía cosas cada vez que nuestras miradas se enredaban. Cada vez que sus labios dibujaban una sonrisa o sus mejillas se encendían por la timidez o la vergüenza.

No podía ignorar que el corazón me latía con fuerza.

—¿Y qué hay de ti? —me preguntó.

—¿Qué quieres saber?

—No sé... —Entornó los ojos al mirarme—. ¿Eres inglés?

—No, coreano. Vine con mi familia cuando tenía trece años.

—¿Norte o Sur?

—¿Qué?

—Si eres de Corea del Norte o del Sur.

—Del Sur. Y no tengo la nacionalidad inglesa, solo soy residente, por si tienes curiosidad. Es... es algo que suelen preguntarme.

—Una amiga de Amy, que trabaja con nosotras en el taller, nació en Seúl. Puede que la conozcas.

—¿Sabes que solo en New Malden hay casi veinte mil surcoreanos?

Nunca vi a nadie sonrojarse tan rápido. Intenté no reír, pero su expresión me estaba desarmando. Se aclaró la garganta y bebió otro sorbo de café, que ya debía de estar frío. Yo ni siquiera había tocado el mío.

—He vuelto a meter la pata, lo siento.

—No lo has hecho.

—Claro que sí, porque me pasa lo mismo todo el tiempo. Odio cuando conozco a alguien y lo primero que me dice es: «Oh, eres española, la niñera de mis hijos también lo es. Quizá la conozcas».

Le costó alzar la vista de la mesa para mirarme.

—Estoy desvariando.

—Un poco.

—Debes de pensar que soy rara.

—Un poco.

Sus ojos se abrieron mucho. Apreté los labios para reprimir una carcajada.

Dani suspiró con una sonrisa y me sostuvo la mirada.

—Debo volver a casa y prepararme para ir al taller.

—Te acompaño.

—No es necesario.

—Tengo que regresar al estudio, vamos en la misma dirección.

—Vale.

El frío nos sacudió al salir a la calle. El cielo se había cubierto de nubes y presagiaba lluvia. Caminamos el uno muy cerca del otro y sin hablar, esquivando a los turistas que se detenían cada pocos metros para hacer fotografías. Camden Town, con su ambiente alternativo y estrafalario, las fachadas decoradas y los escaparates repletos de colores, era uno de los barrios más visitados de la ciudad. Siempre repleto de gente que iba y venía.

—¿Puedo hacerte una pregunta que me está volviendo loca desde hace rato?

Incliné la cabeza y la miré con curiosidad.

—Dispara.

—¿Cuántos años tienes?

Una sonrisa lenta se dibujó en mi cara. ¿Esa era la pregunta que la estaba volviendo loca?

—¿Cuántos crees que tengo?

Puso los ojos en blanco y me dio un codazo.

—Vamos, no juegues conmigo y contesta.

—Veintiséis. —Me reí al ver su expresión turbada—. ¿Decepcionada?

—Sorprendida. Pareces más joven.

—¿Por qué ese empeño en ser cruel conmigo? ¿Quieres acomplejarme?

—No soy cruel, solo comento lo que veo —respondió con una sonrisilla pintada en los labios. Lanzó un suspiro al aire e hizo un puchero—. Me encantaría volver a tener veintiséis años.

Me reí. Sin embargo, fue una risa falsa. Empezaban a molestarme sus comentarios.

Que estuviera siendo sincera y de verdad me viese como a un niño.

Que ella se creyese tan mayor como parecía sentirse.

Esa insistencia en marcar una distancia que yo no notaba.

—Lo dices como si fueses una ancianita.

—Lo soy.

Cogí aire con fuerza y la miré de reojo.

—Solo nos llevamos seis años.

—Un par más y parecería tu madre —repuso mientras se detenía frente a la puerta del edificio donde vivía y alzaba la cabeza para mirarme.

Tragué saliva.

—No es cierto —repliqué muy serio. Me quité la gorra y me pasé la mano por el pelo varias veces. Después miré a nuestro alrededor, la gente que nos rodeaba—. No creo que ninguna de estas personas piense eso al vernos juntos. Y si lo hicieran, ¿a quién le importa?

El aire se escapó de mis pulmones con aquellas palabras, un poco abrumado por sentirme tan molesto.

Decepcionado por esa emoción.

Intimidado por el deseo ilógico de gustarle a Dani.

Porque ella empezaba a gustarme.

—Te has alborotado el pelo.

—¿Qué? —pregunté sin entender.

Señaló mi cabeza.

—Ahí, lo tienes de punta.

—¿Aquí? —aplasté algunos mechones.

—No, sobre la oreja.

—¿Aquí?

Dijo que no con una pequeña sonrisa y se puso de puntillas. Luego, comenzó a peinarme con su mano. La miré tenso. Estaba tan cerca que notaba su aliento en el cuello. Las puntas de sus dedos en el cabello. Mis ojos recorrieron su rostro con avidez, hasta que se toparon con los suyos y se enredaron. Nos observamos sin apenas respirar y el corazón empezó a latirme con fuerza.

Dani se apartó de forma brusca, como si algo hubiera tirado de ella.

Yo también di un paso atrás.

—Debería ponerme en marcha, o Amy me matará por llegar tarde —me dijo.

—Claro.

—Adiós, Jun.

—Ve con cuidado. —Se dio la vuelta y empujó la puerta—. Espera... —Necesitaba saber algo. Ella se giró—. Una pregunta más.

—No.

—¿No?

Se lamió los labios, nerviosa.

—Vas a preguntarme por qué no borré tu número y no tengo una respuesta. No sé por qué lo guardé, simplemente lo hice, y después lo olvidé.

Me había leído la mente.

Alcé la mano, pidiéndole un momento. Saqué mi teléfono del bolsillo, abrí la agenda y deslicé el dedo por la pantalla hasta dar con el número. Después escribí un mensaje de texto:

No lo borré, y tampoco sé por qué.

Lo envié y su teléfono sonó en el bolsillo de su abrigo.

Mientras ella lo revisaba, comencé a alejarme. Cuando por fin levantó la vista, yo ya había cruzado la calle. Sonreí al ver su cara de asombro y me encogí de hombros.

Hay preguntas que, simplemente, no tienen respuesta. Actos, detalles y decisiones que nacen de impulsos sin lógica, en los que no reparamos. A los que no damos importancia. Que quedan atrás y se olvidan como si no hubieran sucedido. Hasta que algo los despierta y los trae de vuelta al presente. Y entonces te preguntas hasta qué punto fue casualidad o destino.

Puedes cruzarte con miles, millones de personas a lo largo de tu vida, pero solo a unas pocas las dejas entrar en ella. A veces, ni siquiera eres consciente de ese momento. El instante en el que, sin una razón, das un paso que te acerca. Que os acerca. Una persona en particular. Y surgen más preguntas.

¿Por qué ella? ¿Por qué yo? ¿Por qué nosotros?

¿Por qué lo guardé?

Tal vez fue el destino. O solo un puñado de coincidencias. Solo sé que lo hice y, en ese momento, la dejé entrar.

15
Dani

No sé en qué momento de los dos últimos días había sucedido, pero mi regresión a la adolescencia era una realidad. No podía explicar de otro modo ese impulso que había hecho que me cambiara de ropa varias veces, antes de recorrer cinco calles para sentarme en una cafetería durante dos horas con las manos sudorosas y el estómago encogido. Repitiendo en mi cabeza las cuatro frases que había memorizado al leer un artículo sobre videojuegos con la intención de poder conversar.

Ni podía explicar la desilusión que había sentido por no encontrarnos tampoco ese día. Ni el número de veces que había releído su mensaje, o que me descubría a mí misma escondida tras las cortinas mientras espiaba el edificio de enfrente.

No era propio de mí, y menos en el momento en el que me encontraba. Yo, que me había vuelto una adicta al trabajo para bloquear los recuerdos y no pensar en el pasado. En todo el tiempo perdido. En lo estúpida y confiada que había sido. En el dolor que no terminaba de diluirse y en las heridas que fingía no ver.

Y, de un día para otro, no hacía otra cosa salvo pensar en cómo me había sentido al lado de un chico de ojos negros y sonrisa traviesa, que lograba sin esfuerzo hacerme reír.

Salí de la ducha envuelta en mi albornoz.

Tras secarme el pelo, fui al salón, donde había dejado mi teléfono.

Noté un pellizco de desilusión al ver que no tenía llamadas ni mensajes.

Puse música y encendí un par de velas. Después entré en mi cuarto, abrí el vestidor y elegí un vestido de punto ajustado para la cena de esa noche. Se trataba de una reunión de amigos, algo informal.

Le eché otro vistazo al teléfono y releí el mensaje.

No lo borré, y tampoco sé por qué.

Mi mirada voló de nuevo a la ventana. Con los dedos aparté un poco la cortina y me asomé. Se me aceleró la respiración mientras observaba el estudio. Ni yo misma entendía por qué lo hacía. No había una razón lógica, como que Jun hubiera empezado a gustarme. No se trataba de eso. ¡Para nada! Porque no solo era un crío, también lo parecía. ¿Cómo iba a gustarme?

De repente, el teléfono sonó en mi mano. Me dio un susto de muerte, y se me cayó al suelo. Lo cogí temblando, y con el deseo estúpido de encontrar un osito panda en la pantalla. Sin embargo, lo que vi me transformó en un trozo de hielo. Era «él», otra vez. Como una pesadilla que se repite y se repite, y vives con el miedo a que se haga realidad.

Acaso no se daba cuenta de que no quería hablar con él, que por ese mismo motivo había decidido enviarle un burofax. Pero insistía, y volvía a insistir. Y pese al miedo que sentía, estaba harta de ser tan cobarde.

Quizá ese era el momento de ser valiente y no volver a esconderme. Después de todo, yo no era la que había mentido, dañado y humillado.

—Soy Dani —respondí, como si no supiera que se trataba de él.

—¿Dani? Soy yo... Adrián.

No estaba preparada para escuchar su voz después de tanto tiempo y la ansiedad se apoderó de mí. Tragué saliva.

—¿Qué quieres?

—¿Qué es esto que me has enviado?

—Es evidente, una petición formal para que abandones mi casa en los próximos quince días. Voy a ponerla a la venta —dije con el corazón en la garganta.

—¿Por qué ahora? ¿Es algún tipo de venganza? —me reprochó con dureza.

¿Tan poco me conocía que me creía capaz de ser tan retorcida como él?

—Necesito el dinero, nada más.

—¿Para qué?

Me costaba encontrar mi voz y notaba cómo me iba haciendo más y más pequeña.

—Eso no te importa.

—Dani, no puedes hacer algo así. En este momento, es imposible que yo...

Lo corté:

—Firmaste un acuerdo. Aceptaste renunciar a la titularidad de la casa y te comprometiste a abandonarla en los tres meses siguientes a la firma. Ya ha pasado más de un año.

—Pero...

Incluso a través de ese teléfono era capaz de absorberme la energía.

—Yo cumpliré mi parte. Cuando se venda, te daré el dinero acordado.

—¿Veinte mil euros? —escupió con desdén.

Cerré el puño con fuerza. Las uñas se me clavaron en la piel y apreté hasta sentir dolor.

—Es la cantidad que pusiste para la entrada, el resto lo pagué yo con mi trabajo y la herencia de mis abuelos. También me hice cargo de todos los gastos durante años porque tú lo invertías todo en tu negocio. —Con cada palabra, el tono de mi voz cobraba más fuerza y seguridad—. ¡Esa casa es mía!

Lo oí suspirar y resoplar.

—Lo sé, lo sé... —Oía sus pasos, no dejaba de moverse—. Vamos a tranquilizarnos, ¿de acuerdo? Hablemos como adultos. Escucha, sé que firmé el acuerdo, pero en aquel momento me sentía tan culpable por lo que había pasado que no pensé. Habría hecho cualquier cosa...

No tenía ninguna vergüenza. Nunca la había tenido.

—¿Eso quiere decir que ya no te sientes culpable?

—¿Qué? ¡No, por supuesto que no! Claro que siento lo que te hice. Siempre lo lamentaré.

—Entonces, cumple lo que prometiste.

—No puedo, Dani —gimió de repente abatido. Ese sonido lastimero me dio náuseas—. El negocio no va bien. Apenas da para pagar unas pocas facturas, las deudas me están ahogando, y Sofía...

Apreté los párpados y los dientes. Escuchar de su boca el nombre de mi hermana me enfermaba.

—No quiero saberlo, no es mi problema.

—¡Joder! —explotó—. Me he hecho cargo de todos los gastos desde que te fuiste.

—¡¿Y quieres que te dé las gracias?! —le grité enojada—. Es lo menos que podías hacer después de seguir ocupando mi casa sin mi permiso.

—¿No puedes esperar un poco más? —me rogó, de nuevo dócil y amable. Era el hombre de las mil caras y no te podías fiar de ninguna—. Otro año, hasta que me recupere. No tenemos adónde ir. No te miento, Dani, las cosas nos van realmente mal. —Su voz se quebró.

Por un momento logró darme pena y me sentí mal. No solo por él, también por Sofía.

Aun así, no podía caer en su juego y ser la tonta de siempre que todo el mundo pisotea.

Inspiré hondo y me recompuse. Lo había querido mucho. Había sacrificado mi vida entera por él, cerrando los ojos a las señales, a las banderas rojas que ondeaban con sus mentiras, con las promesas que nunca había tenido intención de cumplir. Había dejado que me exprimiera el alma y el bolsillo, pero eso se había terminado.

—Seguro que mis padres estarán encantados de acogeros en su casa. Eres su yerno favorito, has jodido a sus dos hijas y siguen adorándote —dije sin ninguna emoción, aunque en mi interior apenas podía soportarla.

Adrián se quedó callado.

—Has cambiado, no te reconozco —dijo con frialdad.

Hice un esfuerzo por mantenerme serena.

—Ojalá yo te hubiera conocido mejor.

—Dani, por favor...

—Estoy dispuesta a ir a juicio.

Dicho eso, colgué el teléfono. Lo dejé sobre la cama y comencé a vestirme.

Llamaron al timbre poco después. Antes de abrir la puerta, me miré en el espejo de la entrada. Forcé una sonrisa y me dije a mí misma que todo estaba bien. Que todo saldría bien. Había cortado el último lazo que me unía a Adrián. Ahora vendería la casa e invertiría ese dinero en el taller. Haría que creciera y yo lo haría con él.

Cogí aire y abrí.

Era Max. Me miró de arriba abajo y me sonrió desde el pasillo.

—Perdona, pero ¿quién eres tú? Si no recuerdo mal, aquí vive una chica bajita, muy antipática y bastante feúcha.

Lo fulminé con la mirada.

—¿De verdad? Parece clavadita a mi amigo Max, y él tiene el plus de ser mucho más feo e idiota. Vamos, una joya.

—Cualquiera diría que son almas gemelas, podríamos presentarlos —dijo entre risas.

Sacudí la cabeza. Me hice a un lado y él entró con las manos en los bolsillos de su abrigo. Dio una vuelta por el salón y se asomó a la cocina. Después me miró.

—Me gusta como lo has dejado. Es acogedor.

—Gracias.

Me dedicó una sonrisa y sus ojos recorrieron mi rostro con cariño.

—¿Estás lista?

—Solo necesito cinco minutos —respondí mientras corría a mi habitación.

Entré en el vestidor, elegí unos botines que combinaban con el vestido y salí disparada hacia el baño. Desparramé sobre la encimera del lavabo todos mis productos de maquillaje y me tomé un momento para mirarme en el espejo y pensar qué me sentaría mejor. Me decanté por algo suave.

Max apareció a mi espalda.

—Sabes que no necesitas eso para estar preciosa, ¿verdad?

Dejé de aplicarme el colorete y busqué sus ojos en el espejo.

—Lo sé, pero me encanta ponerme todo esto y parecer una estrella de cine. Una *femme fatale*, irresistible y peligrosa —bromeé.

Destapé un labial rosa y le guiñé un ojo. Él pegó su cara a la mía y gruñó junto a mi oído.

—De acuerdo, me has convencido. ¿Cómo crees que me quedaría a mí?

—¿Quieres probar?

Max asintió y frunció los labios con los ojos cerrados. Sonreí al contemplarlo. Qué guapo era el condenado, y qué insufrible. Si no lo quisiera tanto, dudaba de que pudiera aguantar la mitad de sus bromas y su carácter atrevido. Miré sus morritos. En realidad, parecía que me estaba pidiendo un beso. Agarré una de las brochas y se la estampé en la boca. Él dio un respingo hacia atrás y comenzó a limpiarse con la mano y a escupir pelos.

—¿Por qué has hecho eso? ¡Qué asco! ¿Y con qué han fabricado esa cosa? ¿No serán pelos de verdad? Creo que voy a vomitar.

Lo dejé en el baño despotricando y fui en busca de mi abrigo. Luego apagué las velas, la música y guardé en el bolso las llaves, la cartera y el teléfono. Max apareció un segundo más tarde. Me miró enfurruñado y salió por la puerta sin dirigirme la palabra. Lo seguí escaleras abajo, muerta de risa.

Salimos a la calle y yo me enganché a su brazo. Tiré de él para frenarlo, pero no se detuvo.

—¿De verdad te has enfadado? —Bajó la vista a mi rostro y yo hice un puchero. Lo sacudí mientras cruzábamos la calle—. Venga, no seas tan inmaduro.

—¡Y tiene el valor de decir que yo soy el inmaduro!

Lo empujé con mi hombro y él me devolvió el empujón. Trastabillamos como dos borrachos y empezamos a reír. De repente, varias personas salieron de un portal y estuvimos a punto de chocarnos. Alcé la vista del suelo para disculparme, pero las palabras murieron en mi boca en el mismo instante en el que mis ojos se encontraron con los suyos.

Era Jun.

Mi corazón se saltó un latido. Después comenzó a palpitar frenético.

Una pequeña sonrisa se dibujó en su boca mientras me miraba igual de sorprendido.

—Hola. ¿Cómo estás? —me saludó.

—Ho-hola. Muy bien, ¿y tú?

—Casi os arrollamos, lo sentimos mucho —dijo otra voz.

Entonces reparé en la chica que estaba a su lado. Tenía unas piernas infinitas, el pelo largo y negro como el azabache, los ojos rasgados y unos labios en forma de corazón que la hacían parecer una muñeca. Era preciosa.

Ella me sonrió y yo le devolví el gesto, mientras en mi cabeza tenía lugar un terremoto. ¿Sería su novia? ¿Su amiga? ¿Su hermana? ¿Y por qué la respuesta a esas preguntas me parecía importante?

—¿No vas a presentarnos? —le dijo en voz baja a Jun.

Él asintió, de repente serio.

—Sí, perdona. —Me miró, como si me pidiera permiso o se estuviera disculpando. No supe interpretarlo—. Ella es Dani, una amiga.

Entonces se fijó en Max y se quedó callado mientras su mirada se detenía en nuestros brazos unidos. No sé por qué, pero me sentí incómoda, preocupada por lo que podíamos parecer. Lo sé, un pensamiento infantil, pero llevaba días sin ser yo misma.

Mi amigo reaccionó y dio un paso hacia ellos. Yo aproveché para soltar su brazo.

—Hola, soy Max. Un placer conoceros.

Primero le ofreció su mano a la chica. Ella la estrechó, envolviéndola con las suyas junto con una inclinación de su cuerpo. Una pequeña reverencia que hizo que su melena se deslizara por encima de su hombro como una cascada sedosa y brillante.

—Encantada, yo soy Minah. Y él es Hae Jun.

—Solo Jun —comentó sin dejar de mirarme.

Nos quedamos en silencio y el momento se alargó entre pequeñas sonrisas.

—Vamos a cenar con unos amigos —intervine nerviosa.

—Eso es estupendo —contestó Minah—. Nosotros también vamos a cenar. Jun quiere que conozca un nuevo restaurante que han abierto en Victoria, cerca de Sainsbury's. Asegura que es encantador, ¿verdad?

Él dijo que sí y sonrió.

Era su novia, estaba segura. Y lo que reptaba por mi estómago era... ¿desilusión?

—¡Suena genial! —exclamé.

—Sí, genial —aportó Max. Me pasó un brazo por los hombros y me estrechó contra él—. Y nosotros deberíamos seguir, o llegaremos tarde y mi hermana nos matará. Jun, Minah, ha sido un placer conoceros. Espero que disfrutéis de la cena.

—Gracias —respondió Minah.

Jun me miró una última vez. Se despidió de mí sin que yo pudiera decir nada y continuó su camino. A mí me temblaban las piernas y mis pulmones se negaban a hacer su trabajo.

Con una ligera presión de su mano en la espalda, Max me instó a moverme. Me dejé arrastrar hacia la parada de taxis, mientras él comentaba algo sobre tomar el metro y evitar la hora punta del tráfico. Yo le dije que me parecía bien y alcé la vista al cielo nocturno que nos cubría, para no caer en la tentación y mirar atrás.

Una parte de mí quería hacerlo; lo había echado de menos, aunque pudiera parecer una locura después de haber pasado solo un rato juntos en una cafetería.

Otra me susurraba que dejara de pensar en tonterías y bajara de las nubes. Que el trasfondo de todo aquello era mi necesidad de atención. Esa inseguridad y desconfianza que no me dejaban relajarme con nadie y, por alguna razón, con él se convertían en un acto natural. Me olvidaba de fingir.

No podía colgarme de ese modo por una persona a la que apenas conocía. No por los motivos equivocados.

Y decidí seguir adelante.

Elegí no mirar atrás.

16
Jun

Como todos los domingos de comida familiar, me levanté temprano y conduje hasta New Malden, donde vivía mi familia. Aparqué el coche al final de la calle residencial y caminé sin prisa hasta la casa de mis padres. Un edificio adosado de dos plantas.

Estaba a punto de llamar al timbre, cuando la puerta se abrió y mi hermana me saltó encima. Se aferró a mí como si fuese un mono.

—¡Por fin ha llegado mi hermano favorito! —Comenzó a llenarme la cara de besos. La agarré por los brazos y logré apartarla, aunque sus piernas continuaban alrededor de mi cintura como cables de acero. Me miró sonriente y me preguntó en un susurro—: ¿Las tienes?

Yu Ri llevaba meses suplicándome que le consiguiera entradas para el concierto que su grupo favorito daría en Londres. Una de las pocas ciudades europeas que visitarían en su gira mundial. Se agotaban a los pocos minutos de salir a la venta, y hacerse con unas requería una buena estrategia.

Jamás olvidaría las caras que pusieron todos cuando entré en el estudio y les pedí que dejaran lo que estaban haciendo para lograr esas entradas. Los minutos siguientes fueron tan surrealistas como dar un salto dentro de un agujero de gusano y aterrizar en un capítulo de *The Big Bang Theory*.

—¿Tú qué crees?

Las saqué del bolsillo y se las puse en la mano.

—¡Gracias, gracias, gracias! ¡Te quierooooo! —Volvió a llenarme la cara de besos—. Ahora tienes que ayudarme a convencer a mamá de que me deje ir.

La miré con los ojos muy abiertos.

—¿Mamá no lo sabe? —Negó con la cabeza y yo resoplé. ¡Pequeña mentirosa!—. ¿Y esperas que yo la convenza?

—Sí.

—¿Sabes que soy la oveja negra de esta familia?

—Ya no. Está contenta porque te vas a casar con Minah. Hará todo lo que le pidas.

Saltó al suelo y se lanzó escaleras arriba dando gritos. Mi madre me recibió en el pasillo atusándome el pelo con los dedos y preguntándome por qué lo llevaba siempre hecho un desastre. Tras ella, mi hermano me saludó con un gesto y me indicó por señas que estaría en el jardín trasero.

—Ve a ver a tu padre. Comeremos en un rato.

Colgué el abrigo en el perchero de la entrada y me asomé al salón. Vi a mi padre en su sillón, junto a la ventana, revisando unos papeles.

—Padre —lo llamé desde la puerta.

Levantó la vista, sorprendido, y sonrió al verme. Su afecto sincero siempre me hacía notar un pellizco en el pecho.

—¡Aquí está mi hijo! Ven, acércate —me pidió. Me senté a su lado—. ¿Qué tal estás?

—Muy bien.

—¿Y el trabajo?

—Esforzándome mucho.

Sus pequeños ojos me sonrieron mientras me daba palmaditas en la mano.

—Como ha de ser. Un hombre depende de su trabajo y se debe a su familia.

—¿Y cómo se encuentra usted?

—El médico me ha dicho que debo descansar.

—Pues hágale caso, usted es más importante que todo esto. —Señalé los papeles que tenía sobre el regazo—. Deje que Hae In se ocupe. Trabaja demasiado, padre.

Y era cierto, además de dirigir una empresa de construcción, era el presidente de la Sociedad de Residentes Coreanos. Todo el mundo recurría a él en busca de ayuda o consejo, y ya tenía una edad, que su aspecto no reflejaba pero que su cuerpo sí sufría.

—Lo haré, no te preocupes. Ve con tu madre, seguro que necesita ayuda, A Yeon no ha podido venir hoy.

A Yeon era la mujer que ayudaba a mi madre con las tareas de la casa.

—Claro.

Fui a la cocina y encontré a mi madre, mi hermana y mi cuñada terminando de preparar unas guarniciones. Mi hermano ayudaba a mi abuela a sentarse en una silla. En cuanto ella reparó en mi presencia, abrió los brazos.

—Pequeño delincuente, ¿se puede saber dónde te metes?

—Abuela. —Hice un puchero.

Fui a su encuentro y me arrodillé a su lado. Ella tomó mi rostro entre sus manos y me miró por encima de las gafas.

—Cuando me muera, te obligaré a visitarme todos los días durante un año, en castigo por no venir a verme mientras estoy viva.

Bajé la cabeza, avergonzado. Sabía que no lo decía en serio, aunque no le restaba un ápice de verdad a sus palabras. En los últimos tres años, solo visitaba esa casa los domingos y nunca me quedaba más de dos o tres horas. Escapaba en cuanto comenzaba a sentirme atrapado, algo que mi madre lograba con bastante facilidad cuando su atención se centraba en mí.

—¿Estás escribiendo un blog? ¿Qué es un blog? —preguntó mi madre.

—Mamá, te lo he explicado un millón de veces —contestó Yu Ri en tono hastiado—. Es una página web en la que publico artículos de interés. Recibo un montón de visitas y tengo muchos seguidores.

—Deberías dejar todas esas tonterías y centrarte en estudiar para poder ir a una universidad importante y convertirte en una mujer preparada. Después te conseguiremos un trabajo apropiado y te casaremos con un hombre decente que te procure una buena vida.

La mirada de mi hermano se cruzó con la mía y él negó con la cabeza, pidiéndome que no hiciera ningún comentario. Con todo, yo no pude contenerme.

—Mamá, no hay necesidad de decirle esas cosas, solo tiene quince años.

—Nunca es demasiado pronto para que una madre piense en el futuro de su hija —afirmó ella.

—No me casaré jamás —dijo Yu Ri, refugiándose en los brazos de mi padre, que acababa de entrar—. Voy a estudiar Periodismo y me convertiré en presentadora de informativos. Seré la reina del *prime time* y destaparé todos los líos de este país corrupto y misógino.

—¿Qué acaba de decir? —preguntó mi abuela.

—Misógino, abuela —respondió Hae In.

—¿Qué significa misógino?

Se me escapó una carcajada y Hae In me dio un codazo.

—Hombres que odian a las mujeres, abuela —dijo mi hermana—. Lucharé por nuestros derechos y aplastaré a Philip por robarme el puesto de delegada de clase.

—¡Esa es mi hermanita! —exclamé.

—Hae Jun, por favor, no la animes —replicó mi madre.

Cerré el pico y abrí la nevera para coger un par de cervezas. Le ofrecí una a mi hermano. Lo miré un poco indignado por mantenerse siempre al margen. Él se encogió de hombros y sacudió la cabeza, con el espíritu de alguien que había perdido muchas batallas.

—Por cierto, ayer me encontré en el mercado con Chae Jin Sil —comentó mi madre mientras llenaba varios cuencos con arroz cocido.

Chae Jin Sil era la madre de Minah, y todas mis defensas se alzaron como un muro.

—¿Cómo se encuentra? —se interesó mi padre.

—Me anunció que será la nueva presidenta de la Asociación de Restaurantes y Supermercados Coreanos de la ciudad, ¿no es maravilloso?

—Es una buena noticia, que reforzará la influencia de su familia.

—E indirectamente de la nuestra, ¿verdad? —rio ella.

Bebí un trago de cerveza y después me froté la cara, aburrido y frustrado.

Mi madre seguía hablando, dando forma a sus fantasías.

—Hae Jun, tus suegros han conseguido una gran fortuna con la importación y exportación de productos, y las inversiones que planean hacer en los proyectos de tu padre serán muy generosas. Son buenas personas, así que cuida muy bien de Minah y trátala con respeto.

Me miró y yo asentí.

—Creo que deberías hacerle un regalo. Algo bonito como un colgante, unos pendientes, o mejor aún... ¡anillos de pareja! —exclamó entusiasmada—. Te acompañaré a comprarlos.

Me atraganté con la cerveza y mi hermano empezó a darme golpecitos en la espalda, muerto de risa.

—¿No es un poco pronto para eso? —repliqué entre carraspeos.

—¿Por qué esperar cuando el compromiso es evidente?

—Porque a ti te gustan las tradiciones y los aniversarios, y ya existe un día para eso, ¿verdad, cuñada?

Ella me observó con una sonrisa burlona. Le supliqué con la mirada que me echara una mano.

—Es verdad, el 14 de julio. Hae In compró nuestros anillos ese día y formalizamos el compromiso.

«Gracias, gracias, gracias.»

—Pero estamos a mediados de noviembre —se quejó mi madre.

—No hay prisa, mamá, y Minah y yo apenas nos conocemos.

—En el aniversario de los cien días también se suelen regalar anillos de pareja y lleváis saliendo como... sesenta o setenta —contribuyó Yu Ri con su don de la oportunidad. La fulminé con la mirada. Ella parpadeó con expresión inocente—. ¿Qué? ¿Qué he dicho?

Por suerte, llamaron a la puerta y aproveché la llegada del señor Choi y la señora Han, los suegros de mi hermano, para desaparecer del radar de mi madre. Poco después, nos sentábamos a la mesa. Comimos sin dejar de hablar de esto y de lo otro; de los problemas del barrio, del festival de música que se celebraría en pocos días, de cómo le iba al hermano de mi cuñada en el servicio militar.

—Hae Jun no debería aplazarlo demasiado. Se hace más difícil con el paso de los años —comentó mi padre.

Yo asentí, dándole la razón. A veces se me olvidaba que esa era una parte de mi vida con la que tendría que cumplir y comenzaba a arrepentirme de no haberlo hecho antes. Casi tanto como me asustaba la idea de sacrificar dos años de mi vida por un «deber» que apenas comprendía. Cuando no me sentía de ninguna parte, ni de allí ni de aquí.

Mi madre puso su mano sobre la de mi padre.

—Aún tiene tiempo, y debería casarse primero.

Dejé los palillos en la mesa, había perdido el apetito.

—Hae Jun... —Levanté la vista del mantel y miré a la señora Han. Ella me sonrió—. Debes de sentirte muy feliz por tu compromiso, la hija de nuestra querida Jin Sil es una muchacha inteligente y muy bonita. Sus padres están muy orgullosos de ella.

—Sí.

—Dicen que es muy buena en su trabajo —intervino el señor Choi.

—Supongo que lo dejará cuando decidan tener hijos. Es lo más natural. ¿Ya habéis hablado de eso? —se interesó la señora Han.

Intenté ser educado y contestar, pero mi garganta se cerraba por momentos.

—No será un problema. El estudio de Hae Jun da muchos beneficios y no deja de crecer. Minah no tendrá que preocuparse por nada —medió mi madre.

La miré alucinado. ¿En qué momento del día había decidido dejar de avergonzarse por mi trabajo y presumir de ello?

—Tenemos suerte, es un buen hijo y un hombre responsable —dijo mi padre.

—Y nuestra felicidad será mayor en cuanto Hana y Hae In nos bendigan con un nieto, ¿verdad? —convino mi madre.

La mesa se llenó de risas y comentarios sobre lo maravillosa que sería la llegada de un bebé a nuestras familias. Miré de reojo a mi hermano. Lo conocía demasiado bien como para saber que, pese a la sonrisa que había en su cara, se sentía incómodo y agobiado. Hana no apartaba los ojos del plato.

Me disculpé y salí de la casa. Me alejé unos metros y me

senté en el bordillo de la acera. Hacía frío y había salido sin abrigo, pero prefería congelarme en aquella calle a volver dentro y continuar escuchando gilipolleces.

Para mis padres, todo el mundo debía casarse y vivir en familia, tener hijos y una vida dentro de unos límites correctos. El bienestar familiar era más importante que el propio. Los actos de un solo miembro afectaban al resto de la familia, y cualquier pensamiento egoísta en ese sentido era considerado una provocación. Siempre había sido así y yo empezaba a estar harto de esas ideas. Cansado de moverme como una marioneta y no ser capaz de cortar los hilos que ellos manejaban.

—Póntelo antes de que te resfríes.

Levanté la cabeza hacia mi hermano y él me lanzó su abrigo. Se sentó a mi lado mientras sacaba un paquete de tabaco arrugado del bolsillo. Se encendió un cigarrillo y expulsó el humo por la nariz.

—Pensaba que lo habías dejado.

—Un par de cigarrillos cuando me pongo nervioso no es fumar.

—Eso depende de las veces que te pones nervioso, ¿no crees?

Soltó una risita y estiró las piernas.

—Hana no quiere tener hijos —confesó de repente.

Lo miré de reojo.

—¿Y tú?

—Sí, por qué no, me gustan los niños. Aunque no pienso obligar a mi mujer a ser madre, ya le han impuesto demasiadas cosas.

—¿Como casarse contigo?

—Eso lo eligió, pero porque sus otras opciones eran aún peores.

Se echó a reír y yo reí con él, aunque no había nada de divertido en esa conversación.

—¿Qué vais a hacer?

—Nada. Ya se cansarán cuando se den cuenta de que no habrá niños —respondió.

—Minah y yo estamos fingiendo que salimos para ganar tiempo. No pensamos casarnos.

Hae In dio un respingo y se giró hacia mí.

—¿De verdad? —Por un momento me miró como si yo fuese una especie de superhéroe—. Pues prepárate para la que te va a caer cuando se descubra, ya has visto cómo está mamá de emocionada.

Me froté la cara con ambas manos y reprimí un suspiro.

—Tendrá que aceptarlo.

—Nuestra madre no es de las que te dejan hacer tu propia vida.

—Es tan fácil como decirle que no lo haré —repliqué con más aplomo del que sentía.

—¿Ah, sí, y por qué no se lo has dicho aún? ¿Por qué no entras ahora y le cuentas la verdad? Que pasas de todo y quieres vivir a tu manera. —Me sonrió con tristeza—. No puedes, ¿verdad?

—Ya lo hice una vez, cuando no quise estudiar Ingeniería y Finanzas.

Mi hermano tomó aire y me miró a los ojos.

—No seas iluso, Hae Jun, mamá te lo permitió porque yo ya había cumplido con esas expectativas y le prometí que me encargaría de la empresa cuando padre no pudiera.

Cerré los ojos un momento, al darme cuenta de lo idiota que había sido durante todo este tiempo al creer que mi hermano seguía los pasos de mi padre por su propia voluntad.

—¿Lo hiciste por mí?

—¿Por ti, por mí, por los dos? ¿Qué importa?

—Importa, ¡claro que importa!

—Hicimos una promesa —me recordó mientras apagaba el cigarrillo en el suelo.

Pero no necesitaba hacerlo, porque era imposible olvidarlo. Todo lo que vivimos esos días, siendo tan niños, y que nos marcó para siempre.

No hay nada peor para un hijo que ver sufrir a su madre. Te hace capaz de cualquier sacrificio para evitarle esos momentos. Y, aun así, yo no podía evitar ser egoísta, si desear vivir libre te convertía en ese tipo de persona.

—No quiero sentirme dentro de cinco años como tú te sientes ahora —dije sin apenas voz, incapaz de levantar la vista del asfalto.

Percibí la mirada de mi hermano y el silencio se hizo más pesado. Entonces noté su mano en la nuca, sus dedos tirando de mi cuello hacia él. El abrazo que me hundió en su costado y me hizo sentir pequeño. Ese niño asustado del pasado que fingía ser valiente. Me revolvió el pelo con afecto y luego me empujó para alejarme.

—No pasará —susurró con el tono de una promesa.

Asentí y bastó una mirada para entendernos.

Para quedarme tranquilo y saber que Hae In siempre estaría de mi parte.

Que siempre podría confiar en él.

17
Jun

Todo el equipo se encontraba reunido en el estudio. El silencio era sepulcral, mientras se miraban los unos a los otros con cara de circunstancias. Empecé a acojonarme de verdad, porque normalmente no solían cerrar la boca. Siempre había alguien dando su opinión, protestando o quejándose por algo.

Erin alzó la mano. Con un gesto la animé a que hablara.

—¿Estás diciendo que necesitan que les presentemos una versión beta en dos meses?

—Quieren empezar a mostrar el juego a medios especializados y que algunos jugadores lo prueben —respondí.

—Eso reduce nuestro tiempo a la mitad —bufó.

—Podemos hacerlo —dijo Ren.

—Apenas hemos resuelto un treinta por ciento de todos los problemas que surgieron en la prueba alfa: la interfaz necesita un buen repaso, no logramos ajustar el autoapuntado, está costando optimizar los tiempos de carga, y también los de espera en el modo cooperativo. Por no mencionar las transiciones... Además, el juego no está terminado aún. Se han decidido muchos cambios en los últimos días —argumentó Noah, con medio cuerpo colgando fuera de la silla.

Lo miré fijamente. Era tarde y estábamos cansados, entendía que le costara mantener un talante optimista, pero el muy capullo parecía la fatalidad en persona.

—Noah, ¿tienes algo positivo que aportar a la reunión?

—Puede que mañana, después de desayunar —dijo malhumorado.

Sonreí para mí.

—No tenemos por qué incluir los cambios —intervino Liam en tono vacilante. Lo animé a que continuara—. En realidad, no son necesarios, solo estéticos. Tampoco hay necesidad de ampliar el armamento ni de añadir más misiones cooperativas. Arreglemos lo que ya tenemos y terminemos el resto.

—Liam tiene razón —convino Miku—. Para la beta bastará con tres o cuatro niveles, algunas pruebas de combate y misiones, explorar mundo abierto y dos o tres personajes con varias habilidades. Podrán ver lo que tenemos y hacerse una idea de cómo funciona, suficiente para obtener un *feedback* que pueda ayudarnos.

Me froté la nuca, mientras consideraba sus opiniones. Miré a Ren, y él asintió de forma imperceptible. De acuerdo, por fin teníamos un plan.

Me puse en pie, reprimiendo un bostezo.

—Decidido, lo haremos así. Ahora idos a casa y descansad.

Ren y yo fuimos los últimos en dejar el estudio.

Bajamos las escaleras en silencio, con el cuerpo flojo y los pies pesados.

En cuanto salimos a la calle y la puerta se cerró a nuestra espalda, estallé como un niño pequeño con una pataleta.

—Tío, no vamos a llegar. ¡No vamos a conseguirlo!

—Lo sé, estamos jodidos.

—En realidad, estamos muertos.

—Ese tío de Sony nos ha dado un montón de pasta para hacer ese juego, ¿y qué le vamos a entregar? Una mierda.

Me miró. Lo miré. Empezamos a reírnos como locos. Era nuestro modo de enfrentar las crisis.

—Creo que estoy teniendo un ataque de pánico —dije entre lágrimas.

—Y yo, un puto infarto.

—¿Por qué nos metimos en esto?

—Fue idea tuya, yo quería ser músico. —Se estremeció bajo el abrigo y miró a ambos lados de la calle—. ¿Te apetece que vayamos a tomar algo?

—Me siento como si me hubieran dado una paliza. Necesito dormir.

—Yo también debería.

Nos despedimos allí mismo y tomamos direcciones distintas. Caminé sin prisa, con las manos en los bolsillos y la barbilla escondida en el cuello del abrigo para protegerme del frío. Al llegar a la librería, me detuve un momento y miré hacia arriba. No había luz en las ventanas. Saqué el móvil para enviarle un mensaje a Helen y comprobar si todo iba bien, pero me arrepentí en cuanto me percaté de la hora que era.

Eché a andar.

—¡Eh, hola! ¡Hola!

Lo sentí en el acto. Un latido más fuerte que el anterior y mi estómago haciéndose pequeño hasta caber en un puño. Me giré y la vi en la otra acera, dando saltitos para llamar mi atención.

Dani.

Parecía un duende, con un gorro de punto y una capa como abrigo.

Me mordí el labio para no reír y la saludé con la mano.

Su sonrisa se hizo más amplia y nos quedamos mirándonos en la distancia. Una parte de mí quería acercarse. Otra había decidido detener aquello que sentía, tras verla del brazo de ese tipo con el que parecía tener una relación muy cercana. ¿Y qué sentía? Atracción, fascinación, simpatía, o qué sé yo, por una mujer que orbitaba muy lejos de mí.

Su sonrisa se fue atenuando al ver que yo no me movía.

Alzó la mano a modo de despedida y dio un paso atrás. Y luego otro. Se alejó.

Debería haber hecho lo mismo. Pero una cosa es pensar en huir y otra muy distinta, ser capaz de hacerlo. A veces, no se puede.

—¡Eh, tú, la chica rara! —grité.

Se detuvo de golpe y se giró poco a poco.

—¿Disculpa?

Me reí y crucé la calle con las manos en los bolsillos. Me paré frente a ella y respiré hondo.

—¿Has cenado?

—No, ¿y tú?

—Tampoco. —Nos sonreímos con complicidad—. ¿Te apetece tomar algo conmigo?

Bajó la vista un momento, indecisa. Entonces, se encogió de hombros y se puso de puntillas para mirarme a los ojos.

—¿Pagas tú? Porque he olvidado mi cartera en el taller y solo llevo encima unas monedas y el bono del autobús.

Asentí sin dejar de mirarla y empecé a andar.

—Sin problema, por tu tamaño no creo que comas mucho.

—¿Qué significa eso?

—No significa nada, solo comento lo que veo —respondí con las mismas palabras que ella había usado días antes, cuando me había llamado niño.

Me alcanzó y se colocó a mi lado. La miré de reojo.

—¿Y qué ves?

—Eres bajita. Diminuta, en realidad. No creo que a tu estómago le quepa mucho.

Se miró a sí misma y frunció el ceño.

—¡No es cierto!

—Entonces, ¿eres una glotona? Debería pasar por un cajero —dije para mí mismo.

Me dio un codazo.

—No es verdad que sea bajita, es que tú eres demasiado alto.

Paré de caminar y me planté delante de ella, mirándola con gesto serio. Le sacaba más de una cabeza, a pesar de la borla gigante que llevaba en el gorro.

—¿Cuánto mides? —le pregunté.

—¿Y tú?

—Uno ochenta y nueve.

—¿Lo ves? El problema lo tienes tú.

Parpadeó desafiante y alzó la barbilla con orgullo. Tenía la nariz roja por el frío y le brillaban los ojos. Me incliné como si fuese a contarle un secreto.

—Eres un gnomo, en el sentido más literal de la palabra.

Sus ojos se abrieron como platos y yo estallé en carcajadas cuando volvió a atizarme, esta vez con el bolso.

—Pienso pedir lo más caro que encuentre en la carta.

—¡¿Carta?! —fingí asustarme—. Yo estaba pensando en ir al Pret A Manger que hay al final de la calle y compartir un sándwich de aguacate.

—Mejor me voy a casa —repuso con un mohín, y dio media vuelta.

La sujeté por la manga de su capa y le sostuve la mirada sin dejar de sonreír. No podía parar.

Dani inclinó la cabeza y contempló mi mano. La solté, no tenía intención de incomodarla.

—Vamos, conozco un lugar en el que preparan la mejor pasta de mundo. ¿Te gusta la pasta? —le pregunté.

—Mucho.

—No está lejos de aquí.

La animé a andar rápido con la esperanza de entrar en

calor cuanto antes, bajo aquella noche sin luna repleta de estrellas. Nada más entrar en el pequeño restaurante, me llegó el olor a especias y masa recién horneada y mi estómago protestó. Estaba muerto de hambre.

Nos acomodamos en una mesa, cerca de la ventana. Pedimos lasaña de verduras y una botella de vino, que no tardaron en servirnos.

—Está buenísima —dijo ella.

Asentí con la cabeza mientras masticaba un bocado y trataba de no quemarme la lengua.

—Necesitaba esto, llevo todo el día con un café y un bocadillo que tomé en el desayuno. Empezaba a ver doble.

—¿Solo has comido eso en todo el día? —Dije que sí con la cabeza—. ¿Estás haciendo algún tipo de dieta?

—¿Quién, yo? ¡No! He olvidado que debía comer, solo eso. Llevo unos días bastante estresado por culpa del trabajo —le confesé.

—¿Por qué? Si no te molesta que te pregunte.

Negué, y bebí un sorbo de vino para tragar la lasaña. Después me limpié con la servilleta.

—Disponía de un plazo de tiempo para terminar una de las etapas del proyecto en el que trabajo, y ahora ese plazo se ha acortado a solo dos meses. —Forcé una pequeña sonrisa—. Será un milagro que consigamos sacarlo adelante sin retrasos.

—¿Perderás dinero si te retrasas?

—Sí, pero lo que más me preocupa es no poder cumplir mi palabra.

—¿Más que las pérdidas?

—Las promesas se hacen para ser cumplidas, aunque supongan un gran sacrificio. Y yo no solo firmé un contrato, también prometí a la gente que nos contrató que no se arrepentirían de habernos dado la oportunidad. Por lo que también se trata de algo personal.

Arrugué la nariz, un poco sorprendido por contarle todo aquello. Sin más. Sin filtro. Con esa facilidad que no sabía dónde nacía.

Se inclinó hacia mí con los ojos muy abiertos y alegres.

—¿Sabes? A mí me ocurre todo lo contrario: cuando me estreso no puedo parar de comer.

La miré sonriendo y serví más vino en su copa casi vacía. Se la llevó a los labios y tomó un sorbito. Después los lamió despacio, sin intención. Me obligué a apartar la vista de su boca.

Me removí algo tenso en la silla. Sentía curiosidad por un millón de cosas relacionadas con ella, y no me atrevía a preguntarle ninguna. La miré por encima de mi copa, notando los efectos del alcohol en el calor que empezaba a concentrarse en mi estómago y en mi cara. Me subí las mangas de la sudadera, un poco más valiente.

—¿Sueles volver a casa tan tarde?

—No siempre, pero sí a menudo. Es lo que pasa cuando trabajas para ti misma, que no existen los horarios, solo los objetivos conseguidos.

—¿Y regresas sola, nadie te acompaña?

—¿Como quién?

—Como ese tipo con el que te vi la otra noche. Tu... novio.

—¡¿Mi qué?! —gritó de repente, al tiempo que se llevaba las manos a la cara—. ¡¿Te refieres a Max?! ¡No, Max no es mi novio! Él... él es el hermano mayor de Amy, es como de la familia. Lo conozco desde siempre, por su culpa no pude llevar el pelo largo hasta los doce años, porque me pegaba chicles en las puntas. —Se palmeó las mejillas como si estuviera apagando un fuego—. Oh, Dios, ¡voy a necesitar ayuda para deshacerme de esa imagen! ¿Max y yo?, por favor.

Se estremeció y yo reprimí una sonrisa.

—Perdona.

—No salgo con nadie.

—Vale.

Inspiré hondo y me mordí el labio inferior, nervioso. Puede que más ligero, o aliviado, y desconcertado.

Dani sacudió la cabeza y me miró fijamente a través de sus pestañas.

—¿Qué te hizo pensar que él y yo éramos algo más?

Me encogí de hombros.

—Bueno, se notaba que había mucha confianza entre vosotros y luego él te abrazó.

—Porque somos amigos. ¿Tú no abrazas a tus amigas?

Me ruboricé y bajé la mirada un momento.

A veces, los choques culturales eran inevitables. Yo había crecido en una sociedad en la que el respeto por el espacio personal era una obligación. En la que los besos y los abrazos tenían lugar entre personas muy muy cercanas, y las muestras de afecto en público solían ser muy reservadas. Tomar la iniciativa podía costar un mundo.

A pesar de que llevaba más tiempo viviendo en Occidente que en mi país natal, me costaba desprenderme de algunas capas.

—No es algo que suela hacer, puede resultar incómodo y provocar malentendidos —respondí.

—¿Lo dices por tu novia?

Me tocó a mí espantarme.

—¿Mi novia?

—Es muy guapa, y también simpática. ¿Cómo se llamaba...? Mi... Mi...

—Minah.

—Sí, eso. Hasta su nombre es bonito —comentó en voz baja.

—No salgo con Minah. —Vi que le cambiaba el semblante y levantaba la vista del mantel para mirarme—. Solo somos amigos.

—Ibais a cenar y pensé que...

—Me gusta cenar con mis amigos.

Le guiñé un ojo e hice un gesto hacia la mesa que compartíamos.

Ella sonrió y su mirada se tornó tímida.

Paseé la vista por el restaurante. Los otros clientes se habían marchado y no había ni rastro de los camareros. Estábamos solos. Solté el aliento y miré a Dani, que arrancaba trocitos a una servilleta de papel. La observé, mientras pensaba en Minah, en la constante que era y que sería de momento en mi vida. En cómo Dani se había colado en ese espacio sin una razón. Por una tonta casualidad.

Y quería que se quedara.

Sin medias verdades que la hicieran dudar de mí.

—Minah no es mi novia y no salimos juntos, pero fingimos hacerlo.

Dani se quedó inmóvil, con la copa suspendida cerca de su boca abierta. La cerró de golpe.

—No sé si lo he entendido bien. ¿Fingís que sois pareja? ¿Los dos?

—Sí.

—¿Por qué?

—Es difícil de explicar.

—¿Por qué?

—Porque a mí mismo me cuesta entenderlo.

De repente, las luces del comedor se apagaron y solo quedaron un par de focos sobre la barra. El camarero nos observaba con una sonrisa de disculpa.

—Creo que nos están invitando a marcharnos.

18
Dani

—Vamos, te acompañaré a casa. También voy en esa dirección —me dijo Jun al abandonar el restaurante.

Avanzamos en silencio, cruzándonos de vez en cuando con gente que entraba y salía de los pubs de la zona. Una niebla muy fina había comenzado a formarse. Un velo húmedo que se movía bajo la luz anaranjada de las farolas.

Observé a Jun. Caminaba un par de pasos por delante de mí, con las manos en los bolsillos y el rostro medio escondido en el cuello de su abrigo. Infinidad de gotitas se pegaban a su pelo negro y brillaban como cristales diminutos. Y lo mismo ocurría sobre sus hombros, más anchos de lo que en un principio me habían parecido. Quizá porque aún no había sido capaz de fijarme en él sin apartar la mirada a los dos segundos.

Mis ojos lo recorrieron de abajo arriba. Desde las botas de cordones, sobre las que se arrugaban unos tejanos negros, pasando por la sudadera gris que le cubría las caderas y el abrigo corto de botones. Era alto y delgado, pero no había nada desgarbado en su apariencia. Al contrario.

Volvió la cabeza y me pilló mirándolo. Sus ojos se clavaron en los míos y noté que me ruborizaba, pese a que sentía las mejillas congeladas. Entonces se dio la vuelta y yo estuve a punto de chocar contra su pecho. Me quedé inmóvil mientras él recorría mi rostro y mi pelo con la mirada. Inspiró hondo y, sin mediar palabra, me quitó el gorro de la mano y me lo puso en la cabeza. Me cubrió las orejas y después me apartó unos mechones de la cara. Lo hizo sin rozar mi piel ni una sola vez.

Tragué saliva, incapaz de apartar la vista. Fijándome en los detalles. Como lo bonitos que eran sus ojos a esa distancia, el grosor de sus pestañas y la forma perfecta de su nariz. Sus labios llenos. La pequeña sonrisa que tiraba de ellos. Ese «algo» que no había notado hasta ahora. «Algo» que no podía explicar. Al menos, no con palabras. El cosquilleo en mi estómago, como si millones de burbujas explotaran en su interior. El tirón que siempre marcaba ese latido más fuerte, más seco, que hacía perder el ritmo a mi corazón. El temblor que se extendía por mi cuerpo y me aflojaba las rodillas. Las sonrisas sin motivo. Y lo estaba sintiendo todo a la vez, en ese mismo momento.

También una molesta curiosidad.

—¿De verdad no vas a contármelo?

—¿Qué?

—Ya sabes qué. —Se encogió de hombros, y añadí—: Creía que éramos amigos.

Alzó una ceja mirándome burlón.

—¿Amigos? Si ni siquiera me has preguntado si quiero que lo seamos.

—¿Eso se pregunta?

—Siempre.

—¡No somos niños! —me reí.

Se inclinó hacia delante, hasta quedar a mi altura. Sonrió.

—¿Quieres que seamos amigos? ¿Te apetece que tomemos un café juntos o vayamos a cenar? ¿Quieres salir conmigo? ¿Puedo besarte? ¿Te quedas a dormir? ¿Estás segura de que quieres hacerlo? Hay preguntas que siempre se deben plantear para no equivocarse. —Me guiñó un ojo—. El orden de esas preguntas también suele ser importante.

Me obligué a inspirar despacio. ¿Me estaba tomando el pelo? ¿Coqueteaba conmigo? ¿Por qué mi mente había respondido sí a todo?

Decidí seguirle la corriente, mientras mi curiosidad crecía por momentos.

—¿Quieres ser mi amigo?

—Me encantaría.

—¿Me lo contarás ahora?

—¿Y qué historia me darás tú a cambio?

—Depende de lo buena que sea la tuya —respondí con un aleteo de pestañas que habría sido la envidia de cualquier dama victoriana.

Jun echó la cabeza hacia atrás y rompió a reír con ganas. Me encantó su risa, fuerte y un tanto ronca. Sincera. Continuó caminando y yo lo seguí dando saltitos. Me giré y avancé de espaldas, mirándolo.

—¿Y bien? —insistí.

Suspiró y una nube de vaho escapó de su boca.

—Mi familia y la de Minah se conocen desde hace bastante. Nuestros padres tienen negocios juntos y entre ellos existe un gran respeto y afecto. Hasta tal punto que, hace un tiempo, comenzaron a fantasear con la idea de que Minah y yo nos casáramos para unir ambas familias y prosperar. Ese tipo de cosas. El problema es que han dejado de ser palabras y lo han convertido en un compromiso real.

—¿Un compromiso real?

—Un matrimonio concertado.

Puse los ojos en blanco y me di la vuelta para caminar a su lado.

—Oye, si no quieres contarme la verdad, no tienes por qué hacerlo, ¿vale? No necesitas inventarte historias. —Me reí sin gracia—. ¡Dios, qué imaginación!

—Te estoy diciendo la verdad.

—¿Quieres que me crea que ella y tú estáis saliendo porque vuestros padres han decidido que os caséis?

—Sí —afirmó muy serio—. Pero ninguno queremos hacerlo y hemos acordado fingir que estamos conociéndonos y construyendo una relación, lo que nos da tiempo para encontrar un modo de resolver este asunto sin grandes consecuencias.

Lo miré sin entender nada, como si en realidad me estuviera hablando en otro idioma.

—Consecuencias... —repetí, sin pasar por alto el peso con el que él había pronunciado esa palabra. Me tomé un momento para considerar que lo decía en serio—. Vale, digamos que te creo. ¿Y no es mucho más fácil decirles a tus padres que no vivimos en la Edad Media y que pasas de casarte en esas condiciones?

Sacudió la cabeza.

—Si fuese tan sencillo, ya lo habría hecho.

—¿Y qué consecuencias tendría?

—Causaría un gran dolor y vergüenza a mis padres. —Vi la tensión en su mandíbula y en sus hombros, y dejé de tener dudas sobre su sinceridad—. Sé que para alguien como tú es difícil de entender, pero ellos pertenecen a una cultura muy distinta a la tuya. Conciben el mundo de otro modo. Y en ese mundo, la familia lo es todo. Cuando eres pequeño tus padres viven por ti, y cuando te haces adulto devuelves su esfuerzo viviendo por ellos. Te sacrificas si es necesario.

Digerí sus palabras y negué con un gesto. No me parecía justo. Nadie pide venir al mundo. Te colocan en él sin preguntarte y después te exigen que compenses esa existencia, como el que salda una deuda. Era un pensamiento egoísta.

—Pero un matrimonio es solo cosa de dos. Una pareja con sentimientos mutuos. Dos personas que deciden compartir sus vidas. Solo dos, Jun, y no debería involucrar a nadie más.

—No cuando ese matrimonio se considera la unión de dos familias.

Solté el aire contenido y paseé mis ojos por el perfil de su rostro. De repente volvía a parecerme un niño. Pequeño. Perdido. Inseguro.

—Entonces, ellos han tomado esa decisión y tú la has aceptado sin oponerte porque...

Titubeó un poco.

—Sé que no es lo mismo, pero ¿por qué obedeces a tus padres cuando te piden que estés a cierta hora en casa? ¿Por qué acatas todo lo que ordena tu profesor en el colegio? ¿Por qué bajas la cabeza en el trabajo, aunque tu jefe esté siendo injusto contigo o un cliente se haya sobrepasado? ¿Por qué cedes tu asiento a otra persona solo por una diferencia de edad?

Ladeó la cabeza y clavó su mirada en mí.

Yo no podía apartarla del suelo mientras buscaba una respuesta a sus preguntas. Pensé en mi propia familia, en todas las cosas que había hecho por ellos sin querer, obligada por las circunstancias, por unos sentimientos que no podía evitar. Ese no en mi cabeza que al llegar a mi boca se convertía en un sí. La sonrisa obligada, cuando en realidad quería llorar.

Elegir mi sufrimiento antes que causar el suyo.

—Porque... porque nos programan desde niños para ser unos idiotas sacrificados y sumisos —repliqué con rabia—. Pero no es lo mismo.

—Supongo que no.

—Sé que estas cosas pasaban antes y que aún ocurren,

pero siempre me han parecido tan incomprensibles y lejanas. Me cuesta entender a tus padres, y también a ti.

—Creen en las tradiciones y viven de acuerdo a esas costumbres. Es una cuestión de respeto, de honor. Han hecho una promesa y yo...

—Una promesa con corazones que no les pertenecen, Jun —lo interrumpí. Me estaba enfadando, aunque no tuviera ningún sentido—. Con una vida que es solo tuya y de nadie más. O al menos debería serlo. No sé, si de verdad no quieres nada de eso, oponte de algún modo.

Jun frunció el ceño y su expresión se nubló al levantar la vista al cielo oscuro que nos cubría.

—Es lo que estoy haciendo.

—¿Fingiendo que sales con la persona con la que te han comprometido? ¿Y después fingirás que te casas? ¿Te has planteado que quizá sea menos complicado que intentes enamorarte de ella? —¿Por qué parecía que lo estaba atacando? Se me escapó un suspiro entrecortado.

Bajó la barbilla y me miró. Una pequeña sonrisa se dibujó en sus labios.

—Minah y yo agotamos esa posibilidad hace mucho. Nuestros padres no lo saben, pero nos conocimos cuatro años atrás. Coincidimos en la Universidad de Seúl y comenzamos a salir. No terminó bien. Intentar que ahora funcione sería como golpear las piezas equivocadas de un puzle para obligarlas a encajar, solo conseguirías romper los bordes. Ella lo sabe y yo también.

Me lo quedé mirando, con una especie de presentimiento. Tal vez una duda. Puede que no fuese nada.

—¿A quién se le ocurrió la idea de fingir? —le pregunté.

—Ella lo propuso...

Y entonces, a grandes rasgos, me habló de la relación que había mantenido con Minah en el pasado. De su ruptura. De cómo se habían reencontrado tras años sin verse, la misma noche que él y yo nos conocimos. Me contó el plan que habían trazado para ayudarse mutuamente y ganar tiempo, hasta encontrar un modo de recuperar su libertad sin hacer daño a nadie. Sin causar problemas. Y no verse obligados a pasar por lo mismo con otras personas.

—¿Estás diciendo que si rompes con Minah tu madre buscará a otra chica con la que emparejarte?

—Ella está convencida de que su obligación como madre es encontrarme una buena esposa coreana. A veces creo que es lo único que le da sentido a su vida, y que también sufre por ello. Sus expectativas son demasiado altas.

Continuamos caminando. Y hablando, sobre todo él; y no pude evitar sentir que lo hacía más consigo mismo que conmigo. Un monólogo interior, expresado en voz alta. Como si tratara de convencerse de su propia historia.

Yo no podía dejar de mirarlo. Ni ignorar el efecto que su voz tenía en mí. Las contradicciones que despertaba en mi cabeza. Las comparaciones que me susurraban lo distintos que éramos. Por qué su situación me provocaba más enojo que pena; y lo único que me nacía muy adentro era el deseo de gritarle que pasara de todo, de todos, y viviera como le diera la gana.

Pero quién era yo para aconsejar a nadie, cuando no era capaz de manejar mi propia vida con un poco de coherencia. Cuando mi familia era la piedra con la que no dejaba de tropezar, una y otra vez, por mucho que doliera.

Alcé la vista y contemplé el edificio que se había convertido en mi hogar.

—Ya hemos llegado —dije en voz baja.

—Sí.

—Gracias por la cena.

—Gracias por la compañía.

Sonreí sin dejar de mirarlo y me mordí el labio. Sabía que debía dar media vuelta y entrar, probablemente él estaba esperando a que lo hiciera. Yo subiría. Jun seguiría su camino. Y tal vez pasarían días, o semanas, hasta vernos de nuevo en circunstancias parecidas. Puede que no volviera a repetirse y esa posibilidad sabía amarga.

—De nada, es divertido salir contigo —admití. Jun alzó las cejas, seductor, y yo me reí. Después inspiré hondo—. Y no te preocupes, te guardaré el secreto.

—¿Qué secreto? —me preguntó confundido.

—Tú y Minah. En lo que a mí respecta, sois una pareja real y adorable.

La sonrisa se borró de su cara y ladeó la cabeza para clavar su mirada en mí, con tanta intensidad que sentí un pellizco en el estómago.

—No quiero que lo hagas —señaló incómodo.

—¿Qué?

—Pensar de ese modo. Te lo he contado para evitar que pudieras confundirte sobre nosotros. Así que no lo hagas, no cambies de actitud conmigo.

Lo miré tensa, sin saber cómo tomarme sus palabras.

—Vale. —Nuestros ojos se enredaron y tragué saliva con fuerza—. Debería subir.

—Sí, hace frío.

—¿Tú estarás bien? Es tarde.

—No te preocupes, cogeré un taxi.

—De acuerdo. —Nos sonreímos y yo me tomé un momento para buscar las llaves en mi bolso—. Bueno... ten cuidado.

—Lo tendré.

—Buenas noches.

—Que descanses.

Empujé la puerta y entré en el vestíbulo.

—Dani...

Agarré la puerta antes de que se cerrara y tiré de ella. Me asomé con el corazón en la garganta y un nudo gigante en el estómago. Contuve una sonrisa como pude.

—¿Sí?

—No olvides que me debes una historia.

Puse los ojos en blanco y suspiré de forma teatral.

—La tuya no ha sido tan buena.

Su risa me hizo estremecer. Después me dedicó una de esas miradas largas a las que no terminaba de acostumbrarme. Llena de interrogantes, como si esperara encontrar las respuestas en mi rostro, y de algo más.

Dio un paso atrás, y después otro.

Una sonrisa feliz, que yo le devolví. Porque, por algún motivo que no comprendía, ninguno podía dejar de sonreír. Pero así son las emociones, brotan sin que te des cuenta. Crecen sobre todo lo demás y solo las descubres cuando han echado raíces.

19
Jun

Apenas había empezado a amanecer. Una luz suave envuelta en niebla intentaba alzarse sobre los edificios. Entre los jirones brumosos que comenzaban a deshacerse pude ver el cielo oscuro, en el que aún brillaban algunas estrellas. Me froté los ojos, somnoliento, y contemplé el canal a través de la ventana, los árboles que lo bordeaban.

Me gustaba la paz que se respiraba a esas horas de la mañana, esos minutos de tranquilidad y silencio previos a que la ciudad despertara por completo y el caos se apoderara de ella. Me permitían respirar y prepararme para lo que vendría después: el ruido, las prisas, los problemas, las responsabilidades y mil cosas más que debía afrontar sí o sí.

No recordaba en qué instante había dado el salto. En qué momento había dejado de ser un adolescente despreocupado, para convertirme en un intento de adulto que no sabía lo que hacía la mayor parte del tiempo. Valiente a ratos, casi siempre asustado. Supongo que nos pasa a todos, cuando creces y te das cuenta de que ya solo puedes depender de ti mismo y que son otros los que comienzan a depender de ti. A esperar cosas. Aunque ser consciente de que la vida es así no la hace más fácil.

Suerte que a veces esa misma vida nos regala cosas buenas, en forma de soplos, sueños, lugares y personas que hacen que cobre sentido. Que se convierten en el ancla que te sostiene. En una red segura entre tus pies y el vacío. En un refugio cuando te sientes perdido.

Yo tenía a mi familia, a la que quería con locura. Sobre todo, a mi madre. A ella la adoraba, aunque se estuviera convirtiendo en mi mayor fuente de problemas y preocupación.

También tenía a Ren, él era la familia que había elegido. A quien podía contárselo todo y confesarle cualquier cosa sin sentirme juzgado. Quien me ayudaba a mantener los pies en la tierra o me empujaba con fuerza si el miedo me frenaba.

Cuando llegué al gimnasio, él ya estaba allí. Me subí a la cinta de correr que había junto a la suya y la puse en marcha. Él me miró y luego me pasó uno de sus auriculares.

—Escucha esto y dime qué te parece.

Presté atención al tema que sonaba y durante unos segundos cerré los ojos para centrarme solo en la música. Cuando los abrí, Ren sonreía de oreja a oreja como un idiota.

—Es oscura, y pone los pelos de punta —le dije mientras le devolvía el auricular.

—Exacto, acojona. Transmite una sensación de tensión y temor muy intensa, y con un coro épico de voces graves puede quedar de la hostia. —Se limpió el sudor de la cara con la toalla que colgaba de su cuello—. Será el tema que acompañe al duelo final con el último jefe. Imagínatelo, empezará a sonar cuando la horda enemiga se abra formando un pasillo y el Rey sin Rostro aparezca con su espada en una mano, mientras se quita el casco con la otra y por fin se puede ver lo que hay debajo.

En mi cabeza era una pasada.

—Me gusta, pero ¿podemos permitirnos un coro a estas alturas?

—¿Y qué importa si podemos o no? Quedará genial y lo quiero, aunque deba pagarlo de mi bolsillo.

Me hizo reír. Lo miré de reojo y no pude evitar fijarme en las manchas oscuras que había bajo sus ojos, en lo cansado que parecía a pesar de su sonrisa. También me percaté de que estaba más delgado y empecé a preocuparme.

—No tienes buena cara, ¿has dormido?

—No mucho, he estado trabajando en lo que acabas de oír.

—¿Y eso es lo único que te ha mantenido despierto?

Vi que tragaba saliva y se humedecía los labios. Compuso una sonrisa y fue entonces cuando giró el cuello para mirarme a los ojos. Habría colado, si no lo conociera.

—Estoy bien.

—Es evidente —repliqué en tono mordaz.

Hizo un ruidito de exasperación con la garganta y frunció un poco el ceño.

—De acuerdo, las cosas no van bien con Emily.

—¿Qué os pasa?

—Todo —respondió sin vacilar. Aminoró la velocidad de la cinta y yo hice lo mismo—. Discutimos hasta por lo más insignificante. No para de repetirme que necesita más de mí, que no estoy tan comprometido como ella, y te juro que no sé a qué se refiere. —Me miró al tiempo que se apartaba el pelo húmedo de la frente—. Intento pasar con ella todo el tiempo que puedo, la cuido, me intereso por sus cosas. Trato de ser detallista y me esfuerzo mucho, muchísimo. Pero siento que todo le molesta y cuando le pregunto, sus respuestas son tan ambiguas que no me entero de nada. ¿Cómo arreglas algo, si no sabes lo que funciona mal?

—Si no te dice cuál es el problema, es imposible que puedas solucionarlo —convine.

—Exacto. No soy un adivino. —Suspiró hondo—. Y me saca de quicio cuando noto que algo va mal y le pregunto qué le pasa y me dice que nada. ¡Nada! Mientras me mira como si me odiara y quisiera asesinarme. Como anoche...

Se quedó callado y echó la cabeza hacia atrás como si le pesara y no pudiera sostenerla.

—¿Qué pasó anoche?

Se encogió de hombros.

—Se cabreó conmigo. Discutimos y te juro que aún no sé qué hice mal.

—¿Quieres contármelo?

—Estábamos en mi casa, pensábamos cenar y ver una película. Emily estaba contenta, todo iba bien. —Hizo una pausa para beber agua de su botella—. Después Jisoo me llamó asustada, porque pensaba que había borrado por accidente un trabajo de la universidad. Sabía que era tarde y lo consulté con Emily. Me aseguró que no le importaba que Jisoo se pasara por allí un momento. Esa enana solo estuvo en casa unos quince minutos, lo que tardé en recuperar el trabajo. Pues en ese tiempo algo pasó, porque, cuando Jisoo se marchó, Emily ya estaba cabreada.

—Puede que le molestara la visita de Jisoo, teníais planes.

—Entonces, ¿por qué me dijo que no le importaba? Si se hubiera negado, me habría parecido bien.

—Tienes razón. —Pensé en ello unos segundos, y no llegué a ninguna conclusión. Si las cosas eran tal cual las había descrito Ren, yo tampoco entendía nada—. ¿Estás seguro de que no hiciste o dijiste nada?

—Joder, Jun, estoy seguro. No soy tan idiota —replicó molesto.

—Tal vez no te diste cuenta.

—¡Que no!

—Vale. —Lo miré de reojo—. ¿Y qué vas a hacer?

—No lo sé, porque ahora soy yo el que se ha cabreado. Empiezo a estar harto de estas movidas.

Paró la cinta y se bajó de un salto. Luego se dirigió a los vestuarios con paso rápido.

Lo seguí con la mirada, sin saber muy bien qué hacer: si ir tras él o dejarlo en paz hasta que se calmara.

La vida de Ren nunca había sido fácil; y cuando Emily se cruzó en su camino, hacía ya un año, me alegré porque parecía el tipo de persona que él necesitaba para conseguir un poco de estabilidad y calmarse. Alguien que se preocupaba por él y podría ayudarme a protegerlo del mundo injusto que le había tocado vivir, pero, sobre todo, de sí mismo.

Ya no estaba tan seguro de eso. Desde hacía unos meses, las cosas no iban bien entre ellos y la frustración comenzaba a hacer mella en Ren. Podía sentirlo. Veía la regresión que provocaba en él la incertidumbre. No sabía vivir con dudas, a la espera. Rodeado de preguntas sin respuestas. Al final acababa culpándose por el simple hecho de existir y me daba miedo que no pudiera salir de ese agujero, si caía de nuevo en él.

20
Jun

—Jun, nosotros ya nos marchamos.

Levanté la vista del ordenador y encontré a Luke asomado a la puerta de mi oficina. Le eché un vistazo al reloj y vi que eran más de las nueve. No me había percatado de que fuese tan tarde.

Le dediqué una pequeña sonrisa, a modo de disculpa.

—Está bien, nos vemos mañana.

—Vamos a picar algo y tomar una cerveza. ¿Quieres venir?

Reprimí un bostezo y negué con la cabeza.

—Me quedaré un poco más, quiero terminar la prueba y después me iré a dormir.

Luke se despidió con la mano y cerró la puerta de nuevo. Fuera, las luces se apagaron y todo quedó en silencio. Me concentré de nuevo en la pantalla y se me escapó una maldición. No había pausado el juego y mi personaje yacía muerto en medio de un pantano.

Cansado, me quité las gafas y me froté los ojos. Llevaba horas probando los diferentes niveles, buscando errores y defectos de movilidad y velocidad en los personajes. Simulando distintas situaciones para comprobar cómo respondía el juego. Era un proceso agotador.

Tomé el mando para empezar de nuevo y al colocar el pulgar en el *joystick*, noté una punzada. Alucinado, vi que tenía una ampolla. Me puse en pie y fui en busca del botiquín, donde debía de haber tiritas. Mientras me ponía una en el dedo con cuidado de no arrugarla, me asomé a la ventana. En el cielo había algunas nubes, entre las que se veían unas cuantas estrellas y la luna menguante. Podía percibir a través del cristal el frío que hacía fuera.

Mi mirada voló hasta el piso de enfrente. No parecía que Dani estuviera en casa. Habían pasado dos días desde que cenamos juntos y no había vuelto a saber nada de ella. Me incliné hacia delante y observé la calle. Las personas que iban y venían; y, entre todas, la descubrí a ella. Caminando con un bolso enorme colgado del hombro y una caja en las manos. Entró en su edificio. Un par de minutos después, las luces de su casa se encendían.

Amparado en la penumbra del estudio, la vi moverse por el salón. Dejó en la mesa lo que parecía una caja de pizza y después se quitó el abrigo. La perdí de vista, aunque no tardó en aparecer de nuevo, con ropa distinta y el pelo recogido en una coleta.

Saqué mi teléfono del bolsillo y le di vueltas en la mano, dividido entre las ganas que tenía de llamarla y las dudas. La inseguridad. No era el tipo de mujer a la que yo podría gustarle. Ni que podría gustarme. Sin embargo, allí estaba, sintiendo un montón de cosas nuevas. Pensando en otras a las que no estaba acostumbrado, como que Dani era la mujer más guapa que había conocido en mucho tiempo, con la capacidad de hacerme sonreír incluso cuando no quería.

Inspiré hondo y la llamé. Un tono. Dos. La vi coger su teléfono de la mesa y mirarlo. El pequeño respingo que la sacudió. Cuatro. Cinco. Me hizo gracia que se atusara el pelo. Seis.

—¿Sí?

—¿De qué es? —pregunté.

—¿Qué?

—La pizza, ¿de qué es?

Alargué el brazo y palpé la pared hasta dar con el interruptor de la luz. Los focos del techo se encendieron.

—De pimientos y champiñones. Pero... ¿cómo sabes que...?

Se puso en pie de un bote y se acercó a la ventana. Se le escapó una risita.

Yo suspiré de forma exagerada.

—No me gustan los pimientos. ¿Cuánto queso le han puesto?

—Mucho, y albahaca.

—Me gusta la albahaca. Y los bordes crujientes.

—Tiene los bordes crujientes. —Sonreí al percibir la diversión en su voz—. ¿Intentas que comparta mi pizza contigo, Jun?

Me encantaba cómo sonaba mi nombre cuando ella lo pronunciaba.

—¿Tanto se nota? —Me reí un poco avergonzado—. A cambio, yo te daría media tarrina de helado.

—¿De qué sabor?

—De plátano con trocitos de chocolate y nueces. —Hice una pausa y tragué saliva—. Y podría enseñarte el estudio, ahora que no hay nadie.

Contuve el aliento y esperé, mientras el silencio se alargaba entre nosotros.

—De acuerdo —aceptó.

Apreté el puño con un gesto de victoria, y solté todo el aire de golpe.

—Es la puerta verde. Estará abierta, solo tienes que empujarla.

—Vale.

Colgó y yo resoplé, de repente muy nervioso. Miré alrededor y vi el desorden. Me apresuré a colocar los cojines en el sofá y a devolver las revistas a su sitio. De una patada aparté un puf. Sobre las mesas de trabajo había algunas tazas de café y envoltorios de comida. Éramos un desastre.

Oí el ascensor. Le eché un vistazo a mi reflejo en la ventana. Vaqueros azules, camiseta blanca y una sobrecamisa negra, un atuendo básico y sencillo, y me sentaba bien. Fruncí el ceño, a quién quería engañar. No iba a impresionarla. Ella, que probablemente conocería a un montón de modelos. Tíos guapos y estupendos.

El ascensor se detuvo y yo dejé de desvariar. Corrí a la puerta y la abrí con demasiada energía. Me encontré con su rostro sonriente y colorado.

—Imugi Games Studios —leyó en voz alta la placa que colgaba fuera, al lado de la puerta—. Es impresionante. ¿Qué significa *Imugi*?

—El *imugi* es una criatura mitológica, un dragón menor con forma de serpiente.

—¿Como el dragón de Goku?

Elevé las cejas, divertido.

—¿Sabes quién es Goku?

—¿Por qué no iba a saberlo? —replicó en tono burlón. Se mordisqueó el labio inferior, nerviosa—. ¡Hola!

El corazón me latía desbocado.

—Bienvenida a mi estudio.

—¡¿Tuyo?!

—Sí.

—¿De verdad? Pensaba que solo trabajabas aquí. —Tomé la caja de pizza de sus manos, mientras ella me miraba como si me hubiese salido otra cabeza—. ¿Cómo es posible que a tu edad ya tengas algo así?

—No se lo cuentes a nadie, pero... ¡soy un vampiro! Llevo siglos en este mundo —le dije en un susurro.

Puso los ojos en blanco y soltó una risita.

—Muy gracioso.

Me hice a un lado para dejarla entrar. Ella avanzó despacio, mirándolo todo con curiosidad.

—Echa un vistazo, si quieres. Voy a calentar esto.

Asintió y yo me dirigí a la barra, donde teníamos una pequeña cocina improvisada. Puse a calentar la pizza y saqué del armario un par de platos y vasos. Abrí la nevera.

—¿Qué te apetece beber?

—¿Qué tienes?

—Agua, zumo de naranja y refrescos sin azúcar.

—Un refresco. —Se detuvo frente a nuestro arsenal y tomó una ballesta que disparaba flechas de gomaespuma. Me miró—. ¿Y esto?

—Es justo lo que parece. Quien pierde paga la comida de todo el equipo.

Se echó a reír y continuó moviéndose por el estudio. Recorrió las estanterías repletas de figuras, cómics y mangas. Los pósteres que colgaban de las paredes y las ilustraciones enmarcadas de nuestros personajes. Se detuvo frente a una de mis favoritas y señaló la esquina inferior, donde aparecía mi firma.

—¿Es tuya?

—Sí, es el primer boceto a lápiz. Al lado tienes la ilustración digital con su aspecto final.

—¡Vaya, es genial! —Me miró con admiración y me sonrojé—. ¿Puedo ver más?

—Ven conmigo. —La conduje hasta mi oficina y le señalé la pared detrás de mi mesa—. Ahí tienes más. Y luego están estas otras.

Abrí el expositor donde guardaba todas mis láminas y ella se acercó. Comenzó a pasarlas, deteniéndose en unas más que en otras. Noté que ciertos paisajes llamaban su atención, también los personajes femeninos. Empezó a hacerme preguntas sobre los materiales que usaba y algunas técnicas. Su interés era genuino y me fui emocionando mientras le iba explicando los detalles. Todos los pasos que seguía desde el papel hasta el modelaje en 3D.

Nos sentamos a mi mesa y le mostré el personaje en el que trabajaba para el nuevo videojuego que estaba planeando: un hada diminuta con rasgos felinos.

—Mi idea es que se comporte como una especie de conciencia del personaje principal. Ya sabes, la voz de la razón que le dice qué es lo correcto y qué no. También le ayudará a resolver los acertijos que irán surgiendo en los distintos niveles. Apoyo en los combates...

Dani acercó su rostro a la pantalla y yo la miré a ella. Me fijé en la curva de su cuello y en la forma de sus orejas. El arco de su mandíbula y los hoyuelos que se formaban a ambos lados de su sonrisa. Los mechones que se le escapaban de la coleta y se rizaban enmarcando su rostro.

Tragué saliva, nervioso; la tenía tan cerca que podía saborear su perfume en la punta de la lengua.

—Es muy mona, con esa carita y la nariz tan diminuta —dijo en un tono mimoso. Me observó—. Me encantan sus bigotitos. Deberías ponerle también orejas.

Contemplé la pantalla.

—Entonces parecerá un gato con alas y no un hada.

—Tienes razón.

—Ahora que me fijo, se parece un poco a ti.

—¿A mí?

—Es enana. Diminuta. Si le pongo los ojos azules...

El codazo que me pegó en las costillas me hizo toser y reír al mismo tiempo. La miré con los ojos muy abiertos.

—Te lo mereces.

Se puso en pie y se escabulló por la puerta con pasos enérgicos.

La seguí sin dejar de reír.

Compartimos la pizza, entre miradas y sonrisas, y una conversación que al principio se inició insegura, sobre cosas cotidianas y sin importancia, para después convertirse, sin darnos cuenta, en la de dos personas que se morían por conocerse.

Por saber.

Y lo hicimos.

Con palabras y sin ellas. A través de los gestos.

Así pasaron los minutos, hablando de nosotros, de las cosas que nos gustaban y de las que no. De nuestras contradicciones. Pequeños secretos. Sin muchos detalles. Dejándonos llevar por esa espontaneidad que había surgido entre nosotros desde la primera vez que nos vimos.

—¿Quieres helado? —le pregunté.

—Por eso estoy aquí.

Chasqueé la lengua.

—Y yo que pensaba que habías venido por mis encantos.

Dani se echó a reír y me miró con los ojos entornados.

—Eso también —respondió con un atisbo de timidez que trató de disimular rápidamente, pero que a mí me calentó por dentro y me hizo entretenerme en su rostro.

Saqué del congelador el bote de helado y dos cucharas del cajón.

—No tengo nada donde servirlo.

—No importa.

—¿Seguro?

Dani asintió y regresé al sofá. Me senté a su lado, le di una de las cucharas y después le quité la tapa al helado. Ella hundió su cubierto en el centro y la sacó rebosante.

—Este sitio es genial, de verdad —dijo con la boca llena.

—Me alegro de que te guste.

—Me encanta. Es agradable y acogedor. No parece un lugar de trabajo.

—Seguro que tu taller también mola.

—Sí, pero no tiene nada que ver. Ya lo verás.

Me la quedé mirando y una parte de mí comenzó a latir más deprisa. La estudié, preguntándome qué demonios estaba sucediendo entre nosotros. Por qué se encontraba allí, conmigo, cuando podría estar en cualquier otra parte. Por qué su voz y su risa llenaban vacíos que ni siquiera sabía que tenía.

—Me debes una historia —le recordé.

Dani lamió la cuchara y me miró de reojo.

—No tengo ni idea de qué estás hablando. —Hice el gesto de arrebatarle el helado y ella dio un bote hacia atrás, abrazando la tarrina contra su pecho—. Vale, vale... Yo también cumplo mis promesas.

Sonreí y me crucé de brazos, a la espera.

Dani bajó la vista y se metió otra cucharada en la boca. Tragó sin prisa y después inspiró hondo, tomándose su tiempo. Ladeó la cabeza y su mirada se enredó con la mía.

—He estado casada.

21
Jun

Tomé aire, sorprendido. Me esforcé por disimularlo, pero no era capaz de cerrar la boca.

Tampoco sabía cómo tomármelo. Ni cómo me hacía sentir su confesión.

—¿Eso quiere decir que ya no?

—Me divorcié.

—¿Qué pasó?

—¿Prefieres la versión corta o la extendida?

—La que no te haga sentir incómoda. —Sacudí la cabeza. En realidad, no tenía por qué contarme nada si eso la hacía sentir mal o recordar cosas que no deseaba—. ¿Sabes? Hablemos de cualquier otro tema.

Ella se quitó las zapatillas, subió las piernas al sofá y las cruzó al estilo indio. Me observó fijamente, indecisa, y yo le sostuve la mirada sin parpadear. Por eso pude ver el pequeño cambio que se produjo en su expresión. El atisbo de determinación que le hizo apretar los labios un segundo, antes de soltar el aliento.

—Quiero contártelo, es lo justo.

—Vale.

—Pues empezaré desde el principio. —Cuadró los hombros y juntó las manos como si estuviera a punto de darme una charla. Me hizo gracia—. Mi ex se llama Adrián. Lo conocí hace muchos años, durante unas vacaciones de Navidad en mi ciudad, y comenzamos a salir enseguida. Por aquel entonces yo residía aquí, en Londres, haciendo unas prácticas como ayudante de diseñador. Al principio, la distancia no supuso un problema. Hablábamos mucho por teléfono e intentábamos vernos a menudo. Unas veces venía él aquí y otras era yo la que lo visitaba. —Empezó a rascarse un pellejito del dedo—. Con el paso de los meses, vinieron las quejas; Adrián no paraba de repetir que una relación en esas condiciones no tenía futuro y me hizo elegir entre mi vida en Londres y él.

Me puse rígido al escuchar esas palabras. Las personas que nos quieren no deberían hacernos escoger. Condicionarnos ni obligarnos a abandonar por puro egoísmo aquello que nos hace felices.

—Y ganó él —dije en voz baja.

Esbozó una triste sonrisa.

—Elegirlo por encima de todo se acabó convirtiendo en una costumbre para mí, incluso cuando me di cuenta de que lo nuestro no funcionaba y que estar juntos nos hacía más mal que bien. —Cruzó los brazos sobre su estómago y alzó la vista al techo—. ¿Sabes? Todavía me pregunto por qué lo hice. Por qué aguanté aun sabiendo que no terminaría bien. Habría evitado tantas cosas dolorosas si hubiera sido valiente en lugar de conformarme.

—No sirve de nada arrepentirse, es agua que ya se ha derramado.

Sonrió a medias.

—Es fácil decirlo. ¿Tú no te arrepientes de nada?

—Como todo el mundo, imagino.

—A veces siento que merecía lo que pasó, por continuar

con él sabiendo que no era lo correcto. Me aferré a esa relación porque era lo fácil y la otra opción requería más esfuerzo y firmeza.

—¿Cuál era la otra opción?

—Romper, terminar con Adrián, pero con el paso del tiempo se hizo cada vez más complicado. Dejé Londres para mejorar las cosas con él. Y lo hicieron, durante un tiempo, hasta que comenzaron de nuevo los problemas. Nos fuimos a vivir juntos, como si compartir nuestras vidas pudiese reflotar un barco que hacía aguas desde el principio. Solo fue un parche, y no duró mucho. —Suspiró con fuerza. La tristeza que reflejaban sus ojos me estaba matando y me quemaban las ganas de tomar sus manos y estrecharlas entre las mías—. Entonces decidimos dar un paso más y casarnos, como si ese compromiso pudiera arreglar por sí solo nuestros problemas.

—Y no salió bien.

—No. Solo alargamos un poco más nuestra relación malsana, hasta que todo estalló y se llevó por delante mucho más que nuestro matrimonio.

—¿Qué ocurrió?

—Descubrí que me ponía los cuernos —dijo con una mezcla de amargura y vergüenza.

—No fue culpa tuya.

—¿Cómo lo sabes?

—Porque nada de lo que pudieras hacer justifica ese tipo de engaño.

—Se acostaba con mi hermana. —Me quedé helado. Ella ladeó la cabeza sin dejar de observarme y soltó una risita—. Supongo que esa fue la cara que yo puse cuando me enteré de que estaban juntos.

Fruncí el ceño. No necesitaba mostrarse fuerte conmigo, escondida tras ese tono irónico con el que trataba de disimular que aún le dolía.

—No es gracioso, Dani.

—Puede que no, pero lloré demasiado en el pasado. Lo justo es que ahora intente reírme, ¿no crees? —Me encogí de hombros y asentí—. ¿Quieres saber cómo lo averigüé? Es la mejor parte.

Respiré hondo, preparándome para cualquier cosa que pudiera decir.

—Sorpréndeme.

—Ellos salían de la ciudad para estar juntos, pero alguien los reconoció y los grabó enrollándose en un bar. Después compartió el vídeo, y ya sabes cómo son estas cosas...

Parpadeé alucinado.

—¡¿Lo descubriste por un vídeo?!

—Uno que vio todo el mundo. —Bajó las piernas del sofá y las estiró mientras se echaba hacia atrás y apoyaba la cabeza en el respaldo. Me miró de reojo, con una sonrisa pícara en los labios—. Ese día, toda la familia se encontraba en casa de mis abuelos celebrando el cumpleaños de mi padre, y el vídeo llegó al chat familiar. Lo peor fue ver sus caras después de abrirlo. La pena, la compasión y la vergüenza con la que me miraban. Pero lo que de verdad me destrozó fue que después no pasó nada. Absolutamente nada. Mi hermana y Adrián continuaron juntos, mi familia empezó a comportarse como si él y yo nunca hubiésemos sido una pareja y fuese mi hermana la que siempre formó parte de su vida. Perdonaron y corrieron un tupido velo. Y después tuvieron el valor de pedirme que intentara ser comprensiva y pasar página, porque era más importante la comida de los domingos que mis sentimientos.

Estaba atónito y sin palabras. Aunque, de tenerlas, no habría sabido qué decir. Recordé las cosas de las que me habló cuando nos encontramos en aquel pub. Su negativa rotunda a herir al chico con el que había salido esa noche. Su rechazo a cualquier gesto que pudiera humillarlo. Entonces me pareció exagerado, ahora podía ver un trasfondo repleto de grietas y heridas que no habían sanado.

Dani caminaba de puntillas por el mundo, envuelta en plástico de burbujas para evitar los golpes. Con miedo a causar dolor a los demás porque eso le recordaba el que ella había sufrido.

—En el fondo es culpa mía, porque siempre he sido ese tipo de persona.

—¿Qué tipo de persona?

—La que todo lo entiende. La que siempre da y se sacrifica. A la que todos recurren en busca de soluciones. La que siempre piensa en los demás antes que en sí misma y nunca pierde el control. «Ah, seguro que Dani lo comprende.» «No creo que a Dani le importe.» «Dani lo arreglará.» «Dani nunca se enfada.» «Dani dejará que pisoteemos su corazón sin rechistar.»

Incliné la cabeza para poder mirarla a los ojos. Los tenía brillantes y un mechón de pelo se le había enganchado en las pestañas. Contuve las ganas de alargar la mano y retirárselo.

—No tiene nada de malo que hayas sido ese tipo de persona con tu familia. Y que ahora no quieras serlo también está bien.

—No soy capaz de pensar en mi hermana sin sentir que me estoy muriendo. ¿Verlos a todos juntos como si nada? No puedo, Jun.

—Es normal que sientas eso.

—¿Tú me entiendes? —me preguntó. Asentí convencido—. Ellos no, sobre todo mi madre. No deja de presionarme y chantajearme para que arregle las cosas con mi hermana. Y cuando me niego, me ataca hasta hacerme sentir responsable de que nuestra familia esté dividida. Como si la culpa fuese solo mía.

—Pero no lo es. No dejes que te convenza de lo contrario.

Me sonrió, y el agradecimiento que me transmitía su mirada me encogió el estómago. Entonces, alargó su mano y la colocó sobre la mía. Tenía los dedos suaves y un poco fríos. Estrechó los míos con un ligero apretón. Mi vista cayó en ese punto. Quise mover mi mano y enredarla con la suya. Coger su muñeca y tirar de ella hacia mí. Quise abrazarla. Con fuerza. Y no soltarla.

—Gracias —susurró.

Nuestros ojos se encontraron y tuve la sensación de que aquel momento era más íntimo que cualquier noche que hubiera pasado bajo las sábanas de otra chica.

De pronto, la puerta del estudio se abrió y Ren entró como si estuviera huyendo de algo. Si le sorprendió encontrarme allí, no lo demostró. Quizá porque era Jisoo la que lo perseguía enfadada.

Entraron en nuestra oficina.

—Me ha dicho que le pegaste —se quejaba Jisoo.

—No es verdad. Tropezó él solito y se cayó. ¿Qué culpa tengo yo de que sea torpe además de tonto? —replicó Ren.

—Piensa que lo acosas.

—¿Yo?

—Dice que te ve en todas partes.

—Claro, porque Londres tiene el tamaño de Australia y es imposible encontrarse. ¿No te jode?

—Quiero que lo dejes en paz.

—Pero ¡si no le he hecho nada!

—Ren, ese chico me gusta. Me gusta de verdad, así que no te metas —dijo Jisoo en tono amenazante.

Ren se echó a reír con ganas y yo apreté los párpados un momento. Se mascaba la tragedia. Dani me miró sin entender nada y yo negué con un gesto para que no se preocupara.

—¿Cómo te va a gustar con esa cara de besugo?

—Me gustan los besugos.

—Tiene mirada de pervertido.

—¿Y qué importa? No es capaz ni de tocarme por tu culpa y yo quiero que me bese.

Jisoo salió de la oficina con un ordenador portátil bajo el brazo. Ren la seguía con una expresión de horror.

—¿Quieres que esa ameba te bese? Para empezar, ni siquiera tienes edad para besuquearte con nadie.

—No es asunto tuyo, y sí que la tengo. Además, te he visto meterle la lengua a chicas que no eran mucho mayores que yo.

—No es lo mismo.

—¿Por qué?

—Porque, porque, porque... eres como mi hermana. Y le prometí a tu madre que cuidaría de ti.

—¡Te odio! —gritó ella al salir por la puerta principal.

—Como quieras, pero devuélveme el portátil mañana, lo necesito.

—Vale.

—Y pilla un taxi, no se te ocurra volver en autobús... ¿Jisoo? —insistió al ver que no respondía.

—¡Que sí!

Las puertas del ascensor se abrieron.

—Esa es mi chica.

—Que te den, Ren.

Y las puertas se cerraron.

Apreté los labios para no reírme. Había presenciado tantas escenas parecidas que ya no me sorprendían, pero la cara de Dani no tenía precio. Ren se volvió y por primera vez reparó en nosotros. Alternó su mirada entre Dani y yo.

—Hola —saludó.

—Dani, este es Ren, mi mejor amigo y mi socio —lo presenté mientras me ponía de pie.

—Ese soy yo. —Hizo una pequeña reverencia y lo empujé en el hombro—. ¿Y tú eres...?

—Yo...

—Se llama Dani, y es una buena amiga. Así que cuidado con lo que dices —las últimas palabras las murmuré para él.

Ren tosió para disimular su risa.

—Encantado de conocerte, Dani.

—Gracias. Lo mismo digo. —Ella me miró con las mejillas encendidas—. Es un poco tarde, debería marcharme.

—Claro, dame un segundo, te acompañaré.

—No hace falta, solo tengo que cruzar la calle.

—Ah, ¿sí? —intervino Ren.

Le di un golpecito con el codo.

—Bueno, gracias por todo —dijo ella.

La acompañé hasta la puerta y la sostuve abierta.

—A ti por la pizza.

—Nos vemos.

—Claro.

—Buenas noches.

—Que descanses.

Esperé a que entrara en el ascensor y la despedí con la mano mientras las puertas se cerraban. Cuando me di la vuelta, Ren se había espatarrado en el sofá y me miraba con una sonrisita de suficiencia en la cara.

—¿Por qué no sabía nada de esto?

—Lo dices como si te lo contara todo —repliqué.

—Me lo cuentas todo. —Me senté a su lado y subí los pies a la mesa. Sentí su mirada—. Parece que te gusta.

—Me gusta mucho. Es divertida, muy lista y preciosa —le confesé sin reparos.

—Y ahora viene un pero.

—Es varios años mayor que yo, apenas tenemos cosas en común y está divorciada.

—¿Y cuál es el problema?

—Que no estoy seguro de si le gusto.

—Estaba aquí, contigo, y parecía contenta.

—Tú también.

—A mí me gustas —susurró en tono seductor. Lo golpeé con un cojín y él se apartó entre carcajadas—. Pues pregúntale.

—¿Quieres que le pregunte si le gusto?

—Es la fuente más directa y fiable para averiguarlo. Aunque también puedes visitar a la vidente del mercado y preguntarle a ella. Perderás cuarenta libras, la dignidad y todo mi respeto.

—Como si me tuvieras alguno.

—Es que me lo pones muy difícil. —Señaló un trozo de pizza que quedaba en la caja—. ¿Vas a comértelo?

—Todo tuyo.

Le dio un mordisco e hizo una mueca.

—Puaj... Es de pimientos. ¿Te has comido esto?

—Si no respiras, no se nota tanto el sabor.

Ren siguió masticando y tragó con esfuerzo.

—No funciona —dijo asqueado. Dejó las sobras en la caja y se cruzó de brazos—. Cuando le gustas a alguien, se nota.

—¿Qué?

—Eso, que cuando le gustas a alguien, lo notas. Así que déjate llevar por el instinto...

—El instinto —repetí. Lo miré de reojo—. ¿De verdad le has pegado al novio de Jisoo?

Sus ojos se posaron en mí y sentí cómo me atravesaban.

—¿Qué novio? Cara de Besugo no es su novio. Y no le he pegado, ha tropezado. Cuando me ve, se pone demasiado nervioso. —Chasqueó la lengua—. Yo creo que oculta algo. Algo muy turbio.

—¿Y no será que se pone nervioso porque lo tienes acojonado?

—¿Yo? ¿En serio? Venga ya, me conoces.

—Por eso, Ren, porque te conozco —dije mientras me ponía de pie para apagar los ordenadores, las luces y poder irme a casa.

—¿Qué quieres decir con eso?

—Nada.

—No le he pegado.

—Ya...

—No le he tocado un pelo.

—Ajá...

—Pero voy a matarlo si lo vuelvo a pillar llevándola a un bar de copas.

Me reí mientras lo agarraba por el cuello y lo arrastraba hasta la salida. Lo abracé más fuerte que otras veces, porque mi instinto me decía que lo hiciera y, con él, nunca me fallaba.

22
Dani

Sentía como si otra persona hubiera poseído mi cuerpo y lo dominara por completo anulando mi voluntad. Tal vez, porque la Dani que yo conocía jamás se habría apostado tras una puerta durante una hora para forzar un encuentro «casual» que le sirviera como excusa para ver a un chico.

Sin embargo, había hecho precisamente eso. Esconderme y espiar ambos lados de la calle desde el vestíbulo de mi edificio, con el corazón en la garganta mientras esperaba a que él apareciera. Después, había salido como si nada a la calle y gritado buenos días con tanta naturalidad que deberían haberme dado un Oscar a la actuación más convincente.

Luego, no tuve que hacer nada más. Jun parecía tan contento de verme que enseguida me olvidé de que me estaba comportando como una chiflada acosadora y acepté su invitación. Incluso me hice de rogar.

—¿Te apetece que tomemos un café?

—Me encantaría, pero hoy debería llegar pronto al taller —dije con un mohín.

—Bueno, quizá otro día. ¿Te importa si te llamo?

—¿Sabes? Tomemos ese café, no creo que el mundo se acabe por llegar tarde unos minutos.

—¿Seguro?

—¡Sí! Yo invito.

—Entonces, ¿puedo pedir tarta?

Dios, era tan mono. Y yo...

Yo iría de cabeza al infierno.

O el karma acabaría castigándome.

Aunque tampoco es que estuviera haciendo nada malo. Solo me apetecía verlo, charlar un rato, distraerme durante unos minutos. ¿Por qué con él? Aún no había reunido el valor para pensar con sinceridad en la respuesta. No sé si por miedo a no encontrarla o porque estaba tan clara que me sentía ridícula por haberme permitido llegar tan lejos.

Porque no era capaz de controlarme y dejarme llevar se había convertido en una opción que nunca antes me había permitido.

—Solo digo que creer en las almas gemelas es un pensamiento infantil.

Jun me miró desde el otro lado de la mesa y arqueó las cejas.

—¿Por qué? —me preguntó.

Ni siquiera estaba segura de cómo habíamos acabado hablando de ese tema, pero allí estaba yo, una escéptica del amor destinado a ser, del para siempre, discutiendo sobre conexiones imposibles.

—La idea de que existe una persona mágica para ti, con la que te acabarás encontrando y viviendo felices para siempre, es una fantasía sin ninguna lógica. ¿Qué pasa si esa persona vive en Nueva York y tú en Roma, y jamás abandonáis vuestras ciudades? Nunca os conoceréis.

—O sí.

—¿Cómo?

Dio un sorbo a su café y después lo dejó en la mesa. Me miró con una sonrisa burlona.

—Por la sincronía del universo, es un hecho. Un viaje inesperado. Un vuelo que se retrasa. Regresar a casa por un camino distinto al que siempre haces... y ocurre. Ahí está esa persona, y una sola mirada basta para reconocerla. Porque todo lo que nace se divide, y su razón de existir es encontrarse. Cada paso que dan las acerca, aunque unas tarden más que otras. Es así, mágico e inevitable.

Mientras lo escuchaba, me había ido quedando sin aliento. Ensimismada en el movimiento de sus labios, el sonido de su voz o el brillo de sus ojos al observarme. Cautivada, porque su pensamiento era precioso y romántico.

Tragué saliva.

—¿De verdad lo piensas? ¿Crees que en alguna parte hay alguien que es tu otra mitad y que está esperando a que os encontréis para estar juntos?

—No —respondió sin dudar. Mis hombros se hundieron sin que pudiera evitarlo—. ¿Qué? ¿Te había convencido?

Se echó a reír y yo estuve a punto de lanzarle mi taza.

En realidad, una parte de mí lo había creído, motivada por la necesidad de entender la razón de aquello que flotaba entre los dos, fuese lo que fuese. Culpar al destino siempre es más fácil que asumir la responsabilidad de nuestros sentimientos y enfrentarlos.

Me froté el rostro y dejé caer las manos en el regazo. Jun ladeó la cabeza y su sonrisa se hizo más amplia. Se tocó la cara, bajo la nariz.

—Tienes algo aquí.

—¿Aquí?

—No. —Me apuntó con el dedo—. Más abajo, cerca del labio. Parece espuma del café.

—¿Aquí?

—No, más a la derecha —me indicó. Froté hacia ese lado y él volvió a negar. Empezó a reír—. La llevas en el dedo y te está quedando un bigote precioso. —Me reí por su comentario. Alargó la mano hacia mí—. ¿Puedo?

Asentí y me incliné sobre la mesa. Él deslizó el pulgar por el contorno de mi labio superior. Lo hizo varias veces, despacio y con mucho cuidado. Nuestros ojos se encontraron y permanecimos inmóviles, como si el mundo hubiera quedado suspendido en ese espacio. Entonces, retiró la mano y mi boca se abrió en un amago entrecortado.

Jun rebuscó en su mochila y sacó un paquete de pañuelos húmedos. Tomó uno.

Señaló mi mano.

—¿Puedo?

Se estaba poniendo rojo por momentos y me hizo gracia ese empeño por ser extremadamente educado. A ver, me parecía bien, y era lo correcto, pero no estaba acostumbrada a ese grado de consideración y se me hacía raro. En ese instante caí en algo en lo que no me había fijado: Jun nunca me tocaba. Siempre era yo la que rompía esa distancia, la que invadía su espacio sin preguntar, como un hábito más.

Me tocó a mí ruborizarme.

—¿Siempre me vas a pedir permiso antes de tocarme?

Me miró con intensidad y su voz sonó un poco más ronca. Más profunda.

—¿No debo hacerlo?

—No.

—¿No? —insistió, y no sé por qué sentí que tras la entonación de ese único monosílabo me estaba pidiendo permiso para mucho más.

—Yo nunca lo hago contigo. ¿Debería? —Negó con un gesto, y yo cogí aire—. Tú tampoco.

Él sonrió. Tomó mi mano y comenzó a frotarla con el pañuelo. Me había manchado un par de dedos con la espuma del capuchino y se había secado alrededor de las uñas. Lo observé sin reparo y un puñado de sensaciones se asentaron en mi estómago, irradiando calor, provocando un estremecimiento tras otro. Recorrí su rostro, deteniéndome en los detalles. Era muy atractivo, encantador, interesante y muchas cosas más. En las que, de repente, no dejaba de fijarme.

—No creo que existan las almas gemelas, pero sí personas por las que te sientes instintivamente atraído —dijo en voz baja, concentrado en limpiar mis dedos—. Con las que conectas a un nivel más profundo que con el resto y sacan lo mejor de ti mismo. Tiran abajo tus muros y ser tú mismo se convierte en algo sencillo. Personas que aparecen de repente, pero sientes que llevan a tu lado desde siempre. Que vibran en tu misma frecuencia.

—Que combinan como las piezas de un traje hecho a medida —susurré.

Levantó la vista y me contempló. Se le escapó una risita.

—Sí.

Nos miramos entre sonrisas incontrolables. Y me encogí de miedo. Aprensión por todo lo que estaba sintiendo, como si alguien lo hubiera puesto allí de golpe, se desbordara y solo tuviese mis manos para contenerlo. Miedo porque no tenía sentido. O solo me negaba a que lo tuviera. No estaba segura.

23

Jun

El taxi se detuvo junto a nosotros. Le eché un vistazo al conductor y después miré a Dani. Tenía la cara roja por el frío. Diciembre había comenzado con temperaturas muy bajas y un viento constante que acrecentaba esa sensación térmica. Con las puntas de los dedos tiré hacia arriba de la bufanda que llevaba enrollada al cuello y le tapé la nariz. Ahora solo podía ver sus ojos. Con esa luz parecían de color cobalto, y brillaban como si una llama los iluminara desde dentro.

—Gracias por el café. Yo pago la próxima vez —me dijo.

—Vale, ¿qué te parece el jueves a esta hora?

—Creo que podré hacerte un hueco.

Hice un gesto hacia mi mochila, donde llevaba mi tableta de dibujo.

—Gracias por echarme una mano.

—De nada. Me encanta ayudarte, es muy divertido inventar personajes y vestirlos.

—A este paso, tendré que incluir tu nombre en los créditos del próximo juego.

—Te mataré si no lo haces.

Me reí con ganas.

—Deberías subir —le dije, al ver que el taxista se impacientaba.

Asintió y le abrí la puerta. Luego, coloqué la mano sobre su cabeza para evitar que se golpeara al entrar. Eran gestos que no podía evitar. Actos mecánicos en los que no reparaba hasta que percibía su mirada o la pequeña sonrisa que tiraba de sus labios.

Una vez se alejó, me dirigí al estudio. Ren iba a matarme. Era la cuarta vez que llegaba tarde en muy pocos días, y no era propio de mí. Sin embargo, me veía incapaz de renunciar a esos pequeños encuentros con Dani, concertados con excusas, que se estaban convirtiendo en mis momentos favoritos. Minutos robados que me ayudaban a conocerla un poco mejor.

Como que prefería las películas a las series, porque no tenía paciencia para esperar entre el estreno de un episodio y el siguiente. Le gustaba escuchar a Taylor Swift, pero se volvía loca bailando cualquier tema de Dua Lipa. Siempre había querido tener un gato. Su color favorito era el rojo y su estación, la primavera.

Y olía a vainilla.

Me encantaba la vainilla.

Me encantaba ella.

Mi teléfono recibió un mensaje y lo saqué del bolsillo. Se me aceleró el corazón al ver que era de Helen. Dejé atrás el estudio y me dirigí a la librería a toda prisa.

—¿Un abogado? —le pregunté en cuanto abrió la puerta.

Ella se llevó un dedo a los labios.

—Está con él en la habitación y quiere hablar contigo.

—¿Sabes de qué va esto?

—Ve —me instó con una sonrisa.

Crucé el salón y llamé a la puerta. Entré sin esperar respuesta. Sentado en una silla, junto a la cama, había un hombre mayor, vestido con un traje oscuro y una pajarita turquesa a juego con la montura de sus gafas. Se puso en pie nada más verme.

—¿Jun?

—Sí.

—Hola, encantado de conocerte por fin. Mi nombre es Connor Davies. Soy amigo de Seo Won desde hace mucho y también su abogado. ¿Te importa si hablamos unos minutos?

Con un gesto de su mano, me señaló la puerta. Miré a Seo Won-*nim* un momento y después seguí al señor Davies hasta el salón sin entender nada. Me quité el abrigo, la gorra y me senté en el sofá. Me froté las manos, nervioso, mientras él sacaba de su maletín unos sobres de color marrón y los dejaba en la mesa. Los empujó hacia mí sin dejar de sonreír en ningún momento.

Empezó a hablar:

—Hace un año que Seo Won me contrató para que redactara un testamento. También me pidió que te lo entregara en cuanto perdiera su capacidad para moverse y comunicarse. —Abrió uno de los sobres y sacó unos documentos, que me entregó—. Aquí lo tienes.

Comencé a hojearlo y me perdí entre términos legales y un lenguaje farragoso que me costaba entender.

—¿Puede explicarme qué dice?

—Por supuesto. A grandes rasgos, Seo Won lega la librería y este piso a Kim Hae Jun y Kim Hae In, al igual que los beneficios que generen todos sus libros publicados tras su muerte. También deja indicaciones sobre qué hacer con su cuerpo, llegado el momento, y con una serie de manuscritos y objetos personales.

Lo miré estupefacto.

—¿Habla en serio?

—Completamente. —Abrió el otro sobre y sacó más papeles—. Esta es la escritura del piso y esta otra, la de la librería. Son documentos originales, así que no los pierdas. ¿Qué más...? Sí, las cuentas bancarias.

—Espere..., espere un momento. —Inspiré hondo y solté el aire con fuerza—. No puedo aceptar nada de esto, lo siento.

Ahora era el señor Davies el sorprendido.

—¿No puedes? —Se me hizo un nudo en la garganta y negué con la cabeza—. ¿Estás seguro?

—No puedo aceptar nada de esto —dije con voz firme.

—Bueno, en ese caso, dispongo de un poder notarial que me permitirá liquidar todos sus bienes y donar el dinero a varias organizaciones elegidas por él.

Escuché un ruido a mi espalda y me volví. Vi a Rose en la puerta, con el rostro pálido y la boca abierta.

—¿Va a vender la librería? —le preguntó al abogado. Después clavó sus ojos en mí—. Me prometiste que no tendría que preocuparme por mi trabajo.

—Rose, en ese momento yo...

Helen fue hasta ella y se la llevó consigo de vuelta a la escalera.

—Vamos, cielo, hablemos abajo.

—Tengo un hijo, Helen. ¿Qué voy a hacer?

—Lo sé, cielo. Lo sé. Encontraremos la solución y Seo Won aún está con nosotras.

—Pero cuando se hizo cargo de la librería, dijo que conservaría mi empleo.

Me hundí en el sofá. Rose tenía razón, se lo había prometido dos años atrás, cuando Seo Won-*nim* ya no pudo ocuparse de su negocio y me pidió que lo hiciera yo en su lugar. Solo debía preocuparme de la parte administrativa, pago de impuestos y poco más, y acepté sin pensarlo demasiado. En aquel momento solo trataba de hacer las cosas bien y ser coherente con una decisión que me había costado mucho tomar. No consideré las consecuencias reales, ni que el tiempo pasaría tan rápido ni que su salud se deterioraría tan pronto.

No podía aceptar nada de lo que se me estaba ofreciendo.

Ya había cruzado demasiados límites. Aquel, simplemente, era imposible. ¿Cómo viviría con mi conciencia entonces, cuando apenas podía dormir tranquilo?

—Jun.

Alcé la vista del suelo y miré al abogado.

—¿Por qué no te lo piensas unos días? Aún disponemos de tiempo.

Asentí, solo porque me estaba ahogando entre aquellas paredes y no quería seguir hablando del tema.

—Vale.

—Aquí te dejo mi tarjeta. Llámame si lo necesitas.

—Gracias.

Se puso en pie al tiempo que recogía sus cosas. Me dedicó una pequeña sonrisa y llenó su pecho de aire.

—Gracias a ti por todo lo que estás haciendo por Seo Won, sé que no debe de ser fácil.

Parpadeé sorprendido.

—¿Usted... lo sabe?

—Me lo contó hace años. Me habló de vosotros y de lo que pasó.

—De lo que hizo —lo corregí en un tono más duro de lo que pretendía.

—Sí. Nunca ha dejado de arrepentirse. —Tragué saliva y bajé la mirada—. Iré a despedirme de él.

Estaba tan agobiado y ansioso. Quería con todas mis fuerzas que mi vida fuese en una dirección, pero esta se empeñaba en tomar otra, completamente opuesta. Más difícil y complicada. Y me sentía atrapado, en un espacio donde cada sentimiento, sobre todo los malos, se hacía inmenso y me robaba el aire.

Ya tendría que haber aprendido que las cosas nunca son como esperamos que sean.

24
Dani

Quedaban poco más de dos meses para que se celebrara la Semana de la Moda de Londres y en el taller el ritmo era frenético. Participaríamos con nuestro segundo desfile y confiaba en que habríamos aprendido de los errores del primero. Ya teníamos un listado de modelos confirmadas y en unas tres semanas comenzaríamos con las pruebas y las sesiones de fotografía. Íbamos con el tiempo justo, pero sin sobresaltos, y ya era un logro.

Saqué otro rollo de papel para patrones y lo puse sobre la mesa. Corté varios trozos y lo devolví a la estantería, repleta de muestras de tejidos y retales. Después coloqué un maniquí bajo uno de los focos y comencé a tomar medidas.

Amy me observaba desde el alféizar de una de las ventanas, donde picoteaba unos palitos de queso. La puerta se abrió y Hana entró con varios cuadernos y su portátil.

—¿Ya se han ido todos? —preguntó.

—Hace rato. ¿Y tú no deberías haberte ido también?

—Necesito comparar vuestros datos de inventario con los que yo tengo y habré terminado. ¿Dónde están los libros?

—En aquel armario con llave —respondí.

Amy continuaba mirándome fijamente y empezaba a ponerme nerviosa.

—Así que llevas semanas saliendo con ese chico, ¿y no me lo has dicho hasta ahora? —me preguntó en tono mordaz.

Puse los ojos en blanco y resoplé.

—No estoy saliendo con él. Somos amigos y coincidimos de vez en cuando.

—A coincidir a propósito se le llama salir.

—¿Qué ocurre? —se interesó Hana.

—Dani está saliendo con un chico.

—Ah, ¿sí?

—No estoy saliendo con él.

—Es surcoreano —apuntó Amy. Hana levantó la vista de los libros y me miró sorprendida—. Y tiene una novia con la que se va a casar.

—No es así —salté indignada y me dirigí a Hana—. Parece que su familia quiere que se case con una chica en particular, que ellos han elegido, y lo están presionando en ese sentido. Pero él no tiene intención de hacer nada. Además, la chica tampoco está interesada y de momento fingen salir mientras intentan arreglar la situación.

Amy hizo un ruidito con la garganta y clavó su mirada escéptica en mí.

—Yo creo que te ha vendido una película y tú se la has comprado. Vamos, Dani, es evidente que tiene novia, pero quiere liarse contigo y te ha contado una mentira que ni él mismo se cree. ¿Matrimonio concertado?

—No creo que le esté mintiendo —medió Hana. Forzó una pequeña sonrisa, un tanto vacilante—. Yo me casé de ese modo. Mi matrimonio fue concertado.

Se me escurrió la cinta métrica de las manos y Amy comenzó a toser por culpa de un palito de queso. Nos quedamos mirándola con la boca abierta y ella apartó la vista avergonzada.

—¿Es una broma? —inquirió Amy. Hana negó con la cabeza—. Dios, ¿esas cosas pasan de verdad en este siglo y aquí?

—Sí.

—No sé qué decir, yo...

—No tienes que decir nada, Amy.

—Recuerdo cuando dijiste que habías empezado a salir con un chico y meses después me diste aquella invitación tan hortera. —Caminó hasta donde Hana se encontraba y apoyó las manos en la mesa—. ¡Estuve en tu boda y no noté nada!

—No es algo que vas diciendo.

—Aun así...

Hana dejó de teclear en el ordenador y la miró.

—Sé que es difícil de entender desde una mentalidad occidental, pero para nosotros no es tan raro. Quizá sea menos habitual ahora, porque nuestra sociedad por suerte está evolucionando, pero muchas familias, entre ellas la mía, continúan viviendo bajo ciertas costumbres. —Me miró—. No creo que ese chico te esté mintiendo.

—Entonces, ¿tu marido y tú...? —Amy seguía dándole vueltas.

—Nuestras familias decidieron que nos casáramos.

—¿Y lo hicisteis sin más? Quiero decir, ¿ya os conocíais de antes, te gustaba? ¿Entre vosotros había algo?

Hana suspiró y cerró el primer cuaderno. Tomó el segundo.

—Nos conocíamos de vernos por el barrio. Después coincidimos en la universidad, teníamos amistades en común y allí nos hicimos amigos. Siempre me ha parecido muy guapo y un buen hombre.

—Vamos, que no había nada entre vosotros —convino Amy muy seria. Sacudió la cabeza—. Lo siento, pero no lo entiendo. No puedo comprender que tu familia escoja a una persona de la que no estás enamorada para que te cases con ella, y tú lo hagas como si fuese algún tipo de obligación inevitable.

—Lo sé, no te preocupes. Solo es una forma de vida más —dijo Hana con una sonrisa.

—Pero necesito entenderlo, ¡o me explotará la cabeza!

Hana contuvo el aliento, parecía cansada y no solo por el trabajo.

—De acuerdo, intenta ver la situación de este modo. En realidad, no se trata de un matrimonio entre dos personas, sino de la unión de dos familias a través de ese matrimonio. Así que son muchas las personas y cosas que deben encajar. Educación, posición social y económica, creencias, valores y reputación. Es un fuerte lazo de pensamiento entre dos familias. Los sentimientos han de nacer a partir de ahí.

—Eso mismo dijo él —apunté.

—Los sentimientos no tienen deber. Y todo esto suena al discurso de una secta —dijo Amy sin ocultar su rechazo.

Hana bajó la mirada, incómoda, y sentí pena por ella. Me pasaba un poco lo que a Amy, me costaba entender esa forma de pensar. Ese modo de vida en el que careces de voluntad y tienes que sentir una devoción absoluta por tus padres. No obstante, empatizaba con ella al compararla conmigo y mi propia familia.

Yo también tenía unos padres que anteponían su felicidad a la mía. Que me exigían sacrificios sin pensar en el precio que debía pagar. Quizá, si mi relación con ellos hubiese sido un poco distinta, habría tragado con todo lo que pasó y sin perder la sonrisa. Habría cedido para evitar cualquier ruptura familiar.

El silencio entre nosotras se alargó hasta resultar molesto.

Tal vez, por esa razón, dije lo que dije. Sin pensar. Porque necesitaba soltarlo y liberarme del peso de ese pensamiento. Compartirlo. Decirlo en voz alta y escucharlo de mis propios labios.

—Me gusta. Y me gusta mucho.

Amy clavó sus ojos en mí y alzó las cejas.

—¿Te refieres a...?

Asentí con las mejillas ardiendo.

—Y la situación me está volviendo completamente loca, os lo aseguro. Creo que está pasando algo entre nosotros. —Me detuve un momento e inspiré hondo—. ¡No! Sé que está pasando algo y, al mismo tiempo, no ocurre nada. Solo dos conocidos que toman un café de vez en cuando. ¿Lo entendéis?

Hana me sonrió.

Amy me buscó con su mirada. La rehuí hasta que no tuve más remedio que devolvérsela. Me mordisqueé el labio y su expresión me hizo sonreír.

—Pues haz que ocurra —me dijo.

—No puedo.

—¿Por qué? ¡Él te gusta!

—Porque no funcionará, y es más joven que yo. Mucho más joven. ¡Es un crío! —gimoteé.

—¿Cuántos años tiene?

—Veintiséis.

—¿En edad coreana? —preguntó Hana.

Nos volvimos hacia ella.

—¿Qué?

—Si son años coreanos, en realidad tendrá veinticinco.

—¿Por qué?

—Es un sistema tradicional, en Corea consideramos que los bebés ya nacen con un año.

—¡¿Por qué?! —preguntamos de nuevo al unísono.

Ella se encogió de hombros y yo me derrumbé sobre la mesa mientras me tragaba una maldición. ¿Veinticinco? De veinticinco a treinta y dos... Moví mis dedos como si contara con ellos.

—Veinticinco, veintiséis... ¿Qué problema hay? —me cuestionó Amy. Estaba segura de que podía leerme la mente—. No son dieciocho. Y tú tampoco eres una jubilada.

Resoplé y golpeé el suelo con los pies.

—No es solo que sea más joven, es que también lo parece.

Deberíais verlo, tiene una carita de bebé monísima. Por la calle lo confundirías con un adolescente y a mí, con su madre.

—¡Qué dramática eres!

—Vale, lo soy. Y aunque no le diera importancia a su edad, tampoco tendría nada con él. ¿Para qué empezar algo que terminará sí o sí? El tiempo siempre jugará en mi contra y un día perderé. Se fijará en alguien de su edad o más joven, y me abandonará.

Amy se acercó a mí, preocupada.

—¿Por qué iba a hacerlo?

—Adrián lo hizo, ¿por qué no lo haría él cuando las tetas me lleguen al ombligo?

—¡No tienes tetas, es imposible que eso pase!

Inconscientemente me llevé las manos a los pechos y los sopesé.

—Sí que tengo. Y las tetas pequeñas también se caen.

Hana rompió a reír y Amy se contagió de su risa. Yo no le veía la gracia por ninguna parte. Los pechos pequeños tienen los mismos problemas que los grandes: estrías, flacidez... Y en verano no me quedaba más remedio que usar sujetador y nada me sentaba bien. Dos uvas flotando dentro de una copa A hueca.

Hana y Amy me miraban como si fuese un cachorrito abandonado que les inspirara lástima.

—Dani, ¿de verdad crees que Adrián te engañó con tu hermana porque ella es más joven que tú? —preguntó Amy.

Me rasqué la frente y después hice como que buscaba algo en la mesa.

—¿Habéis visto mi lápiz? —Hana señaló mi cabeza. Alcé la mano y allí estaba, donde siempre, clavado en el moño que solía hacerme para trabajar—. ¿No deberíamos irnos a casa? Es bastante tarde.

—Dani —susurró Amy.

Me desinflé de golpe, como un globo que acaba de explotar.

Había hecho tantos esfuerzos para evitar ese pensamiento que creía haberlo logrado. Sin embargo, allí estaba. En cuanto me había permitido bajar la guardia, había aparecido como la sombra que era. Sofía y yo éramos como dos gotas de agua, tan parecidas que sorprendía. Y no solo en el aspecto físico.

Quizá, por ese motivo, siempre estuvimos tan unidas y nos habíamos querido tanto.

Quizá, por esa razón, me había dolido mucho más su traición que la de él.

Porque mi verdadera mitad era ella. Mi alma gemela.

Lo que no quería decir que la infidelidad de Adrián no me hubiera afectado. Me había roto el corazón. Lo había pisoteado. Masticado y escupido. Había destrozado mi autoestima y mi confianza, hasta tal punto que no sentía que yo pudiera gustarle a nadie. No de verdad.

—Solo me remito a los hechos —mascullé.

—Pues levanta la cabeza, porque no eres responsable de nada. Adrián no te cambió por Sofía porque ella sea más joven y bonita que tú. Lo hizo porque es un gilipollas y un parásito, una garrapata que se aferró a ti para que lo mantuvieras. Y aún tuvo la poca vergüenza de pensar que podía joderte la vida mucho más. Y tu hermana, que ni siquiera merece que la llamen así, es... es... un pu...

Me tapé los oídos.

—¡Vale, vale, vale! No hace falta que sigas.

—Pues deja de decir tonterías.

Chasqueó la lengua con disgusto. Ojalá me pareciera un poco más a ella. El mundo me habría resultado más sencillo.

Nos miramos y rompimos a reír.

Hana recogió sus cosas y devolvió los libros del inventario al armario. Cuando pasó por nuestro lado, se detuvo un momento y me miró con una pequeña sonrisa.

—Sé que aún no tenemos mucha confianza, pero ¿me dejas darte un consejo?

—Sí, por supuesto. Somos amigas, Hana.

Se ruborizó y bajó la mirada.

—Sobre ese chico...

Se me escapó el aliento.

—¿Sí?

—Si te gusta, y crees que tú a él, no te reprimas ni lo evites. Si yo estuviera en tu lugar, no lo haría. —Arqueé las cejas, sorprendida—. No importa lo que los demás piensen cuando os vean juntos, solo lo que tú sientes. Además, no tiene nada de malo salir con alguien más joven. Al contrario, yo diría que tiene muchas ventajas.

Me reí y mis latidos enloquecieron por un instante.

Entonces, una pregunta apareció en mi mente y ella era la única que podía darme una respuesta.

—¿Le causaré problemas? Quiero decir, con su familia. Por la situación, ya sabes.

Sus ojos brillaron con una emoción que no supe interpretar.

—Tampoco debería importarte lo que piense esa gente.

Mis labios se torcieron en una mueca y compartimos una mirada cómplice.

Se encaminó a la puerta y mis ojos la siguieron con una sensación extraña.

—Hana... —Me miró por encima del hombro—. ¿Estás bien?

Por un segundo, se mostró desconcertada. Luego, su expresión se transformó con la mejor de sus sonrisas. Inspiró hondo y se irguió como una espiga sobre sus botas de tacón.

—¡Por supuesto!

Le devolví la sonrisa.

También fingí no darme cuenta de que mentía.

25
Jun

Nuestros días están llenos de momentos decisivos que ocurren de forma inesperada. Pasan ante nosotros sin que nos demos cuenta hasta mucho después, si es que tenemos la suerte de hacerlo. Estamos tan convencidos de que son los grandes sucesos los que cambian nuestra vida que no nos fijamos en los que de verdad son relevantes. Las cosas pequeñas, las que salpican nuestros días en forma de decisiones, gestos y palabras sin aparente importancia.

Miramos el muro sin pensar en el número de ladrillos que han sido necesarios para levantarlo. Uno a uno. Y entonces nos preguntamos cómo demonios ha aparecido eso ahí. De la nada. Cuando todo ha sido obra nuestra.

Las campanillas sonaron al abrirse la puerta de la librería. Levanté los ojos del libro de contabilidad y me sorprendí al ver a mi hermano cruzando el umbral. Con los dedos de una mano podía contar las veces que había puesto un pie allí.

—Creía que habíamos quedado en el estudio.

Se acercó y nos saludamos dándonos un abrazo corto.

—Ren me ha dicho que estabas aquí, y tengo algo de prisa.

—¿Va todo bien?

Asintió y observó a su alrededor, incómodo.

—Tengo que cenar con mis suegros.

—¿Otra vez?

—¿Has visto esa película en la que se repite el mismo día sin descanso?

Me reí.

Bajó la mirada al suelo y luego la alzó de nuevo hacia mí. En sus ojos había muchas cosas mezcladas, revueltas. Con un gesto señaló el techo.

—¿Cómo está?

—¿Por qué no subes y lo compruebas por ti mismo?

Se despeinó el pelo y forzó una sonrisa impaciente.

—Que guarde tu secreto no significa que me parezca bien lo que haces. Además, tampoco me importa mucho lo que le pase.

Yo no era nadie para juzgarlo. Habíamos compartido la misma realidad, hasta que dejamos de hacerlo. Por una casualidad, que podría haber sido la suya. Lo que me hacía preguntarme qué decisión habría tomado él de haberse encontrado en mi lugar. Si también lo habría arriesgado todo.

—Ya casi no se mueve. Los ojos, algunos dedos de la mano derecha y poco más. Empeora por días. Su médico no cree que aguante más de seis meses o un año, siempre y cuando no surjan complicaciones.

Me observó indiferente y tomó aire mientras se aflojaba la corbata.

—Bueno, ¿de qué querías hablar conmigo?

Cogí mi mochila del suelo y la subí al mostrador. Después la abrí y saqué los documentos que me había dado el abogado.

—Estas son las escrituras del piso y la librería; y este, el testamento en el que nos lo deja todo a nosotros.

—Con nosotros te refieres a...

—A ti y a mí.

—Ya veo... —Apoyó ambas manos en el mostrador y tragó saliva—. No quiero ni un solo penique que provenga de él, pero tú deberías aceptarlo. Llevas tres años cuidándolo, te lo has ganado, y el dinero que saques podrías invertirlo en el estudio.

—No puedo hacerle eso a mamá.

—¿Ahora te vas a poner quisquilloso?

Mis ojos se encontraron con los suyos y aparté la mirada, avergonzado. Aunque sabía que él no lo había dicho con esa intención y que era mi culpa la que me quemaba la garganta.

—Sé que nada de esto está bien. Y que si mamá lo descubre...

—La destrozará, Jun.

—Sí. —La sensación incómoda que me oprimía el pecho se volvió más pesada—. Aquel día no fui capaz de cerrar los ojos y seguir mi camino. Sé que debería haberlo hecho, pero no pude.

—Siempre tuvisteis una conexión especial.

—¡Que no lo detuvo! Lo que nos hizo fue horrible. Debería haberle escupido en la cara en lugar de aceptarlo como si nada, porque te juro que no lo he perdonado.

—Lo sé, y también sé mejor que nadie qué clase de persona eres. Por esa razón estás metido en este lío, y rezo cada día para que todo acabe y pase sin que debas arrepentirte. —Puso su mano en mi hombro y me dio un ligero apretón mientras tragaba saliva—. Así que ten mucho cuidado, Jun. Si mamá lo descubre, no habrá forma de arreglarlo.

26
Dani

Llamaron al timbre por segunda vez y tuve que obligarme a pausar la tele. Aún estaba en *shock* por la última escena y no sabía si tenía ganas de llorar o de romper algo. El timbre sonó una tercera vez. Resoplé molesta y me levanté del sofá. Me dirigí a la puerta dando pisotones y abrí de un tirón sin que me importara lo más mínimo quién pudiera estar al otro lado.

—¡¿Qué?!

Max parpadeó varias veces, más asustado que sorprendido, y miró por encima de su hombro como si esperara encontrar allí al causante de mi enojo. Después me contempló con los ojos muy abiertos.

—¿Buenos días? —preguntó con una sonrisita.

—¿Qué haces aquí?

—He venido a ver a un cliente.

—¿En sábado?

—Es un cliente importante —puntualizó. Asentí y lo observé impaciente, mientras esperaba a que me dijera qué le había traído hasta mi puerta—. ¿No vas a dejarme pasar?

—¿Eh? Sí, claro, adelante. —Me hice a un lado y Max entró con las manos en los bolsillos de su abrigo largo y negro, mirándolo todo a su alrededor. Entonces, se fijó en mí con más atención y esbozó una sonrisita burlona—. ¿Qué ocurre?

—Es raro verte tan relajada, estás guapa.

Le eché un vistazo a mi pijama, lo que me hizo recordar que ni siquiera me había peinado. Me toqueteé el moño, sujeto con un lápiz de acuarela, y me encogí de hombros. Total, era Max. Con él, mi aspecto no era algo que me preocupara.

—¿Qué haces aquí?

—Tienes cinco minutos para vestirte, te invito a comer.

Lo miré con cariño. Siempre cuidaba de mí.

—Te lo agradezco, Max, pero hoy no puedo. Tengo planes.

Regresé al sofá y me tapé con la manta. Cogí el mando a distancia y reanudé la serie. Me moría por saber cómo continuaba y, al mismo tiempo, me provocaba una ansiedad terrible. Tenía muchos sentimientos encontrados, empezando por el motivo que me había llevado a verla y, sobre todo, la historia que contaba.

Max se sentó a mi lado y miró la pantalla. El capítulo terminó y comenzó la intro del siguiente.

—¿Estos son tus planes? ¿Ver una serie?

Asentí al borde de las lágrimas. La última imagen, con el protagonista llorando bajo la lluvia, era lo más triste que había visto nunca. Quería abrazarlo con todo mi corazón.

—A ti no te gustan las series —me recordó.

—Esta sí. Además, está completa y puedo ver todos los capítulos sin esperar.

—¿Cuántos has visto ya?

—Siete —respondí sin apartar los ojos de la escena y con el estómago lleno de mariposas.

Los protagonistas eran monísimos, y entre ellos existía una química increíble.

—¡Siete! ¿Y cuántos tiene?

—Dieciséis —respondí. Luego añadí—: Y sí, pienso verlos todos hoy.

Sentí su mirada estupefacta sobre mí.

—¡A quien le cuente que te has enganchado a una serie china en versión original con subtítulos!

—Es coreana, no china.

—No creo que haya mucha diferencia.

—¿Quieres callarte? No oigo lo que dicen.

—Pero ¿qué quieres oír si no se entiende nada?

Lo fulminé con la mirada y él cerró la boca de golpe. Se hundió en el sofá, escrutándome enfurruñado, y yo me limité a ignorar su presencia con la esperanza de que se acabaría marchando.

Tres horas más tarde, aún seguía allí. Habíamos pedido comida y sobre la mesa continuaban las sobras. Las aparté a un lado para que Max pudiera colocar una bandeja con una taza de té y otra de café.

—¿Ha pasado algo mientras estaba en la cocina?

—Su madre ha descubierto que siguen juntos y le ha dicho que, si no rompe con él y vuelve con el CEO, la echará de casa y se olvidará para siempre de que es su hija —respondí.

Max abrió mucho los ojos y se dejó caer a mi lado.

—¡Esa mujer es una arpía! —exclamó.

—¿Verdad?

—Y le ha pegado.

—Se me ha encogido el estómago en esa escena.

Me pasó la taza de café.

—¿Crees que dejará al chico?

—Espero que no —contesté—. Pero está completamente alienada por su madre y las expectativas irreales que esa mujer tiene. Esa señora solo quiere que se case con ese imbécil porque tiene una familia rica e influyente, y le importa una mierda que la trate como si fuese basura. Es una egoísta controladora que solo piensa en sí misma.

—Es odiosa.

—Dice que quiere lo mejor para su hija, ¡pues que la deje ser feliz en lugar de usarla como una muñeca!

—Y cómo se ha ensañado con él —farfulló Max tras darle un sorbito a su té.

—Ha sido tan cruel. Le ha dicho cosas horribles.

—Lo que me chirría es cómo todos bajan la cabeza y obedecen sin rebelarse ni un poco ante esa mujer tan despótica.

—Es frustrante.

—¿Por qué lo hacen? No sé, todo el mundo tiene un límite y en la serie no parecen alcanzarlo nunca por más cosas que pasen.

—Ya te lo he dicho, están alienados. Crecen con ese respeto hacia sus padres y mayores.

—Es evidente, pero que traguen con todo sin respirar le resta credibilidad a la historia. Es lo único que no me convence de la serie, cómo exageran esa relación familiar tan tóxica. Si ella se plantara y no cediera, todo se acabaría. Fin.

Me giré hacia él y estudié su rostro.

Ser dueño de tu vida sin condiciones ni sacrificios debía de ser una sensación fantástica. Tener una familia que te apoya en todo, te quiere y te valora sin medida, también. Disfrutar de esa seguridad dentro y fuera te convertía en el tipo de persona que Max era. Qué lástima que no todos pudiéramos tener su vida perfecta, en la que el blanco y el negro borraban todos los grises.

—¿Como hice yo? —le pregunté.

—¿Qué?

—Yo me planté y no cedí. Desde entonces apenas tengo relación con mi familia, solo hablo con mis padres por teléfono y siempre acabamos discutiendo porque no hago lo que ellos quieren —afirmé con un nudo en la garganta—. Y ninguno logramos salir de ese bucle, ya que ellos tampoco ceden.

—No es lo mismo.

—Ya sé que no, porque cada familia es un mundo aparte. —Señalé la pantalla—. Esa solo es una más de las muchas que hay.

—Dani, es ficción. ¿No irás a creer que todo eso es...?

No lo dejé terminar.

—Es una serie basada en unas tradiciones que existen y en la forma de pensar de una sociedad, representada por esos padres, en la que ser y aparentar, el honor y otros rancios valores están por encima de los propios hijos y su felicidad —aseguré muy seria. Inspiré—. Puede que sea una ficción exagerada, pero hay gente que vive de ese modo y a la que le resulta muy difícil «plantarse», Max, porque la alternativa es quedarse solos. Lo sé perfectamente, mírame a mí.

Y lo hizo, me observó sin parpadear y sentí su lástima. El cariño que me tenía.

Me rozó la mejilla con el dorso de su mano. Después deslizó el pulgar por mi piel hasta trazar mi barbilla. La sostuvo e impidió que bajara la cabeza.

—Tú no estás sola, me tienes a mí.

—He perdido a mi familia por anteponerme a ellos.

—Si no lo hubieras hecho, serías muy infeliz —dijo en un susurro.

—¿Crees que ahora estoy bien?

—¿No lo estás?

No respondí. Ni siquiera parpadeé.

Max me sostuvo la mirada y poco a poco apartó la mano. Inspiró hondo.

—Dani, ¿qué pasa? —preguntó con un suspiro. Señaló la televisión y luego a mí—. ¿A qué viene este interés repentino? ¿Por qué todos estos pensamientos?

—No pasa nada. Solo es algo que me llama la atención. Algo diferente que trato de comprender.

—¿Tiene que ver con el trabajo? Siempre que te obsesionas con alguna cosa, es por tus diseños. Cuando buscas inspiración e ideas. Pero esta vez parece que te está afectando demasiado.

—Ves problemas donde no los hay, solo es una serie que Hana me ha recomendado —mentí.

En realidad, él tenía algo de razón. Después de la conversación con Hana en el taller, mi curiosidad por todo lo relacionado con su forma de vida se había disparado, y la razón era Jun. Me gustaba y me había dado cuenta de que mis prejuicios no eran más que inseguridades. Quería seguir pasando tiempo con él y permitir que lo que había entre nosotros fluyese.

No obstante, debía saber dónde me estaba metiendo y por ese motivo había iniciado mi propia búsqueda de información. Tras leer infinidad de artículos y blogs de turistas y residentes extranjeros que relataban sus experiencias, había encontrado un foro en el que me aconsejaron que viera algunas series y películas, que me adentrara en su literatura. Eran un modo de conocer esa sociedad que tanto me intrigaba y de la que no sabía nada.

—¿Seguro que solo es eso? —insistió Max.

—Sí, no te preocupes por mí.

—Siempre me preocuparé por ti. Siempre. Y estaré a tu lado pase lo que pase. Lo sabes, ¿verdad?

Observé su rostro, el verde de sus ojos, rodeados por unas incipientes arruguitas, la forma de su nariz y las pecas que le salpicaban la piel. El pelo rubio perfectamente peinado, salvo por ese remolino indomable que rompía su imagen perfecta.

La intensidad de su mirada me obligó a apartar la mía un instante.

—Gracias —susurré.

—Claro.

Una única palabra que, por algún motivo, me hizo sentir incómoda. Como si de repente estuviese molesto conmigo y toda esa frustración se hubiera concentrado en el tono de su voz.

—Debería irme —anunció al tiempo que se ponía de pie.

—¿Estás bien?

—Siempre estoy bien, Dani. Ya me conoces.

Forcé una pequeña sonrisa e hice el ademán de levantarme para acompañarlo a la puerta. Me detuvo con un gesto de su mano.

—No te molestes, conozco el camino.

Se inclinó sobre mí y posó sus labios en mi frente, como hacía siempre. Aunque, esta vez, permanecieron sobre mi piel un poco más de lo habitual. Después cogió su abrigo de la silla donde lo había colgado y segundos más tarde oí que se cerraba la puerta.

Inspiré hondo, un poco rara por dentro. Con una corazonada que no había sentido hasta ahora. Tan loca como absurda. Imposible. Tanto, que me deshice de ella con un estremecimiento.

Cogí el mando de la tele y puse el episodio desde el principio.

27
Jun

Dicen que lo peor de las mentiras no son las mentiras en sí, sino las consecuencias que provocan. Los destrozos que dejan a su paso. Las mentiras son como un coche sin frenos: pierde el control y no tienes ni idea de dónde va a estrellarse ni a quién arrollará en el camino. Si sobrevivirás al impacto. Son como un proyectil: una vez lo disparas, no hay modo de hacerlo retroceder.

Las mentiras son decisiones que tomamos. Cosas que callamos. Cosas que fingimos. Errores que cometemos para tapar otros errores. Por miedo. Por vergüenza. Por proteger a quien amas. Otra falsedad más. Mentimos para protegernos a nosotros mismos de las consecuencias que nuestras acciones tienen en los demás. Y acabas atrapado en tu propia trampa.

—Eh, Jun, tu novia ha venido a verte —me dijo Erin desde la puerta de mi despacho.

Me asomé por encima de la pantalla del ordenador y fruncí el ceño.

—¿Quién?

Erin parpadeó sorprendida por mi desconcierto. Entró y cerró la puerta a su espalda.

—Ahí fuera hay una tía que se ha presentado como tu novia y ha traído aperitivos —susurró.

—¿Estás segura de que ha dicho que es mi novia?

—Muy segura. ¿No lo es?

—¿Tengo pinta de estar saliendo con alguien?

—Ya decía yo...

Arqueé las cejas, sin entender a qué se refería con ese comentario.

Entonces, la risa cristalina de Minah llegó clara a mis oídos. Misterio resuelto. Y no fui el único que la reconoció.

—¡Atención, Cruella acaba de entrar en el edificio! Escondan a sus mascotas y pongan a salvo a sus hijos —rezongó Ren desde su mesa sin cortarse en bajar la voz—. Repito, Cruella está en el edificio.

Lo taladré con la mirada, mientras Erin bajaba la cabeza muerta de risa.

—Dile que pase, por favor —le pedí a Erin. En cuanto nos quedamos solos, me giré hacia mi amigo—. ¿Podrías esforzarte un poquito? Por mí. Tu mejor amigo. Eh, ¿podrías?

—¿Le pedirás lo mismo a ella?

Le bufé como un gato arisco.

—¿En serio? —Asintió convencido y yo resoplé de nuevo—. Ren, no sé cuánto tiempo durará esta situación. Puede que bastante y necesito que me ayudes, no que la provoques cada vez que os crucéis. Por favor.

Gruñó algo que no entendí.

—¡Por favor! —le rogué.

—Vale, lo intentaré —farfulló como si le estuvieran arrancando las palabras. Entornó los ojos y me estudió—. Si se supone que estáis fingiendo para vuestras familias, ¿por qué aparece aquí diciendo que es tu novia? Eso es pasarse un poco, ¿no crees?

No supe qué responder. Una parte de mí no quería darle

importancia ni ver un problema donde probablemente no lo había. Otra se sentía incómoda, porque sabía de forma objetiva que Minah había cruzado una línea que no tenía por qué cruzar. No había necesidad de involucrar a más personas en nuestra historia y, menos aún, a mis amigos.

Minah entró en la oficina y Ren cumplió su palabra, comportándose como un ser civilizado mientras yo le enseñaba a ella el estudio y le iba presentando a la gente que aún continuaba trabajando a esas horas de la noche. Incluso le ofreció algo de beber, con un gesto tan natural y amistoso que hasta yo me sorprendí. Qué encantador podía ser el muy capullo cuando se lo proponía.

—¿A qué se debe esta visita inesperada? —le pregunté a Minah una vez entramos en el ascensor.

Ella me observó con una sonrisa y entrelazó su brazo con el mío.

—Estaba por el barrio y me ha parecido buena idea pasar a verte. Me has hablado tanto de tu trabajo y del estudio que me moría de curiosidad y quería verlo todo por mí misma —me explicó. Y añadió con un mohín—: Y como tú no te dignas a invitarme.

Ignoré el reproche y respondí a su sonrisa con otra.

—¿Y qué te ha parecido?

Se puso de puntillas y alzó la barbilla para mirarme a los ojos.

—Estoy muy orgullosa de ti. Y ahora que lo he visto todo con mis propios ojos, podré tranquilizar a mis padres.

Me removí incómodo bajo el abrigo.

—¿Tus padres están preocupados?

—Yo diría que se trata de curiosidad más que de otra cosa. Pero sí, un poco. —Soltó una risita nerviosa y con la mano libre hizo el gesto de las comillas—. Es normal, eres el novio de su hija y solo saben de ti lo que han oído por boca de otros.

—Lo entiendo.

—También insisten en conocerte.

Tragué con fuerza al notar un nudo enorme en la garganta.

El ascensor se detuvo y las puertas se abrieron.

Salimos a la calle. Caía una fina llovizna. Abrí la mochila y saqué el paraguas plegable que solía llevar siempre conmigo. Nos cubrimos y comenzamos a caminar en silencio hacia el lugar donde tenía aparcado el coche.

—¿Por qué tienen tanta prisa? Pensaba que bastaría con que creyeran que nos estamos conociendo.

—Yo también, Hae Jun. De verdad pensaba que tendríamos mucho más tiempo hasta llegar a esta parte. Y cuando digo mucho, me refiero a un año al menos.

Yo también contaba con ese tiempo. No es que fuese mucho, dada la situación que tratábamos de arreglar, pero sería suficiente para mantenerla calmada y que una futura «ruptura» fuese creíble.

—Si los acontecimientos comienzan a precipitarse, tendremos que hacer algo.

—Lo sé —convino con cierta condescendencia.

Frené mis pasos y la miré fijamente. ¿Por qué parecía que yo era el único preocupado por lo que podría ocurrir? Nos jugábamos mucho. Todo, en realidad.

—Lo digo en serio, Minah. No avanzaré en esa dirección. Todo se complicaría más de la cuenta y me parece mal engañarlos hasta ese punto. Llegaríamos demasiado lejos.

La lluvia arreció, ahogando con su golpeteo sobre la acera cualquier otro sonido. El mundo se desdibujó a nuestro alrededor, allí parados, con las manos heladas y el vaho escapando de entre nuestros labios.

Minah me observaba en silencio, como si no supiera qué decir, o no le fuese fácil compartir conmigo esas palabras que parecían atascarse en su boca.

Soltó un suspiro de derrota y cerró los ojos un segundo.

—¿Crees que yo quiero llegar a esos extremos? ¡No! Ya me siento bastante mal al mentirles a mis padres sobre lo estupendas que son nuestras citas y lo bien que congeniamos. Temiendo que nos descubran. O cada vez que mi madre me enseña la foto de un vestido de novia que ha encontrado o mi padre fantasea con los nietos que les daremos en el futuro. —Inspiró con brusquedad y bajó la mirada. Se abrazó a sí misma—. No importa cuándo ni cómo lo haga, sé que voy a decepcionarlos y que me culparán por no haberme esforzado más.

—No lo harán, yo asumiré toda la culpa.

—Cómo se nota que no los conoces —replicó molesta—. Te eximirán de cualquier responsabilidad porque eres un hombre. Ni siquiera se plantearán esa posibilidad y me reprocharán que, quizá, no haya sido lo bastante amable y simpática. No haberme arreglado más para que me veas atractiva. Que pueda haberte hecho sentir incómodo porque siempre me empeño en ser más lista que nadie y eso no le gusta a ningún hombre.

Me sentí mal por ella, y también por mí. Porque sus temores eran los míos. Minah tampoco conocía a mi madre.

La contemplé, con mis pensamientos enredados y confundido por mis sentimientos. Con una angustia que me dificultaba respirar.

—Dime qué debo hacer para ayudarte —le rogué—. Para que ambos podamos salir de esta.

—¿Y si lo intentamos? —aventuró evitando mi mirada.

—¿A qué te refieres?

—Dejemos de fingir y hagamos que sea real. Contentemos a nuestros padres.

Alcé la mano para que se detuviera.

—Piénsalo, Hae Jun. No creo que sea tan malo.

Di un paso atrás y negué con la cabeza, rechazando esa posibilidad.

—Minah...

—Sé lo que vas a decir, que si antes no funcionó, ahora tampoco lo hará. Pero míranos, estamos bien. Hemos crecido y madurado, ya no somos los que éramos hace tres años.

—No es suficiente.

—Podría serlo si lo intentamos. Nos unen muchos intereses y nuestras familias...

—Por favor, no hagas esto —le supliqué.

—Nos conocemos el uno al otro mejor que nadie, y nos queremos.

—Como amigos.

Apoyó las manos en mi pecho. Le temblaban, tanto como la respiración.

—Aún me gustas. Supe que no te había olvidado en cuanto te vi.

¡Joder! Necesitaba acabar con aquella conversación y que Minah recuperara la razón. Porque todo era un embrollo enorme dentro de mi cabeza y no era capaz de pensar con claridad. Tomé su rostro con mi mano libre y la miré a los ojos.

—Minah, necesito que me ayudes, no que te pongas en mi contra.

—Pero...

—Tú no me quieres, Minah, solo tienes miedo a la reacción de tus padres.

—Es que tú no los conoces —sollozó.

Deslicé el pulgar por su mejilla varias veces, secando una lágrima tras otra. Me rendí cuando se transformaron en un torrente. Entonces, la atraje hacia mí y la abracé. No sabía qué otra cosa hacer. Ella hundió el rostro en mi pecho.

—No llores, por favor. Lo solucionaremos —le pedí en un susurro.

—¿Y si no podemos?

—Lo haremos —dije con más seguridad de la que sentía—. Va siendo hora de que las cosas cambien de algún modo y quizá nosotros lo consigamos si nos mantenemos fuertes y unidos, ¿no crees? Puede que sea difícil, y también doloroso, pero si logramos convencerlos de lo equivocadas que son esas ideas y del daño que hacen, merecerá la pena.

Alzó la barbilla y me miró, parpadeando para alejar las lágrimas.

—¿De verdad lo crees?

—No tengo más remedio. No puedo renunciar a la vida que quiero y vivir arrepintiéndome todos los días. ¿Quieres eso para ti?

Negó y se sorbió la nariz. Se quedó callada unos segundos que se me hicieron eternos, en los que solo se movían nuestras respiraciones.

Y entonces habló:

—De acuerdo. Seguiremos adelante hasta estar seguros y, cuando llegue el momento, nos plantaremos. Juntos.

—Juntos —repetí.

Me agarré a esa promesa, pese a lo débil que la sentía, porque no podía hacer otra cosa salvo confiar en Minah.

28
Dani

Sobre la mesa había una docena de muestras de tejidos, que aún no habíamos descartado. Eva, la chica a la que había contratado como ayudante después de que finalizara sus prácticas en el taller, las miraba y tocaba con ojo crítico mientras revisaba mis diseños.

—¿Qué opinas? —me preguntó.

—Nada de blancos, creo que deberíamos apostar por los colores champán, nude y el rosa empolvado. No son los más tradicionales, pero me gusta la suavidad y el aire antiguo que desprenden. Además, para las transparencias, el efecto piel sobre piel quedará mucho más natural con esos tonos.

Eva apartó todas las tonalidades de blanco y dejó el resto de los colores.

—¿Y qué tejidos?

—Ligeros, que no pesen. Seda natural, tul, organza, tafetán... Todos naturales. No olvides los acabados emplumados para el modelo años veinte. Pide más muestras.

—De acuerdo —dijo Eva mientras tomaba nota.

—Me gusta mucho ese *shantung* y también apostaremos por el piqué. ¿Qué te parece este más grueso?

Eva se acercó y frotó la tela entre sus dedos.

—Tiene cuerpo.

—Bien, pues parece que lo tenemos claro. —Tomé las muestras seleccionadas y las aparté dentro de una caja—. Ponte en contacto con el fabricante y que te haga un presupuesto.

Eva cambió el gesto y su mirada se volvió precavida.

—Dependerá de la calidad que elijamos...

—No escatimamos en ese sentido, Eva.

—Lo sé, pero como Hana dijo que el taller no contaba con solvencia para asumir algunos costes.

—No te inquietes por eso, ya lo estoy solucionando. Solo preocúpate de sacar tiempo para comenzar con los patrones, pero sin dejar de lado la colección de invierno. Vamos con retraso.

—No te preocupes. Las modelos ya están citadas para la próxima semana y empezaremos con las pruebas.

—Estupendo. —Inspiré hondo, cansada y feliz al mismo tiempo—. Pues vámonos de aquí, por hoy es suficiente.

Apagamos las luces y, tras asegurarnos de que no quedaba nadie en las otras dependencias, cerramos el taller. Nos despedimos en la puerta y tomamos direcciones distintas.

Levanté la cabeza hacia la luna, maravillándome ante un cielo despejado y repleto de estrellas. Una ráfaga de aire frío me lamió las mejillas. Aceleré el paso hasta la parada de autobús y esperé dando saltitos para mantener los pies calientes. Cinco minutos después, estaba congelada. Subí al primer autobús que pasó en dirección a Camden. La parada más cercana a mi casa se encontraba en Regent's Park y allí me bajé media hora más tarde.

Estaba cruzando el puente cuando, de repente, me sonó el teléfono. Le eché un vistazo y me sorprendió ver el número de mi padre.

—¡Papá, hola!

—Hola, cariño, ¿cómo estás?

—Bien, ¿y tú?

—Como siempre.

No era normal que me llamara tan tarde.

—¿Va todo bien, papá?

—Sí, solo quería ver cómo estás. Hace mucho que no hablamos. —Noté su sonrisa—. ¿Qué tal el trabajo? ¿Y el piso nuevo? ¿Te acostumbras a vivir sola? Comes bien, ¿verdad? —Lanzó la batería de preguntas casi sin respirar y yo me reí.

—No tienes que preocuparte por nada, papá.

—Me alegro, cariño. —Hizo una pausa y me llegó un suspiro ahogado—. Me gustaría preguntarte algo.

—Pues pregunta —lo animé con una risita.

—Hoy he ayudado a tu hermana y a... a...

—Adrián, papá, puedes decirlo.

—Sí, eso. Bueno, hoy se han mudado de tu casa y han aparecido algunas cosas tuyas que aún seguían allí y... Me preguntaba qué querrías que hiciera con ellas.

—¿Qué cosas?

—Estaban en una caja en el trastero. Algo de ropa, un joyero, álbumes de fotos...

Me tensé, porque sabía a qué álbumes se refería. El de la boda y la luna de miel. Los que habíamos ido creando con todos nuestros viajes y reuniones familiares.

—No quiero nada, tíralo todo.

—¿Estás segura?

—¿Para qué los querría?

—Tienes razón, lo tiraré todo. No es que ahora nos vaya a sobrar el sitio.

—¿Qué quieres decir?

—Van a vivir con nosotros —comentó en tono vacilante y yo me quedé callada, sin saber qué decir. Ese silencio hizo que él sintiera la necesidad de justificarse, y comenzó a hablar de forma atropellada—. No sé si lo sabes, supongo que no, pero el negocio de Adrián ha quebrado y lo está pasando muy mal. Tu hermana aún sigue estudiando. No tienen forma de mantenerse en este momento y mamá pensó que era buena idea que se quedaran con nosotros hasta que se recuperen. —Hizo una pausa, y yo seguía sin palabras. Cualquier posibilidad de regresar a casa, aunque solo fuese fugaz, acababa de desaparecer—. Les he ofrecido trabajo a los dos en la fábrica, pero no parece que les entusiasme la idea. Tu hermana sigue empeñada en dedicarse a la decoración y él...

—¿Qué, papá? —inquirí con un mal presentimiento.

—Me ha propuesto ayudarme con la dirección y así aprender cómo funciona la empresa. Ganar experiencia y responsabilidad para que yo pueda descansar.

Me saltaron todas las alarmas.

—No se te ocurra, papá, ¿me oyes? No dejes que se acerque a nuestro negocio. Tampoco le prestes dinero. No lo recuperarás. Ha estado viviendo de mí durante años y ahora pretende hacerlo de vosotros. A mí también me costó verlo, pero es la verdad. Es una sanguijuela.

—Lo sé, hija, lo sé, pero es tu madre la que no entra en razón. Piensa que es una buena idea que Adrián se involucre en el negocio y se haga cargo de todo cuando yo me jubile. Tu hermana también me presiona, porque cree que no quiero apoyarles por ti.

Ignoré esa última frase: me hacía hervir la sangre. ¿Por mí? ¿Acaso alguien había pensado realmente en mí, comenzando por ella?

—Confiar en Adrián es un disparate. Tienes que convencer a mamá.

Mi padre suspiró y lo sentí mucho más cansado y derrotado. Cuando él siempre había sido una persona enérgica y positiva. No pude evitar sentirme un poco culpable. Sin que fuese mi intención, había puesto mi granito de arena en ese peso que cargaba.

—Lo intentaré, pero últimamente no está muy bien de salud y trato de no disgustarla —me confesó.

—¿Por qué? ¿Qué le pasa? ¿No habrá recaído?

—Tranquila, nada indica que el cáncer haya vuelto. —Respiré aliviada—. Tiene ataques de ansiedad y casi no duerme. Ya sabes cómo es. No hace otra cosa que pensar y darle vueltas a esta situación tan difícil que atravesamos. No la acepta. Se niega a asumir que ahora las cosas son así y culpa a todo el mundo.

—Querrás decir que me culpa a mí.

Que guardara silencio solo confirmó lo que yo ya sabía. Mi madre me lo había repetido tantas veces que esa cantinela vivía en mi cabeza como un eco del que no podía deshacerme.

—Dani...

El tono de su voz ya me anunció lo que vendría después.

—No, papá. Tú no...

—Cariño, sé que es difícil, pero si hicieras el esfuerzo...

—No puedo.

—Te prometo que nunca más insistiré en que te ocupes de nuestro negocio, sé que ese no es tu camino. Pero ¿podrías intentar arreglar las cosas con tu hermana y venir a casa? Soy consciente de lo que te estoy pidiendo...

—No lo eres, papá —lo corté con lágrimas en los ojos. Me dolía el corazón—. No tienes ni idea, porque si sintieras solo un poco de lo que yo siento, no te atreverías a pedírmelo —le espeté con dureza.

—Me duele hacerlo, Dani. No creas que no. Es que todo se ha desmoronado y las cosas ya no son como antes. Míranos, ¿cuándo hemos sido así?

—Lo sé, papá. Y lo siento.

Cogí aire y lo solté, tratando de no llorar. Sin embargo, me estaba costando. Me ardían los ojos y me quemaba el pecho. Mi garganta parecía llena de arena y no podía respirar. Dejé de caminar y me detuve junto a una señal de tráfico.

—Siempre os habéis querido tanto. Intenta perdonarla, habla con ella.

—¿Por qué debo ser yo la que ceda y lo arregle? ¿Por qué tengo que hacerlo cuando es ella la que me ha hecho tanto daño? —exploté sin fuerzas—. Creía que al menos tú estabas de mi parte.

—Dani, cariño, hay tantas partes que ya no sé qué hacer.

Su respuesta, la pena que contenía, me rompió sin remedio. Aun así, no era capaz de concederle lo que me estaba pidiendo. Era lo único que me quedaba, mi libertad para perdonar solo cuando yo me sintiera preparada, y no sabía si llegaría ese día.

—Puede que más adelante, pero no ahora —gemí.

Alcé la vista del suelo y me quedé muda al ver a Jun observándome a pocos pasos de distancia, como si fuese una aparición surgida de la nada. Por un momento creí que lo era. Un producto de mi mente, que buscaba desesperada un ancla a la que aferrarse. Una pequeña luz entre tanta oscuridad. ¿Desde cuándo se había convertido en alguien tan importante?

—De acuerdo —dijo mi padre—. Siento haberte disgustado. Perdóname, ¿vale?

—No tengo nada que perdonar.

—Siempre has sido muy comprensiva, puede que demasiado. —Asentí, aunque sabía que no podía verme, incapaz de apartar la mirada de Jun—. Buenas noches, cariño.

—Buenas noches, papá.

Colgué el teléfono y lo apreté fuerte entre mis dedos. Tenía tantas ganas de llorar que no era capaz de respirar, por si ese pequeño alivio rompía el frágil dique que me mantenía entera.

Jun se acercó muy serio. Traté de sonreírle. De abrir la boca y decir al menos un hola que sonase natural. No pude. Se paró frente a mí y, muy despacio, alzó las manos y deslizó los pulgares bajo mis párpados. Deshizo las lágrimas entre sus dedos.

Entonces, abrió su abrigo y me rodeó con él, al tiempo que me estrechaba entre sus brazos.

Mi rostro se hundió en su pecho. Solo llevaba una sudadera y a través de ella pude notar el calor de su piel. Lo bien que olía. Cerré los ojos y me estremecí con un sollozo.

Jun hizo un ruidito, como si me arrullara, y apoyó la barbilla sobre mi cabeza.

—Aquí nadie puede verte, ni siquiera yo. Déjalo salir.

Negué con la cabeza. No podía desmoronarme delante de él.

—No pasa nada —dijo muy bajito. Y añadió—: Soy yo.

«Soy yo.»

Solo dos palabras. Y el dique se deshizo. Rompí a llorar con tanta fuerza que yo misma me asusté del sonido que brotó de mi garganta. Más sollozos que quedaron amortiguados dentro del refugio que Jun había construido para mí. Rodeé su cintura con los brazos y me aferré a su cuerpo como si fuese lo único que pudiera evitar que desapareciera.

Noté su mano en mi cabeza. Luego, sus labios en mi pelo. Tan suaves. Tan cálidos.

En algún momento comenzó a mecerme y creí oír una leve melodía. Un tarareo apenas perceptible. No sé cuánto tiempo permanecimos allí, fundidos el uno con el otro. Solo recuerdo la sensación que me llenaba y era tan bonita que me daba miedo moverme y que desapareciera. Me había roto en mil pedazos y sus brazos los habían sostenido todos, impidiendo que tocaran el suelo.

Solté un suspiro de alivio. Me sentía como si hubiera estado conteniendo el aliento durante meses y por fin pudiera respirar. Mantuve los ojos cerrados un poco más y me centré en la sensación de sus manos moviéndose arriba y abajo por mi espalda.

De pronto, se detuvo, y su respiración se volvió más superficial. Una leve inspiración y su voz se abrió paso dentro de mí.

—Me gustas, Dani. Me gustas mucho.

Quise abrir la boca y decirle que él también me gustaba, pero me daba miedo que pudiera notar que le mentía. Porque no solo me gustaba. Me volvía completamente loca y no sabía qué hacer con todo aquello que sentía.

Porque tenía la sensación de que si abría la boca y pronunciaba aunque solo fuese una palabra, todas las demás saldrían sin que pudiera hacer nada para contenerlas, y probablemente lo asustaría.

Porque yo también estaba muerta de miedo.

Guardé silencio y lo abracé muy fuerte un poco más.

29
Jun

«Me gustas.»

No me lo podía creer, ¿en serio? Era tan patético que debía de haberlo soñado.

Sin embargo, había pasado. ¡Joder! Me quería morir. Desaparecer. Que alguien me golpeara la cabeza para olvidarlo todo.

Pero ¿cómo se me había podido ocurrir que aquel momento, entre todos los que podría haber elegido, era el adecuado para confesarle lo que sentía por ella? Porque era idiota. A quién quería engañar.

¿Qué pensaba, que saltaría a mis brazos emocionada? Bueno, entre mis brazos ya estaba, pero por otro motivo. No había entendido casi nada de su conversación, pero me habían bastado sus lágrimas y la expresión de su rostro para abrazarla con todo mi ser.

Sin pensar.

Sin dudar.

Por puro instinto.

Y no me arrepentía de esa parte. Habría hecho cualquier cosa para aliviar su tristeza. Para protegerla de ese dolor que la rodeaba como un aura espesa. Porque su precioso rostro solo debería sonreír.

Lo que había hecho a continuación era lo que me mortificaba.

«Me gustas mucho.»

Después, ella no había dicho absolutamente nada. Silencio. Como si no me hubiera oído. Pero lo había hecho, por esa razón había eludido mi mirada mientras la acompañaba a casa y apenas murmuró un adiós como despedida.

Escondí la cara entre mis manos.

—Joder —gruñí para mí mismo.

De repente, algo me golpeó la cabeza.

—¡Ay! —Sobre mi mesa rebotó una pelota antiestrés del tamaño de una naranja. Me volví hacia Ren y lo fulminé con la mirada, antes de ladrarle—: ¿Qué?

—Eso digo yo, ¿qué?

Resoplé por la nariz y me repantigué en la silla, malhumorado.

—¿Sabes? Nunca, jamás, de ninguna manera volveré a hacerte caso. Todo es culpa tuya.

—¿De qué hablas?

—Le dije que me gustaba —murmuré entre dientes.

—¿Qué?

—¡Le dije que me gustaba! —alcé la voz y, por su sonrisa burlona, supe que me había oído la primera vez—. Que te den.

Ren se quitó los auriculares que colgaban de su cuello y vino hasta mi mesa. Se sentó en la esquina y me miró con los brazos cruzados sobre el pecho. Sus esfuerzos para no reírse me hicieron entornar los ojos.

—Te dije que le preguntaras si tú le gustabas, ¿recuerdas? La idea era que averiguaras qué siente ella por ti, no al revés.

Me froté los ojos y luego me pasé las manos por el pelo.

—He metido la pata. Ni siquiera elegí un buen momento. —Gimoteé como un bebé—. Pero ¿qué digo? Era el peor momento de todos los momentos malos que puedas imaginar.

Ren rompió a reír.

—¿Tan mal te salió?

—Mátame.

Sus carcajadas me hicieron reír también.

—¿Y ella qué dijo?

—Creo que la dejé sin palabras, porque no fue capaz de abrir la boca después de eso.

—Puede que se quedara muda en el buen sentido.

—Se te da fatal animarme.

Nos quedamos mirándonos, con esa complicidad que siempre habíamos tenido. No importaba lo que pudiera ocurrir, ni cómo fuese de malo, compartirlo con él siempre aligeraba mis preocupaciones.

Todos necesitamos a alguien que nos entienda, o que lo intente. Quedarnos junto a esa persona que nos hace sentir mejor, menos solos cuando pensamos que nada va bien. Ren era ese alguien para mí.

Chasqueó la lengua y se puso de pie.

—¿Sabes qué? Me estás deprimiendo, y cuando me deprimo soy incapaz de trabajar. Así que nos largamos a otra parte.

—¿Adónde?

—¿Y qué importa mientras tengan cerveza y pollo picante?

Pegué un bote de la silla y le rodeé el cuello con el brazo.

—Me has convencido.

Apagué el ordenador. Me puse el abrigo y me colgué la mochila de un hombro.

Nos escabullimos como si fuésemos dos quinceañeros que tratan de escaparse del instituto, en lugar de dos personas adultas y maduras, dueñas de su tiempo. Supongo que hay costumbres que cuesta olvidar.

Cogimos un taxi y nos dirigimos a la avenida Shaftesbury, donde se encontraba el mejor restaurante de pollo frito de todo Londres. Pedimos alitas picantes y dos pintas de cerveza, que acabaron transformándose en cuatro y, más tarde, en seis. Comimos, bebimos y nos reímos como locos. No hay nada como estallar en carcajadas con tu mejor amigo, hasta que te duele el estómago y todo deja de existir, salvo ese momento.

Discutíamos por quién iba a pagar la siguiente ronda, cuando me entró una llamada. Le eché un vistazo rápido al teléfono y me atraganté con un sorbo de cerveza al ver su nombre en la pantalla: Dani.

—¡Es ella! Es ella... —tosí.

—¿Ella? —preguntó Ren con aire despistado. Sus ojos se abrieron mucho al darse cuenta de a quién me refería—. ¡Ella! Vamos, cógelo.

—No —susurré como si Dani pudiera oírme.

Ren también bajó la voz.

—¿Por qué?

—¿Y si llama por lo que le dije anoche?

—No seas idiota y contesta.

Negué con la cabeza.

—Me da vergüenza.

—Pues lo hago yo.

Le di un manotazo cuando trató de alcanzar mi teléfono. Me lo quitó y nos peleamos hasta que logré arrebatárselo. Después inspiré hondo, preparándome para responder.

El teléfono dejó de sonar.

—¡Ha colgado!

Ren puso los ojos en blanco.

—¿Y qué esperabas, que estuviera ahí hasta que tú dejaras de hacer el tonto?

—¿Qué hago?

—¿Llamarla? —me soltó en tono irónico.

—¿Y si me dice algo malo?

—¿Quieres espabilar, Einstein? Le confesaste que te gustaba y te ha llamado.

Pensé en ello y una sonrisa feliz se plantó en mi cara. Me aclaré la garganta, dos veces, y le devolví la llamada. Contestó al segundo tono.

—Hola, Jun.

—¡Hola! Acabo de ver que me has llamado. ¡Qué sorpresa! ¿Va todo bien? ¿Necesitas alguna cosa? Por cierto, soy Jun. —Fruncí el ceño—. Espera, eso ya lo sabes, porque has dicho «Hola, Jun». Y ese soy yo —me reí.

Ren comenzó a hacer aspavientos para que cortara y gesticulé sin entender a qué se refería.

—¿Jun? —dijo ella.

—¿Sí?

—¿Te encuentras bien?

Se me escapó una risita.

—Sí. ¿Y tú?

—También, gracias. He pasado por tu estudio, pero me han dicho que habías salido.

—Esto... Sí... Es que tenía una reunión con mi socio. Una muy importante. Importantísima.

Ren rompió a reír y empecé a darme cuenta de lo borracho que estaba. No debería haberla llamado en ese estado.

—Ya veo. ¿Has bebido? —me preguntó Dani.

—No. —Apreté los párpados con fuerza—. Tal vez un poco. Bueno, entre poco y bastante, pero sin que sea demasiado. ¿Es eso posible?

Me llegó su risa y noté que me ruborizaba. Me encantaba ese sonido.

—Creo que entiendo a qué te refieres.

—Menos mal —suspiré avergonzado—. ¿Por qué me has llamado?

—No es nada importante, no te preocupes.

—¿Estás segura?

—Lo estoy.

—Vale, solo lo preguntaba porque hay cosas que siempre deben...

—¿Preguntarse?

—¡Sí! ¡Te acuerdas! —exclamé contento.

—Jun, no vas a conducir esta noche, ¿verdad?

—*Nop*. Ni siquiera recuerdo dónde aparqué el coche esta mañana.

—Bien, eso es bueno —dijo con un suspiro de alivio. Sonreí, se preocupaba por mí—. Sigue con tu reunión, te llamo otro día.

Fruncí el ceño.

—¿Otro día? Eso es mucho tiempo. Dímelo ahora.

—Lo olvidarás a los cinco minutos.

—Te prometo que no lo olvidaré. Recuerdo todas las cosas que dices. Todas y cada una. Ponme a prueba —la reté. Se quedó callada tanto tiempo que miré la pantalla por si se había cortado—. ¿Dani?

—¿Sí?

—Por favor, quiero saber por qué me has llamado —le rogué más serio.

La oí inspirar y luego soltar el aire.

—Vale. He recordado que te debo una cena y, como odio estar en deuda, se me ha ocurrido que podría saldarla mañana. Si a ti te viene bien.

«¿Me debe una cena?», pensé. Entonces me acordé de la noche que la invité a aquel restaurante italiano. Ya había pasado un tiempo, ¿por qué lo mencionaba ahora? La idea que cruzó por mi mente me provocó unos nervios desconocidos en el estómago. Empecé a sonreír como un idiota.

—¿Mañana? Sí, por mí, bien. Perfecto.

—¿Sobre las siete?

—A las siete me va genial.

—Te enviaré un mensaje con la dirección.

—Lo estaré esperando. —Cerré los ojos con fuerza. Eso había sonado demasiado ansioso—. Quiero decir que... vale. Un mensaje está bien.

Nos reímos a la vez.

—Hasta mañana.

—Hasta mañana —repetí.

Colgué el teléfono y me lo quedé mirando, con la sensación de que mi vida estaba dando un giro y ya no le podía poner freno. Tampoco quería. No, si ese giro me conducía directo a ella.

Dani.

La chica que había llegado por casualidad para llenarlo todo.

Para hacer que mis ganas fuesen más grandes que mis miedos.

Y demostrarle que la edad no era más que un número.

Que importaban otras cosas e iba a esforzarme por ser el mejor en todas.

30
Dani

«Jun, sobre la otra noche... Verás, quería decirte que tú... Que creo que tú... No, creo no. Jun, sobre la otra noche, quería decirte que tú también... También me gustas», incluso en mi cabeza sonaba raro.

—¿Te encuentras bien?

Levanté la vista del suelo y miré a Jun, que me observaba un poco preocupado.

—¿Qué?

—Estás muy callada.

—Estoy bien —le aseguré con una sonrisa.

Pero no era cierto, no me encontraba nada bien. Me sentía tonta y frustrada. Había planeado esa noche con un único objetivo: abrirme a Jun y confesarle lo que había comenzado a sentir por él. Ser tan franca y directa como él lo había sido conmigo. Algo que a simple vista podría parecer fácil, pero que a mí me estaba costando la vida.

Lo había intentado varias veces durante la cena y no logré pronunciar una sola palabra en ese sentido. En cuanto mis ojos se encontraban con los suyos, me bloqueaba y llevaba la conversación hacia cosas sin importancia que llegaban a rozar lo ridículo.

Ahora paseábamos de camino a mi casa, bajo las luces de Navidad que ya decoraban las calles desde hacía semanas. Me había negado a tomar un taxi, a pesar de que hacía un frío punzante que te calaba hasta los huesos y el tiempo amenazaba lluvia. Ese trayecto a pie era mi última oportunidad y la estaba desaprovechando. No entendía por qué me costaba tanto pronunciar esas palabras, cuando estaba tan segura de mis emociones.

Nos miramos. Sonreímos. Y nos miramos de nuevo a los ojos hasta enredarnos. Su rostro me dejaba sin respiración. Ya me pareció guapo en nuestra primera conversación, pero de un modo distinto a como lo veía en este momento. Entonces solo era un niño mono. Ahora era el chico más atractivo que había visto en mi vida y le bastaba con una sonrisa para encandilarme.

Mientras caminábamos en silencio, no dejaba de preguntarme qué estaría pensando. Si se sentía tan inseguro como yo. Decepcionado por unas expectativas que no se estaban cumpliendo.

—Jun...

—¿Sí?

«Es el momento, dilo», me animé a mí misma.

—¿Qué ciudad te gusta más, Londres o Seúl? —le pregunté mientras me maldecía en silencio.

—Nunca lo he pensado. No sé, depende.

—¿De qué depende?

—Bueno, me gusta Londres porque la gente es más libre, independiente y abierta. Aquí eres dueño de ti mismo. Puedes quejarte y decir lo que piensas en cualquier parte sin que te juzguen. Y si lo hacen, ¿a quién le importa? También hay más igualdad y oportunidades para todo el mundo.

—No siempre es así.

—Créeme, aquí la gente es completamente libre en muchos sentidos. Los padres están esperando a que llegue la mayoría de edad de sus hijos solo para verlos marchar.

Me reí.

—Eso es cierto, y en España ocurre lo mismo.

—En Seúl la vida es más... contenida. Más rígida y dependiente. No sé si entiendes lo que quiero decir. —Asentí, me hacía una idea de a qué se refería. Ver K-dramas se había convertido en toda una fuente de información. Él continuó—: Aunque allí me siento más cómodo, nadie se fija en mí. Solo soy uno más. Aquí siempre hay alguien que me mira por ser distinto. No imaginas la de veces que, comprando en una tienda, alguien me ha confundido con el dependiente solo por el hecho de ser asiático.

—¿Eso te molesta?

—No lo sé, supongo que hay otros que lo tienen mucho peor que yo. Además, hay prejuicios en todas partes, lo mejor que puedes hacer es ignorarlos.

—Quizá te miren por otras razones.

—¿Como cuáles?

—Tu aspecto. Eres guapo.

Parpadeó sorprendido y en su cara se dibujó una sonrisa enorme.

—¿Piensas que soy guapo?

Asentí y le devolví la sonrisa.

—¡Te has puesto rojo!

—Es que no estoy acostumbrado a que alguien como tú me haga ese tipo de cumplidos.

Se le escapó una risita.

—¿Como yo? —pregunté intrigada.

—Como tú —declaró en un tono que me hizo bajar la cabeza con timidez.

Nuestros brazos se tocaban mientras caminábamos. Nuestras manos jugaban a buscarse entre pequeños roces que me dejaban sin aliento.

—¿Cuál es tu lugar favorito de Seúl? —me interesé.

—Las vistas desde la torre Namsan son alucinantes, y me encanta el distrito de Itaewon. Viví allí de pequeño.

—¿Y de Londres?

—Neal's Yard. ¿El tuyo?

—El jardín japonés de Regent's Park. Cuando tengo muchas cosas en la cabeza, me gusta ir hasta allí y detenerme en el puente, cerrar los ojos y escuchar el agua correr. Me relaja.

De repente, comenzó a llover. Una llovizna helada que me hizo entornar los ojos. Jun se apresuró a abrir su mochila. Sacó un paraguas y nos cubrió con él. Me reí.

—Tu mochila parece el bolso de Mary Poppins, ¿qué más llevas ahí?

Él no respondió, se limitó a guiñarme un ojo. Pegó su cuerpo al mío, de modo que su hombro se alzaba tras el mío. Sabía que lo hacía para protegerme de la lluvia, pero nunca imaginé que un gesto tan sencillo pudiera hacerme sentir tantas cosas. Retomamos el paso e ignoré las ganas que tenía de mover mis brazos y abrazarme a su cintura, del mismo modo que lo había hecho la otra noche.

—Debería haber cogido el taxi. Hace un frío terrible y te estás mojando por mi culpa —dije apesadumbrada.

—Me alegro de que no lo hayas hecho —me susurró al oído.

Ladeé la cabeza y lo miré de reojo. Me observaba desde arriba y una sonrisa traviesa tiraba de sus labios. Tan cerca. Y tan inalcanzable, porque yo era incapaz de hacer lo que me pedía a gritos mi cuerpo.

Doblamos la esquina y enfilamos «nuestra» calle. La lluvia caía con fuerza y se habían formado muchos charcos. Cada vez que pasaba un coche, nos veíamos obligados a pegarnos a la pared para que no nos salpicara. De pronto, vimos un todoterreno que se acercaba muy rápido. Demasiado cerca del bordillo.

Apenas tuve tiempo de asimilar lo que iba a pasar, cuando Jun se giró y me cubrió con su cuerpo.

Cerré los ojos por puro instinto.

Oí el fuerte chapoteo y el agua golpeando la pared a mi espalda. Abrí los párpados y miré hacia arriba. El rostro de Jun escurría agua desde su pelo. Todo él estaba empapado después de interponerse entre el charco y yo. Parpadeé y vi una manchita de barro en su mejilla. La limpié con el pulgar, tan despacio que sentí vergüenza.

Me obligué a reaccionar.

—¿Estás bien? —le pregunté. Asintió, pero su cara decía lo contrario—. No, no lo estás. Mírate, escurres agua.

Nos encontrábamos a una decena de metros de mi casa. Lo agarré por el brazo y tiré de él.

—Vamos, tienes que quitarte esa ropa ahora mismo o te congelarás.

No lo solté hasta que nos detuvimos frente a mi puerta. Saqué las llaves, abrí y lo hice pasar a toda prisa. Encendí las luces y lo miré de reojo. Estaba tiritando. Me quité el abrigo y las botas, lo único que se me había mojado. Le pedí a Jun que me siguiera hasta el baño. Me obedeció sin rechistar, mientras lo miraba todo, curioso.

—En el armario encontrarás toallas y en el cajón bajo el lavabo hay un secador de pelo. Meteremos tu ropa en la secadora.

—Gracias —convino con los labios azules.

Me daba mucha pena verlo así, lo que no evitó que sonriera al recordar lo que había hecho en la calle. Su primera reacción había sido protegerme, y no sabía cómo sentirme. ¿De dónde había salido este chico?

De pronto, llamaron a la puerta. No esperaba a nadie.

Alcé la barbilla y miré a Jun.

—No te preocupes, entra y sécate. Iré a ver quién es.

Desapareció en el baño y yo corrí a abrir.

Me quedé de piedra al encontrar a Amy en el pasillo.

—¿Qué haces aquí? —le pregunté de sopetón.

—Mi madre ha hecho *scones*, y me ha pedido que te traiga unos cuantos para desayunar.

—¿Ahora?, podrías habérmelos dado mañana en el taller.

—Se estropearía la mantequilla.

Fruncí el ceño, tenía razón. Le quité de las manos la caja con los pasteles y forcé una sonrisa despreocupada. Todo lo contrario a como me sentía: un manojo de nervios. También notaba el corazón en la garganta y no lograba que bajara de ahí.

—Gracias.

Amy me miró raro, y luego echó un vistazo al interior por encima de mi hombro.

—¿Qué está pasando?

—¡¿Qué?! Nada, ¿qué va a pasar?

Me apartó con su brazo y se coló en el piso. Acabaría dándome un infarto.

—¿Qué intentas ocultar?

—Nada.

—¿Tienes a alguien escondido?

—Sí —me salió sin pensar—. ¡No! Quiero decir que...

Los ojos de Amy se abrieron de par en par.

—¿Lo tienes? ¿A quién?

Maldije en silencio e inspiré varias veces.

—Es muy posible que en el baño haya un chico, incluso puede que esté desnudo...

Se le escapó una carcajada.

—¡¿Bromeas?!

—Pero no es lo que piensas. Se ha puesto a llover, veníamos caminando y un coche nos ha salpicado. A él lo ha empapado y le he pedido que suba a secarse —susurré de forma atropellada.

—¿Quién es? —me preguntó muerta de risa por mi agobio.

La puerta del baño se abrió y Jun apareció con una toalla en las caderas. Se quedó parado al ver a Amy y sus mejillas enrojecieron. Tras un momento de duda, su pecho se llenó con una profunda inspiración. Mi mirada se posó en ese punto y me perdí en su movimiento. Aire dentro. Aire fuera. Mis pulmones lo imitaron.

—Dani, aquí está mi ropa. Aunque puedo poner yo mismo la secadora.

Mis ojos lo recorrieron de arriba abajo. Y de abajo arriba. Parpadeé y a punto estuve de inclinar la cabeza para tener una mejor perspectiva del conjunto.

—¿Dani?

Me fijé en su torso, en la piel blanca que lo cubría, las líneas marcadas de su estómago. En el contorno de sus hombros y la longitud de sus brazos.

Amy me dio un golpecito con el codo, que me hizo reaccionar.

—¿Qué? —Me ruboricé—. Sí, claro. La secadora.

Le sonreí y él me dio el montón de ropa.

—Gracias —me dijo.

Entonces, Amy carraspeó.

Apreté los párpados con fuerza. Quería llorar, porque nada estaba saliendo como debería.

—Jun, esta es mi amiga Amy. Amy, este es Jun.

—Hola, encantado de conocerte. Dani me ha hablado mucho de ti.

Amy se acercó sonriente y le tendió su mano, que él aceptó, estrechándola entre las suyas.

—Es un placer conocerte, Jun. Qué pena que yo no haya oído casi nada sobre ti. Espero que eso cambie en el futuro.

Él la observó desconcertado, y su mirada voló hasta mí. Le sonreí despreocupada.

Más tarde pensaba estrangular a mi amiga. Y lo haría sin remordimientos.

—Deberías secarte el pelo. Podrías resfriarte —le sugerí a Jun.

Que estuviera medio desnudo en el pasillo de mi casa me estaba poniendo nerviosa; y que mi amiga se lo comiera con los ojos tampoco ayudaba. En cuanto él regresó al baño, me dirigí a la cocina con Amy pisándome los talones. Metí la ropa en la secadora y la puse en marcha.

Entonces, mi amiga me dio un manotazo en el brazo.

—¡Ay, ¿por qué me pegas?!

—Dijiste que parecía un niño. ¿Tú lo has visto bien?

—¿Cómo iba a saber que todo eso estaba ahí?

Moví mis manos como si intentara darle forma con ellas al cuerpo que acababa de admirar. Jun poseía un físico impresionante. Al menos, a mí me lo parecía.

—¿Me vas a decir que no te habías dado cuenta?

Asentí con los ojos muy abiertos.

—Siempre lleva unas sudaderas enormes, ¿cómo iba a saberlo?

—Ni que todo eso pudiera esconderse.

—Ya te digo yo que sí.

Me miró como si le costara creerme y me dio otro manotazo.

—Deja de pegarme —gimoteé mientras me frotaba el brazo.

—¡Es guapísimo, Dani!

Noté que me sonrojaba.

—Lo es, ¿verdad?

Amy soltó un gritito y enmarcó con sus manos mi rostro. Me apretujó con fuerza las mejillas y mis labios se fruncieron en un mohín.

—Sal con ese chico. Lo digo en serio, sal con él y que no se te escape.

—Me haces daño —murmuré sin poder mover la boca.

La expresión de Amy cambió de repente. Arqueó las cejas como si acabara de recordar algo. Me miró y una disculpa cruzó por su semblante. Comenzó a sonreír y todo mi cuerpo se estremeció con un mal presentimiento. La conocía demasiado bien como para saber que algo pasaba.

—¿Qué has hecho?

—No me mates, ¿vale? Pero... ¿podrías esperar un par de días más antes de empezar a salir con él?

—¿Por qué?

—Porque podría haber un pequeño malentendido.

Crucé los brazos sobre el pecho.

—¿Qué clase de malentendido?

—Prométeme que no vas a enfadarte.

—¿Amy?

—Te lo cuento si me prometes que no te enfadarás.

—¡Amy!

31
Dani

No sé en qué momento Amy pudo pensar que era una buena idea organizarme una cita a ciegas con un compañero de trabajo de James. Un encuentro del que yo no habría sabido nada hasta el último momento, si ella no hubiera descubierto a Jun en mi casa un par de noches antes.

Cuando me lo contó, me enfadé tanto que, desde entonces, apenas le había dirigido la palabra. Aun así, allí estaba, en un local de moda con música *chillwave* de fondo y luces estroboscópicas en el techo, tras una cena muy larga y aburrida en un restaurante tailandés en el Soho.

El único motivo por el que había acudido era James. No quería que tuviera problemas con su amigo si lo dejaba plantado, después de haberse visto arrastrado por Amy y su manía de inmiscuirse y manipular la vida de los demás. Y aunque sus intenciones siempre eran buenas, no justificaban el mal rato que podía hacerte pasar.

Un atenuante que había suavizado un poco mi enfado era que se trataba de una salida con más personas, entre las que se encontraban Amy y James; Max y Beth, una antigua compañera de la universidad con la que Max quedaba de vez en cuando; Andrew, cuyo cumpleaños se celebraba esa noche; y su novia, Diana. También David, mi «cita».

No podía decir nada malo de David, salvo que era un tipo aburrido, obsesionado con el trabajo y al que le encantaba ser el protagonista de todas las conversaciones, que acababa llevando siempre a su terreno laboral: valores, mercado de capitales y ese tipo de cosas. También era aficionado al fútbol y, desde hacía un buen rato, discutía con los otros chicos sobre no sé qué fichajes de no sé qué equipos de una liga que no conocía.

Le di un sorbito a mi bebida, un mejunje que sabía a mango y en el que flotaban unos granos de pimienta rosa. Amy me dedicó una sonrisa, que no le devolví. Hizo un puchero y yo le saqué la lengua. Con un gesto me animó a que me uniera a la conversación, pero ¿qué sabía yo sobre las nuevas técnicas de relleno de labios y arrugas? Si me mareaba cuando me pinchaba con una aguja de coser.

En aquella reunión no cabía un cliché más, y todos me daban repelús.

Me aburría como una ostra.

Miré a mi alrededor y observé durante un rato a la gente que bailaba. Gente que sonreía. Gente que lo pasaba bien. Como yo, cuando estaba con Jun. No había dejado de pensar en él en ningún momento.

Saqué mi teléfono del bolso. Lo sostuve e inspiré hondo. ¿Por qué no?

DANI: ¿Qué tal estás?

Contestó a los pocos segundos.

JUN: Bien, con unos amigos, ¿y tú?

DANI: Me alegro de que estés bien, me preocupaba que te hubieras resfriado.

JUN: ¿Dónde estás?

DANI: En una cita.

JUN: ¿Cita? ¿Con un chico?

DANI: Ha sido cosa de Amy, no he tenido más remedio. Ni siquiera me apetece estar aquí.

JUN: ¿Dónde estás?

Le pasé directamente la ubicación.

JUN: ¿Quieres una excusa?

DANI: ¿Para qué?

JUN: Para largarte de ahí.

Me reí y noté que el corazón se me aceleraba por momentos. Un cosquilleo me recorrió todo el cuerpo. Sí, la quería, aunque solo fuese para escuchar su voz por teléfono durante unos segundos y desconectar de la que estaba siendo una noche desastrosa.

DANI: La quiero.

Me envió el emoji de un superhéroe y dejó de estar en línea.

—¿Va todo bien?

Alcé la vista y me encontré con Max, observándome.

—Sí.

—¿Qué tal David? —Arrugué la nariz y negué con la cabeza. A él se le escapó una risita—. Es un poco aburrido.

—¿Solo un poco?

Max se echó a reír con ganas. Después señaló mi bebida.

—¿Quieres otro?

—No, gracias, voy servida.

—Vale. Estaré ahí mismo, por si necesitas algo.

—No te preocupes.

Regresó junto a Beth y yo me concentré en mi teléfono y en la llamada que no llegaba.

Quince minutos más tarde, no sabía cómo me sentía, si molesta, muy enfadada o tremendamente triste. Jun no había vuelto a dar señales de vida y no sabía qué pensar o creer. Inspiré hondo. Empezaba a agobiarme entre tanta gente. La música estaba demasiado alta y las luces eran muy brillantes. Paseé la mirada por el local, mientras un nudo de ansiedad se apretaba más y más dentro de mi pecho.

Y de golpe, dejé de respirar. No podía ser.

Casi a tientas metí el teléfono en mi bolso, ya no lo necesitaba.

Nuestros ojos se encontraron en la distancia. Alzó una ceja y la diversión en su mirada me hizo estremecer. Vino directo hacia mí, abriéndose camino entre todas aquellas personas. Cuando llegó a mi lado, no se detuvo. Envolvió mi mano con la suya y tiró de mí. Apenas tuve tiempo de dejar la copa en la barra y agarrar mi abrigo, antes de que mis pies lo siguieran.

¿Qué estaba haciendo? No podía irme así.

—Jun, espera... —Se dio la vuelta y me miró desde arriba—. No puedo irme de este modo.

—¿Por qué? No parece que les importe.

Miré por encima de mi hombro, y solo Amy y Max se habían percatado de lo que acababa de ocurrir. Ella sonreía de oreja a oreja y Max, él parecía confundido a la par que contrariado, mientras sus ojos saltaban de Jun a mí, y de mí a él.

Jun apretó mi mano.

—Vamos.

El frío nos sacudió al salir a la calle, pero apenas lo noté. Mi cuerpo era una estufa y mi corazón desbocado no hacía más que subirme la temperatura. Contuve el aliento cuando lo seguía y nos alejábamos del bullicio de la puerta. Entrelazó sus dedos con los míos. Y miré nuestras manos unidas. La mía encajaba tan bien en la suya.

Empecé a sonreír, mientras mi estómago se convertía en una montaña rusa. Sobre nuestras cabezas, las luces de Navidad resplandecían más que nunca, transformando el ambiente en algo mágico.

—¿Adónde vamos? —le pregunté.

Me miró sin dejar de caminar.

—¿Adónde quieres ir?

—No lo sé, ni siquiera puedo pensar. ¿Se... se puede saber qué acabas de hacer?

—Rescatarte.

—Creía que solo ibas a proporcionarme una excusa.

—A partir de ahora no te harán falta excusas, dudo que tu amiga te organice más citas.

Suspiré divertida y negué con la cabeza.

Yo también lo dudaba, pero al día siguiente nadie me libraría de un interrogatorio de tercer grado. Con un ligero tirón, me acercó un poco más a él. Yo no podía dejar de mirarlo. El viento frío le sacudía el cabello y hacía que le brillaran los ojos. Llevaba unas zapatillas negras, vaqueros y una cazadora ajustada. Nadie debería ser tan guapo para un corazón como el mío. Porque dolía.

—Gracias —dije de repente.

Él se paró en medio de la calle y me miró.

—¿Por qué?

—Por plantar a tus amigos para rescatarme.

Sus ojos revolotearon por mi cara.

—Puedes contar conmigo siempre que lo necesites. Nunca te dejaré tirada.

—¿De verdad?

—Pase lo que pase, esté donde esté, siempre seré tu «excusa».

Era lo más bonito que nadie me había dicho nunca. Tragué saliva y lo miré fijamente.

—¿Me lo prometes?

—Te lo prometo —dijo sin dudar. Alzó la mano y estiró su meñique hacia mí. Yo hice lo mismo y los entrelazamos. Me reí por ese gesto tan infantil—. Ahora tienes que juntar tu pulgar con el mío o la promesa no será firme.

—¿Qué?

—Hazlo.

—Es cosa de niños.

—Soy un niño, ¿recuerdas? —repuso con una sonrisa lenta.

Volvía a faltarme el aire. Levanté mi pulgar y lo uní al suyo.

—¿Contento?

—¿Lo ves? Ahora nuestras manos forman un corazón. Desde ahí se deben hacer las promesas.

Era cierto, nuestras manos formaban un corazón al revés. Aparté la mirada, tímida. Con tantas mariposas en el estómago que temía que en cualquier momento mis pies se levantaran del suelo. Jun dio un paso atrás y me tendió la mano. La aceptó un poco descolocada, porque nunca me había tocado tanto y tan seguido como en los últimos minutos. Aunque solo fuese una mano.

Echó a caminar y me dirigió una mirada divertida que me hizo reír.

¿Cómo era posible que su sola presencia tuviera ese poder sobre mí? El de hacerme sentir feliz, que todo fuera fácil. Sencillo. Que bastara con desear. Con que la persona indicada te cogiera de la mano muy fuerte.

Habíamos recorrido un par de calles, cuando mis zapatos de tacón dejaron de ser solo molestos para producirme un dolor insufrible en los talones.

—Espera —le pedí mientras me detenía, convencida de que tenía ampollas—. Estos zapatos me están destrozando los pies.

Descubrí que tenía la media rota y manchada de sangre, donde el borde del zapato me había estado rozando toda la noche. Jun siseó al ver las heridas. Me miró a los ojos, preocupado.

—Son nuevos —dije en un susurro.

—Así no puedes caminar. —Me dio la espalda y se inclinó hacia delante—. Sube.

—¿Quieres llevarme a caballito? —le pregunté pasmada.

—O te llevo yo o caminas descalza.

Miré el suelo, mojado y sucio después de que hubiera llovido todo el día. Inspiré nerviosa. Ninguna de las opciones me parecía bien.

—¿Y si llamamos a un taxi? —sugerí.

—Tengo el coche aparcado al final de la calle, solo tardaremos cinco minutos.

—Peso mucho —dije entre dientes. Jun me miró de reojo y se echó a reír—. Podrías ir tú y traer el coche hasta aquí. Yo te espero.

Sus ojos volaron al otro lado de la calle, donde un grupo de chicos armaban mucha bulla sentados en un portal, rodeados de botellas de cerveza.

—Sube —insistió.

No me quedó más remedio que acceder. Me crucé el bolso sobre el pecho y de un saltito me subí a su espalda. Mis pantalones crujieron. Él se enderezó con los brazos sujetando mis piernas y de un empujoncito me alzó más arriba. Me estremecí al creer que me caería hacia atrás y mi primer impulso fue aferrarme a su cuello.

—Dani.

—¿Qué?

—Me estás ahogando.

—¡Ay, perdona!

Aflojé mis brazos, muerta de vergüenza, y noté como su pecho se llenaba de golpe.

Jun echó a andar. Caminaba despacio, sin prisa, y la tensión de mi cuerpo se fue aflojando al sentirme más segura. Mis brazos se relajaron sobre sus hombros y colgaban alrededor de su cuello. Mi barbilla, cerca de su oreja. Olía bien y, con disimulo, llené mis pulmones con una profunda inspiración. Memoricé ese aroma.

—Desde pequeña, nadie me había llevado a caballito.

—¿Y qué tal?

—No está nada mal. —Me reí e incliné la cabeza hacia delante para ver su rostro. Él también me miró y su pelo me hizo cosquillas en la mejilla. Me entraron ganas de hundir mis dedos en esa cabellera brillante y sedosa—. Siempre eres muy amable conmigo.

—No me esfuerzo tanto con alguien solo por amabilidad, Dani.

Tragué saliva, con el corazón gritándome en los oídos que terminara lo que había empezado un par de noches atrás.

«Tú también me gustas», cuatro palabras muy sencillas. Pero que para mí significaban mucho. Algo profundo, algo sin nombre aún, porque nunca había sentido de ese modo.

—Jun, yo... a mí...

Frenó en seco y todo su cuerpo se tensó de golpe.

—Padre —susurró.

32
Jun

Sonreí para mí mismo. No sabía qué más debía hacer o decir para que entendiera lo mucho que me gustaba. Que mis actos eran francos y mis palabras, sinceras.

Que me volvía completamente loco su sonrisa. Lo bonita que era. Cómo me miraba. Y lo nervioso que me ponía cada vez que nos tocábamos.

—No me esfuerzo tanto con alguien solo por amabilidad, Dani.

Ella guardó silencio y noté que temblaba.

—Jun, yo... a mí...

Varios hombres salieron de un restaurante y ocuparon la acera entre risas. Aminoré el paso mientras se despedían entre ellos y comenzaban a alejarse en distintas direcciones. Entonces, mi mirada se topó con la de uno de ellos y el mundo se paró de golpe.

—Padre.

—¿Hae Jun? —pronunció sorprendido. Se giró para decirle algo al hombre que lo acompañaba y luego se acercó a mí—. Hijo.

Dejé a Dani en el suelo con el corazón latiendo fuerte y acelerado, mientras mi padre nos observaba sin parpadear.

Vestía un abrigo pulcro y oscuro sobre un traje azul marino que le daba un aire serio, aunque no severo. Inspiré hondo y le sonreí casi de forma refleja. Sabía que un momento así llegaría, pero, inocentemente, había esperado que tardara mucho más y que yo pudiera elegirlo y controlarlo.

—Buenas noches, padre, no esperaba encontrarlo tan lejos del barrio.

—He salido a cenar con unos amigos de la asociación. Ko Do Hwan nos recomendó la carne de este asador —me explicó, al tiempo que se anudaba la bufanda al cuello—. Y tú, ¿qué haces por aquí?

—Tomando algo con mis compañeros del estudio, ahora me dirigía a casa —respondí. Miré a Dani y posé la mano en su espalda—. Ella es Dani. Dani, él es mi padre, Kim Yoon Su.

Ella se adelantó un paso.

—Encantada de conocerlo.

Mi padre le dedicó una pequeña sonrisa y aceptó su mano.

—¿También trabajas en el estudio de mi hijo?

Dani me miró de reojo y se ruborizó.

—No, yo no...

—Es mi amiga, padre. La estoy acompañando a su casa.

—Espero que no viva demasiado lejos —rio para sí mismo.

Me había visto cargando con ella y ese era su modo de decirme que me había pillado sin lugar a excusas. No pensaba negarlo.

—He aparcado un poco más adelante.

—Ya veo.

Mi padre me observó y después hizo lo mismo con Dani. No tenía ni idea de qué le pasaba por la cabeza ni cuáles eran sus sentimientos en ese momento. Solo esperaba que no dijera nada inapropiado que pudiera hacer que ella se sintiera mal. Aunque mi padre no era de ese tipo de personas.

Sin embargo, dadas las circunstancias y mi situación con Minah, la de nuestras familias, podía equivocarme.

El silencio se alargó.

—¿Eso es una tienda veinticuatro horas? —intervino Dani de repente. El alivio en su voz fue tan evidente—. Iré a ver si tienen tiritas.

Se alejó cojeando y desapareció dentro de un comercio pequeño a nuestra espalda.

—¿Le ocurre algo? —se interesó mi padre.

—Le han salido ampollas en los pies por culpa de los zapatos.

—¿Por eso...?

—Sí, por eso iba subida a mi espalda.

Asintió varias veces sin dejar de estudiarme. Yo no sabía qué decir ni qué no. Por dónde empezar.

—Padre...

Su mano aterrizó en mi hombro y me dio un apretón afectuoso.

—No necesito explicaciones. Lo entiendo.

—¿Qué... entiende?

—Que eres joven y es normal que quieras divertirte y salir con chicas. Vivir un poco y tener otras experiencias. Es natural y no tiene nada de malo, Hae Jun, si luego te casas con la mujer adecuada, ¿entiendes?

—Yoon Su-*nim*, mi esposa se disgustará si llego tarde —dijo el hombre que lo acompañaba.

Mi padre me dio unas palmaditas en el brazo.

—Ve pronto a visitar a tu madre.

—No se preocupe, lo haré.

—Cuídate, hijo.

Se dio la vuelta y fue junto a su amigo, que lo esperaba al lado de un coche con la puerta del copiloto abierta.

—Padre...

Me miró por encima del hombro y negó con la cabeza.

—No te preocupes, esto quedará entre tú y yo. Tu madre no tiene por qué saberlo.

Entró en el coche y yo me quedé mirando cómo se alejaba calle abajo.

Suspiré abatido y me froté la cara, con el corazón encogido y los ojos escociéndome por el ahogo que sentía.

—No era eso lo que quería decirle —susurré para mí mismo.

Quería preguntarle qué ocurriría si en lugar de con muchas chicas, solo quisiera salir con una. Una que me gustaba de verdad. Si yo decidiera qué mujer era la adecuada. Si podrían conformarse solo conmigo, sin expectativas ni sueños. Solo yo y mis decisiones. Elecciones sencillas que, simplemente, me harían feliz.

—¿Ya se ha ido tu padre?

Me giré y vi a Dani acercándose con una bolsa en la mano. Mis labios se curvaron en una sonrisa. Con ella sonreía hasta cuando no me sentía capaz.

—¿Has encontrado tiritas?

—No, algo mucho mejor.

Se señaló los pies y yo bajé la vista. Llevaba unas pantuflas blancas y negras con forma de oso panda. No me lo esperaba, y rompí a reír con ganas.

—Ya te dije que era mi animal favorito —repuso.

Frunció los labios en un mohín y a mí me dieron ganas de mordérselos. La miré fijamente, mientras el nudo que sentía en el pecho se aflojaba. Era preciosa de tantas formas. Inspiré y la tomé de la mano. No tardamos en alcanzar mi coche, un SUV híbrido gris oscuro que no hacía mucho que había comprado.

—¿Estás bien? —me preguntó una vez nos pusimos en marcha.

La miré y me mordí el labio para no reírme. Me incliné hacia ella y pulsé el botón que elevaba su asiento. Mucho mejor.

—Estoy bien. ¿Por qué lo preguntas?

—Te has puesto pálido cuando nos hemos encontrado con tu padre.

—Es que no me lo esperaba —comenté en voz baja.

—¿Tendrás problemas? Me refiero a... Ya sabes, todo lo que me contaste sobre ellos. Creen que tienes una relación con Minah, y la forma en la que nos ha visto tu padre no ha sido muy normal.

—No te preocupes por eso.

—¿Cómo no voy a hacerlo?

—No pensando en ello. No lo hagas, por favor. Olvida lo que ha pasado.

Sentí su mirada clavada en mí. Me detuve en un semáforo en rojo y aproveché para poner música. Empezó a sonar una canción que me gustaba y cerré los ojos un momento. Me pasé la mano por el pelo y giré la cabeza. Ella continuaba observándome y le sostuve la mirada hasta que el semáforo cambió a verde y no me quedó más remedio que apartarla.

—Me pone nervioso que me mires así —susurré al cabo de unos segundos.

—¿No te gusta?

—No es eso lo que he dicho.

—No te pareces a él.

Tragué saliva.

—Porque no es mi padre biológico. Se casó con mi madre cuando yo tenía diez años y me adoptó un año más tarde —le confesé.

Ren era la única persona a la que se lo había contado, y había tardado años en hacerlo. Pero con ella... Solo necesitaba mirarme con esos ojos enormes para que me desprendiera de mi piel sin dudar y le mostrara lo que había debajo. Lo bueno y lo malo. Mis sueños y mis secretos.

—¿Qué le pasó a tu padre?

Me lamí los labios con inquietud. Empezaba a faltarme el aire. No sabía si podría llegar tan lejos. Apoyé la cabeza en el asiento y la miré de reojo. Mi corazón se aceleró y mis pulmones se expandieron. Ella era todo lo que estaba bien en ese momento. En las últimas semanas. Desde que la había conocido.

—Te lo cuento si me invitas a un café en tu casa.

Parpadeó sorprendida y giró la cabeza hacia la ventanilla, pero no antes de que pudiera ver que se había puesto roja. Descubrí su sonrisa en el reflejo que le devolvía el cristal. Tuve que aguantarme las ganas de frenar de golpe y abrazarla muy fuerte.

—Vale —respondió.

33
Dani

Serví el café en las tazas, mientras Jun se paseaba por el salón, observándolo todo con curiosidad. Parecía incapaz de no tocar nada. Alineaba los libros. Enderezaba los cuadros. Cogió el maniquí de dibujo que tenía en la estantería y le cambió la pose. Ahora me saludaba de forma despreocupada.

No pude evitar sonreír.

—¿Quieres azúcar?

—Una, por favor.

Se sentó a mi lado. Me miró. Lo miré. El corazón me latía muy rápido mientras él se inclinaba sobre la mesa de centro y tomaba su taza sin prisa. Algunos mechones oscuros le rozaban las orejas y sentí el impulso de apartárselos. Cogí la otra taza. La sostuve con ambas manos y le di un sorbito.

El silencio era cómodo. Esa era una de las cosas que había descubierto entre nosotros y que más me gustaban, que nos bastaba con estar. Con ser. No había necesidad de llenar espacios ni huecos. Podría pasar horas sentada a su lado, sin decir nada, y no aburrirme nunca.

—Mi padre nos abandonó cuando yo tenía ocho años —habló de repente.

El corazón me dio un vuelco. No sé qué esperaba que dijera, pero no eso.

—Lo siento mucho, Jun.

—Mis padres se casaron muy jóvenes. Por amor. Estaban muy enamorados —matizó, como si ese fuera un detalle importante—. Mi padre trabajaba en el departamento comercial de una fábrica de fideos y mi madre era dependienta en unos grandes almacenes, en la sección de cosmética. Trabajaron muy duro durante unos años y lograron comprar una casita en el distrito de Itaewon. Allí nacimos mi hermano y yo. —Me miró y sus labios se curvaron con una triste sonrisa—. Fuimos jodidamente felices en ese lugar. Hasta que todo cambió. Un día, de la nada, él desapareció. Se marchó dejando un sobre con una petición de divorcio firmada y una renuncia a su paternidad.

—¿Por qué hizo algo así?

—Él fue el único de su familia que logró ir a la universidad y, en contra de los deseos de sus padres, estudió Literatura. Había soñado desde pequeño con ser escritor y crear su propia editorial, pero, cuando conoció a mi madre, abandonó ese sueño. El problema es que nunca lo olvidó y con el paso de los años se le fue enquistando. No soportaba su trabajo en la fábrica, ni las presiones de mi madre para que intentara ascender. Ella quería ahorrar para pagar nuestros estudios y él, invertir lo que teníamos en hacer realidad su proyecto. Pensó que mi madre no lo apoyaría, e imagino que tenía razón. Ella siempre ha sido muy racional.

Lo observé conteniendo el aliento y luego soltándolo despacio. Estábamos sentados muy juntos. Nuestras piernas se rozaban cada vez que él se movía, y era algo que no dejaba de hacer. Incapaz de permanecer quieto más de diez segundos.

Tomó un sorbo de café y se lamió los labios. Continuó:

—A espaldas de mi madre, él dejó el trabajo y alquiló una oficina, contrató trabajadores... No salió como esperaba y perdió todo lo que teníamos. Incluida la casa. Lo ocultó hasta el último momento y ni siquiera entonces dio la cara. Descubrimos lo que pasaba cuando vinieron a echarnos.

Apreté los dientes y tragué saliva con fuerza. Respiraba agitada, enfadada y muchas cosas más.

—¿De verdad os abandonó en esas condiciones? ¿Se marchó dejándoos sin nada? —le pregunté con un nudo en la garganta.

—En apariencia sí, pero lo hizo con una intención. —Ladeó la cabeza para mirarme y la lámpara del aparador, la única que había encendida, le iluminó el rostro—. ¿Sabías que Corea tiene una de las tasas más altas de suicidio del mundo? ¿Y que una de las causas más importantes son las dificultades económicas?

—¿Tu padre se suicidó?

—Contrató un seguro de vida y después estrelló su coche. Su idea era que pareciera un accidente y que mi madre pudiera cobrar el dinero de la indemnización. Eso tampoco salió como esperaba. Pasó varios meses hospitalizado y después se marchó de Corea. Todo eso lo he sabido más tarde.

Casi me daba miedo preguntar.

—¿Cómo?

Se encogió de hombros. Dejó la taza en la mesa y se recostó hacia atrás en el sofá.

—Él me lo contó. Me lo encontré por casualidad aquí mismo, en Londres. Poco después de que yo volviera de estudiar en Seúl. Yo había ido al hospital por un esguince y él salía de una de las consultas de neurología. Nos reconocimos el uno al otro en el acto.

—¿Y dónde está ahora?

—Es el dueño de la librería, y vive justo en el piso de arriba.

Parpadeé sorprendida. También dejé mi taza y me giré hacia él. Apoyé el codo en el respaldo.

—Entonces, cuando dijiste que estabas allí porque ayudabas a un conocido...

—Ni siquiera sé por qué lo hago —resopló molesto y un tic contrajo su mandíbula—. No le debo nada, al contrario.

—También mencionaste que está enfermo.

—Sufre parálisis supranuclear progresiva. Es una enfermedad rara y degenerativa que afecta al cerebro. Le queda menos de un año.

—Imagino que esa es la razón. No has sido capaz de darle la espalda —convine con un suspiro—. ¿No tiene a nadie más?

Negó con un gesto.

—No. Tras salir del hospital después del accidente, vino a Londres porque un amigo se ofreció a acogerlo. Empezó a escribir y logró publicar varios libros. Luego compró la librería y continuó escribiendo hasta que enfermó y ya no pudo hacerlo. No volvió a casarse ni nada parecido.

Lo observé durante unos segundos, mientras él contemplaba el techo, perdido en sus pensamientos. Me dolía la expresión que mostraba su rostro. Verlo tan abatido. Y me aterrorizaban las ganas que tenía de abrazarlo muy fuerte, de protegerlo de todo lo malo.

—Eres una buena persona, Jun.

Hizo una mueca.

—¿De verdad lo crees?, porque yo me siento todo lo contrario.

—No digas eso.

—Es la verdad. Ese hombre rompió el corazón de mi madre, lo hizo pedazos y ella nunca se recuperó. En gran parte, ahora es como es por él. Por su culpa. Y si descubre que lo estoy cuidando...

—¿No lo sabe?

—¡No! Se moriría si lo supiera. —Tomó aire por la boca y se despeinó el pelo—. Solo lo saben mi hermano y Ren. —Me miró y por sus ojos cruzó un atisbo de temor—. Y ahora tú.

—Puedes confiar en mí, Jun.

Me dedicó una pequeña sonrisa.

—Mi madre nos hizo prometerle que viviríamos como si él nunca hubiese existido. Y lo cumplimos. Jamás volvimos a hablar de él y la ayudamos a sobrellevarlo como pudimos. Después conoció al que ahora es mi padre y nuestra vida cambió. Se casaron, él nos adoptó y luego tuvieron a mi hermana. Dos años más tarde, nos mudamos a Londres.

—Tu padrastro parece un buen hombre.

—Lo es. No imaginas cuánto. Adora a mi madre y siempre ha cuidado de mi hermano y de mí como si de verdad fuésemos sus hijos. A él tampoco quiero decepcionarlo. Pero sé que lo haré. De un modo u otro, acabaré decepcionándolos a todos.

No sabía qué decirle. Aunque, a veces, no hace falta decir nada para hacer que otra persona se sienta mejor. El consuelo no siempre es una palabra o una frase. En ocasiones solo basta una mano cálida que envuelva la nuestra. Una ligera presión que nos diga que hay alguien más a nuestro lado. Un roce. Una caricia que afloje la desazón.

Alargué la mano y la coloqué sobre la de él, que reposaba en su pierna. Me miró al tiempo que entrelazaba sus dedos con los míos. Mi pulgar acarició sus nudillos. Él, mi muñeca. Con la mirada recorrió mi rostro, mi pelo y mi cuerpo entero. Vi su expresión. Las dudas. El deseo. Más dudas. Sentí un cosquilleo. Mi propio deseo. Las ganas de que ocurriera.

Jun abrió la boca para decir algo, pero solo tomó aire. Tragó saliva y soltó mi mano.

—Es muy tarde, debería irme.

Se puso en pie y yo tardé un segundo en reaccionar. Parpadeé sin entender qué había pasado. Cogió su abrigo y se dirigió a la puerta. Lo seguí desconcertada. Agarró el pomo y se giró un momento. Me dedicó una sonrisa, preciosa y sincera.

—Gracias por el café.

—Gracias por confiar en mí.

Tragó saliva sin dejar de mirarme.

—Me alegra tenerte como amiga.

Mi garganta se movió en respuesta. Quise decirle que no solo era su amiga, que mi aprecio por él iba mucho más allá, pero no lo conseguía. Y se iba a ir, otra vez.

Abrió la puerta y cruzó el umbral.

—Adiós, gracias de nuevo...

Dejó la frase a medias cuando me puse de puntillas, lo agarré por el cuello de su abrigo y tiré hacia mí. Nuestras bocas chocaron y cerré los ojos. Sentí sus labios cálidos y los míos los besaron. Primero, indecisos. Después, lento y suave. Él apenas reaccionó. Nos separamos y no supe qué deducir de su expresión.

—Buenas noches —susurré al ver que no decía nada.

Él asintió y de espaldas llegó a la escalera sin dejar de mirarme.

Cerré la puerta, temblando. Ni siquiera sabía en qué estaba pensando cuando decidí besarlo. En nada, solo me había dejado llevar por un impulso.

Me dirigí al salón arrastrando los pies, cuando llamaron al timbre. El corazón se me subió a la garganta. Abrí y allí estaba él. Jadeando como si hubiera subido los tres pisos corriendo. Me miró durante lo que me pareció una eternidad. Luego dio un paso hacia mí y sentí su cuerpo chocando con el mío. Sus manos tomando mi rostro. Sus labios cubriendo los míos con un beso largo y profundo.

Me rodeó la cintura con los brazos y mis pies se alzaron del suelo. Me aferré a su cuello. Buscándolo y dejándome encontrar. Sin querer soltarlo nunca. Besándolo con fuerza. Jadeé al rozar de nuevo su lengua. Me encantaba su sabor. Su olor. La forma en que me estrechaba contra su cuerpo y su respiración me robaban el aliento. Con ganas. Con ansia.

Enredé las manos en su pelo y él gruñó. Me gustó que lo hiciera. Que se moviera conmigo en volandas hasta apoyarme en la puerta aún abierta. Que me mirara de aquella forma, como si fuese a comerme, o a adorarme, no estaba segura porque cambiaba tan rápido que me perdía entre tantas emociones.

Me besó como nunca antes me había besado nadie. Ni siquiera sabía que podía ser así. Sentirse así. Que las caricias por encima de la ropa pudieran quemar bajo la piel. Que mi nombre en sus labios tuviera ese efecto único en mis latidos. La sonrisa que mordí y luego atrapé. Un beso salvaje, que se fue tornando dulce y delicioso. Tierno. Perfecto.

Nos sonreímos con los ojos. Y los labios.

Y en ese mismo momento supe que lo quería todo de él.

Más besos. Más risas. Más tiempo juntos.

Que no había nada que no pudiera darle o decirle.

—Jun —susurré sobre sus labios.

—¿Sí?

—Tú también me gustas. Me gustas mucho.

La carcajada que brotó de su pecho me hizo reír y avergonzarme al mismo tiempo.

Después, me besó de nuevo.

34
Jun

Esa noche no pude pegar ojo, me sentía como un niño que espera nervioso la mañana de Navidad. Solo que yo ya había abierto todos los regalos y era el niño más feliz del mundo. No podía dejar de pensar en ella. En el beso. En cómo habíamos llegado a ese momento. Me parecía mentira que hubiera sucedido, y una parte de mí tenía miedo de dormir por si al despertar descubría que se había tratado de un sueño.

Salté de la cama antes de que amaneciera y preparé mi bolsa de deporte.

Me dirigí al gimnasio a pie. Hacía un frío intenso y una niebla espesa aún se enredaba en las calles. Parecía estar hecha de trocitos de cristal que te arañaban la piel. Me calé el gorro hasta las orejas y le eché un vistazo a mi teléfono, preguntándome cuándo sería un buen momento para llamar a Dani.

Sonreí, me moría de ganas de verla.

Cuando Ren llegó al gimnasio, yo llevaba media hora corriendo en la cinta. Subió a la que estaba a mi lado y la puso en marcha. Me miró y abrió la boca con un bostezo. Yo le sonreí de oreja a oreja.

—¿Y tú por qué estás tan contento? —me preguntó.

—Anoche Dani me besó.

—¿En serio?

—Me besó. Ella a mí —puntualicé, y mi sonrisa se hizo más amplia, si eso era posible.

A Ren se le escapó una risita.

—¿Estás seguro de que no tropezó y se te cayó encima? —Hice una mueca y le enseñé el dedo corazón—. Me alegro. Empezabas a dar lástima.

—Muy gracioso.

—Jun, de verdad, me alegro por ti. Sé que te gusta mucho. —Me miró un poco preocupado—. ¿Hasta dónde sabe?

—Lo sabe todo.

—¿Todo?

—Incluso le conté lo de mi padre biológico.

—¡¿De verdad?! —preguntó, cada vez más sorprendido. Asentí con la cabeza, me faltaba el aliento y disminuí un poco la velocidad—. Entonces, la situación con Minah y tu familia, ¿le parece bien? ¿La entiende?

La sombra de mi familia empañó la euforia que sentía.

—No lo sé, Ren. Hasta ayer solo éramos amigos y ahora... aún no sé lo que somos. —Hice una pausa y me sequé la cara con la toalla—. Anoche pasó algo más. Mientras la acompañaba a casa, nos encontramos con mi padre.

Los ojos de mi amigo se abrieron como platos.

—¿Te vio con ella?

—Sí.

—¿Te dijo algo?

—Que puedo salir con quien quiera, si luego me caso con la adecuada.

—¿Con Dani presente?

—¡No! —Él no habría hecho eso nunca y dudaba de que yo se lo hubiera permitido—. También me dijo que no le contaría nada a mi madre.

Ren bajó la cabeza y soltó un suspiro.

—No me gustaría estar en tu pellejo. Por muy comprensiva que sea Dani, si empezáis a salir, la historia con Minah acabará molestándola.

—Lo sé.

—¿Has pensado en cómo resolverlo?

—Le he dado mil vueltas y solo hay un camino posible. Tengo que hablar con mis padres y decirles la verdad. Que quiero vivir a mi manera y no hay más. Luego, esperar que acaben entendiéndolo. ¿Qué van a hacer si no, borrarme del registro familiar y olvidar que yo también existo?

Ren me miró de reojo y guardó silencio. Mi corazón se aceleró algo asustado. En el fondo de mi alma había un hueco que albergaba dudas sobre mi familia. Un rincón en el que no me gustaba mirar, porque me hacía sentir inseguro. Que me hacía preguntarme dónde habrían fijado el límite y qué pasaría si yo lo cruzaba.

35
Jun

Salí corriendo del estudio en cuanto recibí su mensaje.

Me puse la gorra y el abrigo mientras bajaba las escaleras a toda prisa y me lancé a la calle dando trompicones. El cielo estaba gris y soplaba un viento frío y húmedo que me erizó la nuca. Me subí la capucha. Eché a correr en dirección a la cafetería y no me detuve hasta cruzar la puerta. Entonces me tomé un momento para recuperar el aliento y la busqué con la mirada.

La encontré sentada a nuestra mesa de siempre, distraída con una revista. Mi mente voló de nuevo a la noche anterior. A los besos. A las caricias. A su cuerpo contra el mío. Inspiré hondo y tragué saliva, fijándome en lo guapa que estaba. Llevaba un jersey de punto, un peto vaquero y una boina francesa azul. Toda ella era encantadora.

Dani alzó la vista y me descubrió. Levantó la mano para saludarme, mientras su cara se iluminaba con un ligero rubor.

—Hola —la saludé al sentarme.

—Hola.

Nos miramos y sonreímos al mismo tiempo.

—¿Qué tal estás?

—Bien, ¿y tú?

—Bien.

Se le escapó una risita y yo me mordí el labio. Parecíamos dos adolescentes, muertos de vergüenza en su primera cita.

—¿Qué es eso que querías enseñarme?

Me miró entusiasmada y me tendió la revista que había estado hojeando. Observé la portada. Era un número de *Vogue*, la conocía porque en casa de mi cuñada había montones de ellas.

—Página cincuenta y cinco —dijo ella.

Pasé las hojas hasta dar con esa y me fijé con atención. Sonreí al descubrir una foto de Dani y Amy en el interior de una tienda de ropa. Formaba parte de un artículo sobre firmas emergentes a las que seguir la pista en la próxima pasarela de invierno. Lo leí por encima, hasta llegar a la parte que hablaba de ellas, y mi sonrisa se hizo más amplia.

Imaginé que aquel artículo era tan importante para Dani como lo fue para mí aparecer en *Edge*, una de las mejores publicaciones sobre el mundo de los videojuegos.

—¡Felicidades! ¿Estás contenta?

—Mucho. Quedan pocas semanas para la Semana de la Moda y que *Vogue* nos mencione es un sueño —me explicó eufórica.

—¿Es vuestra tienda? —Asintió con una sonrisa enorme en la cara, que me dieron ganas de besar—. ¿Cuándo vas a enseñármela?

—Cuando quieras —dijo con sus ojos recorriendo mi rostro.

Me gustaba que me mirara de esa forma, con un brillo tan tierno en los ojos. Tímido. Curioso y excitante. Aún con dudas. Yo también las tenía. Y miedo. Pensé que eran sentimientos normales. Inevitables cuando por fin encuentras algo que deseas mucho y temes perderlo.

—¿Mañana? —le propuse.

Hizo un mohín con los labios y negó.

—Mañana es imposible. Tengo las primeras pruebas con las modelos y creo que acabaré bastante tarde. ¿Y pasado? No, espera, pasado ya es Nochebuena. Le prometí a Amy que la ayudaría con la cena.

Parpadeé sorprendido. ¿Nochebuena? El año estaba a punto de acabarse y yo no me había enterado.

—¿Cenarás con ella?

—Sí, con Amy y su familia. ¿Y tú?

—También. No con tu amiga —rectifiqué entre risas—. Cenaré con mi familia, aunque no hacemos gran cosa. Solo es una excusa más para reunirnos todos juntos.

La sonrisa se borró poco a poco de su rostro y tuve el presentimiento de que pensaba en su propia familia. Me dolía verla sufrir por ese motivo. Y me cabreaba mucho más saber que había personas en el mundo capaces de hacerle daño.

Ninguno de los dos teníamos mucho tiempo, así que pedimos un café para llevar. Salimos a la calle y en ese momento dejé de contenerme. Busqué su mano con la mía y entrelacé nuestros dedos. Me miró de reojo y sonrió. Yo hice lo mismo.

—¿Qué? —pregunté.

—No lo sé. —Alzó nuestras manos un poco—. Esto, supongo. Se me hace raro.

—A mí me gusta.

—A mí también —susurró.

Sonreí para mí mismo y colé nuestras manos unidas en el bolsillo de mi abrigo. Dani hacía que quisiera más de todo. Hacía que contemplara mi vida de forma diferente y que me diese cuenta de todo lo que me faltaba y que ella llenaba. Era lo más bonito que me había pasado nunca. Me atraía todo de ella, lo que tenía dentro más que cualquier otra cosa. Un interior que había tenido la suerte de ir descubriendo poco a poco.

Una mujer se nos quedó mirando y escondí una sonrisa al descubrir nuestro reflejo en un escaparate. Me gustaba el contraste entre nosotros. Tan opuestos. Tan distintos. Y lo bien que encajábamos.

Nuestras miradas se encontraron y el corazón empezó a martillearme enloquecido en el pecho. Y no lo pensé, agaché la cabeza y la besé en los labios, tan suaves y tan cálidos. La pillé por sorpresa y dio un pequeño respingo. Luego se relajó y cerró los ojos. Sonreí contra su boca.

Volví a besarla cuando nos detuvimos frente a su edificio. Me sonó el teléfono y tuve que obligarme a apartarme de ella para echarle un vistazo a la pantalla. Aunque quisiera, no podía pasar sin más del millón de obligaciones que tenía. No con las pruebas del juego a la vuelta de la esquina y las presiones del inversor.

Se me borró la sonrisa al ver que era Minah la que me llamaba. Dani también lo vio. La miré y ella asintió.

—Cógelo, quizá sea importante.

—No, puedo hablar con ella más tarde —dije mientras volvía a guardar el teléfono.

Me sentí incómodo, como si estuviera haciendo algo malo; y quizá lo estaba haciendo. Dani conocía la situación y mis sentimientos al respecto. El porqué. Sin embargo, yo sabía que era una realidad que no terminaba de entender. No era fácil hacerlo. Y ahora que nuestra relación había dejado de ser una simple amistad para convertirse en algo más, sentía que los detalles importaban.

Pensé en lo que Ren había dicho. Por muy comprensiva que Dani fuese, la presencia de Minah en mi vida y el motivo de esta podrían acabar siendo un problema.

—Sabes que entre ella y yo no pasa nada, ¿verdad? Todo lo que te conté es cierto —le dije sin esconder mi preocupación.

—Tranquilo, Jun. No dudo de ti.

Inspiré hondo y le rocé la cara con el dorso de la mano. Quería decirle tantas cosas, que ella no se quedara en silencio cuando podía ver por su expresión que se estaba conteniendo.

La incertidumbre de lo que no se dice es una tortura.

—Vale —convine. Miré a mi alrededor. Se me hacía tarde y quería pasar un momento por la librería, pero me estaba costando separarme de ella—. Tengo que irme.

—Yo también.

La miré mientras le acariciaba el pelo. Después la atraje hacia mi pecho y la abracé. Me sentía raro, y muy ansioso, y no sabía por qué. La estreché más fuerte y le dije al oído que olía muy bien. Empezó a reír y trató de apartarme.

—Un poco más —le pedí con una profunda inspiración.

Apoyé la barbilla en su pelo y levanté la vista.

Mi mirada se cruzó con la de un tipo trajeado al otro lado de la calle, y me percaté de que nos observaba fijamente. Tardé unos segundos en reconocerlo. Era el hombre con el que la vi aquella noche, cogidos del brazo. El hermano de su amiga. La cercanía entre ellos había sido tan evidente que pensé, sin lugar a dudas, que estaban juntos. Luego supe que eran algo así como familia.

Creí que se acercaría, pero, al ver que no se movía, le sostuve la mirada en la distancia. No parecía contento de vernos, al contrario, y no me gustó lo que sentí. Ese pálpito que me hizo fruncir el ceño y abrazar a Dani más fuerte.

36
Dani

Me encantaba la Navidad, pero una gran parte de mí deseaba con todas sus fuerzas que el tiempo pasara muy rápido y quedara atrás. Las Navidades siempre habían sido una época especial para mí. Mágica. Días de compartir recuerdos y crear otros nuevos. De comidas que se alargaban hasta la noche y cenas infinitas. Juegos de mesa y discusiones entre primos. De ver películas medio adormilados en el sofá. Licor de melocotón y roscón de Reyes para desayunar.

De abrazos, risas, calor y seguridad.

Familia.

Ahora no tenía nada de eso. Mi familia se encontraba muy lejos y yo me sentía más sola que nunca, después de ver el vídeo que mi prima Elena había compartido en el grupo familiar.

Sentada en la terraza acristalada, volví a reproducirlo, ajena a la música y la gente invitada a la casa de los padres de Amy. A una fiesta en la que todo el mundo charlaba y parecía divertirse menos yo.

Max apareció en la terraza, se sentó a mi lado y me ofreció una copa que rechacé.

—¿Qué haces? —me preguntó.

Giré el teléfono para que pudiera ver el vídeo y suspiré. Al cabo de unos segundos, él mismo lo detuvo y lo borró. Sonreí por el gesto y me incliné hasta apoyar la cabeza en su hombro.

—¿De verdad les importo tan poco?

—No te tortures —dijo en voz baja.

—Ese vídeo es como una puñalada por la espalda. Otra más.

—¿Habrías preferido que no celebraran la Nochebuena en familia?

—¡Claro que no, sería injusto! Pero ¿por qué celebrarla con él? Me mata saber que ahora está allí, ocupando mi lugar. Porque eso es lo que han hecho, Max, me han cambiado por él.

Lo noté tensarse. Inspiró hondo y soltó el aire con fuerza.

—Sabes que no es tan simple como elegir a uno u otro —replicó.

Levanté la cabeza y lo miré con el ceño fruncido.

—¿Ahora te pones de su parte?

—Siempre estaré de tu lado, aunque te equivoques y metas la pata hasta el fondo. Pero no creo que te haga un favor diciendo solo lo que quieres oír. No siempre tomas las decisiones correctas, Dani.

Parpadeé y me giré hacia él. Lo miré sorprendida.

—¿Se puede saber qué bicho te ha picado?

—A mí ninguno, ¿por?

—Porque parece que estés enfadado conmigo.

—No estoy enfadado. Solo digo que, si querías pasar estos días con tu familia, podrías haber ido sin más. Y una vez allí, darle una patada en los huevos al capullo de tu ex. Yo habría ido contigo si me lo hubieras pedido.

Lo miré insegura, sin entender qué le pasaba. No parecía él.

—No estoy preparada para eso, Max. Aún no estoy lista.

—Pues creo que ya va siendo hora de que pases página, recuperes a tu familia y rehagas tu vida con alguien que de verdad te convenga y le importes.

—¿Qué quieres decir?

—Hablo de todas esas citas con tíos que ni conoces.

—Sabes que no son cosa mía. Amy...

—Pues no se lo permitas, no eres una niña a la que se pueda obligar, ¿verdad? —alzó la voz.

Tampoco pude pasar por alto su mirada de reproche. Era como si se estuviera desquitando conmigo por algún motivo que desconocía.

—Te estás pasando —le advertí.

—¿Por decirte la verdad? ¿Por querer que mires al futuro y dejes de una vez el pasado? ¿O por intentar que abras los ojos a lo que tienes delante de las narices?

Me puse en pie, con los puños apretados y la respiración agitada.

—Créeme, los tengo muy abiertos.

—Permíteme que lo dude.

Notaba las lágrimas abriéndose paso y el labio inferior me temblaba sin que pudiera controlarlo.

—Será mejor que me vaya, antes de que uno de los dos diga algo de lo que pueda arrepentirse.

Cuando me moví para dirigirme a la puerta corredera, que separaba la terraza del salón, la mano de Max en mi muñeca me hizo detenerme.

—Espera —me rogó en un susurro. Se puso de pie y respiró bruscamente—. Lo siento. Tienes razón, me he pasado.

Asentí, no era capaz de hablar. Tampoco tenía nada que decir, solo quería irme a casa y meterme en la cama. Max se pasó la mano por la cara y tomó mi otro brazo. Con un tirón suave hizo que me diera la vuelta y lo mirara.

—Perdóname, por favor, es que no quiero que nadie más te haga daño. Primero fue aquel tío que pasaba los veranos con nosotros en la isla, luego llegó Adrián y mira cómo acabó. Después, esos idiotas con los que has estado quedando, y ahora...

—¿Ahora? —lo cuestioné con desdén.

—Ayer te vi frente a tu casa con ese chico asiático... El mismo con el que te largaste la otra noche sin despedirte siquiera —dijo con amargura.

El corazón se me subió a la garganta y tragué saliva. Noté que me ruborizaba.

—¿Y?

—¿Qué estás haciendo, Dani? No eres un juguete, ¿por qué te comportas como si lo fueras?

Parpadeé sin dar crédito a lo que acababa de oír.

—¡¿Un qué...?!

—¿Estás con él? Porque la primera vez que lo vi tenía novia.

—No es su novia.

—¿Te lo ha dicho él? —Asentí—. ¿Y te lo has creído?

—No tengo motivos para dudar de lo que dice —repliqué a la defensiva.

—¡Es un crío, Dani! ¿Cuántos años tiene?

—¿Qué importa su edad?

—Importa, porque no es lo que necesitas. ¿No te das cuenta? No puedes cometer los mismos errores una y otra vez. Siempre eliges al tío que va a romperte el corazón sí o sí. ¿Por qué te cuesta tanto fijarte en la persona correcta? —Se me llenaron los ojos de lágrimas y empezaron a caer por mis mejillas. Max maldijo por lo bajo y me las secó con sus pulgares—. No llores, por favor. Lo siento. Es que... sabes que te quiero, eres como mi hermana y no puedo volver a verte como estabas hace un año. ¡No puedo, Dani!

—Lo entiendo, y agradezco que te preocupes por mí, pero es mi vida. Creo que eso me da derecho a elegir qué hacer con ella. Con quién salgo es asunto mío y si al final me rompen el corazón...

Me cortó.

—Puede que yo ya no esté ahí para volver a recoger los pedazos.

Me molestó que sonara como un ultimátum.

—Nunca te he pedido que lo hagas, Max —repliqué enfadada.

Me miró dolido y sus dedos resbalaron por mi piel, soltando mis brazos.

—Tienes razón, nunca me lo has pedido.

Me sentí mal por él. Por mí. Por los dos. Nosotros nunca discutíamos.

Max era cinco años mayor que yo y esa diferencia hizo que de pequeños nos relacionáramos lo justo. Fue el verano antes de que yo entrara en la universidad cuando nuestra relación cambió, y se hizo mucho más estrecha una vez me mudé a Londres. Después llegó Adrián, mi regreso a España y, pese a la distancia, no dejamos de ser amigos, nunca perdimos el contacto. Siempre estaba ahí, interesándote por mí, animándome cuando sentía que tocaba fondo. De mi parte, cuando nadie más lo estaba.

Nunca le pedí que hiciera nada de eso. Del mismo modo que él nunca tuvo que pedirme que me preocupara por él. Así son las cosas cuando alguien te importa. Te interesas sin poder evitarlo. Escuchas y aconsejas. Apoyas y sostienes. Abrazas y tratas de no juzgar. Das sin esperar nada a cambio. Proteges.

Es instintivo, nace de nuestro interior, eso es amistad.

Y no dudaba de que ese instinto era el que había movido a Max esa noche.

Lo que no había evitado que escogiera mal las formas y acabara haciéndome daño con sus palabras.

—Será mejor que me vaya a casa —dije en un susurro.

Di media vuelta y abrí la puerta.

—Dani...

—¿Sí?

—Lo siento.

Inspiré con los ojos cerrados.

—Yo también.

—Sobre ese crío... —Me puse tensa de golpe y contuve el aliento—. Cuando desaparezca, y lo hará, yo seguiré aquí.

Lo miré, y lo hice con ternura, ya que por mucho que me cabreara con él o me hiciese rabiar, no podía mirarlo de otro modo más allá de unos segundos. Porque sabía que me quería y era su egoísmo el que hablaba. Una codicia de la que no me había percatado hasta ese mismo instante y que me asustaba por todo lo que podía significar.

—¿Sabes, Max? A veces no se trata de perseguir un para siempre, sino de disfrutar el mientras dure y exprimir cada segundo sin pensar demasiado. Ojalá me hubiera dado cuenta mucho antes.

—¿Y qué te ha hecho cambiar?

Sonreí para mí y me encogí de hombros.

—Ese «crío», él lo ha hecho.

37
Jun

El día de Navidad se me hizo eterno. Mis padres habían reunido a una veintena de personas en casa, entre familia y amigos, y había terminado agotado a nivel físico y emocional, teniendo que fingir todo el tiempo la imagen de hijo perfecto que ellos habían proyectado de mí.

No podía continuar dejándome arrastrar por aquella inercia y la condescendencia que mi propio silencio estaba transformando en una enorme bola de nieve, que no dejaba de crecer cada vez que cerraba los ojos y consentía. Porque si no me detenía, llegaría el día en que esa bola echaría a rodar y lo arrollaría todo a su paso. Empezando por mí.

Necesitaba encontrar la oportunidad y el valor para enfrentarme a ellos. Comenzar a caminar en sentido contrario al que me empujaban, para frenar un poco el golpe. Pero los días pasaban y el momento se me escapaba como arena que arrastra el viento.

Eran casi las siete cuando logré marcharme.

Tras colocar en el maletero las sobras de comida que mi madre me había dado, subí al coche y me tomé un respiro para deshacerme de toda la tensión que se me acumulaba en los hombros. Abrí la guantera y me guardé en el bolsillo el regalo que le había comprado a Dani.

No estaba seguro de si sería buena idea presentarme en su casa sin avisar; y al mismo tiempo quería sorprenderla y creer que eso le gustaría. Decidí enviarle un mensaje y preguntarle cómo estaba. Me respondió enseguida, contándome que hacía un rato que había llegado de casa de Amy y que ahora estaba tirada en el sofá, viendo una serie.

Se interesó por mí y le respondí que me dirigía a casa, cansado después de lidiar con mi familia todo el día.

DANI: ¿Nos vemos mañana?

JUN: Me muero por verte.

Puse el motor en marcha y conduje hasta su casa con el corazón en un puño, nervioso.

Aproveché la salida de un vecino para colarme dentro del edificio. Subí las escaleras de dos en dos hasta el tercer piso, con las bolsas de comida que me había dado mi madre.

Llamé al timbre y esperé con una sonrisa.

—¿Quién es?

—¿Ha pedido comida a domicilio?

—No.

—Me han dado esta dirección.

La puerta se abrió un palmo y Dani asomó la cabeza. Le entró una risa floja al verme y abrió del todo.

—¿Qué haces aquí?

Me encogí de hombros.

—¿Qué parte de me muero por verte es la que no has entendido? —le pregunté en tono travieso.

Se puso roja al tiempo que se hacía a un lado para dejarme pasar.

—¿Qué llevas ahí?

—¿Has comido alguna vez comida casera coreana?

—No.

—Te va a encantar.

¿Qué es la felicidad? No estoy seguro. Creo que no hay una sola respuesta y que depende de la persona a la que le preguntes. La felicidad significa algo diferente para cada uno de nosotros. Para mí, se compone de instantes, casi siempre pequeños. Como ver a Dani sentada en la alfombra de su salón, con ropa cómoda y el pelo recogido en un moño, probando la comida de mi madre. Cómo se sonrojaba cada vez que le robaba un beso.

—¿Y cómo has dicho que se llama esto?

—*Tteokbokki*.

Se llevó otro trozo a la boca y comenzó a soplar.

—Pica mucho, pica mucho... pero no puedo dejar de comerlo. ¡Está riquísimo! —Tragó y paseó la vista por la mesa—. ¿Y esto de aquí?

—*Jajangmyeon* —respondí. Ella enrolló unos cuantos fideos y se los metió en la boca. Hice un gesto de dolor—. Verte comerlos con el tenedor me está matando.

Se le escapó la risa.

—No tengo palillos, pero puedo darte dos pajitas. —Fruncí el ceño y ella rio más fuerte—. Voy a confesarte algo: como el *sushi* con los dedos. De verdad, me resulta muy difícil usar los palillos. ¡Se me cae todo!

Me tocó a mí reír. Después suspiré resignado.

—Tendré que enseñarte.

Continuamos bromeando. Hablando sobre mil cosas sin importancia. Disfrutando de la primera vez que estábamos juntos de verdad. Completamente solos. Siendo por fin un «tú y yo». Un «nosotros». Y me gustaba tanto ese escenario que no me lo explicaba. Tanto que me asustaba que no fuese más que una fantasía momentánea.

Recogimos los platos y los fregamos juntos.

Luego regresamos al salón y me senté en el sofá. La observé mientras encendía una vela aromática y abría las cortinas para ver la lluvia que había comenzado a caer. Saqué el regalo de mi bolsillo y le di vueltas entre los dedos, nervioso. Cuando se sentó a mi lado, lo puse sobre la palma de mi mano.

—Feliz Navidad, Dani —dije en un susurro.

Ella me miró con los ojos muy abiertos.

—¿Es para mí? —Asentí mientras ella lo tomaba con dedos temblorosos—. Yo no tengo nada para ti.

—Tú eres mi regalo.

Se puso roja y apretó los labios para esconderme su sonrisa. Le quitó el lacito y el papel. Se quedó observando la cajita y luego me miró a mí. La abrió muy despacio.

Tragó saliva.

—Es demasiado —dijo casi sin voz mientras rozaba con la punta del dedo el colgante de cristal. Parpadeó—. ¿Es un osito?

—Sí.

—¡Es precioso, Jun!

—¿Te gusta?

—Me encanta, es muy bonito.

Sonreí como un idiota feliz y tomé la cadenita.

—Deja que te lo ponga —le pedí.

Ella se inclinó y la besé en el cuello tras asegurar el cierre. La besé bajo la oreja y a lo largo de la mandíbula hasta alcanzar sus labios. Sonrió contra mi boca y yo atrapé esa sonrisa. Le rodeé la nuca con la mano y sus labios se abrieron para mí. Tan suaves. Tan húmedos. Hundí la lengua en su boca y sentí que se estremecía.

Mi cuerpo vibró en respuesta.

Mi vida entera lo hizo.

Sus labios presionaron los míos con más fuerza. Con la

respiración agitada. Temblando. Los dos lo hacíamos mientras la tomaba por la cintura y la sentaba a horcajadas sobre mí. Sentí una sacudida cuando nuestros cuerpos entraron en contacto, acoplándose a través de la ropa. Y encajaban tan bien.

Y nos besamos, apretándonos el uno contra el otro. Mis manos, en sus caderas. Ella, sujetándose a mis hombros. Nos buscamos. Nos respiramos. Nos encontramos. Una y otra vez. Despacio. Impacientes. Con dulzura. Memorizando nuestro sabor. El efecto de cada caricia. Los sonidos que no podíamos reprimir. Con las miradas veladas y el pulso enloquecido.

Y continuamos besándonos, como si nunca fuésemos a tener suficiente, hasta notar los labios entumecidos. Con la lluvia de fondo golpeando los cristales y la llama de una vela como única luz.

Y solo nos besamos. Aprendiendo. Explorando. Conociéndonos sin prisa. Derritiéndonos poco a poco. Trazando a través de los dedos un futuro de promesas íntimas.

Porque entre nosotros ya no concebía otra posibilidad.

Solo imaginar cómo sería.

38
Dani

Hay momentos en la vida en los que piensas que ya nada te volverá a emocionar, que no vas a volver a sentir. En los que no entiendes nada, y menos a ti misma. En los que poco a poco te desdibujas y el caos que escondes dentro comienza a salir a la superficie.

Pierdes el rumbo, tu brújula, y dejas de soñar. Porque ¿para qué? Si ni siquiera eso te pertenece. Tus sueños siempre han sido para otros. Por otros. Por esa estúpida inercia de ofrecerlo siempre todo sin esperar nada a cambio. De dar por sentado que siempre lo harás. Tú lo solucionarás. Te sacrificarás. Cederás.

Poco a poco te olvidas de que tienes derecho a que te quieran; porque querer, tú ya lo haces. Derecho a estar triste, cansada o enfadada. A poder decidir. A escapar. Sentirte libre. A vivir tu vida.

Yo no me di cuenta de todo lo que había perdido hasta que estuve lejos de mi familia y la distancia me dio otra perspectiva.

De todo lo que había dejado de ser y en lo que me convertí.

De lo que debería haber sentido al lado de Adrián y no existió.

Y duele. Duele horrores abrir los ojos a ciertas verdades.

Y después, mirarte en el espejo y descubrir un reflejo que desconoces.

¿Quién eres tú? ¿Qué quieres? ¿Qué buscas?

Esas preguntas me habían torturado durante meses. Hasta convertirse en una obsesión.

Entonces pasó algo imprevisto y dejaron de tener tanta importancia.

Me di cuenta de que no necesitaba esas respuestas para seguir adelante.

Ni una lista interminable de cosas por hacer para medir mi vida y sentir que la aprovechaba.

Antes de los treinta.

De los cuarenta.

Los cincuenta...

Ese algo improvisado me fue abriendo los ojos. Me mostró que la vida es imprevisible. No se puede controlar ni evitar. Las cosas no pasan ni llegan cuando tú quieres. O el mundo piensa que las necesitas. Tampoco son como esperas que sean o imaginas.

La vida no entiende de medidas. No se puede meter en un molde. Solo sabe de ganas, deseos y sensaciones. Y de sentimientos. Como el amor. Aun cuando no estás segura de que lo sea. Solo sabes que ese algo inesperado te hace sonreír sin avisar. Te emociona. Te excita. Te atrapa y te abduce. Y solo te nace decirle: ojalá no te marches nunca.

Ese giro que descolocó por completo mi mente, mi cuerpo y mi vida se llamaba Jun.

Nunca había conocido a nadie tan inocente y tierno, sin miedo a decir lo que pensaba. A mostrar lo que sentía, sin contenerse. Tan romántico e intenso, y adoraba esa parte de él. Hacía que yo me abriera del mismo modo, sin pensar. Que no me frenara cuando algo me apetecía. Como ir a buscarlo, porque las ganas de verlo me estaban consumiendo.

Me bajé del taxi frente a la puerta de mi edificio y miré arriba. Las luces del estudio continuaban encendidas, incluida su oficina. Con una sonrisa enorme y nervios en la tripa, crucé la calle sin detenerme.

—¡Hola! Eres Dani, ¿verdad?

Me giré hacia la voz y me encontré con un chico que se bajaba de una motocicleta. Se quitó el casco y pude reconocerlo. Era el amigo y también socio de Jun. Me acerqué con una sonrisa.

—Hola, y tú eres Ren.

—Vaya, te acuerdas de mí.

—Eres difícil de olvidar —dije entre risas al revivir en mi cabeza aquella noche en la que apareció en el estudio. Me fijé en la motocicleta. Era completamente negra y muy bonita—. ¡Qué moto más chula!

—¿Te gustan las motos?

—De este tipo sí. ¿Cómo se llaman?

—Custom. Esta es una Honda Rebel, el amor de mi vida —respondió.

Después me guiñó un ojo y se quitó la mochila que llevaba a la espalda para guardar dentro unos guantes. Lo observé. Era bastante mono y parecía un tipo alegre y muy simpático. También tenía un aire de chico malo imposible de ignorar, nada premeditado ni forzado. Natural y atractivamente oscuro. Si decidiera dedicarse a ser modelo, los diseñadores matarían por él. Y de eso yo sabía bastante.

—¿Vas al estudio a ver a Jun? —me preguntó.

Noté que me ruborizaba, y no pude evitar preguntarme cuánto sabría sobre nosotros.

—Sí.

—Vamos, subo contigo.

Entramos en el edificio y nos dirigimos al ascensor. Las puertas se abrieron y él me cedió el paso sin dejar de sonreír. Una vez arriba, lo seguí al interior del estudio. Dentro había una quincena de personas. Unas, trabajando en grupo; otras, de forma individual. Un chico preparaba café mientras hablaba por teléfono, y dos chicas discutían frente a una pantalla sobre realizar una prueba de estrés para probar los servidores. Parecía importante.

Un chico que era clavadito a Michael B. Jordan salió al paso de Ren y este le pidió que le diera unos minutos para organizarse.

—¿Jun está dentro? —le preguntó Ren.

—Sí, pero va a marcharse. Su novia ha venido a buscarlo.

El corazón me dio un vuelco y una sensación incómoda me estrujó el estómago.

Ren le mandó callar con un gesto.

—Ya te he dicho que no es su novia. No es su novia, joder —masculló.

Me miró de soslayo y yo fingí no enterarme de nada mientras paseaba la vista por el estudio. Hasta que mis ojos se detuvieron en la puerta entreabierta de su oficina y los vi juntos. Minah y él. No hacían nada, solo hablaban como lo harían dos amigos, pero algo desagradable se agitó dentro de mí. No eran celos, sino algo más profundo. Y feo.

Era consciente de la situación que atravesaban. Del lío en el que estaban metidos y que trataban de resolver. También del hecho de que sus familias deseaban verlos juntos y esa razón los unía más de lo que mi mente era capaz de comprender.

Y ese era el mayor problema.

Si solo se tratara de dos amigos, no me habría importado. ¿Que tomaran un café juntos? ¿Que salieran a cenar? No me habría molestado más que con cualquier otra persona presente en aquel estudio.

Lo que estaban «destinados» a ser era lo que me hacía daño y no podía evitarlo.

—Llamaré a Jun —me dijo Ren.

—No, déjalo —le pedí. Forcé una sonrisa—. He recordado que debo comprar algunas cosas en el supermercado antes de que cierre.

—Se alegrará de verte.

—Lo llamaré más tarde.

Me miró preocupado y se acercó a mi oído.

—Dani, sabes que ahí dentro no está pasando nada, ¿verdad?

Tragué saliva. Eso contestaba a mi pregunta. Ren estaba al tanto de todo.

Sabía que no era su intención, pero que de alguna manera pusiera en duda mi confianza en Jun me hizo sentir aún peor.

—¡Por supuesto! —exclamé como si nada—. Nos vemos, Ren. Cuídate.

—Tú también.

Salí del estudio y bajé por las escaleras. Una vez fuera, me paré junto al semáforo a la espera de que el tráfico se detuviera. Suspiré cansada. Triste. Nerviosa. Rara. Quería dejar que saliese lo que me cerraba la garganta, pero no podía. Al contrario, se cerraba cada vez más, como si quisiera amordazarlo.

De repente, unos brazos me rodearon desde atrás y me estrecharon con fuerza. Noté su pelo haciéndome cosquillas en la mejilla y su respiración acelerada en el cuello. Su pecho aplastado contra mi espalda. ¿Quién sino él? Mi corazón se desbordaba en cuanto lo sentía cerca.

—¿Por qué te has ido? —me preguntó.

—Todo el mundo parecía muy ocupado y no quería molestar. Pensaba llamarte después.

—¿Nada más?

—¡Sí!

Me soltó e hizo que me diera la vuelta. Mis ojos se pasearon nerviosos por los suyos, como si no lo hubieran visto en meses. Entonces me fijé en que había bajado en mangas de camisa y en la calle no habría más de uno o dos grados.

—No deberías haber salido así, vas a coger una pulmonía —le dije mientras intentaba hacerlo retroceder.

—Estoy bien.

—Entra ahora mismo.

Soltó una risita. Me tomó el rostro con ambas manos y me dio un besito en los labios. Cerré los ojos por un puro reflejo y tardé unos segundos en abrirlos. Él me miraba un poco más serio.

—¿Te encuentras bien?

—Sí.

—No es cierto. ¿Qué te ocurre?

—Nada, Jun. —Me observaba con una arruguita en la frente y yo me eché a reír. Soné tan falsa—. Lo digo en serio, estoy bien.

Inspiró hondo y después soltó el aire por la boca. Una nube de vaho se elevó entre nosotros.

—Sé que te pasa algo, y debes decírmelo para que pueda arreglar o cambiar lo que esté mal.

—No hay nada que debas arreglar o cambiar. Tú no has hecho nada malo —dije con sinceridad.

—Es por Minah, ¿cierto? —Me humedecí los labios y aparté la vista un momento. Él asintió—. Es por ella.

—Jun, no...

Soltó el aliento, arrepentido.

—Dani, lo siento mucho.

Parpadeé confundida. Enmarañada. Me sentía tan idiota...

—No te disculpes, por favor. Tú no has hecho nada. Soy yo la que se siente molesta y es una tontería.

—Si te fastidia, no es una tontería. ¿Por qué te sientes así?

Lo miré a los ojos y me dolió verlo tan preocupado. Ya había notado antes que Jun necesitaba hablar las cosas y entenderlas, y siempre lo hacía de forma directa y sin rodeos. Yo estaba tan poco acostumbrada a una relación tan franca que me sentía abrumada.

Tenía un nudo en la garganta que no lograba deshacer.

—No sabría darte una razón comprensible, porque ni yo misma estoy segura de cuál es. Solo sé que me he sentido mal al veros juntos y no tengo motivos, y eso hace que me sienta aún peor.

Pensé que él haría alguna broma burlona sobre que estaba celosa, que inflaría su orgullo. Nada de eso. Sujetó mi barbilla con los dedos fríos y me alzó el rostro.

—Lo siento.

—¡No! —insistí—. No hay nada por lo que debas disculparte. Es mi problema, Jun. Solo mío, ¿vale? Y no tiene que ver contigo.

—Claro que tiene que ver conmigo —replicó apesadumbrado.

—Escucha, sé muy bien que entre Minah y tú no pasa nada. Solo sois amigos y no lo he dudado en ningún momento. Vuestras citas... —tomé aliento y lo dejé escapar despacio—, eso también lo entiendo, te lo aseguro. Pero, cuando pienso en ello, siento que soy yo la que está haciendo algo malo al salir contigo —le confesé.

Sabía que era absurdo, pero así son las emociones, incontrolables. Son impulsos viscerales que muchas veces cuesta entender. La mayor parte del tiempo yo no sabía qué hacer con las mías, así que me limitaba a esconderlas lo mejor posible. Sin embargo, eso es un error. Esconderlas solo las oculta a los demás, no las hace desaparecer de nuestro interior. Te obligan a fingir, a ser otra persona, y te acabas desdibujando.

Jun se me quedó mirando, mientras su rostro iba cambiando de expresión. No dijo nada, solo me dio un beso en la frente y me abrazó con fuerza. Agradecí su silencio, porque cualquier cosa que hubiese podido decir me habría hecho sentir mucho más tonta e infantil.

Me encogí por dentro al notar a través de su abrazo que no me juzgaba, que posiblemente nunca lo hiciera. Era demasiado bueno para cualquiera. Lo era para mí.

39
Jun

No había vuelto a ver a Dani desde que me separé de ella en aquella acera, después de que escapara del estudio a toda prisa. El ejecutivo de Sony nos hizo una visita sorpresa con algunas personas de su equipo y durante dos días no tuve tiempo de nada.

Cuando por fin pude despedirlos en el aeropuerto, lo primero que hice fue llamarla. Quería verla. Necesitaba verla. Al segundo tono, saltó su buzón de voz. Comprobé la hora. Probablemente estaría en el taller. Llamé a uno de los teléfonos que aparecían en la tarjeta de visita que Amy me había dado el día que la conocí. No tardó en contestar, y me dijo que Dani se había tomado la tarde libre.

Mientras conducía, eché un vistazo al cielo, encapotado de nubes grises. Llevaban días anunciando que nevaría antes de que finalizara el año. Paré en un supermercado y compré comida, productos de limpieza y una bombilla nueva para la lámpara del salón, que llevaba semanas fundida. Después me dirigí a casa.

Dejé las bolsas en la cocina y fui al dormitorio para cambiarme de ropa. Me vestí con unos pantalones cargo y una sudadera gruesa. Luego puse música y guardé la compra. Cambié la bombilla.

Deambulé por el salón, pensando qué hacer. Se me ocurrieron varias cosas, aunque ninguna que de verdad me apeteciera.

Llamé de nuevo a Dani, y seguía saltando el buzón. No tenía motivos para preocuparme, pero estaba inquieto. Solté un suspiro y me asomé a la ventana. Sonreí al ver que empezaban a caer los primeros copos de nieve, pequeños y frágiles, que se deshacían al chocar contra el cristal. Me quedé allí parado, observando cómo la nieve caía más copiosa y comenzaba a cuajar en el suelo. Era hipnótico.

Pensé de nuevo en Dani y en sus sentimientos. Esos que me había confesado entre susurros y sin apenas atreverse a mirarme. Me dolía y molestaba que hubiera llegado a sentir que hacía algo malo estando conmigo. Que la presencia de Minah hubiera acabado afectándola. Y lo entendía, porque, en su lugar, probablemente yo me habría sentido igual. No, igual no. Me habría jodido mucho tener que hacer como si nada, mientras ella iba de un lado a otro fingiendo ser la novia de alguien más.

Me había equivocado desde el principio. Y continuaba sumando errores que tenían consecuencias. Lo que hacía con Minah no tenía pies ni cabeza y me estaba engañando a mí mismo. Lo mirara como lo mirara, nada estaba bien ni lo justificaba. Solo me hacía parecer aún más cobarde de lo que era.

Di golpecitos con la frente en la ventana y gruñí frustrado.

De repente, el teléfono sonó sobre la mesa. Lo cogí sin mirar, pensando que sería ella.

—¿Sí?

—¡Hola!

Me desinflé de golpe.

—Hola, Minah.

—¿Qué haces, aún sigues en el estudio?

—No, estoy en casa. Me he tomado la tarde libre.

—Está nevando, ¿lo has visto?

—Sí, estoy junto a la ventana.

Se quedó en silencio unos segundos, como si estuviera pensando qué decir. Yo contuve el aliento, sin dejar de pensar en Dani. Hecho un lío y, al mismo tiempo, viéndolo todo más claro que nunca.

—He pensado que podríamos salir y dar un paseo. Será divertido —dijo ella sin disimular que esa idea la emocionaba.

Contemplé la nieve, que ya cubría los tejados de blanco, las ramas de los árboles y las orillas del canal. Lo único que me gustaba del invierno era la posibilidad de que nevara. Siempre lo asociaba a cosas agradables y divertidas.

—Estoy muy cansado, Minah. Mejor otro día.

—Pero está nevando —insistió, y entonces lo percibí, la tensión y ese atisbo de anhelo en el tono de su voz.

—¿Y?

—Es la primera nevada, Jun. La primera.

Cerré los ojos con fuerza al comprender a qué se refería.

En Corea hay muchas leyendas y supersticiones sobre la primera nevada del invierno. Dicen que si pides un deseo en ese momento, este se cumplirá seguro. También que todo lo que digas bajo esos primeros copos de nieve te será perdonado, incluso si son mentiras. Pero la más importante es la que cuenta que si ves la primera nevada junto a tu pareja o la persona que te gusta, el amor será verdadero y durará para siempre.

Ella no podía estar hablando en serio. Era imposible que tuviera esos pensamientos sobre nosotros, porque, de ser así, lo cambiaban todo en nuestra relación. Mis dudas sobre lo que era correcto desaparecerían.

—Por eso mismo no puedo, Minah. Porque es la primera.

La oí inspirar y supe que ella también me había entendido. Me despeiné con brusquedad. Una vocecita en mi cabeza se empeñaba en hacerme notar las contradicciones que rodeaban a Minah.

—Podríamos...

—Nada de esto está bien y deberíamos terminarlo —solté de golpe.

—¿Qué quieres decir con terminarlo?

—Esta farsa, el fingir lo que no somos. Está mal y no ayuda a nadie.

—Tenemos un pacto, Jun. Prepararíamos el terreno y entonces hablaríamos con nuestros padres —replicó nerviosa.

—Lo sé, pero yo ya no puedo seguir así.

—¿Por qué? ¿Qué ha cambiado para que no puedas esperar un poco más? —subía el tono por momentos.

Debía ser sincero y contárselo.

—He conocido a alguien, y me gusta mucho.

Guardó silencio durante tanto tiempo que pensé que había colgado.

—¿Quién es?

—No la conoces —mentí.

—¿Es coreana?

—No.

—No te saldrá bien —dijo como una sentencia.

—Intentaré que sí.

—Pues te deseo suerte.

—¿Vas a contarlo? —le pregunté con el estómago encogido.

Hizo un ruidito desagradable y después rio.

—¿Me crees capaz de caer tan bajo?

—No, claro que no. —Llené mis pulmones de aire y me pasé la mano por la frente—. Escucha, puedo esperar un poco más si lo necesitas y haremos juntos lo que acordamos.

Pero las citas, las salidas, comportarnos como una pareja... No puedo seguir haciendo eso.

—¿Tu novia está celosa? —preguntó en tono sarcástico.

—No es ese tipo de persona. —Escuché como volvía a suspirar y se movía de un lado a otro—. Lo siento mucho. Perdóname.

—Ahora mismo estoy muy enfadada, Jun. Así que voy a colgar y ya hablaremos en otro momento.

—De verdad que lo siento.

Colgó y yo apreté el teléfono entre los dedos.

De repente, las paredes me ahogaban y me costaba respirar. ¿Por qué tenía que ser todo tan complicado? ¿Por qué me esforzaba tanto por ser todo lo que esperaban de mí? Nunca sería suficiente. No importaba cuánto hiciera, lo que lograra. Siempre habría un paso más que podría haber dado.

Cogí un abrigo del perchero y me lancé a la calle. Crucé el puente sobre el canal y caminé en dirección al parque sin un destino concreto.

Las luces navideñas que decoraban los árboles de los alrededores ya estaban encendidas y hacían que la capa blanca que cubría el suelo brillara. La nieve caía más copiosa e incesante desde un cielo encapotado, que se iba oscureciendo poco a poco.

El parque aún continuaba abierto y me adentré en él. Atrás quedaron las calles llenas de gente, humo y ruido. Caminé con la nieve amortiguando mis pasos, aliviado por el silencio y esa especie de niebla helada que parecía filtrarse dentro de mi cerebro y calmarlo.

Y seguí andando, insensible al frío. A lo lejos distinguí el jardín japonés y me encaminé hacia allí sin prisa. El lugar favorito de Dani en toda la ciudad.

Parpadeé para alejar los copos que parecían empeñados en pegarse a mis pestañas y forcé la vista. Sobre el puente había una sombra. Una figura inmóvil. El corazón me dio un vuelco y me acerqué despacio.

Y allí estaba.

Mi primer impulso fue enfadarme con ella, me había preocupado mucho al no poder localizarla durante horas. Entonces recordé el motivo por el que solía ir precisamente a ese puente, cuando su cabeza estaba llena de demasiadas cosas y necesitaba relajarse. Alejarse de todo. ¿Cómo podía culparla cuando, con bastante seguridad, yo era una de ellas? Así que me quedé allí, respetando ese espacio, pero observándola en la distancia porque no era capaz de marcharme ahora que la había localizado.

Permanecí inmóvil, en medio de aquel manto blanco, con mi aliento formando una tenue columna. Ella, yo y la primera nevada del invierno, pensé. El simple hecho de imaginarlo me hizo sonreír como un idiota y avergonzarme por tener una idea tan cursi. No era propio de mí, pero, desde que había conocido a Dani, no había hecho más que desbloquear partes desconocidas de mi personalidad. Facetas que no dejaban de sorprenderme.

Con ella todo era distinto. Yo lo era.

Al cabo de unos minutos, se dio la vuelta y abandonó el puente. Vino hacia mí mientras contemplaba el cielo y entornaba los párpados. Sacaba la lengua y atrapaba los copos que caían mucho más gruesos. Sonreí. A mi espalda sonó una campana y ella miró en esa dirección. Nuestros ojos se encontraron, chocaron y se enredaron. Se quedó inmóvil y yo alcé la mano para saludarla.

Se acercó sin prisa. Con un mohín tan mono y burlón que me hizo contener el aliento. Se detuvo a solo unos pasos de distancia.

Su sonrisa se hizo más amplia y negó con un gesto, como si algo le diera vergüenza.

—¿Cómo lo haces? —me preguntó.

—¿El qué?

—Aparecer cuando lo necesito.

Me dejó sin palabras y bajé la cabeza un momento. Inspiré hondo. Luego acorté la distancia que nos separaba y la abracé.

—Estás helada —dije mientras le frotaba los brazos—. ¿Cuánto llevas aquí?

—No lo sé. Horas.

—¿Lo has conseguido?

—¿Qué?

Le toqué la frente con un dedo.

—Vaciarla.

Asintió y se le escapó una risita.

—¿Qué haces tú aquí?

—Vivo muy cerca, ya te lo dije.

—Es verdad, pero eso no responde a la pregunta.

Habíamos comenzado a caminar de la mano. Dando tumbos sobre la nieve, empujándonos entre sonrisas. Miré hacia arriba y cerré los ojos al sentir los copos en el rostro. ¿Qué hacía allí? Había ido en busca de un lugar donde poder explotar sin herir a nadie. Donde dejar salir ese sentimiento de angustia y ansiedad que no me abandonaba desde hacía meses, a pesar de que en ese tiempo estaba siendo más feliz que nunca. Sin estar seguro de si podría sacármelo de dentro o acabaría controlándome, como hacía siempre.

La miré a los ojos.

—En mi país, la gente cree que cualquier cosa que digas durante la primera nevada del invierno debe ser perdonada. No importa lo que sea, incluso si es una mentira o algo malo, la persona a la que se lo cuentes tendrá que perdonarte —le dije.

Frunció el ceño.

—¿De verdad?

—Sí. Por lo que... tendrás que perdonarme todo lo que diga a partir de ahora.

Su frente se arrugó aún más.

—No sé si eso es muy justo. Podrías decir cualquier cosa —farfulló. Yo alcé una ceja y me encogí de hombros, misterioso. Resopló—. De acuerdo. ¡Suéltalo!

La miré fijamente durante unos segundos y llené mis pulmones de aire con una profunda inspiración.

—Vale, estoy cabreado contigo desde que apareciste la otra noche en el estudio. Enfadado porque te fuiste como si creyeras que debías esconderte. Por pensar que tú eras la parte que sobraba y culparte por sentirte incómoda, cuando soy yo el que lo está haciendo mal —afirmé sin medir mis palabras—. Estoy enfadado porque te contienes en lugar de decir lo que piensas y eso me asusta, no quiero que finjas conmigo, sino que confíes en mí. Quiero saber qué te molesta, qué te duele y qué te preocupa. Quiero que me grites cuando haga algo que te disguste y que me odies si lo necesitas, porque nunca he tenido una relación de verdad y voy a meter la pata muchas veces. Así que deberías poder desahogarte.

—¿Odiarte? —gruñó.

—Pero si lo haces, solo durante un rato. Muy corto —puntualicé.

Ella cruzó los brazos sobre el pecho.

—¿Algo más?

—Sí, también estoy enfadado porque te he llamado un montón de veces y tienes el teléfono apagado. Me he preocupado mucho. Y quería verte. Podrías apagarlo a intervalos y evitarme un infarto. Me sube la tensión cuando me preocupo —dije enfurruñado.

—¿Ya has terminado?

—No voy a salir más con Minah. Se acabó.

Vi que tragaba saliva.

—¿De verdad? —Asentí—. ¿Y tus padres?

—Tendrán que conformarse contigo —respondí como si nada.

Tardó un segundo en reaccionar. Se agachó y cogió un puñado de nieve, que me lanzó a la cara.

—¡Serás idiota!

Soltó un gritito y me arrojó otro puñado. Rompí a reír y eché a correr.

Ella me persiguió, a la par que me maldecía con palabras que no imaginaba que fuese capaz de pronunciar. Y otras en español que no entendí, pero era gracioso oírla. Me dejé atrapar y rodamos por el suelo muertos de risa, mientras la nieve caía incansable.

Escupí otro puñado de hielo y salté sobre ella, inmovilizándola de espaldas. La miré desde arriba. Tenía los ojos brillantes y los labios rojos por el frío. Su gorro hacía rato que había desaparecido y el pelo mojado se le pegaba al rostro. Era preciosa.

Recorrí su rostro y me detuve en sus labios entreabiertos. Su pecho subía y bajaba con la respiración acelerada y la mía se disparó a la velocidad de mis latidos. Me incliné poco a poco y posé mis labios en los suyos. Los presioné despacio. Una vez. Dos. Y ya no pude contenerme.

Nos besamos durante una eternidad, como si no hubiera un mañana. Ardiendo y tiritando.

—Deberíamos quitarnos esta ropa mojada —dije sin aliento.

—Sí, deberíamos —respondió con los labios hinchados por mis besos.

—Mi casa está más cerca.

—Vale.

—¿Te parece bien?

—Sí, me apetece conocer tu casa.

40
Dani

Jun me cogió de la mano muy fuerte y tiró de mí sin dejar de mirarme. Entrelazamos los dedos y corrimos con nuestros pies hundiéndose en la nieve. No podía dejar de sonreír. Ni de besarlo cada vez que nos deteníamos.

Dejamos el parque atrás, y lo seguí sin tener la más remota idea de adónde nos dirigíamos. Cruzamos un puente y giramos a la derecha. Recorrimos varias calles hasta adentrarnos en una mucho más tranquila de casas adosadas, que transcurría paralela al canal. Después atravesamos un pasaje y acabamos en una callejuela sin salida.

Jun no dijo nada mientras sacaba las llaves y abría la puerta de un edificio de ladrillos oscuros y ventanas blancas. Subimos las escaleras hasta el segundo piso.

Giró la llave en la cerradura y entramos.

—Voy a subir la temperatura de la calefacción —dijo él en voz baja.

Miré a mi alrededor con curiosidad.

Jun vivía en un pequeño apartamento de paredes blancas y suelos de madera. Decorado con muebles sencillos y funcionales. Se entraba directamente al salón, donde destacaba una pantalla enorme, conectada a varias consolas. Junto a la ventana había una mesa con un ordenador y otros aparatos electrónicos. Una cocina, un baño y un dormitorio, no vi mucho más, y todo parecía acogedor y confortable.

Me quité el abrigo mojado y lo dejé en la misma silla donde Jun había colocado el suyo y la sudadera que llevaba debajo. Luego me saqué las botas y metí los calcetines empapados dentro. También notaba el pantalón húmedo y los puños del jersey. Lo único que se había salvado era mi camisa.

Me acerqué a la ventana de puntillas. Daba al canal y las vistas desde allí eran asombrosas. La nieve seguía cayendo con fuerza y había cubierto los pequeños botes amarrados a las orillas. Suspiré nerviosa. Feliz. Excitada. Todo al mismo tiempo.

Un escalofrío me recorrió de arriba abajo. No dejaba de tiritar.

Sentí a Jun a mi espalda y su mano tomó la mía.

—Ven, deberías quitarte esa ropa mojada y secarte.

Lo seguí hasta el baño que había en el dormitorio. Sacó un par de toallas de un armario. Me puso una sobre la cabeza y comenzó a secarme el pelo. Nuestros ojos se encontraron. Me sonrió.

—Voy a ver si tengo algo que puedas ponerte.

Regresó al dormitorio y yo aproveché para quitarme los pantalones y el jersey. Los coloqué en el radiador que colgaba de la pared y me acerqué al espejo. Del pelo aún me escurrían algunas gotitas y me froté las puntas con la toalla.

Él volvió con un pantalón de algodón y una camiseta, que dejó sobre el lavabo. Sentí su mirada recorriéndome de arriba abajo. Deteniéndose en mis piernas desnudas. Subiendo de nuevo hasta encontrarse con mis ojos en el espejo. Inspiró hondo y yo contuve el aliento cuando me di la vuelta, aún con la toalla entre las manos.

Sus pantalones estaban mojados y también el bajo de su

camiseta. El pelo húmedo se le pegaba a la frente. Con una mano en su pecho hice que se sentara en el borde de la bañera. Mis piernas quedaron entre las suyas y en silencio tuve que darle la razón. A su lado, yo era diminuta. Con más seguridad de la que en realidad sentía, le levanté despacio la camiseta y lo ayudé a quitársela. Mi mirada se paseó por su torso desnudo. Recorrió su piel pálida y tersa. Las líneas que dibujaba.

Era hermoso. No podía definirlo de otro modo, aunque sonara muy cursi.

Le cubrí la cabeza con la toalla y se la froté.

Sonreí al verlo con el pelo de punta y traté de peinárselo con los dedos. Olía muy bien. Todo él. A algo cálido, con un toque ácido y un matiz dulce. Llené mis pulmones con su aroma y sentí un tirón en el vientre. Un pellizco que me hizo apretar las piernas y enredar los dedos en sus mechones desordenados antes de descender rozando su piel, dibujando el contorno de su mandíbula, de su nariz, de sus labios...

Él no dejó de mirarme mientras lo hacía. Mientras sus manos se posaban con timidez en mis piernas y ascendían muy despacio hasta posarse en mis caderas. Suspiró y me sentó en su regazo. Me estremecí al notar la tela helada de sus pantalones. Y temblé cuando se puso en pie conmigo entre sus brazos y me llevó en volandas al dormitorio.

Rocé con las puntas de los dedos sus labios entreabiertos. El corazón me palpitaba furioso. El deseo era atronador.

—Dani... —Era un ruego—. ¿Quieres...?

Casi sonreí. Frené sus palabras con un beso. Una respuesta.

Lo mordí con suavidad. Saboreé sus labios y me hundí en su boca hasta memorizar su sabor. Hasta perder el aliento.

Me deshice de los botones de mi camisa y la dejé caer al suelo. Después, el sujetador, revelando mi desnudez. Lo abracé sin dejar de besarlo y nuestra piel entró en contacto. Todo mi cuerpo se sacudió y mis piernas ciñeron sus caderas con más fuerza.

Temblé. Los dos lo hicimos. Impacientes. Nerviosos. Viviendo cada segundo.

Se movió conmigo hasta dejarme sobre la cama. Se quitó los pantalones y se colocó sobre mí. Me miró desde arriba, con los brazos tensos por el peso de su propio cuerpo. El cabello le caía sobre la frente y tenía los labios enrojecidos. Sus ojos no se apartaban de los míos. Deslicé las manos por su pecho, que subía y bajaba al ritmo de su respiración irregular. Por sus hombros y su cuello, y sentí como si una hoguera hubiera prendido en el interior de mi cuerpo.

Jun se inclinó y me besó en la frente, los labios, bajo la barbilla y la clavícula. En los pechos, las costillas y la cadera. Entre las piernas. Por fin estaba pasando, y tenía tanto sentido que quería llorar. Era perfecto, y tan natural que me sentía completamente libre y desinhibida.

Enredé las manos en su pelo mientras él lamía mi ombligo y trazaba una línea húmeda hasta mis pechos. Pequeños mordiscos en mi cuello que acrecentaban esa necesidad apremiante que se concentraba en mi estómago y palpitaba en mi vientre.

Me gustaba tanto cómo me miraba. Cómo me tocaba.

Se apartó para coger un preservativo y tragué saliva.

Él tomó aire y se acomodó entre mis piernas, cobijándome con su cuerpo. Le ardía la piel y besé el lugar donde se encontraba su corazón. Me miró a los ojos y el mundo se detuvo mientras se hundía en mí. Despacio. Una dulce tortura que me hizo clavar los dedos en su espalda y arquearme.

Nos movimos juntos, como la marea que va y viene, rompe contra la orilla y regresa para tomar impulso. Como las olas que agita el viento y ascienden muy alto para luego caer en picado. Nos desnudamos el uno al otro, porque hasta ese momento solo nos habíamos quitado la ropa. Nos acariciamos con las manos, los labios y la mirada. Y descubrí lo que el sexo podía hacerle a un cuerpo, el placer capaz de fundirte los huesos. No quería que acabara nunca y, al mismo tiempo, no pude hacer otra cosa salvo dejarme ir. Temblar por dentro y por fuera. Seguirlo de nuevo cuando él saltó al vacío con el rostro escondido en mi cuello.

Al otro lado de la ventana, continuaba nevando.

Contemplé los copos, que caían como pequeñas plumas, arropada por los brazos de Jun mientras poco a poco se iba quedando dormido. Con la mejilla en su pecho y el latido de su corazón en mi oído, cerré los ojos, perdida en todo lo que él me hacía sentir.

Puede que fuéramos de mundos diferentes, pero éramos las partes de un todo.

Mientras durara.

41
Jun

Y los días pasaron.

Llenos de momentos. De risas. De sábanas revueltas. De pequeñas peleas por cosas tontas, por las que después nos reconciliábamos como si el mundo fuera a acabarse. Así de intensos éramos. No nos conteníamos en ningún aspecto. Nos dejábamos llevar y se nos escapaban los gestos que decían que lo que sentíamos empezaba a ser mucho más que atracción y deseo.

Me acostumbré con tanta facilidad a que formara parte de mis días, de mi vida, que a veces sentía que antes de Dani no hubo nada. No le pusimos nombre a lo nuestro. No hablamos sobre lo que éramos, y tampoco lo necesitaba. Dani era mi chica, mi novia, la mujer de mi vida, y me importaba un comino lo cursi que pudiera parecer. No tenía dudas, porque esas cosas se saben cuando llega la persona adecuada. Notas la conexión. Sientes la certeza. La seguridad.

Entré en su edificio y me lancé escaleras arriba. Alcancé el tercer piso y la puerta se abrió en cuanto puse un pie en el último escalón. No tuve tiempo ni de hablar. El brazo de Dani salió disparado hacia delante, me agarró de la pechera y tiró de mí hacia el interior de su casa.

Ella solo llevaba puesta una camiseta con el logo de mi estudio. ¡Qué sexi!

Empezó a quitarme la chaqueta y yo me saqué las zapatillas con un par de sacudidas.

Me reí cuando trató de levantarme la camiseta y me hizo cosquillas en los costados.

—¿Cuánto tiempo tenemos? —preguntó con las mejillas rojas.

—Tengo una reunión dentro de treinta minutos.

—Amy me recoge dentro de veinte.

Se encaramó a mi cuerpo como un koala y me rodeó las caderas con las piernas. Sus labios se estamparon contra los míos y sus dedos se hundieron en mi pelo. Tropezamos con el sofá y un mueble. Chocamos con el marco de la puerta de su dormitorio y entré dando trompicones. Caímos sobre la cama y ella se apresuró a soltar el cinturón, los botones del pantalón...

Le quité la ropa interior y después metí la mano en mi bolsillo, buscando el preservativo. Al sacar la mano, con las prisas, salió volando.

—¡No me jodas! —mascullé—. Espera, se me ha caído.

—¿Cómo?

Me tiré al suelo. No lo veía por ninguna parte.

—¿Lo encuentras? —preguntó desde el colchón con medio cuerpo colgando.

—No —gemí.

—¡Jun!

Lo localicé bajo la cama y me estiré hasta alcanzarlo.

—¡Ya lo tengo!

Me levanté con tan mala fortuna que no vi que ella continuaba asomada y nuestras cabezas chocaron. No sé quién rompió a reír primero. Me froté la coronilla y Dani, la frente. Estallamos en carcajadas, con ella desmadejada sobre la cama y yo de rodillas. Cuando por fin nos calmamos, me levanté y gateé hasta colocarme sobre ella. Las risas se trasformaron en besos. Jadeos impacientes. Caricias bruscas y prisas que hacían saltar chispas entre nosotros.

Con sus huellas aún ardiendo en la piel, me vestí sin dejar de observarla. Me acompañó a la puerta. Le tomé el rostro entre las manos y la besé en la frente.

—Te echo de menos —susurré.

—Estaré libre el fin de semana, ¿y tú?

—Aún no lo sé, depende de si logramos avanzar. Estamos teniendo algunos problemas.

—¿Son serios?

—Nada que no tenga solución —respondí.

—Vale. Llámame.

La besé una última vez y me dirigí a las escaleras mientras ella me despedía con la mano y una sonrisa. Volverse loco de amor por alguien es tan fácil que ni te das cuenta de que está ocurriendo. De que ha sucedido. Que es definitivo y perdurará para siempre. Incluso cuando todo acabe y los caminos de ambos se separen. Cuando desaparezca la confianza y el resentimiento eche raíces, ese amor seguirá ahí, como un poso que no puedes rascar del fondo.

Entonces no sabía lo mucho que ya la quería.

Ni sospechaba las consecuencias de ese sentimiento.

Las cosas que ganaría.

Tampoco las que perdería.

Las decisiones que me vería obligado a tomar.

Dicen que amar es el poder que le das a otra persona para destruirte.

Amar es confiar en que no lo hará.

42
Dani

—Quieren comprar la casa y no van a regatear el precio —dijo Ana, la agente inmobiliaria que había contratado.

Mi corazón se aceleró.

—¿De verdad? ¿Tan pronto? —pregunté en tono vacilante.

Me costaba creer que hubiera sido tan fácil. Apenas llevaba a la venta un par de meses.

—Tomaron la decisión nada más ver la propiedad, es justo lo que están buscando.

—Eso es genial, Ana. Pensaba que tardaría mucho más en venderse.

—Es una zona muy demandada —apuntó.

Asentí, de acuerdo con su comentario. Yo lo sabía mejor que nadie. Años atrás me había esforzado y sacrificado mucho para conseguir esa casa. Uno de los tantos caprichos de Adrián, que no supe negarle. Que pagué trabajando en la fábrica de mi padre y en la distancia con Amy. Usando todo el dinero que mis abuelos me habían dejado en herencia.

Me arrepentía de tantas cosas.

—¿Qué debo hacer ahora? —le pregunté.

—Nada, yo me ocuparé de todo. Prepararé la documentación y te avisaré con tiempo para la firma. Solo tendrás que venir a la notaría para ese trámite. Ahí mismo te entregarán el cheque bancario.

Tragué saliva y me froté la nuca, de repente nerviosa. Temblorosa. Cogí aire con brusquedad.

—¿Es obligatorio que vaya en persona? ¿No hay otro modo?

—Claro que lo hay, pero tendrías que delegar en otra persona, firmar algún poder para que pueda representarte... —me explicó.

—Ya veo...

Jun entró en el salón con dos tazas de té y se sentó en el sofá. Me miró con un gesto preocupado. Sabía que no podía entender nada de lo que hablaba, pero imaginé que la expresión de mi cara ya lo hacía por mí. Le sonreí.

—Sinceramente, te recomiendo que intentes hacerlo en persona. Ganarás tiempo y te ahorrarás un montón de papeleo. No imaginas con qué facilidad pueden complicarse este tipo de gestiones.

—¡La burocracia! —exclamé, sin dejar de moverme de un lado a otro.

—Sí, suele ser un asco.

Me paré frente a la ventana y miré fuera. El cielo estaba cubierto de nubes, pero se distinguían el perfil de la luna y algunas estrellas.

—Ana, ¿mi exmarido también estará presente?

—Es copropietario. Ambos debéis estar presentes —respondió.

Un nudo de ansiedad se apretó alrededor de mis pulmones. No había vuelto a ver a Adrián desde el día que firmamos el divorcio y el acuerdo económico que aún me ataba a él. Un encuentro cara a cara me ponía muy nerviosa, pero era un choque al que debía enfrentarme para cortar de una vez por todas el lazo que todavía nos unía. Había llegado el momento de superar a ese cretino y cerrar la herida que había dejado en mí.

—Daniela, ¿hay algún problema?

—No, ninguno —respondí más segura—. Avísame cuando esté todo listo, por favor.

—Por supuesto, hablamos pronto.

Colgué el teléfono y me giré hacia Jun. Continuaba en el sofá, con su ordenador portátil en el regazo. Alzó la vista y me miró cuando me senté a su lado.

—¿Va todo bien? —me preguntó.

—Ha aparecido un comprador para mi casa. Lo que significa que tendré que viajar a España en breve. Lo que también supone que volveré a ver a mi exmarido. En fin, no hay otro modo —suspiré.

—¿Te preocupa?

—Me pone un poco nerviosa verlo después de tanto tiempo, pero debo hacerlo.

Jun dejó el portátil en la mesa y tiró de mi brazo con suavidad para que me tumbara con la cabeza en sus piernas. Me acarició el pelo con los dedos y cerré los ojos.

—¿Cuánto hace que no vas a casa?

—Más de un año.

—¿Y en todo ese tiempo no has visto a tu familia?

—Solo por videollamada —respondí en voz baja, y una punzada de culpabilidad me encogió el estómago.

—¿Los echas de menos?

—Muchísimo, sobre todo a mi abuela y a mi padre.

—¿Y por qué no has ido a verlos? No está tan lejos.

Intenté reprimir el recuerdo que siempre me hacía estallar de rabia o echarme a llorar sin consuelo. Oscilaba entre esas emociones cuando se trataba de Sofía y no encontraba un punto medio.

—Porque si voy, también tendría que verla a ella —le confesé.

Jun me acunó la mejilla con su mano y acto seguido me

apretó los mofletes. Mis labios se fruncieron y él sonrió divertido.

—Entiendo que quieras mantenerte lejos de tu hermana, pero esa actitud te ha separado de otras personas a las que quieres y no es justo. Tú no has hecho nada malo y aun así eres la que se esconde.

—No me escondo, es solo que... —Él alzó las cejas, cuestionándome con una expresión burlona. Resoplé molesta—. Es verdad, me estoy escondiendo.

Jun sonrió y presionó mi nariz con su dedo como si fuese un botón.

—¿Quieres saber lo que yo haría en tu lugar?

—Sí.

—Aprovecharía esta oportunidad. Tienes la excusa perfecta para ir allí con tu mejor sonrisa y recuperar el contacto con tu familia. Después será más fácil, estoy seguro.

Coloqué la palma de mi mano contra la suya, mucho más grande. Entrelacé los dedos mientras pensaba que, en cierto modo, él tenía razón. La venta de la casa me daba la oportunidad de regresar sin dar la impresión de haber cedido y que todo volvía a ser como antes.

Nunca lo sería.

—¿Y mi hermana? —suspiré y negué con la cabeza—. No fui capaz de escucharla entonces y ahora dudo mucho de que pueda mirarla a la cara.

—No lo hagas, puedes mirar la mía —dijo él.

Parpadeé sorprendida. Sonrió y lo sentí. Muy dentro. El vértigo poniendo mi estómago del revés. Me incorporé hasta sentarme y lo miré como si lo viera por primera vez.

—¿Estás diciendo que vas a acompañarme?

—Solo si a ti te parece bien. Pero me gustaría, no quiero que hagas esto sola.

Yo tampoco quería hacerlo sola. Y si me obligasen a elegir

a una sola persona para que estuviera a mi lado en ese trance, lo elegiría a él sin lugar a dudas. Solo necesitaba sentirlo cerca para creer que todo estaría bien. Para sentirme fuerte y valiente. Decidida y orgullosa.

Pensé en el revuelo que causaría al presentarme con él en casa. En la curiosidad y las preguntas que despertaríamos.

—Conocerás a mi familia y tendré que explicarles quién eres. —Inspiré y apreté los labios. Me puse roja—. ¿Quién les digo que eres?

Jun me dedicó una sonrisa ladeada.

—¿Eso significa que vas a llevarme contigo? —preguntó en tono seductor.

Se mordió el labio y yo me reí. Asentí con la cabeza. Contemplé sus ojos, que continuaban clavados en los míos. ¿Cómo era posible que alguien pudiera gustarme tanto? Me hacía esa pregunta todos los días. Cuando lo miraba y casi no podía hablar. Cuando flotaba dentro de mis propias fantasías. Cada vez que lo respiraba y mis pulmones se expandían hasta alcanzar el tamaño del universo. Era tan condenadamente guapo. Por fuera y por dentro.

Me subí a su regazo y apoyé mi frente en la suya. Él me abrazó con ternura. Me encantaba que me diera esos abrazos. Lo que le hacían a mi corazón. Sonreí contra su boca y lo besé antes de hablar.

—Sí, voy a llevarte conmigo.

43
Jun

La vida es impredecible.

Un día te olvidas de que no eres el dueño absoluto de tu propio mundo y empiezas a vivir como si lo fueras. Piensas que lo tienes todo bajo control y te relajas. Te confías. Porque ciertas situaciones son tan difíciles de contemplar que no te las planteas. Pero así son las casualidades, imprevisibles. Ocurren cuando menos las esperas y todo cambia.

Te devuelven a la realidad.

La tienda que Amy y Dani poseían se encontraba en Knightsbridge, a solo tres calles de los almacenes Harrods. Allí me dirigí junto con Ren, después de que Dani me llamara agobiada, porque todo el sistema informático había dejado de funcionar y el servicio técnico no podía ofrecerles ninguna solución hasta el día siguiente.

Nos bajamos del taxi frente a la puerta, donde ella ya nos esperaba. En cuanto nos divisó, vino a nuestro encuentro con una sonrisa enorme en la cara.

—Gracias por venir, de verdad. Sé lo ocupados que estáis estos días, y no os lo habría pedido si hubiera encontrado más alternativas. —Juntó las palmas de sus manos en un gesto de gratitud—. Gracias, sois estupendos.

Sonreí y le di un beso en la frente.

—No te preocupes —le susurré.

—No hago nada gratis. Esto te va a costar el desayuno de toda una semana —le dijo Ren a Dani.

Puse los ojos en blanco y le di un codazo.

—No lo dice en serio —repliqué.

—Es tu novia, no la mía. —Lo fulminé con la mirada y él me dedicó una sonrisa socarrona—. Era una broma. —Entonces, se dirigió a Dani—. Bueno, ¿dónde está ese trasto del demonio?

—Venid conmigo.

La seguimos al interior de la tienda.

El sitio era muy bonito y luminoso, y cada sección estaba decorada con distintos tonos y elementos. De fondo sonaba una música pegadiza y, tras el mostrador en el que se encontraba la caja registradora, una pantalla enorme colgaba del techo, donde se sucedía una secuencia de fotografías con modelos que vestían la ropa de la marca.

Dani nos llevó hasta ese mostrador y señaló el ordenador que se había averiado.

—Este es.

Ren se plantó frente al equipo y comenzó a sacar bártulos de su mochila. A continuación, se colocó unos auriculares para escuchar música y se arremangó.

—¿Podrás arreglarlo? —le preguntó Dani en tono compungido.

—Te lo diré dentro de cinco minutos.

—No te preocupes. Aunque no lo parezca, es bastante bueno en lo que hace —le dije a ella.

—¡Lo parezco y lo soy! —apuntó Ren, al tiempo que comenzaba a teclear a toda prisa.

Le guiñé un ojo a Dani e hice una mueca de burla para mi amigo. Miré a mi alrededor con más atención. Habían logrado un ambiente elegante y muy actual con materiales como la madera, el hierro y la piedra. En el centro del local destacaba una composición de varias mesas de distintos tamaños y formas. A su alrededor se distribuían percheros de acero y cristal y estanterías de diseño minimalista.

—¿Te gusta? —me preguntó ella.

—Mucho, este sitio es genial.

—¿Quieres que te lo enseñe?

—Claro.

Me tomó de la mano y me condujo hasta una escalera amplia, con el pasamanos dorado, que conducía a una planta sótano.

—Abajo están los vestidores y el almacén. También tenemos una pequeña sala de costura para los arreglos más inmediatos.

Contemplé mi reflejo en un espejo que llegaba hasta el techo.

—Me da corte preguntar cuánto os cuesta mantener este sitio.

Solo por la zona en la que se encontraba, el alquiler ya debía de valer una fortuna.

—Una cantidad tan obscena que me da vergüenza confesarla. ¡Por locuras como esta continuamos siendo pobres! —admitió ella con las mejillas ardiendo.

No pude evitar reírme.

—¡¿Ren?! ¿Qué haces tú aquí? —preguntó una voz conocida a mi espalda.

Frené en secó en el primer escalón y miré por encima de mi hombro.

Me arrepentí en cuanto lo hice, pero mi primer impulso fue soltar la mano de Dani como si estuviera sosteniendo ácido. Me quedé allí plantado, inmóvil, incapaz de apartar la vista de la mujer que caminaba hacia el mostrador donde estaba mi amigo. Entonces, como si hubiera notado que alguien la observaba, ella giró la cabeza y nuestros ojos se encontraron. Se me encogió el estómago.

—¿Jun? ¡Hola!

—Hana.

—¡¿Conoces a Hana?! —preguntó Dani a mi lado.

La sonrisa de mi cuñada se desdibujó mientras su mirada se deslizaba hasta Dani y luego regresaba a mí. Parpadeó y su expresión cambió. El ambiente se cargó de algo tan denso que casi se podía cortar. Vi el momento exacto en el que lo comprendió. Tan rápido como las piezas de aquel puzle encajaron en mi cabeza. Hana era la gestora administrativa de una marca textil y Dani había mencionado que en su firma trabajaba una chica surcoreana.

¿Qué probabilidades había de que ambas estuvieran conectadas? Para mí, ninguna. En Londres viven casi nueve millones de personas. Sin embargo, allí estábamos los tres. Como si de un capricho del azar se tratara. Demostrándonos que el destino no comienza con una elección, sino por una casualidad, y no puedes controlarlo.

Dani pasó por mi lado y fue a su encuentro.

—¿Has venido a recoger las facturas? —le preguntó a mi cuñada.

—Sí. Siento llegar tarde.

—No pasa nada, yo he tardado una eternidad en llegar con este tráfico. Voy a buscarlas, están en la oficina.

Dani desapareció de mi vista. Cerré los ojos un momento e inspiré con fuerza. Me acerqué a mi cuñada y me la quedé mirando mientras ella me observaba a mí.

Mientras hablábamos sin palabras.

Imaginaba que mi expresión era tan sombría como la suya. Que el choque de realidad la había tambaleado tanto como a mí.

Dani regresó con un par de archivadores entre sus brazos y se los tendió a Hana.

—Aquí están. —Nos observó con el rostro iluminado por una sonrisa enorme—. Y vosotros ¿de qué os conocéis?

Tragué saliva.

—Hana es la mujer de mi hermano.

—¿Qué?

Tardó un instante en comprender toda la información implícita en esa frase tan simple. Su significado. Noté como se tensaba y contenía el aliento. Luego bajó la cabeza, avergonzada, y me dolió que lo hiciera porque, de nuevo, ella no había hecho nada malo. Yo sí.

—¿Podemos hablar? —me preguntó Hana.

Asentí con un gesto y la seguí fuera de la tienda, consciente de que Dani aún no se había movido y nos observaba. Quería saber cómo se sentía. Qué se le estaba pasando por la cabeza. Qué significaba para ella mi cuñada. No obstante, en ese momento, lo que Hana pudiera decirme era lo que debía preocuparme.

Entramos en un café cercano y nos sentamos a una de las mesas.

Ella pidió un té y yo, un refresco.

Ella no apartaba la mirada de la ventana y yo no podía levantarla de la mesa.

—¿Qué estás haciendo, Jun?

—Sospecho que ya lo sabes —respondí.

Asintió de forma imperceptible y entrelazó las manos sobre la mesa.

—¿Y qué me dices de Minah? ¿Es verdad que estáis fingiendo una relación?

—¿Mi hermano te lo ha contado?

—No, ya sabes que él no es de hablar mucho —dijo con un atisbo de amargura—. Fue Dani. Lo escuché mientras ella hablaba con su amiga, pero no sabía que se refería a ti. Entonces, ¿es cierto?

—Antes sí, pero ya no.

—¿Por Dani?

—¡Por todo! Por Minah, por mí, porque nada de lo que hacíamos estaba bien. Pero, sobre todo, por Dani, sí. No quiero lastimarla.

—¿Te gusta?

Asentí con las mejillas rojas y di un sorbo a mi refresco.

—Mucho.

—¿Tanto como para enfrentarte a tu madre?

—Sí, pero necesito tiempo —me apresuré a explicarle. La necesitaba como aliada—. Primero debo solucionar todo lo referente a Minah, prometí ayudarla y que nos enfrentaríamos juntos a las familias. —Hana hizo una mueca de pesar, como si no tuviera ninguna esperanza en mi supervivencia. Y añadí—: Después le hablaré de Dani. Cuando mi madre la conozca sé que...

—No la aceptará —me cortó apesadumbrada.

—Dicen que hasta el tiempo necesita a veces tiempo. Confiaré en que será el caso.

—Odio decirte esto, Jun, pero que creas que hay un final feliz para esta historia es una fantasía estúpida. Te obligarán a elegir y nuestra sangre es demasiado espesa. Lo sé por propia experiencia.

Esas palabras cargadas de razón me dolieron. Por ella. Por mi hermano. Por mí. Pero yo no podía rendirme, necesitaba aferrarme a la posibilidad de que las cosas podrían cambiar. De que saldrían bien.

—¿Me guardarás el secreto hasta que esté listo? —más que una pregunta fue un ruego.

Ella torció el gesto, como si mi duda la hubiera ofendido. No era mi intención. Entonces, su expresión se transformó en otra más triste.

—¿Aún no te has dado cuenta de que son los secretos y todo lo que no decimos lo que mantiene unidas a nuestras familias?

No imaginaba hasta qué punto era verdad.

Lo frágiles que en realidad éramos.

44
Dani

Aterrizamos en el aeropuerto de Alicante a las diez de la mañana de un miércoles y allí alquilamos un coche para desplazarnos hasta Denia. Jun había dormido un poco en el avión y se ofreció a conducir. Yo apenas había podido pegar ojo en los últimos días y el cansancio y los nervios empezaban a pasarme factura. Me dolía la cabeza y sentía náuseas.

Una vez en marcha, le sonreí a Jun. No se hacía una idea de lo mucho que significaba para mí que me hubiera acompañado. Cuánto apreciaba que lo hubiera dejado todo para estar conmigo. Él me devolvió la sonrisa y encendió la radio del coche. Conectó su teléfono por *bluetooth* y puso una de sus muchas *playlists*.

Cerré los ojos y me concentré en la música, en el sol que me calentaba el rostro a través de la ventanilla. En la luz, tan diferente a la de Londres, mucho más clara, más brillante. ¡Cómo la había echado de menos!

Cada kilómetro que dejábamos atrás era un paso que me acercaba más a un millón de recuerdos molestos y dolorosos, también a otros mucho más cálidos y preciosos. Así es la vida, pura dualidad. Lo bueno y lo malo. Lo bonito y lo feo. Da y quita. Y entre medias, millones de matices, de tonalidades que cambian dependiendo del prisma con el que se miren.

Abrí los ojos y observé los trazos de mar que iban surgiendo a lo lejos. Las pinceladas de los árboles, que no eran más que puntos verdes salpicando una vasta extensión de tierra seca. El cielo azul, en el que unas nubes totalmente blancas dibujaban formas extrañas.

No hablamos mucho durante el trayecto, y mi garganta se iba cerrando un poco más conforme nos acercábamos. Lo hizo por completo cuando el navegador anunció que habíamos llegado a nuestro destino. Me humedecí los labios y mi mirada se encontró con la de Jun.

—¿Lista? —me preguntó. Negué con la cabeza e hice un puchero. Él sonrió y se inclinó para besarme en la frente—. Lo harás bien.

—Siento mucho haberte arrastrado hasta aquí. Espero que no te sientas muy incómodo con la situación.

—Oye, no tienes que preocuparte por mí, ¿de acuerdo? Céntrate en lo que debes hacer. Yo estaré a solo un paso de ti, solo uno.

Le sonreí agradecida.

—Prometo compensarte por todo.

Su expresión pícara me hizo reír.

Subimos juntos al primer piso del edificio que Ana me había indicado, donde estaba la notaría. Cuando cruzamos la puerta me encontré de frente con una mujer pelirroja, embutida en un vestido ajustado de color azul, que tecleaba en su teléfono. Me miró y sus labios me sonrieron.

—¿Daniela?

Asentí en respuesta.

—¿Ana?

—Soy yo. Estaba a punto de escribirte. —Se acercó y me dio un par de besos—. Encantada de conocerte por fin en persona.

¿Qué tal estás? ¿Y el vuelo? —me preguntó. Desprendía tanta energía que apabullaba un poco. Se fijó en Jun y lo saludó con un gesto amable—. Debéis de estar cansados por el madrugón.

—Un poco.

—¿Estás lista para que entremos ahí?

—Creo que sí.

—Pues ven conmigo, los compradores ya están dentro y también el copropietario. Tu acompañante puede esperarte en esa sala. No creo que tardemos mucho.

Alcé la barbilla hacia Jun y le sonreí. Su cara de despiste al no entender ni una palabra era graciosa.

—Ella es Ana, la agente inmobiliaria. Dice que puedes esperar en esa sala de ahí. No cree que tardemos mucho —le expliqué.

—De acuerdo.

Inspiré hondo y apreté su mano una vez más antes de soltarla con reticencia.

Seguí a Ana al interior de una sala que se encontraba al final de un largo pasillo. Todo lo que había en aquel espacio era ostentoso, desde los muebles tallados a las cortinas de terciopelo, pasando por las estanterías repletas de libros y los cuadros con marcos dorados que colgaban de las paredes. Presidiendo una mesa de patas torneadas había un hombre mayor, vestido con un traje de lana gris, que le quedaba un poco apretado a la altura del estómago.

Fugazmente, Ana me presentó a todas las personas que concurrían en la sala, a las que fui saludando con un rápido apretón de manos. A continuación, me senté en el lugar que me indicaron. En un extremo de la mesa, cerca de la puerta. Justo al lado de Adrián.

Lo primero que percibí fue el aroma de su perfume. Seguía usando el mismo y mi estómago se encogió con una sensación desagradable.

Ya no había modo de evitarlo, ni de ignorarlo. Así que llené mis pulmones de aire y me enfrenté al momento que tanto había temido. Giré la cabeza y nuestros ojos se encontraron. No había cambiado nada y, al mismo tiempo, parecía tan distinto. Sus ojos verdes habían perdido brillo y ahora lucían unas profundas ojeras. Mechones castaños le caían lacios sobre la frente, en la que destacaban un par de profundas arrugas. Nunca lo había visto con el pelo tan largo y la barba descuidada.

No fui capaz de abrir la boca y dirigirle una sola palabra, por lo que me limité a aguantarle la mirada un par de segundos y la retiré de inmediato.

Apenas recuerdo lo que pasó después, solo que fue largo y tedioso. Que me dolían los hombros y el cuello por la tensión, y que respirar empezó a resultarme más fácil mientras transcurrían los minutos y efecto del encuentro con Adrián se iba diluyendo. Lo miré de reojo y mis latidos se aceleraron solo un poco. Me sentía mejor de lo que esperaba y empecé a darme cuenta de que había sobrevalorado ese momento. Le había concedido demasiada importancia.

No estaba siendo tan terrible.

No me dolía tanto como había imaginado que lo haría.

Fui la primera en levantarme cuando anunciaron que habíamos terminado. Le di las gracias a Ana y prometí llamarla en breve para cerrar los últimos detalles. Después salí a toda prisa de aquel despacho. Quería poner distancia entre Adrián y yo, la última y definitiva. Por fin había terminado todo entre nosotros y sentía tanto alivio que tuve que aguantarme las ganas de llorar.

Mis ojos coincidieron con los de Jun a través de la pared de cristal. Le sonreí de oreja a oreja, como si lleváramos siglos sin vernos, y empujé la puerta. Al entrar, casi me desmayo.

—¡Dani, cariño!

—¡Mamá! ¡Papá!

Debería haberlo imaginado, y una parte de mí lo sabía,

que no harían caso a mi ruego de vernos más tarde. En un momento más oportuno. Menos tenso e incómodo.

Mi madre me rodeó con sus brazos y me estrechó tan fuerte que me crujieron los huesos de la espalda. Empezó a llorar, con tanto desconsuelo que la gente de fuera comenzó a asomarse para ver qué ocurría. Mi mirada se encontró con la de papá y me sonrió. Apreté los labios y un par de lágrimas se enredaron en mis pestañas. Los había echado mucho de menos, y no había sido consciente de cuánto hasta ese momento.

—¡Mi niña, qué ganas tenía de verte! No puedo creer que estés aquí. ¿Estás bien?

—Sí, mamá, estoy bien.

—¿Comes?

—¡Claro que sí!

—Te noto algo pálida, ¿no tomas el sol?

—Cuando puedo, el clima de Londres no es como este.

—Siempre te ha sentado bien estar cerca de la playa, hija. No deberías haberte mudado. Aquí se vive mejor que en ninguna otra parte, ya deberías saberlo. Y también se come mejor —repuso con el ceño fruncido.

Sonreí. Nunca cambiaría.

Jun nos observaba desde la silla en la que continuaba sentado. Me dedicó una pequeña sonrisa y me guiñó un ojo. Mis mejillas enrojecieron.

—Mírate, estás preciosa —dijo mi madre con mi rostro entre sus manos. Me llenó las mejillas de besos y luego me colocó el pelo tras las orejas, como siempre solía hacer—. ¿Verdad que está muy guapa, Enrique?

—Muy guapa —contestó mi padre.

Él se acercó y me estrechó entre sus brazos. Olí su *aftershave*, el mismo que había usado desde que yo podía recordar, y se me escapó un sollozo. Es increíble todo lo que un aroma puede despertar en nuestro cerebro. Provocarle a nuestro cuerpo.

—¿Cuánto tiempo vas a quedarte? —quiso saber ella.

—Nuestro vuelo de vuelta sale a las nueve de la noche.

Mi madre parpadeó.

—¿Nuestro? ¿Qué quieres decir con nuestro?

Miré a Jun y él se puso en pie como si me hubiera entendido. Llevaba unos vaqueros desgastados, un jersey de punto gris bajo una chaqueta negra de corte militar y botas de cordones. Lucía un aspecto sencillo y discreto. Sin embargo, él llamaba la atención con cualquier cosa que se pusiera. Y así ocurrió. Mis padres se percataron de su presencia y enmudecieron al mismo tiempo. Lo miraron de arriba abajo mientras él se acercaba.

Sentí a Adrián a mi espalda y me recorrió un escalofrío. La sensación desapareció en cuanto abandoné los brazos de mi padre y tomé la mano de Jun. Las miradas de mis padres se concentraron en ese punto. También la de Adrián.

Me ruboricé y empecé a sudar. Jun movió su pulgar sobre mis nudillos y logré inspirar.

Mi padre hablaba inglés con fluidez, y mi madre lo chapurreaba con bastante confianza, así que dejé a un lado nuestro idioma natal.

—Mamá, papá, este es Jun, mi... —Dudé, preguntándome cómo debía continuar, hasta que sus dedos se entrelazaron con los míos y me dieron la respuesta—. Es mi novio. Jun, él es Enrique, mi padre. Y ella es Laura, mi madre.

—¿Has dicho que es tu novio? —me preguntó mi madre con los ojos como platos.

—Sí.

—¿Desde cuándo?

—Unos meses —exageré.

—¿De verdad?

Asentí.

—Pero ¿novio... novio? —insistió mi madre.

El color había abandonado su rostro y lucía tan pálido como el de mi padre. Él fue el primero en reaccionar y acercarse a Jun con una sonrisa abierta y franca, que me hizo adorarlo mucho más, si eso era posible.

—Bienvenido, Jun, me alegro de conocerte.

—Gracias, yo también me alegro de conocerlo —respondió él. Después miró a mi madre y le tendió la mano con su mejor sonrisa—. Encantado de saludarla, señora. Ahora entiendo por qué Dani es tan guapa, se parece mucho a usted.

Intenté no reírme. Era un adulador y se le daba tan bien que costaba no caer rendida a sus encantos. Miré a mi madre. Parecía a punto de colapsar y no parpadeaba mientras lo contemplaba atónita. No sé si por la impresión de que Jun pareciese mucho más joven que yo, porque era lo opuesto a cualquier otro hombre con el que hubiera podido salir antes o porque realmente la había encandilado.

Ella reaccionó y le estrechó la mano. Poco a poco, una sonrisa curvó sus labios, pintados de rosa. Alzó los brazos llenos de pulseras y enmarcó su cara con ambas manos. Después hizo que se inclinara y le plantó un beso en cada mejilla. Jun dio un respingo. Ahora el sorprendido era él.

—Eres muy simpático. Por cierto, ¿te gusta la paella?

—Nunca he comido paella.

—¡¿No?! —exclamó ella como si fuese algo inconcebible—. Pues te diré que hago la mejor del mundo. La más sabrosa. Ya lo verás, te va a encantar. Y también he preparado tarta de limón, con limones de nuestro huerto. ¡Son ecológicos! ¿Te gustan los dulces?

—Mucho —dijo él un poco abrumado.

—Oye, mamá, no creo que... —empecé a decir.

—Le pongo azúcar para que conserve su puntito ácido, nada de edulcorante.

—Mamá, escucha, no vamos a...

Pero ella ya había cruzado la puerta, enganchada al brazo de Jun, y se dirigía a la salida. Miré a mi padre en busca de ayuda. Se encogió de hombros con una disculpa escrita en el rostro y me rodeó la espalda con el brazo.

—Hazlo por ella, hacía meses que no la veía tan feliz.

Me pasé la mano por la frente y suspiré resignada, nerviosa y con mil emociones más explotando dentro de mi pecho como burbujas efervescentes.

—De acuerdo.

Al salir bajé la vista para no cruzarla con la de Adrián.

—Ese novio tuyo es bastante alto para ser chino —me dijo con una risita despectiva.

Había olvidado que su sentido del humor daba asco. Mirándolo con perspectiva, me costaba entender cómo pudo gustarme en algún momento. Qué me hizo creer que lo quería.

Me giré y lo miré indiferente, aunque por dentro me hervía la sangre. Le dirigí la palabra por primera vez desde que había llegado:

—No es chino, es coreano. Aunque aquí lo importante no es su origen, sino que tu comentario ha sonado muy prejuicioso.

—No, qué va. No pretendía... —repuso colorado.

Se lamió los labios y me sostuvo la mirada, sorprendido.

—Te lo advierto, ten mucho cuidado con lo que dices a partir de ahora.

Mi padre tiró de mí y me obligó a caminar hacia la salida. Me dio un ligero apretón y noté como soltaba el aliento.

—¿Tu novio, en serio? —me susurró al oído.

Lo miré y asentí con timidez.

—Es un buen chico, papá.

—Te creo, cariño. Se le nota.

45
Dani

El hogar de mis padres se encontraba en Las Rotas, una de las zonas más bonitas de Denia. Se trataba de una parcela enorme con jardín, piscina y un huerto de árboles frutales, capricho de mi padre. Habían trabajado mucho y muy duro para conseguir el terreno, y con el paso de los años lograron levantar una casa de dos plantas de estilo mediterráneo, que no tenía nada que envidiar a las otras villas, mucho más nuevas y modernas, que la rodeaban.

Salí del coche y contemplé el edificio con un nudo en el estómago. Esa casa guardaba mis mejores recuerdos y también el más doloroso. Miré a mi alrededor, solo para comprobar con nostalgia que nada había cambiado. Todo seguía igual. Era yo la que se sentía rara al estar allí de nuevo. Un poco fuera de lugar.

Pensé en lo que Jun me había dicho días atrás: tenía en mis manos la oportunidad perfecta para retomar el contacto con mi familia, sin que pudiera interpretarse como que perdonaba lo sucedido. No estaba lista para dar ese paso.

Sin darme tiempo a reaccionar, mi madre se colgó del brazo de Jun y se lo llevó casi a rastras al interior de la casa. Lo trataba como si se hubiera convertido en su persona favorita de todo el universo. Sabía que ella lo hacía por mí, que todo ese esfuerzo se debía a su deseo de volver a ver a sus dos hijas a la misma mesa, y quise decirle que se relajara. Ya lo había conseguido.

—Hola, Dani.

Sofía.

No me moví. No podía hacerlo.

Cerré los ojos e inspiré. No sabía qué decir. No quería decir nada.

Así que fingí que no la había oído, que ni siquiera estaba allí, y entré en la casa dejándola atrás. Habían pasado casi dos años y la herida continuaba abierta. El tiempo no había calmado nada y mi corazón permanecía tan roto como el primer día. Dolía.

Mi madre se metió en la cocina, decidida a prepararle a Jun la mejor paella. Le puso un delantal y lo nombró su ayudante. A mí me tocó sentarme en la terraza con mi padre y pelar guisantes, mientras me hablaba de la familia y la empresa.

Una hora después, todos estábamos sentados a la mesa. Mentiría si dijera que no fue incómodo, también si no admitiera que la comida se desarrolló con más normalidad de la que habría esperado o imaginado. Y todo, gracias a Jun, que se preocupó de que la conversación fluyera, evitando los silencios embarazosos al contestar sin reparos todas las preguntas que mis padres le iban formulando. Mostrando interés por sus cosas y haciéndome pasar vergüenza cuando pidió ver mis fotos de pequeña.

Durante ese tiempo, mi hermana y Adrián apenas abrieron la boca. Yo tampoco fui capaz de decir mucho y, cuando por fin nos levantamos de la mesa, solo sentí alivio.

La próxima vez será más fácil, me había dicho Jun, y esperaba que tuviera razón.

Ayudé a mi madre a limpiar la cocina, mientras los demás salían al jardín. La temperatura era anormalmente alta para encontrarnos a mediados de enero y el sol calentaba como si la primavera estuviera llamando a la puerta.

De repente, oí a mi madre sorberse la nariz. La miré de reojo y vi que se limpiaba los ojos con una servilleta de papel. Guardé el último plato en el armario y me acerqué a ella.

—Mamá, ¿estás llorando?

—No, hija, estoy bien.

Se sonó los mocos e inspiró hondo. Busqué su mirada con la mía.

—Mamá, ¿qué te pasa?

Sus ojos acuosos se llenaron de lágrimas otra vez.

—Me hace muy feliz que estés aquí, verte y poder tocarte. Solo eso. —Deslizó su mano por mi brazo e intentó sonreír, pero sus labios no dejaban de temblar—. Lo siento mucho, Dani. Por todo.

—Mamá, no hace falta que...

Ella negó con la cabeza.

—Sé que hice muchas cosas mal en aquel momento y aún me sigo equivocando. También sé que no he sido nada justa contigo, pero cuando eres madre y tienes más de un hijo, elegir entre ellos se convierte en una decisión imposible de tomar. Un día espero que lo entiendas.

Me encogí de hombros sin mucha paciencia.

—Eso lo entiendo, aunque no quita que me duela que siempre la hayas justificado a ella. Siempre me pedías que la perdonara, como si estar enfadada solo se debiera a mi propio empeño.

—Eso estuvo mal, pero lo hacía porque pensaba que si apelaba a tus sentimientos esta situación se resolvería de algún modo. Lo que tu hermana hizo es horrible y nunca podré entender qué pudo pasarle por la cabeza. No creas ni por un momento que he estado conforme. Pero ¿qué hago, la echo de casa? ¿Me olvido de que somos familia? ¿Dejo que desaparezca con... él?

No ignoré el desprecio con el que pronunció esa última palabra.

—Nunca te pedí que hicieras eso.

—En cierto modo, sí. Cuando para volver a esta casa, nos exigías que ella se marchara. O si debo decidir cuál de vosotras quiero que esté conmigo en mi cumpleaños, o a mi lado si mañana vuelvo a enfermar. Cosa que entiendo, pero que no lo hace menos doloroso para papá y para mí.

—¿Y por qué le has pedido a papá que le permita a Adrián entrar en la empresa? —le pregunté sin disimular lo mucho que me molestaba esa idea.

Una expresión desesperada transformó su rostro.

—Porque si las cosas van a ser de este modo y no se pueden evitar, al menos que puedan vivir con decencia. Estos últimos meses han estado al borde de la indigencia y tu hermana me suplicó que los ayudara. La luz, la comida, la gasolina que gastaban... Todo lo hemos estado pagando papá y yo. Adrián lo ha perdido todo, solo le han quedado deudas. Y aunque el problema es suyo, está arrastrando a tu hermana. No puedo quedarme de brazos cruzados.

Quise alegrarme por las miserias de mi hermana. Regodearme en la respuesta del karma, que por fin la estaba castigando, pero no pude. Tampoco podía seguir recriminando a mi madre que fuese humana y quisiera a su hija, pese a todos sus errores.

Yo también la quería, por eso no podía olvidar ni perdonarla.

Bajé la cabeza. Por primera vez me detuve a considerar sin ningún prejuicio el papel que mis padres habían tenido que soportar todo este tiempo. Al final es imposible reducir un problema a blanco o negro. Cara o cruz. Tú o yo. Todo depende del prisma con el que se mire. De la posición que te toca defender. Yo tenía mis razones. Ellos, las suyas. Todos sufríamos. Así de injusto.

Abracé a mi madre y le dije que no se preocupara, que encontraríamos el modo de resolver los problemas. Y logré que entendiera que meter a Adrián en la empresa solo nos traería más complicaciones. La solución era otra, y daríamos con ella.

—Regresarás pronto, ¿verdad? —me preguntó cuando me vio consultar la hora.

—Te lo prometo.

—Cuando vuelvas, invitaré a toda la familia y haremos algo especial. Y puedes traer a Jun contigo.

—Claro, lo traeré.

Me dedicó una sonrisa y yo la besé en la mejilla. Después entró en el baño para limpiar los estragos de las lágrimas en su rostro y yo salí al jardín. Me apoyé en una columna del porche y desde allí observé a Jun y a mi padre, que daban vueltas alrededor de la piscina mientras conversaban. Sonreí al escuchar sus risas. Mi padre siempre había sido un poco payaso y Jun no se quedaba atrás.

Me calentaba el corazón comprobar que se gustaban.

Sofía apareció a mi lado y yo me tensé. Mi primer impulso fue alejarme, sentía que unas garras se me clavaban en los pulmones hasta dejarme sin aire cada vez que ella aparecía. No lo hice y permanecí quieta. Porque siempre era yo la que desaparecía, la que ponía distancia, la que se escondía, y no era justo.

—Jun parece majo —dijo en voz baja. La ignoré, pero ella continuó—: Me ha sorprendido verte con él, no es para nada tu tipo.

¿Qué quería decir con eso? Ladeé la cabeza y la miré a los ojos por primera vez.

—Ah, ¿no? ¿Crees que a ti te quedaría mejor? —salté sin poder controlarme.

Vi que se le descomponía el rostro.

—No lo decía como algo malo, al contrario. Hacéis buena pareja.

—¿Y debo preocuparme? ¿A este también lo quieres para ti?

—No digas eso, por favor —me pidió con lágrimas en los ojos.

Algo crujió dentro de mi pecho.

Tragué saliva y dejé que mi mirada vagara por el jardín.

—Lo siento muchísimo, Dani —susurró Sofía con la voz rota—. Sé que no sirve de nada, que no lo arregla, pero necesito que sepas que me arrepiento todos los días y no dejo de culparme por haberte traicionado. Te hice mucho daño y no te lo merecías.

—Si esperas que por decir eso te perdone, pierdes el tiempo.

—No quiero que me perdones, sé que no lo merezco.

—¿Y qué haces aquí?

—Te echo de menos. Yo... te quiero, Dani.

—¿Me querías del mismo modo cuando te tirabas a mi marido?

Se le escapó un suspiro ahogado y apretó el puño dentro de su otra mano como si quisiera hacerse daño.

—Nunca debí hacerlo. Ni siquiera sé cómo llegué a esa situación. No era yo, te lo aseguro. Pasó y no sé ni cómo.

Me reí sin gracia y le dediqué una mirada despectiva. Me percaté de las sombras que enmarcaban sus ojos y de que su piel había perdido ese brillo y perfección que siempre había envidiado. Estaba muy desmejorada. No quise que me afectara, pero lo hizo.

—Me destrozaste la vida —mascullé.

—Y lo estoy pagando cada segundo. Aunque te cueste creerlo, es así. Sufro por lo que te hice todos y cada uno de los días desde entonces, no te haces una idea del precio que me está costando. Del castigo que estoy soportando.

Contuve el aliento, intentando entender sus palabras. Su significado real. La sombra que las envolvía. Ese presentimiento que me daba escalofríos.

—¿Buscas que te compadezca?

Sacudió la cabeza y su mirada se perdió a lo lejos. Un brillo airado la veló y yo no pude evitar seguirla. Mis ojos se encontraron con los de Adrián, que nos observaba desde un sillón de mimbre, al otro lado del jardín. ¿Siempre había dado tan mal rollo? Con seguridad que sí, pero yo había estado tan ciega complaciéndolo en todo que no fui capaz de verlo.

Mi hermana se giró hacia mí, buscando mi atención como si tuviera algo más que decir. Respiré hondo y la miré. Me fijé en la tensión que se asentaba en todo su cuerpo.

—Vas a pensar que no tengo ninguna vergüenza cuando te diga esto, pero debo hacerlo. —Tragó saliva y me miró a los ojos sin parpadear—. Con el paso del tiempo me he ido dado cuenta de algo y, en parte, ha sido un alivio...

—¿Qué? —salté al ver que se detenía.

—Rompí tu matrimonio y te hice mucho daño, pero te salvé, Dani. Que sacara a Adrián de tu vida era lo mejor que te podía pasar, créeme. Y ahora que he visto lo mucho que le gustas a Jun, no tengo ninguna duda de que abrí para ti una puerta que sola nunca habrías podido. Me quedo con eso.

Parpadeé, reproduciendo en mi cabeza sus palabras. «Te salvé.» ¿A qué demonios se refería? En ningún momento había sentido que me salvara de nada, al contrario. Hizo que mi vida explotara en millones de trozos. La convirtió en escombros.

Una vida que yo...

Tragué saliva.

Esa vida que yo... tanto detestaba.

Con un hombre que, con el paso de los años, me había dejado seca en tantos sentidos que me costó mucho tiempo recordar que seguía viva. En el que habían convergido todos mis caminos, transformándose en un callejón sin salida con paredes de cristal que me dejaban ver lo que había fuera, pero no me permitían alcanzarlo.

Cerré los ojos, me estaba mareando y sentí náuseas.

Mis propios pensamientos me confundían y me hacían dudar.

—Dani, deberíamos irnos o perderemos el vuelo.

Abrí los ojos y me encontré con Jun. Me acunó la mejilla con su mano y mis latidos se ralentizaron un poco.

—¿Estás bien?

Miré a mi alrededor, buscando a mi hermana. Había desaparecido.

Asentí, porque no podía hablar.

«Te salvé.»

Dos palabras le bastaron a Sofía para volver a sacudir mi existencia.

Para obligarme a reconsiderar mis ideas, mis creencias y prejuicios.

Si el fin justificaba los medios.

Si el resultado compensaba el delito.

Si al final la sangre compartida era más importante que las lágrimas derramadas.

Y solo buscaba otra excusa para poder ser débil sin parecerlo.

46
Jun

La vida es eso que pasa mientras buscas el momento perfecto que nunca llega, y ese es el mayor error que puedes cometer. Dejar que el tiempo transcurra en busca de unas palabras esquivas que jamás aparecen, a la espera de reunir un valor que nunca encontrarás.

Un día más. Que se convierte en una semana. Un mes. Y nada cambia.

Pero el tiempo es limitado. Pasa. Se agota.

Y ese momento perfecto que no dejas de perseguir se acaba convirtiendo en un choque inevitable con consecuencias imprevisibles.

Miré a Minah por encima de mi copa, mientras el camarero retiraba los platos de la mesa.

Tras semanas sin apenas comunicarnos, habíamos quedado en vernos en un restaurante indio, en la zona de Mayfair, al descubrir que nuestros padres estaban planeando un encuentro formal entre las dos familias. Ambos sabíamos lo que significaba: harían oficial el compromiso, se marcaría una fecha para la boda y comenzarían a decidirse cosas como dónde viviríamos.

—¿Qué es lo peor que podría pasar? —preguntó ella,

más para sí misma que para mí—. ¿Que me envíen a Corea a vivir con mis tíos en Jeju? ¿Que me apliquen la ley del silencio para demostrarme lo decepcionados que están por tenerme como hija?

—No pienses eso. No vamos a cometer ningún crimen.

—Mi padre va a odiarme después de esto.

—Tu padre te quiere.

—Para mi padre solo soy otro proyecto más, cuyo valor depende del resultado obtenido.

Suspiré mientras dejaba que mi vista vagara por el restaurante. De forma premeditada evité la mirada de aquel tío. Estaba a punto de abrirme un agujero en la cara con sus ojos. Maxwell, Maximus o como demonios se llamase, no terminaba de recordarlo. Hacía una media hora que había llegado con otras tres personas: un hombre y dos mujeres, lo que parecía una cita doble.

Desde que me había descubierto, su atención me estaba poniendo de los nervios. Estaba a un tris de preguntarle si quería una foto.

—Jun...

—¿Qué?

—Casémonos, nos evitaremos muchos problemas y discusiones, todo el mundo será feliz y nosotros siempre podríamos llegar a algún acuerdo si no funcionara.

Parpadeé y dejé la copa en la mesa. Me incliné hacia delante con los brazos apoyados en el mantel y la miré. Pensaba que esa parte ya estaba superada, que había quedado más que clara, pero era evidente que no. Minah prefería rendirse a la seguridad que suponía obedecer a sus padres, y no se daba cuenta de que, al doblegarse de ese modo, como otros muchos antes que nosotros, solo perpetuaba esa absurda forma de vida.

Chasqueé la lengua con disgusto.

—¿Acuerdo?

—Una relación abierta, por ejemplo. Si la necesitaras...

Cogí la servilleta que tenía en el regazo y la arrugué antes de tirarla sobre la mesa. Resoplé por la nariz. Ella no perdía detalle de mi reacción.

—No quiero una relación abierta, Minah. Quiero una relación sincera y real con la persona que yo elija, nada más.

—Esa persona podría ser yo.

—No lo eres.

—Déjame intentarlo. Todo esto es culpa mía.

—¿Qué quieres decir?

—No debí dejarte hace tres años, ni comportarme como una niña caprichosa. Te quería muchísimo, pero me pudo el orgullo. Ahora estoy preparada para hacerlo mucho mejor, si me das la oportunidad.

—¿Eres consciente de que quiero a otra persona?

—Que no te conviene y que tu familia nunca aceptará.

—¡Empiezas a hablar como todos ellos! —La voz me salió más dura de lo que pretendía y rectifiqué, suavizándola—: Casarnos no es una opción, dime que cuento contigo.

Bajó la mirada y no me respondió. Me incomodó y preocupó a partes iguales. Necesitaba confiar en ella; sin embargo, ese sentimiento era cada vez más débil. La veía desmoronarse ante mis ojos y no quería que me arrastrara con ella.

—Voy un momento al aseo —le dije sin mirarla.

Me puse en pie y crucé el comedor con pasos largos y la vista clavada en el suelo. Empujé la puerta del baño y entré. Suspiré aliviado al no encontrar a nadie dentro. Me acerqué a uno de los lavabos y apoyé ambas manos. Después me miré en el espejo. Contemplé mi reflejo durante unos segundos, con la cabeza llena de pensamientos confusos.

Me peiné con los dedos de forma compulsiva. No me

gustaba nada el cariz que estaban tomando las cosas. Era la segunda vez que Minah insistía en el matrimonio.

La puerta se abrió y el sonido me hizo salir de mi trance. Abrí el grifo y comencé a lavarme las manos. Entonces, a mi reflejo se unió otro.

—¿Sabes quién soy?

Cerré el grifo. Saqué una toalla de papel del dispensador y me di la vuelta mientras me secaba las manos. Lo miré a los ojos y asentí con una leve sonrisa.

—Max, ¿verdad? ¿Qué hay?

—¿Qué haces aquí? —me preguntó con un tono que no me gustó.

Lancé la bola de papel húmeda a la papelera y decidí mostrarme amable. Me habían educado mucho mejor que a él.

—Cenando con una amiga, ¿y tú?. —respondí sin ningún formalismo.

—¿Amiga? —me cuestionó y esbozó una sonrisa mordaz. Fruncí el ceño—. ¿Ella sabe que estás aquí con otra?

«Ella.» Empezaba a entender el motivo de aquella demostración de testosterona.

—Eso no es asunto tuyo.

—Joder, lo sabía. Sabía que estabas jugando con ella y se lo advertí. —Me apuntó con el dedo—. Aléjate de Dani. Déjala en paz antes de que le hagas daño.

—Tú no eres quién para decirme lo que tengo que hacer.

—No se merece que la trates de este modo, así que búscate a otra con la que jugar.

—Te estás equivocando.

—Yo creo que no.

Le dirigí una mirada inexpresiva.

—No sabes nada.

—No hay nada que quiera o necesite saber —dijo mientras hacía una mueca de desprecio—. No te lo repetiré, déjala en paz.

Me crucé de brazos y ladeé la cabeza. Entorné los ojos. Era tan fácil de descifrar.

—¿Ella lo sabe?

—¿De qué hablas? —replicó a su vez.

—Te pregunto si ya se lo has dicho.

—¿Qué?

—Que te gusta.

Se tensó de golpe y enderezó los hombros. Después tragó saliva.

—Aún no, ¿te preocupa que lo haga? —me retó.

Casi me reí. No albergaba dudas sobre Dani y sus sentimientos hacia mí. Ella era completamente libre y me había elegido. Me lo demostraba todos los días.

—Ni un poquito —respondí sin dudar.

—Pues debería.

—¿Que pueda dejarme por ti? Si creyeras que tienes alguna posibilidad, ya lo habrías intentado, ¿verdad? Eres demasiado orgulloso para jugártela sin garantías. Aun así, mírate: amenazándome porque estás tan seguro de tener siempre la razón que no contemplas que puedas estar haciendo el ridículo.

Parpadeó, menos seguro, y la nuez de su cuello se movió varias veces sobre el nudo de su corbata.

—Pienso decirle qué clase de persona eres.

Saqué mi teléfono del bolsillo y se lo ofrecí.

—Adelante.

Le sostuve la mirada sin parpadear. Sin que mi mano temblara.

Vi como se tragaba la ira que ardía en sus ojos y apretaba los puños. Me guardé el teléfono.

—Si no tienes nada más que decir, sigamos con nuestras vidas —le solté como si nada.

Pasé por su lado y me dirigí a la puerta. La empujé y salí.

—Lo vuestro es un accidente y no tiene ningún sentido, lo sabes mejor que yo —afirmó desde dentro.

La puerta se cerró a mi espalda. En mi mente todo se tornó rojo. Solo sentía las ganas que me hormigueaban en las manos de volver atrás y partirle la cara.

¿Un accidente? Y una mierda.

Estaba harto de que el mundo se empeñara en hacerme sentir pequeño e insignificante. Como si no mereciera nada, y lo bueno que conseguía por mí mismo no fuese más que un error del destino al que no debía apegarme porque, antes o después, alguien se tomaría la molestia de enmendarlo. De recordarme cuál era mi lugar. A qué tenía derecho y a qué no.

Harto de luchar contra miedos e inseguridades.

Contra el viento y sus cambios de rumbo.

Harto de luchar contra las personas que quería y contra mí mismo, cada vez que bajaba la guardia y me preguntaba si no tendrían razón. Si no debería rendirme.

Sin embargo, esta vez no iba a caer en esa trampa.

Dani era lo mejor que me había pasado y nada ni nadie me convencería de que lo nuestro no era más que un error. Un accidente.

47
Jun

Mientras subía la escalera, notaba el cuerpo pesado y la mente espesa. Encadenaba un bostezo con otro y debía parpadear cada dos segundos para enfocar la vista y poder ver dónde pisaba. Estaba tan agotado que llegué a creer que me dormiría de pie si no llegaba pronto arriba. Traté de recordar desde cuándo no descansaba de verdad, sin problemas que solucionar, presiones que gestionar ni llamadas o correos electrónicos que responder. Debía de hacer mucho.

Y si la carga de trabajo no era ya suficiente para perder la cabeza, también tenía que lidiar con el caos en el que se había transformado mi vida personal.

Subí el último tramo y llamé al timbre. Oí sus pasos y después, cómo quitaba el cerrojo.

Dani abrió la puerta y yo me la quedé mirando con una sonrisa somnolienta.

Nunca fallaba, era como una medicina de efecto inmediato.

La miré de arriba abajo. Llevaba el pelo recogido en un moño, sujeto con dos lápices de colores, y un pijama blanco de punto. La abracé al tiempo que inspiraba su olor hasta llenarme los pulmones, una mezcla de vainilla y suavizante para la ropa con olor a coco. Lo guardé en mi memoria, en ese lugar que solo le pertenecía a ella, y que poco a poco iba llenando con los cinco sentidos.

—¿Estás bien? —me preguntó. Negué con el rostro escondido en su cuello—. ¿Quieres algo de comer o beber?

—No, solo dormir.

Me quité el abrigo, las zapatillas y me derrumbé en el sofá. Dani se sentó a mi lado. La miré con una sonrisa y me incliné hasta tumbarme hecho un ovillo con la cabeza en su regazo. La televisión estaba encendida, pero sin volumen, y en la pantalla Hugh Grant y Julia Roberts paseaban de noche por un jardín tranquilo y oscuro. Cerré los ojos y noté la mano de Dani en mi cabeza. Sus dedos se hundieron en mi pelo y los deslizó despacio hacia mi nuca. Era tan agradable que me dejé llevar por el sueño.

—¿Cómo te ha ido con Minah? —me preguntó en voz baja y cautelosa.

—Creo que bien.

—¿Crees?

—Está asustada por la reacción de sus padres.

—¿Y tú?

—Ansioso por acabar con esto cuanto antes. Tú no te preocupes por nada.

—No puedo evitarlo. —Se quedó callada unos segundos mientras con su dedo trazaba mis cejas—. ¿Jun?

—Mmmm...

—¿Qué es lo peor que podría pasarte?

Inspiré hondo.

—Tranquila, sea lo que sea, lo soportaré hasta que se les pase el disgusto.

Me abracé a sus piernas como si fueran una almohada y noté que me hundía en un sueño tranquilo, con la sensación de que todo fuera de aquellas paredes, el mundo exterior en su conjunto, dejaba de ser importante. Eran esos momentos juntos los que me hacían sentir bien y compensaban las preocupaciones.

—Jun...

—¿Mmmm?

—Vamos a la cama, es tarde. —Murmuré un no y me encogí con un poco de frío. Intentó levantarme por los hombros—. Venga, yo también quiero dormir y pesas mucho.

Asentí adormilado y me puse en pie. Con los ojos medio cerrados la seguí a la habitación. Me desvestí gruñendo como un niño enfurruñado y me metí bajo el edredón. Cuando ella se tumbó a mi lado, me pegué a su cuerpo y la abracé. Pensé que sería agradable dormir así todas las noches, con ella, y no solo de vez en cuando. Compartir el desayuno antes de ir a trabajar y reencontrarnos por la noche. Fines de semana en pijama. Más tiempo para estar juntos.

Tantas posibilidades, y me gustaban todas.

Me desperté cuando los primeros rayos de sol se colaban por la ventana. Inspiré hondo y abrí los ojos. Me sentía descansado por primera vez en mucho tiempo. El cuerpo cálido de Dani estaba acurrucado junto al mío, con su brazo rodeándome el estómago y una de sus piernas sobre las mías. Observé su rostro, aún somnoliento. Me sorprendía que pudiera dormir de una forma tan profunda. Ya podría derrumbarse el edifico que ella ni lo notaría. Se le escapó un pequeño ronquido y murmuró algo que no entendí.

Me moví despacio, con cuidado de no despertarla, y salí de la cama. Le eché un vistazo a mi ropa, esparcida por el suelo, y suspiré. Olía a curri desde lejos. Me vestí y fui a la cocina. Preparé una cafetera y luego la puse en el fuego. Después busqué algo que comer, me moría de hambre. Estaba colocando unas rebanadas de pan en la tostadora cuando unos brazos me rodearon desde atrás.

—Buenos días.

Recibí un gruñido como respuesta.

—¿Quieres desayunar?

Otro gruñido y su cabeza se movió contra mi espalda. Me di la vuelta, la levanté por la cintura y la senté en la encimera. La miré intentando no reírme: llevaba el pelo tan revuelto que parecía que había metido los dedos en un enchufe. Busqué sus ojos con la mirada y le di un golpecito en la nariz.

—¿Te has despertado gruñona? —le pregunté mimoso. Asintió y dejó caer la frente en mi pecho—. ¿Qué te pasa?

—No me lo quito de la cabeza.

—¿El qué?

—Lo que me comentó mi hermana —respondió. Le puse un dedo bajo la barbilla y le levanté la cabeza—. Dijo que me había salvado al romper mi matrimonio y que, después de verme contigo, estaba segura de que me había ayudado a dar pasos que yo sola no me habría atrevido.

Inspiré y solté el aire mientras pensaba en sus palabras.

—No sé si te salvó o si te ayudó, pero si las cosas no se hubieran desarrollado como sucedieron, puede que tú y yo nunca nos hubiéramos conocido. ¿Eres capaz de imaginarlo? Yo no —susurré con cara de espanto.

Dani sonrió y ladeó la cabeza mientras sus ojos revoloteaban por mi rostro.

—Tengo un mal presentimiento sobre mi hermana.

—¿A qué te refieres?

—No lo sé.

—Si estás preocupada, puedes llamarla y preguntarle.

Negó con vehemencia y saltó de la encimera al suelo. Su boca se contrajo con una mueca de desdén.

—No voy a llamarla. Además, ¿quién dice que estoy preocupada?

Me la quedé mirando mientras sacaba dos tazas del armario y un par de platos. Luego abrió el cajón de los cubiertos y lo colocó todo sobre la mesa. Por mucho que tratara de fingir frialdad e indiferencia, yo empezaba a conocerla como para saber que no eran esas sus emociones. Algo dentro de ella había cambiado al ver a su familia de nuevo. Podía ver las grietas en su coraza. La necesidad que había estado reprimiendo durante tanto tiempo asomaba a sus ojos con un brillo distinto.

Tras desayunar, me despedí de Dani y fui directo a mi casa para ducharme y cambiarme de ropa. Una hora más tarde, entraba en el estudio con energías renovadas. Me uní a la reunión de equipo, que acababa de empezar. Nos habían llegado las primeras impresiones de la prueba beta y eran mucho más positivas de lo que esperábamos. Nos acercábamos al final. Casi me parecía mentira que lo estuviéramos logrando.

Y después, vuelta a empezar.

Un nuevo proyecto. Nuevos miedos y expectativas. Las ganas de hacerlo mucho mejor.

La puerta del despacho se abrió y Ren asomó la cabeza.

—Vamos a pedir el almuerzo, ¿qué te apetece? —me preguntó.

—¿Hoy qué toca?

—Vegano.

—Entonces quiero *noodles* con verduras y miso.

—Vale. ¿Algo más?

—No. Oye... ¿has visto las pruebas para la carátula?

Ren negó con la cabeza.

—Aún no, ¿por qué? ¿No te gustan?

Me encogí de hombros y solté el aire por la nariz mientras observaba las miniaturas abiertas en la pantalla de mi ordenador. Mi teléfono empezó a sonar. Lo miré de reojo y vi que era mi hermano el que llamaba. Alcé la mano, pidiéndole a Ren que aguardara un momento, y descolgué.

—Hola, perdedor. ¿Ya me echas de menos? —lo saludé con una risita.

—Acaba de enterarse.

—¿Qué?

—Mamá sabe lo de Minah y que estás viendo a otra persona.

El corazón me dio un vuelco y me enderecé en la silla.

—¿Cómo se ha enterado?

—Me acaba de llamar completamente fuera de sí, y me ha preguntado si yo sabía algo al respecto. Voy a verla en este momento, temo que haga alguna tontería como ir a buscarte en ese estado.

—Salgo ahora mismo para allá.

Colgué el teléfono y me puse en pie. Me temblaba todo el cuerpo.

—¿Qué ocurre? Te has puesto pálido.

—Mi madre sabe lo de Dani.

—Joder, Jun...

Tragué saliva y sacudí la cabeza, animándome a mí mismo.

—Iba a pasar más pronto que tarde.

—¿Estás bien?

Lo miré a los ojos. Parecía más asustado que yo.

—No lo sé. Tengo que irme. Hablamos luego.

Cogí mi mochila del suelo y descolgué el abrigo del perchero. Me encaminé a la puerta.

—Jun... —Lo miré por encima del hombro—. No has hecho nada malo. Y me tienes a mí. Pase lo que pase, me tienes a mí.

Esbocé una sonrisa cansada.

—¿Tan mal crees que va a ir que ya me estás consolando?

48
Jun

Salté del taxi en cuanto se detuvo. Miré a ambos lados de la calle y no vi el coche de mi hermano por ninguna parte, aún no había llegado. Tomé aliento y me froté la cara con las manos, nervioso. El corazón me latía tan rápido y con tanta fuerza que pensé que acabaría abriéndome un agujero en el pecho.

No tenía la menor idea de cómo mi madre había acabado enterándose de todo. No es que yo me hubiese escondido, pero sí había sido cuidadoso y las personas que conocían mi secreto no eran muchas y confiaba en todas. Por un segundo, me vino Hana a la cabeza. Una pequeña duda. Y me arrepentí tan rápido como se abrió la puerta de mi casa y vi a Minah salir del interior.

Y me dolió. Joder, cómo me dolió.

La miré mientras se acercaba y apreté la mandíbula. Sus ojos tropezaron con los míos y se abrieron de golpe. No esperaba verme allí. Primero se puso pálida y, a continuación, toda la sangre de su cuerpo se agolpó en su rostro. Se detuvo a mi lado, en la acera, con la cabeza baja y la mirada en el suelo.

—¿Qué le has contado? —quise saber.

—Todo. Y le he dicho que quiero casarme contigo. Lo siento, pero es lo mejor.

—¿Para quién? —mascullé.

—Para todos.

Sonreí con desprecio, tan cabreado que me estaba costando un esfuerzo descomunal controlarme y no perder los nervios.

—Esto no cambia nada, Minah. ¿Y sabes qué? Gracias por mostrarme tu verdadera cara. Ahora tengo más claro que nunca lo que debo hacer.

Aparté la mirada de ella y descubrí a mi madre en la ventana, observándonos. Me encaminé a la casa. No llamé como otras veces. Saqué mis llaves del bolsillo y entré. Dejé la mochila y el abrigo en la entrada, y me dirigí a la cocina, donde se oía un grifo abierto.

Encontré a mi madre llenando el hervidor. Sin mirarme, lo puso en el fuego y colocó una bolsita de té en una taza.

Me faltaba el aire, y cuando se giró hacia mí y pude ver sus ojos rojos e hinchados, me quise morir. Tenía el semblante desencajado, con una mezcla de dolor y resentimiento. De repugnancia y amargura. Todo por mí.

Golpeó la encimera con la palma de la mano y yo di un paso adelante, temiendo que se hiciera daño. Me frenó con una mueca.

—¿Qué clase de hijo humilla e insulta de este modo a su madre? ¿Qué clase de hijo ofende a su madre sin ninguna conciencia y la convierte en un hazmerreír? ¿Qué hijo arrastra el honor de su familia por el fango y no siente ningún remordimiento? —me dijo con rabia.

Inspiré hondo y me arrodillé en el suelo con la cabeza inclinada.

—Lo siento mucho, mamá.

—No tienes vergüenza. ¿Cómo has podido hacerme algo así?

—Porque no me escuchabas.

—¿Qué excusa es esa?

—No es una excusa, es la verdad. No me escuchabas cuando te decía que no quiero casarme de esta forma.

La puerta principal se abrió de golpe y mi hermano apareció un segundo después. Me vio en el suelo y vino a mi lado.

—Mamá...

—No se te ocurra interceder por él —le advirtió ella. Apartó una silla de la mesa y se sentó. Me miró como si fuese un extraño—. ¿Cómo has podido engañarme con tanto descaro? Yo no te he educado de este modo.

—Solo buscaba una salida, lo siento.

—Una salida, dice. ¿Desde cuándo una vida decente y segura, rodeado de personas que se preocupan por ti, es algo de lo que uno deba escapar?

—Ya tengo una vida decente y segura.

—Sabes perfectamente de lo que hablo, Jun. No me faltes al respeto tomándome por tonta.

—No lo hago, eres la persona a la que más respeto en este mundo.

—¿Y esta es tu forma de demostrármelo? ¿Te haces una idea del desastre que has estado a punto de provocar? ¿Y por qué, por una mujer?

—Ella no es la razón.

Me odié por la expresión que apareció en su cara, pero yo no podía hacer otra cosa y, mucho menos, lo que ella quería. Solo aguantar.

—Entonces, es cierto. ¿Quién es?

—Se llama Dani... Daniela.

—¿Qué clase de nombre es ese?

—Es española.

—Ya veo —dijo con desprecio.

Llené mis pulmones con una inspiración. Lo necesitaba para hablar y tratar de arreglar todo el lío que había organizado. Era mi responsabilidad, y solo mía.

—Dani es diseñadora de moda y tiene su propio taller, también una tienda muy cerca de la calle Sloane. Antes de nada, tienes que saber que Hana trabaja para ella y que mi cuñada nunca ha estado al corriente de nada. Lo descubrí hace muy poco y se lo oculté.

Mi hermano abrió la boca y yo le lancé una mirada para que guardara silencio. No iba a permitir que cargaran con mi culpa ni con el enojo de mi madre.

—¡¿Qué?! ¿Hana trabaja para esa mujer? —saltó mi madre.

—Es una coincidencia. Ni ella ni Hae In saben nada de todo esto —insistí.

Me estudió fijamente, intentando averiguar si mentía. Suspiró molesta.

El hervidor comenzó a hacer ruido y ella se levantó para apagar el fuego. Luego se apoyó en la encimera y se me quedó mirando.

—¿Qué más debo saber de esa mujer?

—Tiene treinta y dos años y está divorciada.

—¡¿Divorciada?! —replicó escandalizada—. ¡No me digas que también tiene hijos!

—No, no tiene hijos. —Alcé la cabeza y la miré—. Es una buena persona, mamá. Es inteligente, educada, amable y tiene fuertes valores.

Chasqueó la lengua con disgusto.

—No lo serán tanto, cuando no tiene reparos en salir con un hombre comprometido.

—Esa situación nunca se ha dado, mamá. Minah y yo jamás hemos estado juntos ni lo estaremos. Entre nosotros no hay amor ni nada que se le parezca.

Mi madre cerró los ojos con fuerza y se frotó las sienes como si le doliera la cabeza.

Cuando los abrió, el desagrado que brillaba en su mirada me golpeó en el pecho.

—¿Amor? ¿Qué tiene que ver el amor con esto? El amor no es más que una debilidad. El amor solo causa problemas. No pone comida en la mesa ni paga las facturas, no te abriga ni compra medicinas para tus hijos. No paga sus estudios ni coloca un techo sobre sus cabezas. Pero ¿sabes lo que sí hace? Duele y te enferma. Te desgarra y te abandona. Eso es lo que hace el amor: rompe familias.

Supe que con esas palabras estaba reviviendo su pasado con mi padre, y noté una opresión muy fuerte en el pecho. Mi hermano me miraba sin parpadear, tan preocupado y temeroso que me sentí mal por él. Compartía mi secreto y, aunque no tenía ninguna responsabilidad, sabía que se culpabilizaba por guardarlo para protegerme.

—Puede que tengas razón, pero prefiero correr ese riesgo a vivir día tras día junto a alguien que no amo.

—Deja de decir tonterías —escupió.

—No son tonterías, mamá. Estamos hablando de mi vida y mi futuro.

—¡Exacto! Entonces, ¿por qué no eres más sensato y piensas en ese futuro, en el nuestro, el de esta familia que tanto ha sacrificado por ti?

Se me escapó un suspiro entrecortado, lleno de desesperación.

—Siempre he pensado en vosotros y nunca dejaré de hacerlo, pero elegir a la persona con la que compartir mi vida debería ser solo cosa mía.

—¿Piensas que tu vida es solo tuya? —preguntó en tono sarcástico—. Pues no lo es, también es mía. Yo te la di, y me he sacrificado por mantenerla y cuidarla. Así que vas a hacer solo lo que yo te diga.

—Mamá...

Su mirada sobre mí se endureció.

—Romperás con esa mujer y no volverás a verla. ¡Por Dios, mayor que tú y divorciada, ¿en qué pensabas?!

—¿Y qué tiene de malo?

—No seas ingenuo. No puedes tener una relación seria con una mujer como esa. ¿Aún crees que todos somos iguales? No lo somos y no debes ignorarlo. Debes estar con alguien como tú. Un ganso y un cisne pueden parecerse, pero nunca estarán juntos, ¿lo entiendes?

Me dolía el pecho cuando la oía hablar de ese modo. Más aún, en aquel momento.

—Nunca seré el tipo de persona que mide a otras en esos términos.

—No importa lo que seas, solo lo que los demás crean que eres. El valor que tienes. Y tú eres parte de esta familia y harás todo lo necesario para asegurar su bienestar.

—Mamá...

—¡No quiero oír nada más! Los padres de Minah no saben lo que ha pasado. Gracias al cielo que ella ha tenido la sensatez de venir primero a hablar conmigo y pedirme ayuda. No habría podido soportar la vergüenza de tener que arrodillarme ante esa familia y pedir perdón por tu falta de honestidad y respeto.

—¿Te ha contado que fue ella la que sugirió que fingiéramos?

Asintió y sacudió la mano como si espantara un insecto.

—Fue un error. Ahora ha recapacitado y se ha dado cuenta de sus sentimientos. Tú debes hacer lo mismo.

—No voy a casarme —aseveré más tajante.

Mi hermano suspiró y se frotó la cara con ambas manos.

—Oh, sí que te casarás —me rectificó mi madre—. El próximo fin de semana nos reuniremos ambas familias y tu padre y yo pediremos la mano de Minah. Tú bajarás la cabeza y darás las gracias. Si algo de esto se supiera... No quiero imaginarlo. Todo el barrio ha oído hablar de este compromiso. Existe un acuerdo económico que está a punto de cerrarse. No eres consciente de la realidad, ¿verdad?

Me levanté del suelo con las rodillas temblorosas y la miré a los ojos.

—No lo haré.

—¿Me estás desafiando?

—No, mamá, solo quiero que entiendas que no deseo las mismas cosas que tú y por esa razón no puedo hacer lo que me pides. Me estás condenando a ser un desgraciado infeliz toda mi vida.

La decepción que reflejaba su rostro, la dureza que lo esculpía al mirarme, dolían como una quemadura.

—¿Quién eres tú?, porque mi hijo desde luego que no. Mi hijo no sería tan egoísta como para pensar solo en sí mismo. Así que, dime, ¿eres su hijo o el mío?

Sabía cómo hacer que me doliera. Que me sintiera culpable. Sin embargo, no podía ceder. Y no por Dani. En realidad, no era por ella que yo me estuviera rebelando. Lo hacía por mí mismo y nadie más. El único dueño de mi respiración, mis latidos y mis pensamientos.

Me acerqué a mi madre y la tomé de las manos. Trató de soltarse, pero yo la sostuve más fuerte y la miré con todo el amor del mundo, porque era lo que sentía, un amor grande y profundo. Y creía que ella sentía lo mismo por mí, su hijo, y que ese sentimiento acabaría imponiéndose a todo lo demás. Al final, no somos más que animales con instintos y existen lazos naturales que unen más que cualquier deseo racional.

—Te quiero, mamá. Te quiero muchísimo y agradezco todo lo que has hecho por mí. Gracias a ti soy una buena persona, un hombre trabajador que se esfuerza cada día para ser mejor y que ama a su familia. Sin embargo, no te pertenezco, y es así te guste o no. No puedo vivir como tú dictes, ni casarme con la persona que tú elijas o tener el número de hijos que creas conveniente. Son ideas del pasado, tradiciones que hoy en día no tienen sentido ni lógica.

—Son esas tradiciones y valores los que hacen prosperar a las familias. Son las bases que las mantienen fuertes y unidas.

—Pues a mí no me gustan, ni las comparto. —Bajé la vista un momento y llené mis pulmones—. Mamá, merezco el derecho a elegir y equivocarme, a caer y volver a levantarme. Quiero enamorarme, sentir mariposas en el estómago y arriesgarme a que me rompan el corazón. Quiero sentir deseo por la mujer con la que pase cada noche. O el resto de mi vida. Y si algún día tengo un hijo, quiero que nazca de ese sentimiento, no de un acto meramente físico. Jamás podría tocar a alguien de esa forma sin sentirme la peor persona del mundo.

Mi madre apretó los labios y un par de lágrimas se deslizaron por sus mejillas. Le había prometido que yo nunca la haría llorar. Otra promesa rota. Se soltó de mí con una mueca de desagrado. Esos gestos me perforaban el corazón.

—¿Qué te ha metido esa mujer en la cabeza?

—No se trata de ella. ¡Se trata de mí!

—Pero ¡no se trata de ti! —me gritó—. Como no rectifiques, causarás muchos problemas. ¿Qué va a pensar la gente de nosotros? No podré salir a la calle. Será una vergüenza.

—Yo asumiré toda la responsabilidad. Me disculparé con la familia de Minah e imploraré si es necesario. No es tan grave.

Me encogí bajo su mirada de odio.

—¿Que no es grave? —Vino hacia mí y me empujó con ambas manos en el pecho—. ¡Fuera de aquí! No mereces pisar esta casa si no estás dispuesto a honrarla como se merece.

—Mamá, por favor.

—Vete, y no vuelvas hasta que tengas claras tus prioridades y el lugar que ocupas en esta familia.

—Mamá, no hagas eso. —Mi hermano rompió su silencio.

—¡Sal ahora mismo o te sacaré yo a golpes! —me gritó fuera de sí.

—No puedes hablar en serio —dije casi sin voz.

—Márchate; si no nos valoras, no perteneces aquí.

Hae In se colocó entre los dos y la tomó por los brazos.

—Mamá, te estás pasando.

—¿Yo? —le espetó con desdén—. Piensa muy bien de qué lado estás, Hae In.

Noté la amenaza implícita en su voz y me rompí. Estaba desquiciada y me negaba a que la tomara con mi hermano.

Di media vuelta y me encaminé a la puerta. Agarré mi mochila y el abrigo y salí de aquella casa. Eché a andar con un nudo en el estómago, mientras sacaba mi teléfono para llamar a un taxi. Mi hermano me dio alcance y me detuvo con una mano en el hombro.

—No puedes irte y dejar que las cosas queden así.

—Si me quedo, acabará dándole un ataque.

Hae In se pasó los dedos por el pelo con un gesto de desesperación.

Me miró y vi sus dudas. Los miedos. Su necesidad de solucionarlo, pero no podía. Esta vez no.

—Podrías... —empezó a decir.

—No voy a ceder.

—Joder, ¿acaso no la conoces? —masculló.

Tragué saliva, pero el nudo que se apretaba en mi garganta no se movió.

—Se le acabará pasando.

—Ojalá tengas razón —rogó con la mirada perdida en el cielo.

Su expresión de temor me confundió y asustó a partes iguales.

—¿De verdad la crees capaz de mantenerse firme y echarme para siempre?

Se le humedecieron los ojos y su nuez subió y bajó varias veces.

—No lo sé. Es mi madre y creo que nunca he llegado a conocerla de verdad.

Sus palabras impactaron en mi corazón mientras las asimilaba.

Y entonces mi determinación comenzó a flaquear.

Solo un momento. Porque la duda se convirtió de golpe en enfado. No solo por lo injusta que era la situación, sino conmigo mismo por seguir pensando a esas alturas que todo el mundo tiene un lado bueno que siempre se impone. Por creer que quien te quiere de verdad nunca se interpondrá entre tú y lo que te hace feliz.

Que nunca te hará daño a propósito.

Que no te dejará en el camino, solo porque tropieces.

Que no te abandonará, porque sabe lo que duele.

49
Dani

Me froté los ojos, cansada, y miré la hora en el reloj que llevaba en la muñeca. No me había dado cuenta de que fuese tan tarde. A ese ritmo, no acabaríamos antes de las diez.

—Eva, ¿puedes ver si Hailey y Kristen ya están preparadas? El fotógrafo casi ha terminado con Felice —le pedí a mi ayudante.

—Ahora mismo.

—¿A la vuelta puedes traerme un analgésico? Me duele la cabeza.

—¿Te encuentras mal?

—Cansada, nada más.

Eva se fue en busca de las modelos con los diseños que nos quedaban por fotografiar y yo me acerqué a Mario, el fotógrafo que habíamos contratado para las fotos que conformarían el catálogo de nuestro próximo desfile. Nos había costado mucho esfuerzo y un riñón que aceptara nuestra propuesta, pero ese hombre tenía un talento increíble y había trabajado para grandes marcas y celebridades. Su nombre era una garantía de que llamaríamos la atención de los medios especializados.

—¿Necesitas alguna cosa? ¿Otro café? ¿Algo de comer? —le ofrecí.

—Un agua con gas estaría bien.

Le sonreí y asentí con la cabeza.

—Enseguida te la traigo.

Fui hasta la mesa con el catering que habíamos contratado. Me serví un vaso de agua y me llevé a la boca un trozo de queso. En ese momento, me sonó el teléfono. Lo saqué del bolsillo y se me aceleró el corazón. Descolgué.

—¡Hola! —exclamé.

—Hola —respondió Jun al otro lado—. ¿Ya estás en casa?

—Aún no, la sesión fotográfica se está alargando. ¿Tú ya has terminado en el estudio?

—Estoy a punto de salir. —Hizo una pausa y lo oí suspirar—. Si aún sigues liada, imagino que hoy tampoco podremos vernos.

Me desinflé como un globo. Habían pasado tres días desde la última vez que nos habíamos visto e íbamos a sumar un cuarto. Resoplé desanimada. La Semana de la Moda estaba a la vuelta de la esquina y prácticamente dormíamos en el taller. Aún teníamos todo un mundo que organizar, incluida la planificación de los tiempos y el orden en el que se iba a desarrollar el desfile. Decidir la colocación de los invitados y los medios de comunicación que habían confirmado su asistencia.

Iba a morir.

—No sé a qué hora terminaré aquí —respondí en tono resignado.

—No te preocupes, lo intentaremos mañana.

—Cuando esta locura acabe y ambos estemos libres, deberíamos tomarnos unos días y salir de la ciudad —le propuse.

—Suena bien.

—Podríamos escaparnos a París o a Praga, ¿qué te parece? Son destinos muy románticos.

—Me encantaría escaparme contigo.

—O a un lugar con playa, sol y... ¡mojitos!

—Iré donde tú quieras.

Fruncí el ceño. El tono de su voz sonaba tan plano y apagado.

—Pareces un poco decaído, ¿va todo bien? ¿Has tenido problemas en el estudio?

—Estoy bien, solo un poco cansado.

—¿Seguro?

—Sí, me recuperaré en cuanto duerma unas cuantas horas. —Hizo una larga pausa en la que lo oí inspirar—. Te llamo mañana.

—Vale, descansa —dije con un pequeño nudo en la garganta. Él hizo un ruidito de asentimiento—. ¿Jun?

—¿Sí?

—Te echo mucho de menos.

—Yo también.

Colgó y yo me quedé mirando el teléfono. Una sensación rara me recorrió el estómago. Llevaba unos días en los que notaba a Jun muy serio, como abatido, y cuando le preguntaba, él siempre lo achacaba al cansancio.

Una pequeña duda se instaló en mi cabeza. Como un augurio.

Intenté no darle importancia y creer que, si algo estuviera pasando, él me lo habría contado.

Cogí el agua con gas y me di la vuelta. Me topé con Hana y di un respingo, no esperaba encontrarla allí. Ni tan cerca. Nos miramos. Ambas intentábamos acostumbrarnos a nuestra nueva relación, aunque yo seguía sin tener muy claro cuál era exactamente. Hana siempre había sido muy hermética y no podía decir que fuésemos amigas. Sin embargo, tampoco éramos solo compañeras de trabajo.

Me saludó con una pequeña sonrisa y su mirada cayó a mi teléfono.

—¿Hablabas con Jun? —me preguntó.

—Sí, era él.

—¿Cómo se encuentra?

—Yo diría que bien.

—¿De verdad? —inquirió, como si no me creyera y necesitara confirmarlo. Asentí y un destello de alivio le cambió el semblante—. Menos mal. Cuida de él, por favor.

Me sacudió un presentimiento. Mi corazón reaccionó. Rápido. Latiendo agitado.

—¿Qué quieres decir con menos mal?

Ella me contempló y un caleidoscopio de emociones transformó su rostro. Yo empecé a tensarme por momentos.

—¿No te lo ha dicho?

—¿Qué debería haberme dicho? —pregunté a mi vez. Ella guardó silencio, como si no supiera de qué modo continuar. Empezaron a sonarme todas las alarmas—. Hana, por favor.

—Minah habló con mi suegra hace unos días y se lo contó todo. No solo eso, también le dijo que, por su parte, estaba dispuesta a seguir adelante con los planes de matrimonio.

Parpadeé varias veces, tan sorprendida como confundida.

—¿Fue capaz de algo así?

—Después de eso, Jun y su madre discutieron. Ninguno cedió en su postura y ella acabó echándolo de casa en unos términos muy duros.

—¿Qué significa eso?

—No será bienvenido en nuestra familia hasta que acepte las condiciones de su madre. Ya sabes, que rompa contigo y se comprometa con Minah.

Intenté procesar toda esa información, pero a mi mente le costaba encontrarle sentido.

—¿Quieres decir que todos le vais a dar la espalda hasta que ceda?

—¡No, por supuesto que no! Es solo que, ante los mayores, tendrá que parecerlo —respondió en tono de disculpa.

Me la quedé mirando, tratando de entender una situación que, desde el principio, me había parecido tan inverosímil e injusta, que a esas alturas aún no había logrado comprenderla del todo. Y no dejaban de suceder cosas que escapaban a cualquier lógica. Al menos, a la mía.

Cerré los ojos y pensé en Jun. No me había contado nada y llevaba días fingiendo estar bien, cuando no era ni de lejos así. Su familia acababa de darle un portazo en la cara y yo me sentía responsable, culpable y mil cosas más que no sabía cómo gestionar.

Necesitaba verlo.

—¿Puedo pedirte un favor? —le pregunté a Hana. Asintió con la cabeza—. ¿Podrías darle esto al fotógrafo y echarle una mano a Eva hasta que terminen? Ella sabe qué hacer.

—Por supuesto. ¿Tú te vas?

—Necesito ver cómo se encuentra Jun.

—Dile que lo siento.

Inspiré hondo y la miré.

No pude contenerme:

—Deberías decírselo tú.

Cogí mi abrigo y salí de allí a toda prisa. Me subí al primer taxi que paró y me dirigí al estudio. Con suerte, aún seguiría allí. Apoyé la frente en la ventanilla y contemplé las luces de la ciudad. Mi cabeza era una olla a presión y no encontraba la válvula de escape que pudiera liberar la preocupación y la frustración que sentía.

¿En qué clase de mundo pasaban ese tipo de cosas? ¿En qué mundo una madre apartaba de ese modo a su hijo? Me estremecí solo de pensar cómo debía de sentirse Jun. Me enfadé con él porque había guardado silencio en lugar de contármelo todo desde el primer momento. Me odié a mí misma por no haberme dado cuenta de que algo le pasaba. Por haber ignorado las señales.

No lo encontré en el estudio.

Lo llamé por teléfono, y descubrí con angustia que saltaba el buzón de voz.

Fui a su casa. Una vecina me dejó entrar en el edificio y subí corriendo hasta su puerta. La golpeé con los nudillos varias veces y no hubo respuesta. Pensé en qué otras opciones tenía, pero no se me ocurrió ninguna. Me preocupaba irme y que él apareciera después. Quedarme a esperarlo y que no lo hiciera.

Lo intenté otra vez con el teléfono. Seguía saltando el buzón.

Se me pasó por la cabeza pedirle ayuda a Ren, y lo habría hecho de haber tenido su número. Entonces me di cuenta de que no tenía el número de nadie que estuviera relacionado con él, salvo el de Hana. Había conocido a algunos de sus amigos, pero apenas había intercambiado unas cuantas frases con ellos. Su entorno me era casi desconocido.

De repente, se me ocurrió una locura.

Pero ¿qué podía perder?

50
Jun

La vida de mi padre se apagaba como la llama de una vela a punto de derretirse. Los seis meses que su médico había aventurado empezaban a parecer un milagro muy difícil de alcanzar. Así son este tipo de enfermedades neurodegenerativas raras, no puedes estar seguro de cómo avanzarán ni a qué velocidad. No hay suficientes estudios en los que apoyarse ni pacientes con los que comparar.

No se puede prevenir lo que no se conoce.

Nunca había tenido un enfermo en mi vida antes de mi padre.

Y había sido muy duro desde el primer momento. Enfrentarme a mis sentimientos. A su enfermedad. Ver como se consumía poco a poco y, al mismo tiempo, demasiado rápido. Cada día, más débil. Más frágil. Más dependiente.

Mi padre llevaba un rato despierto y no apartaba los ojos de mi cara. Me incliné sobre la mesita y humedecí una gasa en agua, luego le mojé los labios resecos. Le apliqué un poco de crema con la yema del dedo y me quedé mirando su rostro. Mi madre no había dejado que olvidara lo mucho que él y yo nos parecíamos. Me hizo prometer que borraría su existencia de mis recuerdos, pero jamás me lo permitió. Incluso mucho después de que hubiese olvidado por completo su aspecto, ella lo empujaba dentro de mi memoria como quien cuela un papel bajo la puerta.

Puse mi mano sobre la suya e inspiré.

—¿Sabe? Desde hace unos días hay algo que no dejo de preguntarme. —Al ver que me quedaba callado, movió su dedo bajo los míos, apenas un roce. Le sonreí—. Me pregunto si mi madre se convirtió en la persona que hoy es porque usted la abandonó. O si usted la abandonó porque entonces ella ya era así de dura e inflexible y sabía que no le perdonaría lo que había hecho.

Me incliné y apoyé la frente en el colchón. Noté de nuevo su dedo. Una vez. Y al poco, otra. Me incorporé y lo miré. Sus ojos estaban cubiertos por un velo brillante y me observaban con tanta intensidad que parecía que iban a salírsele de las cuencas. Percibí miedo y desesperación. Impotencia y tanta culpa. Me hablaban a gritos, y yo no podía oír nada. Una lágrima se deslizó por el rabillo de su ojo y yo la atrapé antes de que rozara la almohada.

Le sonreí de nuevo.

—Vamos a estar bien. No se preocupe, los dos lo estaremos. —Su dedo se movió en respuesta—. Por cierto, aún no le he dicho que ya he decidido qué voy a hacer con ese lío del testamento. Abra bien los oídos, porque solo se lo diré una vez —bromeé. Inspiré hondo—. De momento, voy a conservar la librería. Le daré a Rose la oportunidad de sacarla adelante y espero que en un futuro pueda quedársela. En cuanto al piso y el dinero de las cuentas, donarlo para la investigación de enfermedades raras es la mejor idea. Y esto no tiene nada que ver, pero estoy pensando en leerme sus libros. ¿Qué le parece? ¿Hay alguno por el que deba empezar?

Se le escapó otra lágrima mientras me miraba sin parpadear. Se me hizo un nudo en la garganta y apreté los labios, emocionado. Mentiría si dijera que lo había perdonado, que no me seguía doliendo su ausencia y lo que supuso para mí. Para mi hermano. Sin embargo, en aquel momento me sentía más cerca de él que de nadie. Igual de solo. De incomprendido.

Llamaron a la puerta y el sonido me sobresaltó. Miré el reloj. Eran casi las once. Demasiado tarde para cualquier visita, y más en aquella casa. Unos segundos después, Helen entraba en la habitación.

—Jun, fuera hay una mujer que pregunta por ti.

Todo mi cuerpo reaccionó y el corazón se me subió a la garganta. Pensé en mi madre. No pude evitarlo. Ya no descartaba nada, ni siquiera la posibilidad de que también hubiera descubierto el secreto que ocultaban aquellas paredes. Me puse en pie con más seguridad de la que en realidad sentía y salí de la habitación.

—¡Dani, ¿qué haces tú aquí?! —exclamé sorprendido cuando la descubrí parada junto a la puerta.

Me miró avergonzada.

—Hola. Llevo un rato buscándote y esta era mi última opción. Lo siento, no pretendo molestar, pero...

—No molestas —le dije con una sonrisa. Estaba tan contento de verla que tardé unos segundos en darme cuenta de que debía de tener un motivo importante para haberme buscado a ciegas y tan tarde—. ¿Qué ocurre? ¿Estás bien?

—¿Y tú? ¿Cómo estás tú? —me preguntó con una congoja que no se molestó en disimular.

Bajé la mirada y tragué saliva.

—¿Quién te lo ha dicho?

—¿Y qué más da? Lo que importa es que no has sido tú.

—No quería preocuparte.

—Pues lo has hecho.

Me pasé los dedos por el pelo y asentí varias veces. Tenía razón.

—¿Vamos a mi casa? —le propuse.

Aquel no era un buen lugar para que habláramos.

—La mía está más cerca.

—Vale. Voy a despedirme de mi padre —le comenté en voz baja. Le tendí la mano—. Ven, quiero que lo conozcas.

—¿Seguro?

Le dije que sí con un gesto y entré en la habitación, llevándola conmigo. Helen estaba comprobando las constantes de mi padre y nos dedicó una sonrisa al vernos. Anotó los resultados en su cuaderno y salió del cuarto, dejándonos a solas con él.

Nos acercamos a la cama, muy cerca para que él pudiera vernos, y los ojos de mi padre se posaron en Dani.

No sabía muy bien por qué estaba haciendo aquello. No había necesidad de presentarlos, de que se conocieran. A él no le debía ese tipo de consideraciones ni su opinión era importante. ¿O sí? Quizá una parte de mí sabía que, de poder expresarse, él me diría que estaba de acuerdo con nuestra relación. Y en ese momento yo necesitaba ese apoyo más que cualquier otra cosa. Que alguien me dijera que estaba bien.

Tomé su mano, que reposaba inerte sobre las sábanas.

—Seo Won-*nim*, quiero presentarle a alguien. Ella es Dani y es mi... —La miré y tomé aliento. Luego añadí—: Bueno, si algún día tengo un hijo, será con ella. Supongo que eso ya lo explica todo, ¿no?

Dani me dio un codazo y se puso roja. Me reí por primera vez en días.

Mi padre movió su dedo. Una sola vez. Un sí.

—¿Qué le parece? ¿A que es guapa? —Otro sí en la palma de la mano—. Creo que ha venido a pedirle permiso. Quiere saber si le parece bien que salga conmigo. —Me incliné como si fuese a contarle un secreto—. Dígale que no, se pasa el día regañándome.

—¡Jun! —gritó ella, y yo me reí más fuerte.

Helen se asomó y sonrió al vernos. Hasta mi padre parecía que lo hiciera a través de sus pequeños ojos.

—¿Qué? Es verdad —repliqué.

—No es cierto.

—Entonces, ¿no piensas regañarme? —le pregunté con toda la intención.

Ella me sostuvo la mirada. Sabía que me refería a la conversación que mantendríamos más tarde. Negó con la cabeza y sus labios se curvaron con una pequeña sonrisa.

Apreté la mano de mi padre y contemplé sus ojos.

—Bueno, ¿qué le decimos? ¿Tiene su permiso para salir conmigo?

Un toque. Solo uno.

Que yo le devolví.

51
Dani

Lo miré a los ojos y supe que cualquier sufrimiento que admitiera solo era una ínfima parte de lo que estaba sintiendo en realidad. Me dolía verlo de ese modo, esforzándose tanto para mantener la compostura mientras me contaba todo lo sucedido, intentando ser comprensivo, fuerte y seguro de sí mismo, cuando lo que se agitaba en su interior era justo lo contrario.

Jun era como un libro abierto en el que podías leer con los ojos cerrados. No importaba cuánto se empeñara en disimular o aparentar, no podía esconder del todo sus emociones. Y lo estaba pasando muy mal. De la noche a la mañana, su familia lo trataba como a un desconocido. Era su forma de presionarlo.

¿En qué cabeza cabe que algo así pueda estar bien? Nadie se merece que lo doblegue de ese modo. Ni de ningún otro. Estaba mal. No era un perrito al que adiestrar a base de castigos y recompensas.

—No sé qué decir —susurré, cuando él terminó de hablar.

Y era la verdad. No tenía ningún consejo, ni palabra de aliento. Todo habría sonado demasiado falso, porque en ese momento solo sentía angustia y egoísmo. No podía permitirme perderlo. No quería que me dejara por su familia. Me enfermaba imaginarlo con Minah. La única solución a aquel despropósito se reducía a una simple elección: ellos o yo. Y lo único que me nacía era rogarle que se quedara conmigo.

—No tienes que decir nada —convino él. Hizo una pausa y suspiró. Nos encontrábamos en la cocina, uno a cada lado de la mesa. Alargó la mano y cogió la mía—. Siento no habértelo contado antes. No quería preocuparte y que te distrajeras de lo importante.

—¿Lo importante? —lo cuestioné.

—El desfile es importante para ti. Llevas muchos meses trabajando en él.

Lo miré fijamente, mientras él jugueteaba con unos terrones de azúcar, y se me encogió el corazón. ¿En qué momento había empezado a quererlo tanto? Me levanté de la silla y rodeé la mesa. Él sonrió al descubrir mis intenciones y cambió de postura para que pudiera sentarme en su regazo. Me abrazó por la cintura, sin apartar sus ojos de los míos.

Le tomé el rostro entre las manos.

—Tú eres lo más importante, ¿de acuerdo? Así que no vuelvas a hacer algo parecido. Quiero que me lo cuentes todo. Que te apoyes en mí siempre que lo necesites —le pedí.

—¿Siempre?

—Siempre y para siempre. Yo nunca voy a abandonarte.

Me incliné y le di un besito en los labios. Y después, otro. Nos miramos a los ojos y nuestras bocas se acercaron de nuevo. Se acariciaron. Despacio. Me besó en la barbilla, en la nariz, en las comisuras de los labios, y se le escapó una risita cuando intenté atraparlos entre los míos. Sus manos se colaron bajo mi camiseta, erizándome la piel. Despertándome. Calentándome. Mientras seguía besándome por todas partes y mi necesidad no hacía más que crecer. No podía pensar en nada que no fuera lo que estábamos haciendo. La sensación de sus dedos recorriendo mi piel. Mi cuerpo aferrándose al suyo como si yo fuera un náufrago y él, tierra firme.

Se levantó conmigo en brazos, pero no llegamos más allá del sofá. No recuerdo cómo nos quitamos la ropa, solo lo que sentía. Las caricias. Los besos. Las yemas de sus dedos hundiéndose en mi cadera. Mi boca dejando marcas en su cuello.

Él buscándome. Yo acogiéndolo.

Moviéndonos despacio. Enredados.

Todo era tan intenso que me ahogaba entre sus brazos. En sus ojos ardientes y amorosos.

En el nudo que se apretaba entre mis piernas. En palabras vagas y confusas. Hasta que a mi alrededor todo se desdibujó y solo quedó su respiración. La mía. Latidos frenéticos.

No nos movimos durante una eternidad. Sin espacio entre nosotros.

Si hubiera sabido todo lo que ocurriría después.

Lo tonta que sería.

En aquel mismo instante habría fundido mi piel con la suya para que nada pudiera separarnos. Nada.

Me desperté cuando las primeras luces de la mañana iluminaron la habitación. Me giré sobre la almohada y me encontré con el rostro de Jun a solo unos centímetros. Dormía profundamente, con los labios entreabiertos y una expresión tranquila que me hizo sonreír. Lo observé como si no lo hubiera memorizado durante meses. Como si no sintiera que llevaba en mi vida una eternidad.

Me escabullí de la cama con cuidado de no despertarlo. Después, tras una ducha y un poco de café, estaba lista para otro largo día. Abandoné el piso con un cosquilleo intranquilo en el estómago. Me costaba dejar a Jun atrás.

Tomé un taxi y me fui a la galería de subastas donde íbamos a celebrar el desfile. Cuando llegué, Amy ya se encontraba allí, dirigiendo a los operarios que habíamos contratado para que colocaran la pasarela.

—¿Cómo vamos? —le pregunté.

—Si hoy quedan montadas las luces y la prueba de sonido sale bien, podríamos decir que sin contratiempos. ¿Qué tal las fotos?

—Preciosas. Mañana ya tendremos el archivo y podremos enviarlo a imprenta. Y Eva acaba de llamarme para decirme que las bolsitas que daremos como obsequio ya han llegado.

Amy apoyó la cabeza en mi hombro y suspiró.

—¿Crees que sobreviviremos? —me preguntó enfurruñada.

—Espero que sí. —Le rodeé la cintura con el brazo y la zarandeé un poco—. ¿Estás bien?

—Sí. ¿Y tú? —Asentí—. ¿Cuánto hace que no tenemos ni cinco minutos para tomar una copa de vino y hablar de nuestras cosas?

—¿Teníamos una vida en la que hacíamos eso? —bromeé.

Amy rompió a reír y sacudió la cabeza. En ese momento, mi teléfono sonó al recibir un mensaje. Era de Hana, y me pedía que nos viéramos lo antes posible.

Nada más llegar al taller, fui directa a su despacho. Llamé a la puerta y entré sin esperar a que me invitara. Me detuve en el umbral, desconcertada, y me costó unos segundos entender qué estaba viendo. Sobre la mesa había un par de cajas de cartón, llenas con sus pertenencias.

Hana se levantó de su silla al verme. Se acercó con las manos entrelazadas y la mirada en el suelo. Cuando se decidió a mirarme, pude ver que tenía los ojos rojos, como si hubiera estado llorando durante horas.

—¿Qué es todo esto, Hana?

Ella carraspeó e inspiró hondo.

—Dani, dejo el trabajo, lo siento.

—¿Qué? ¿Por qué?

—Te he llamado a ti antes que a Amy porque hablar primero contigo me parecía lo más correcto. Verás... ya no puedo seguir trabajando aquí, en el mismo lugar que tú.

Parpadeé varias veces. No entendía nada y, al mismo tiempo, una idea terrorífica comenzaba a tomar forma en mi mente. Tragué saliva.

—No sé qué está pasando, pero no puedes irte, y menos así.

—No tengo otra opción, Dani, y lo siento mucho. Sobre la mesa te he dejado el contacto de un par de personas a las que podéis contratar en mi lugar. Respondo por cualquiera de las dos y podrían empezar mañana mismo. También dejo mi agenda e indicaciones. Y, por supuesto, podéis llamarme si tenéis alguna duda.

Mi corazón iba tan rápido que sentí un leve mareo y tuve que apoyarme en la pared.

—Hana. —Pronuncié su nombre como si fuese un ruego desesperado.

—Desde que mi suegra supo que trabajaba contigo, me ha estado haciendo la vida imposible. Esta es la mejor decisión que puedo tomar. Por mi bien y el de mi familia.

—¿Te vas porque ella no quiere que trabajes aquí? ¿Y ya está, lo vas a hacer? ¿Quién se cree que es, la reina de Inglaterra?

—Tú no lo entiendes...

—¿Cómo quieres que lo entienda? Llevas aquí casi cuatro años. Eres amiga de Amy desde la universidad y... y pensaba que tú y yo comenzábamos a serlo. Pero decides marcharte de un día para otro porque esa mujer no quiere que trabajes conmigo.

—Si continúo aquí, ella lo tomaría como una humillación, y es mi suegra, Dani. Además, mis padres la apoyan y le dan la razón.

—Esto es increíble —protesté enfadada—. Echa a Jun de casa y ahora te obliga a ti a dejar tu trabajo, y todo para salirse con la suya. No me atrevo a imaginar la clase de persona que es.

—Sé que piensas que es mala, pero no es tan sencillo como ser bueno o malo.

La miré alucinada. ¡La estaba defendiendo!

—Lo siento, pero yo solo veo a una mujer capaz de cualquier cosa, incluso de hacer sufrir a sus hijos por nada que merezca la pena.

Hana parpadeó para alejar las lágrimas que se arremolinaban bajo sus pestañas. Se sorbió la nariz y me miró a los ojos.

—Espero que entiendas que esto no te lo digo con acritud. Te conozco y sé que eres una persona maravillosa, pero no es suficiente. Tú no lo eres, Dani. La madre de Jun no te aceptará nunca y él es lo bastante orgulloso y cabezota como para no ceder. Al menos, mientras tú sigas apoyándolo.

Noté una punzada dolorosa en el pecho.

—¿Qué estás intentando decirme?

—Jun adora a su familia, y a su madre más que a nadie. Deberías verlo con su hermana pequeña. Nunca ha estado solo, Dani, y ahora, de golpe, no tiene a nadie.

El enfado crecía dentro de mí. También la decepción por una persona a la que era evidente que había sobrestimado.

—Me tiene a mí —respondí a la defensiva.

—¿Cuánto llevas con él, unos pocos meses y ya crees que podrás llenar el espacio de sus padres y sus hermanos, el de sus abuelos?

—No, pero...

Sus ojos negros brillaron con dureza.

—Tienes que dejarlo. Se aferra a ti, por eso ha llegado tan lejos.

—¿Y qué pasa con todo lo que me dijiste aquel día? Me animaste a salir con él. Recuerdo perfectamente tus palabras. Que no te importe lo que piense esa gente, es lo que dijiste.

—No sabía que se trataba de él.

—Ya, y eso lo cambia todo, ¿verdad? —repuse con desdén. Inspiré hondo, demasiado nerviosa—. Él me importa mucho, Hana.

—Con más razón para que no seas egoísta.

—¡¿Quién, yo?!

—Dani, te he oído hablar con Amy sobre tu familia tantas veces que es como si los conociera desde siempre. Y también a ti. Por eso sé lo mucho que has sufrido lejos de ellos. Cada día señalado, cada aniversario importante... ¿Es lo que quieres para Jun?

Por supuesto que no quería que él pasara ni por una minúscula parte de lo que yo había sufrido con mi familia. Lejos de mis padres, de mis abuelos, de todas las personas a las que quería. Sintiéndome sola y triste en una ciudad extraña, mientras observaba a través de una ventana como el resto del mundo hacía y compartía su vida. Mi propia familia lo hacía sin mí.

Sin embargo, no se trataba de lo mismo. Mi situación y la de Jun no tenían nada que ver.

—Eso ha sido un golpe bajo, Hana.

—Solo es la realidad, y no siempre es como nos gustaría.

—Ni tan difícil —repliqué con amargura.

Ella apartó la mirada y en su cara apareció una expresión que no fui capaz de interpretar. En silencio cerró las cajas y las cargó contra su pecho. Después se encaminó a la puerta.

—Adiós, Dani. Cuídate mucho —susurró al pasar a mi lado.

Me senté en la mesa, con las manos temblorosas y el corazón en la garganta, intentando digerir lo que acababa de pasar. Las palabras de Hana se repetían en mi cabeza. Hacían mella.

Me aterraba que hubiera algo de verdad en las cosas que había dicho. Que yo no fuese más que una piedra en el camino de Jun. La razón por la que se encontraba en esa situación.

Me había colado en su mundo sin conocerlo. Sin comprenderlo. Y me daba miedo haber causado un daño irreparable al creer que el amor lo resuelve todo, porque no es así.

El amor puede transformarse en el problema.

Puede convertirse en la herida.

En la enfermedad.

52
Jun

Estaba tan cabreado que no era capaz de pensar con claridad. Enfadado con el mundo y enfadado conmigo mismo porque nada tenía sentido para mí. Era incapaz de entender lo que estaba ocurriendo. La locura en la que mi vida se había visto envuelta de un día para otro.

Entré en mi coche y conduje hasta la casa de mis padres. Aparqué en doble fila y me encaminé a la puerta como si otra persona me hubiera poseído. Me peleé con el manojo de llaves hasta dar con la que buscaba y la metí en la cerradura. Traté de girarla, pero no se movió. Lo intenté de nuevo, y gemí al darme cuenta de que la mía ya no servía.

¿Se había vuelto loca?

Di un puñetazo a la puerta. De repente, esta se abrió y apareció la cara de mi hermano. Se puso pálido al verme.

—¿Qué haces tú aquí? —masculló.

—Aparta —le dije al tiempo que trataba de abrirme paso entre su cuerpo y el marco.

Me dio un empujón que me hizo retroceder.

—¿Has perdido el juicio?

—Ella es la que ha perdido la cabeza.

Intenté entrar, pero mi hermano detuvo mi acometida.

Trastabillé y ese tropiezo le dio la oportunidad de coger su maletín del perchero y salir fuera, cerrando la puerta a su espalda. Me agarró por el cuello del abrigo y me obligó a caminar hacia la calle. Traté de resistirme, pero Hae In siempre había sido más fuerte que yo.

—Dame las llaves del coche —me exigió.

—No.

—Dámelas.

Sacudí la cabeza como el niño enrabietado que era en ese momento. Hae In no se lo pensó. Me aplastó contra mi coche y rebuscó en mis bolsillos hasta encontrarlas. Luego abrió la puerta, lanzó su maletín dentro y me hizo subir en el asiento del copiloto. No dejó de amenazarme con el dedo hasta que rodeó el vehículo y se sentó frente al volante.

Me lanzó una mirada asesina y se puso en marcha.

—¿De verdad pensabas irrumpir en casa y hablar con ella en este estado?

Me froté la nariz con el dorso de la mano y, después, los ojos húmedos.

—Ha cambiado la cerradura —mascullé con la vista clavada en la ventanilla.

—Lo sé, y lo siento —dijo apesadumbrado.

—¿Es cierto que ha obligado a Hana a dejar el trabajo?

Hae In me miró mientras conducía.

—¿Por eso has venido?

—Se ha vuelto completamente loca. Loca de remate.

—No hables así de mamá, Jun.

—Y tú también, por quedarte de brazos cruzados mientras ella se comporta como una lunática.

—¿Y qué esperas que haga? —me espetó de malos modos.

—Joder, que se trata de tu mujer.

—Por eso no deberías meterte.

Y perdí los nervios.

—¡Eres un calzonazos!

—Jun...

—Es la verdad. Nunca haces nada. Nunca dices nada. Dani y Hana eran amigas. Se llevaban bien y ahora ni siquiera pueden ocupar el mismo espacio. Tu mujer ha tenido que dejar su trabajo y mi novia se siente culpable. Y por qué, ¿eh? Porque nuestra madre solo piensa en sí misma. En lo que ella quiere y cuándo lo quiere. ¡Y le importamos una mierda! —gritaba fuera de mí.

Me ardía el pecho como si tuviera ácido en su interior y necesitaba aliviarlo de algún modo para poder respirar. Necesitaba que mi hermano reaccionara por una vez y se pusiera de mi parte con algo más que palabras que nunca decía en voz alta.

De repente, frenó el coche. Mi cuerpo rebotó en el asiento y el cinturón de seguridad me dejó sin aire. Mi hermano comenzó a golpear el volante entre sollozos y maldiciones. Dos. Tres. Cuatro. Cinco veces. Sus nudillos empezaron a sangrar. Me impactó tanto esa imagen que me paralicé. Detrás de nosotros, varios coches tocaban el claxon con insistencia. Hae In soltó su cinturón, agarró el maletín y sacó de él un gurruño de papeles que lanzó al salpicadero. Luego saltó del coche y comenzó a alejarse.

Yo también me bajé.

—¡¿Adónde vas?! —grité más asustado que enfadado.

Se detuvo y me señaló con el dedo.

—Eres un puto crío, Hae Jun. Eso es lo que eres. Madura de una vez, porque no eres mejor que yo ni de lejos.

Después continuó andando y lo perdí de vista.

Entré en el coche cuando un tipo me amenazó con llamar a la policía y continué la marcha.

Me sentía fuera de mi propia piel. Nunca había discutido con Hae In, y menos con esa violencia. No tenía ni idea de qué bicho me había picado. Yo no era así de borde y agresivo. Siempre había sido una persona tranquila, paciente, a la que le costaba alterarse. Solía meterme con Ren porque prefería ceder a discutir. Confiar en lugar de sospechar. Y yo no era muy distinto. Si bien esta vez había explotado sin ninguna contención y yo mismo estaba sorprendido.

Me había pasado con mi hermano y no tenía excusa.

Portarme mal con Hae In me hizo pensar en Yu Ri. No sabía nada de ella desde hacía días y me sentí aún peor. Miré la hora y conduje hasta su instituto. Si me daba prisa, podría verla a la salida.

Aparqué frente al edificio y la esperé fuera del coche. Cinco minutos después, las puertas se abrieron y decenas de estudiantes salieron en estampida.

La divisé a lo lejos y alcé la mano para llamar su atención. Me vio. Le sonreí. Pensé que vendría corriendo a mi encuentro y me saltaría encima, como hacía siempre, pero no lo hizo.

Se acercó arrastrando los pies.

—¿Qué haces aquí? —me preguntó.

—Yo también me alegro de verte —repuse con ironía. Le tiré de la coleta y ella me dio un empujón. Una pequeña sonrisa se dibujó en su cara—. ¿Vas a casa?

—Tengo clase de piano.

—¿Te llevo?

Se encogió de hombros. Tomé su mochila y la ayudé a subir al coche. Me puse en marcha, mientras la miraba de reojo. No estaba acostumbrado a verla tan seria. Tan rígida e inexpresiva. Normalmente era todo lo contrario: inquieta, ruidosa y muy cariñosa. Le costaba contenerse y siempre hablaba sin pensar. Decía las cosas como las sentía, sin filtros, y eso era lo que más me gustaba de ella.

—¿Qué tal estás? —le pregunté.

—Bien.

—¿Y las clases?

—Bien.

Asentí y solté el aire por la nariz.

—¿Cómo van las cosas en casa?

Giró la cabeza y me miró fijamente. Le sostuve la mirada y por fin las vi: un montón de emociones reflejándose en su cara como si alguien las proyectara a toda velocidad.

—¿Tú qué crees? —me espetó, y no se detuvo ahí—: Mamá se pasa los días enfadada y las noches llorando. Todo le molesta y le sienta mal. Ni siquiera puedo escuchar música en mi cuarto sin que venga a decirme que cómo puedo comportarme como si no hubiera pasado nada. Estar en casa es insoportable, y todo por tu culpa.

Apreté los dientes y me tragué una maldición.

—Lo siento mucho, Yu Ri.

—Vosotros provocáis los problemas, pero soy yo la que los sufre, y no es justo.

—Tienes razón, y no debería ser así.

—¿Tanto te importa esa mujer, que has creado este lío? ¿Más que tu familia? —me preguntó con ojos brillantes.

Parpadeé, afectado por la amargura y los reproches que destilaban sus palabras. Negué con la cabeza y tragué saliva.

—No se trata de eso.

—Te has ido con ella y pasas de nosotros. No te importamos. —Hizo una pausa y apartó la mirada—. Yo no te importo.

—No me he ido con nadie, Yu Ri. Y claro que me importas. Me importas muchísimo.

Se quedó callada, con la vista clavada en el parabrisas, mientras se retorcía los dedos sobre la falda del uniforme escolar. Era una niña, pero en ese momento lo parecía mucho más. Me pasé la mano por la nuca, frustrado y preocupado por ella. Me había estado comportando como si mis problemas solo me afectasen a mí y no era tan simple.

Mi abuela solía decir que los miembros de una familia son como las columnas de un edificio: si una se rompe o desaparece, el resto tendrá que cargar con su peso. Empezaba a entender a qué se refería.

—No estoy haciendo esto por esa mujer, y se llama Dani, por cierto. Lo hago solo por mí... y también por ti —añadí. Ella me miró y frunció el ceño, cuestionándome—. Es cierto. Te gusta ese chico, ¿verdad? El friki de los Pokémon. El que te robó el puesto de delegada. ¿Cómo se llama...?

—Philip —respondió.

Sonreí.

—Es verdad que te gusta, ¿eh?

Me fulminó con la mirada y yo borré la sonrisa. Ella ocultó la suya tras la mano.

—Lo odio.

—Vale, pues imaginemos que te gusta y dentro de unos años. Muchos años. Cuando seas muy vieja... —Yu Ri puso los ojos en blanco—, comenzáis a salir. Y mamá llega un día y te dice que debes dejar a Philip y casarte con el hijo del panadero.

—¿El señor Ko? —saltó pasmada. Asentí—. ¿Casarme con Ko Eun Ho? —Asentí de nuevo y su expresión se tornó en pánico—. Ni loca. ¡Jamás!

—Pero mamá querrá obligarte.

—¿Por qué?

—Porque la familia del señor Ko es coreana y respetable, y nos dará pan gratis todos los días.

Yu Ri se me quedó mirando y suspiró. Era muy lista y entendía perfectamente lo que intentaba decirle.

—Pero no es lo mismo, Minah es guapa y simpática. Es imposible que no te guste.

—Para mí, Dani es Philip. Y Minah es como Eun Ho para ti. ¿Puedes entender eso?

—Por supuesto, no soy una niña —replicó con aires de suficiencia.

Me reí. Puse el intermitente y me detuve frente a la academia de piano donde daba clases dos veces por semana. La miré y le tiré de nuevo de la coleta. Ella me dio un manotazo.

—Siento haberte complicado las cosas, enana.

—No pasa nada.

—Avísame si se pone difícil.

Sacudió la cabeza y se bajó del coche. La observé hasta que entró en el edificio y después apoyé la frente sobre mis brazos en el volante. Cerré los ojos un momento y al abrirlos me fijé en el gurruño de papeles que Hae In había dejado. Lo cogí y vi que era correspondencia a mi nombre. Un par de facturas y una carta que venía desde Corea. Reconocí los sellos y el membrete del sobre, y supe lo que había dentro.

¡Lo que me faltaba!

53
Jun

Un día te levantas y te das cuenta de que has perdido algo. No estás muy seguro de lo que es. Notas la ausencia, la falta de ese peso que antes estaba ahí. El agujero que ha dejado. Te miras en el espejo. Fuerzas la mirada en ese reflejo, intentando descubrir qué ha cambiado. Y lo sientes. No, en realidad, es lo que no sientes lo que percibes.

Ya no está.

Ha desaparecido.

Todo rastro de inocencia.

Es imposible conservarla cuando la persona que espantaba a los monstruos bajo tu cama se convierte en el que habita en el armario. No lo ves, pero sabes que está ahí, al acecho, arrancándote un trocito cada día. Agrandando ese vacío que él mismo ha provocado. Desenterrando carencias sin suplir que emergen con más fuerza que nunca.

—Ha sido imposible entregar las flores que nos pidió —dijo el repartidor de la floristería al otro lado del teléfono.

—¿No había nadie en casa? —pregunté extrañado.

—No se trata de eso. Lo que quiero decir es que no han aceptado la entrega y me han pedido que me las lleve de vuelta.

Noté un crujido dentro de mí y otro trocito se desprendió.

—Entiendo —suspiré. Cerré los ojos y me pellizqué el puente de la nariz—. De todos modos, gracias.

—¿Qué quiere que haga con las flores?

—Lo que mejor le parezca.

Colgué el teléfono y me repantigué en la silla con la mirada perdida en la ventana. Me sentía como si estuviera en un limbo extraño. Como si me hubiera quedado atascado en ese momento en el que no estás dormido, pero tampoco despierto. Donde realidad y pesadillas se mezclan y no distingues qué es real y qué no.

Ren se levantó de su silla y vino a mi mesa. Se apoyó en la esquina y me dio un toquecito en la rodilla con la pierna. Lo miré.

—Es tu abuela, y es su cumpleaños, deberías haber llevado tú mismo las putas flores —me dijo.

—¿Y provocar otra discusión o algo peor? No merece la pena. Además, dudo que pudiera llegar más allá de la puerta.

Ren sacudió la cabeza, con los brazos cruzados sobre el pecho.

—Toda esta historia es surrealista. Debe de haber algún modo de arreglar las cosas y que tu madre entre en razón.

—Lo hay, pero no pienso dar marcha atrás. Aunque tampoco sé cómo seguir adelante. Empiezo a sentir que estoy metido en un agujero del que no sé salir. —Me lo quedé mirando. Evitaba mencionarle su pasado, pero él era el único con el que podía hablar—. ¿Cómo lo hiciste tú?

—¿El qué?

—Soportarlo.

Bajó la vista un momento y una sombra cruzó por su rostro. Después me sonrió.

—Había un idiota que nunca me dejaba en paz. Siempre estaba dando vueltas a mi alrededor y no había forma de quitármelo de encima. Así que pasaba más tiempo peleándome con aquel pesado que pensando en lo que de verdad me estaba ocurriendo.

Me reí.

—Vale, solo necesito un idiota.

De repente, Ren pegó un bote y se me subió al regazo. Me aplastó contra la silla y mis pulmones se vaciaron de golpe.

—Ya tienes uno, tontín —ronroneó el muy capullo.

—Oye, quítate de encima. —Intentó abrazarme mientras yo forcejeaba para que no lo hiciera—. Joder, Ren, no seas crío. Aparta... —Frunció los labios de forma exagerada—. ¡Como me beses...! —Agarró mi cara y me plantó los labios en la mejilla—. Argh... Dios, ¿qué has comido?

—¿A que funciona? Ahora solo piensas en mí.

Lo cogí por el cuello.

—No puedes ser más tonto.

—Dame otro besito.

Logré empujarlo y quitármelo de encima.

—Vete a la mierda. Me están dando ganas de alistarme solo para perderte de vista.

Abrió mucho los ojos y me miró como si lo hubiera ofendido. De un manotazo cogió la carta que mi hermano me había dado días atrás y que estaba sobre mi mesa. Hizo el ademán de romperla y me lancé a quitársela.

—¡No se te ocurra, los datos para pedir el aplazamiento están ahí! —le grité.

—¿Y qué pasa si no vas nunca? ¿Van a venir a buscarte?

—Y me detendrán. E iré a la cárcel. El servicio militar es obligatorio.

—Pide la nacionalidad inglesa. No puedes dejarme tirado durante dos años.

Puse los ojos en blanco. Ya estábamos otra vez. Habíamos discutido ese tema un millón de veces.

—¿Y que mi familia reniegue de mí? —Me dedicó una sonrisita sarcástica que decía «Ya lo han hecho», y yo lo fulminé con la mirada—. Dame la carta.

—No.

—Que me la des.

La puerta se abrió y Luke asomó la nariz. Resopló al vernos correr alrededor de la mesa.

—Y por vosotros dos, mi madre no cree que tengo un trabajo de verdad —se burló.

—Ni siquiera puede creer que seas su hijo —replicó Ren.

—Venía a deciros que la copia está a punto de terminar, pero... ¡que os den!

Ren y yo nos miramos.

Mi corazón entró en barrena. Aparté a Luke y corrí hasta la mesa de Erin. Miré la pantalla de su ordenador. La barra de carga del programa marcaba un noventa y cinco por ciento. Inspiré hondo. No recordaba haber estado tan nervioso nunca. Noventa y nueve...

Cien.

El ordenador expulsó el disco. Levanté las manos para que nadie lo tocara. Crucé la mirada con Ren y él asintió con la cabeza. Lo cogí como si fuese una pompa de jabón que podría explotar al más mínimo roce.

Resoplé emocionado.

Sostenía la primera copia de nuestro juego completo y terminado. Me parecía mentira haberlo logrado.

El silencio era sepulcral, porque el momento lo merecía. Al principio nadie apostó por nosotros, pero allí estábamos tres años después. Todos juntos. Más grandes que nunca.

—¡Batalla! Quien gane lo prueba primero —grité.

Y se desató la locura.

54
Dani

Salí de casa a primera hora de la mañana, sin apenas dormir y con la adrenalina del desfile corriendo aún por mi cuerpo. Todo había salido bien, sin contratiempos, y me sentía feliz. También un poco triste. Cuesta aceptar que meses y meses de trabajo muy duro queden reducidos a un evento de tres horas en el que te lo juegas todo.

Ahora nos tocaba cruzar los dedos y esperar que las críticas fuesen positivas. Y la parte más difícil, que las tiendas importantes como Harrods, Liberty London o Harvey and Nichols apostaran por nuestros modelos y quisieran comercializarlos.

¿Dar el salto fuera de Inglaterra...? No me atrevía a soñarlo.

Me sorprendió encontrar a Eva en el taller tan temprano.

—¿Qué haces aquí? —quise saber mientras colgaba mi abrigo y el bolso en el perchero.

—No he podido pegar ojo y en casa me estaba volviendo loca. Prefiero trabajar.

Me reí con ella. Después me recogí el pelo en un moño.

—Pues vamos allá.

—¿Qué quieres hacer?

—¿Avanzamos con la colección nupcial?

Eva asintió encantada con mi propuesta. Nos pusimos manos a la obra y la mañana pasó en un suspiro. Amy apareció a la hora del almuerzo con una botella de champán y un montón de buenas noticias. Varios periódicos hablaban de nosotras y los blogs y webs especializados nos señalaban como «una de las grandes sorpresas de la Semana» o «la firma emergente con la que todo el mundo querrá vestirse».

Al día siguiente, Harvey and Nichols pidió reunirse con nosotras. También recibimos una llamada de Galeries Lafayette, una cadena francesa de grandes almacenes de lujo que operaba en varios países. Por suerte, era Amy la que se encargaba de esa parte del negocio y yo podía volver a mi burbuja de patrones y tejidos. A soñar despierta con diseños y tendencias. A mis lápices de colores y cuadernos de dibujo.

A mi rutina.

Al menos, durante un tiempo.

—¿Lo de siempre? —me preguntó Jun.

—Sí.

—Un *latte macchiato* y un americano, por favor.

Lo observé sin contenerme y una sonrisa lenta apareció en mi cara. Había pasado mucho tiempo desde la última vez que nos escapamos para tomar un café a media mañana. Nuestra mesa junto a la ventana estaba libre y la ocupamos. Fue como volver atrás en el tiempo, a esas primeras veces en las que aún no éramos nada, pero lo queríamos ser todo. Cuando los deseos se quedaban en ganas y mi corazón apenas podía soportar su presencia.

Esa parte no había mejorado ni un poquito.

Pum, pum, pum... Bastaba con una minúscula molécula de su aroma en el aire para que mis latidos se dispararan.

—¿Qué? —se interesó al ver que no dejaba de observarlo.

—Echaba de menos estar así contigo.

—Yo también.

Sonrió de medio lado mientras removía el café. Me miró y yo no pude evitar fijarme en las manchas oscuras bajo sus ojos. Últimamente no tenía buen aspecto. Su mirada ya no brillaba, oculta tras un velo melancólico. Se mostraba callado y taciturno. Distraído y sin energía. Triste cuando bajaba la guardia y olvidaba fingir.

No hablaba de lo que le estaba pasando y eso me preocupaba. Era tan evidente que no se encontraba bien, por mucho que se esforzara en aparentar lo contrario. Su rostro no sabía mentir. Hice como si no me diera cuenta y continuamos observándonos. Yo, sin saber qué decir y él, perdido en sus pensamientos.

—No imagino lo feliz que debes de estar —le dije. Él levantó una ceja, curioso—. Por haber acabado el juego.

—Aún no me lo creo. Ha sido muy difícil, pero ya está. Terminado.

—¿Y cuál es el siguiente paso? —me interesé.

—Ya no depende de nosotros. En este momento hay un equipo de Sony sometiéndolo a un último análisis. Si va bien, lo siguiente será fabricar las copias y después, distribuirlas para su lanzamiento.

—¿Y cuándo será?

—En junio, y coincidirá con el E3, la convención más importante de la industria del videojuego. Se celebra en Los Ángeles y este año Ren y yo vamos a presentar allí nuestro juego. Nos lo han comunicado oficialmente esta mañana. —Se tocó el pecho con la mano—. Siento que me va a dar un ataque solo de pensarlo.

Apoyé los codos en la mesa y me incliné hacia delante para no perderme ni un solo segundo de esa sonrisa sincera que se había dibujado en su cara.

—Os lo merecéis, habéis trabajado mucho.

Ladeó la cabeza y se mordió el labio inferior. Ese gesto me hizo contener el aliento.

—¿Me acompañas? —me preguntó.

—¿A Los Ángeles?

—Querías hacer un viaje, y este puede ser muy divertido.

Noté que me ruborizaba y bajé la mirada. Lo cierto era que me encantaba la idea, pero se trataba de un viaje de trabajo, al que también iría Ren, y no quería convertirme en un estorbo por el que tuvieran que preocuparse.

Entonces, como si me hubiera leído la mente, añadió:

—Es muy probable que se apunte Emily, la novia de Ren. Podríais hacer cosas juntas mientras nosotros asistimos a las presentaciones y conferencias. Es muy simpática y estoy seguro de que os haríais amigas.

—¿Me lo estás proponiendo en serio?

—No, solo intento quedar bien —respondió muy serio.

—¿Perdona?

Rompió a reír y movió la silla hasta colocarse a mi lado. Me besó en la sien.

—Me encantaría que me acompañaras. Me sentiré muy solo si no lo haces —dijo con los labios pegados a mi piel. Luego me dio un mordisquito en la oreja—. Ven conmigo.

Me estremecí con un escalofrío y sonreí.

—Veré lo que puedo hacer.

—¿Quieres que quedemos con ellos y así la conoces?

—¿A Emily?

—Ajá.

—¿Quieres que conozca a la novia de tu mejor amigo? Esto comienza a ponerse un poco serio, ¿no crees? —bromeé.

—No mucho más que decirle a mi padre que eres la futura madre de mis hijos.

Me atraganté y empecé a toser. Era cierto, lo dijo y yo tuve que presenciarlo. ¡Qué vergüenza!

Jun se echó a reír.

—¿Y tú qué, todo bien con el desfile? Apenas me has contado nada.

Me giré hacia él y me llevé las manos al pecho.

—Están pasando tantas cosas que no sé por dónde empezar. Pero te lo puedo enseñar —le dije. Abrí mi bolso y saqué la carpeta donde guardaba los recortes de prensa y los artículos de internet que había ido recopilando—. Mira, esto es todo lo que han dicho sobre nosotras. ¿A que es genial?

Jun abrió la carpeta y hojeó los recortes. Se detuvo en las fotos. En una en particular en la que aparecíamos Amy, James, Max y yo. Nos la hicieron durante la breve fiesta que tuvo lugar al finalizar el evento.

—Fue una pena que no pudieras venir —dije en voz baja.

—Me habría encantado.

—La próxima vez. En septiembre se celebrarán los desfiles de primavera y es muy posible que participemos.

Sonreí y contemplé su rostro, mientras él continuaba con los ojos clavados en la foto. Inspiró y soltó el aire con un suspiro, mucho más serio.

—Siempre te toca.

—¿Qué? —No sabía a qué se refería.

Señaló la foto. La mano de Max en mi cintura. Me fijé en la imagen con atención y noté un tirón incómodo en el estómago. Esa noche me había puesto un top de encaje muy corto y los dedos de Max se extendían por mi cintura desnuda hasta casi rozar mi ombligo. Se podía apreciar la presión que ejercían en mi piel. En aquel momento, no fui consciente de que estuviera pasando. Apenas lo recordaba a mi lado. Ahora, la sensación no era agradable.

No supe qué decir.

Miré de reojo a Jun, intentando averiguar por su expresión qué estaba pensando.

—¿Sabes que le gustas? —soltó de pronto.

Otro tirón sacudió mi estómago. Sí, lo sabía. Me había dado cuenta durante la cena de Nochebuena, después de que discutiéramos en la terraza. Regresé a casa con el eco de esa idea rebotando dentro de mi cabeza. Sin embargo, había decidido ignorarla y seguiría haciéndolo. Amy era mi mejor amiga y sus padres me trataban como a una hija. Si las cosas se ponían raras con Max, la situación cambiaría.

—No hay nada de eso, Jun. Te lo aseguro.

Se me quedó mirando fijamente, sin decir nada. Por sus ojos desfilaba un caleidoscopio de emociones confusas que ni él mismo parecía capaz de gestionar. Me sentí mal al darme cuenta de que el ambiente entre nosotros había cambiado. Éramos como una montaña rusa.

Señalé la foto.

—¿Te molesta esa mano, el que me toque?

Negó con un gesto.

—Solo es piel con piel, Dani. Me molestan los pensamientos que la han puesto ahí y que tú prefieras ignorarlos.

—No es eso lo que estoy haciendo.

—Ah, ¿no? —me cuestionó—. Yo creo que sí, y mientras continúes fingiendo que no pasa nada, él seguirá comportándose de forma inapropiada y pensando que tú y yo no somos más que un accidente al que puede ponerle remedio.

—¿Un accidente? —pregunté agitada. Me sacudió un pálpito—. Espera... ¿Max y tú habéis hablado? ¿Él te ha dicho esa barbaridad? —No lo negó—. ¿Cuándo?

—No creo que importe.

Cerré los ojos un instante. Después cogí su mano y la sostuve entre las mías. Había metido la pata por culpa de esa absurda costumbre de evitar las situaciones incómodas. Las conversaciones molestas. Siempre prefería ignorar las complicaciones, como si estas pudieran desaparecer solo por mirar a otro lado. Primero, con Max al no enfrentar sus sentimientos. Ahora, con Jun al intentar convencerlo de que no pasaba nada.

Aunque con él esa táctica no funcionaba y ya debería saberlo.

—Discutí con Max en Nochebuena —comencé a explicarle—. Dijo que no entendía por qué salía contigo. Fue entonces cuando me di cuenta de lo que él sentía, pero no he hecho nada por lo que pueda pensar que tiene alguna posibilidad...

—Eso ya lo sé, Dani —me cortó.

—¿Entonces?

—¿Has hecho algo que le deje claro que no tiene ninguna? Porque de haber sido así, ahora yo no me sentiría molesto viendo esta foto, ni incómodo al pensar quién más la verá.

Me llevé la mano al pecho de forma inconsciente y tragué saliva. La realidad me golpeó al comprender la complejidad de los pensamientos de Jun, que yo no había sabido interpretar. Él se había visto obligado a decidir entre su familia y yo. Me había elegido a mí, y esa foto iba a convertirse en una burla hacia sus sentimientos a ojos de su familia.

—Lo siento mucho, Jun.

—No te disculpes. No has hecho nada malo, pero... —Se frotó la frente con la mano y exhaló un suspiro—. Da igual, no importa.

—Importa, Jun. Sé lo que estás pensando y lo que te preocupa en este momento. Si tu madre ve esa foto...

—Pensará que soy un gilipollas y que ella tiene razón —me cortó alterado.

Me estremecí, no estaba acostumbrada a verlo tan enfadado.

Algunas personas se giraron para mirarnos. Jun se puso

en pie. Ansioso y nervioso. Más cabreado de lo que pretendía mostrar y, por su expresión, también estaba sorprendido. Como si se enfrentara a esas emociones por primera vez.

—Jun...

—Debería irme. Ren quiere que hablemos del próximo proyecto.

Estaba huyendo.

Por primera vez lo veía escapar de algo.

De mí.

—Jun...

—Te llamo luego.

Agarró su mochila y salió de la cafetería sin mirar atrás ni una sola vez.

55
Jun

Odiaba la sensación que me apretaba el pecho desde hacía días. Como si me aplastase. No me dejaba respirar. Sentimientos extraños aferrándose a esas partes de mí que no me gustaban. Que no sabía que existían. Primero Hae In y ahora Dani. Me estaba comportando como un capullo con las personas que más quería. No lo hacía a propósito, pero tampoco era capaz de remediarlo y mi mirada se llenaba de reproches. No reconocía mis propios pensamientos.

En mi cabeza y en mi pecho todo estaba borroso. Enmarañado. A ratos, tan deprimido que me costaba moverme. Otros, tan cabreado que no podía respirar. Dormir, un imposible.

Echaba de menos a mi familia. Incluso extrañaba la tortura de los domingos. No te das cuenta de lo unido que estás a otras personas, de lo dependiente que eres, hasta que las pierdes.

Y ese sentimiento de pérdida era lo que más me enfadaba, porque no lo merecían.

Y a mí me hacía sentir débil. Idiota.

Mi madre me había dado la patada y el resto simplemente bajó la cabeza y miró a otro lado. Cada vez que Hae In y Yu Ri se acercaban a mí, lo hacían a escondidas. Mi padre...

mi padrastro... Él había optado por una posición más neutral. Una vez a la semana me enviaba un mensaje en el que me pedía que me cuidara y que siempre acababa con un recapacita, aún estás a tiempo, un hombre no puede vivir sin su familia. Se equivocaba. Un hombre puede vivir sin los suyos, pero es una existencia desdichada cuando sabes lo que has perdido. Del modo que los has perdido. Injusto. Incomprensible.

La vida es tan sencilla como nosotros queramos que sea y no entendía ese afán por complicarla con razones que escapaban a toda lógica. No puede ser que una idea, una creencia, que no es más que un concepto inventado, sea más importante que una persona.

Y me comía la cabeza pensando en esas cosas una y mil veces. Las emociones se me desbordaban y era incapaz de pararlo. Por esa razón había huido de la cafetería y me avergonzaba tanto de haberlo hecho.

No sé qué hora era cuando me levanté de la cama. No podía dormir. Me vestí con un pantalón ancho y una sudadera, y salí a la calle. Me coloqué la capucha al notar el frío en las orejas y empecé a caminar. Mis pasos me llevaron hasta su casa. De pie, en medio de la acera, contemplé la puerta de su edificio.

Inspiré el aire helado y lo exhalé.

Estaba a punto de dar media vuelta cuando la puerta se abrió y uno de los vecinos salió con su perro. Una bolita blanca que comenzó a mover la cola nada más verme. Me agaché y le rasqué la cabecita.

—¿Vas a subir? —me preguntó el dueño.

—¿Qué? —Vi que sostenía la puerta entreabierta. Dudé un momento—. Sí, gracias.

Entré en el edificio. Subí sin estar muy seguro de si hacía lo correcto. Si sería bien recibido después de cómo me había marchado de la cafetería. Llegué a la puerta y alcé la mano un par de veces. No me atrevía a llamar. ¿Qué pensaba decirle, que sentía estar comportándome como un idiota? ¿Otra disculpa? Me pasaba la vida disculpándome. Por todo lo que hacía y por lo que no. A veces incluso desconocía las razones por las que pedía perdón. Lo siento. Vivía con esas dos palabras pegadas a mi lengua.

Cerré los ojos y golpeé la madera con los nudillos.

Esperé mientras contenía el aliento.

Poco después, la puerta se abrió y lo primero que vi fueron sus pies descalzos. Alcé la mirada. Sus ojos brillaban. Y los míos se humedecieron. Existen momentos en los que las palabras no son más que un estorbo. No sirven. Solo contaminan. Suenan a excusas, aunque sean sinceras.

Nos miramos en silencio.

Después di un paso adelante y la abracé. Porque abrazar cuando lo deseas es infinitamente más bonito que cuando te obligan. Uno de esos abrazos que despejan dudas y borran fantasmas. De los que gritan quiero ser valiente, pero tengo miedo. Capaces de viajar atrás en el tiempo, recoger los pedazos y reconstruirlos. Un idioma sin palabras. El único con el que de verdad nos entendíamos.

También el de los besos. Por eso usé mi boca para decirle a la suya que nunca había sentido de tal manera. Que lo que siempre encontraba bajo sus sábanas o era felicidad o se le parecía demasiado. Que el futuro temblaba en nuestros labios y mis problemas terminaban donde comenzaban sus caricias.

Que lo nuestro empezó como un tú, yo y un tal vez.

Tal vez ocurra.

Tal vez funcione.

Tal vez dure.

Pero se había convertido en una historia sin final.

56
Dani

Era la primera vez que Jun y yo salíamos juntos con otras personas. Habíamos quedado con Ren y Emily para comer en un bar situado en Coal Drops Yard, un antiguo almacén de carbón reconvertido en centro comercial.

Pese a todo el tiempo que llevaba viviendo en Londres, nunca me había detenido a visitarlo, y me sorprendió lo bonito que era. Los edificios que lo componían se encontraban separados por un patio enorme, a través del que se accedía a los comercios de la planta baja. Estos edificios estaban a su vez unidos por varios puentes y escaleras al aire libre, que comunicaban los distintos niveles. Un techo de cristal esculpido coronaba toda la infraestructura.

Descubrí un buen número de tiendas de moda muy interesantes, desde grandes minoristas internacionales a pequeñas *boutiques* de diseño, y me dije que volvería con más tiempo para curiosear.

Fuimos los primeros en llegar al bar y ocupamos una mesa en el interior, junto a la cristalera. Ren no tardó en aparecer con Emily de su mano. Me fijé en ellos mientras cruzaban la terraza. Cómo hablaban entre risas y la forma en la que ella se apoyaba en él, buscando su contacto. Jun también los observaba.

—¿Cuánto tiempo llevan juntos? —le pregunté.

—No sabría decirte con exactitud, pero cerca de dos años.

—¿Tanto?

—Se conocieron mucho antes, en la universidad. Emily daba clases de apoyo a los estudiantes y Ren era uno de ellos.

Los seguí con la mirada hasta que entraron.

—¡Ahí estáis! —exclamó Ren al vernos.

Emily era preciosa y un encanto. Tenía el cabello del color de la miel y lo llevaba corto, a la altura de los hombros, con un flequillo recto que le rozaba las cejas. Sus ojos eran de un azul hielo tan claro que a veces parecían hechos de plata cuando la luz del sol incidía en ellos.

Me cayó bien desde el primer instante. Se notaba que era una persona muy tímida, algo introvertida. Todo lo opuesto a Ren. Sin embargo, una vez se sentía cómoda, era muy fácil conversar con ella. Me contó que había nacido en un pueblecito de Gales, pero que se mudó a Londres al acabar el instituto para estudiar en la universidad. Hacía un par de años que se había graduado y ahora daba clases como profesora de primaria en un colegio de la ciudad. De momento, como interina. No obstante, tenía esperanzas de poder conseguir algo más estable.

Pasar el rato con ellos fue muy divertido y me permitió ver a Jun desde una perspectiva distinta. En su ambiente, con sus amigos, siendo más él mismo que nunca. Y en ese preciso instante fue cuando me di cuenta de lo mucho que Jun se apoyaba en las personas que apreciaba. Sobre todo, en Ren. Y empecé a comprender lo estrecha que era su amistad.

Sonará estúpido, pero una parte de mí se sentía celosa de esa relación. Estaba segura de que Jun compartía con él cosas que conmigo aún no se atrevía. Y lo entendía. Llevaban media vida el uno al lado del otro; y él y yo, apenas unos pocos meses juntos.

También hubo momentos en los que me fue imposible no fijarme en los años que nos separaban. Ellos tres tenían la misma edad. Sí, seis años de diferencia no son muchos, pero en cierta forma trazaban una distancia. A lo largo de la comida tuve esa sensación varias veces. Cuando hablaban entre ellos. Los recuerdos del pasado. El día a día del presente. Planes para el futuro. Daban primeros pasos que yo ya había recorrido. Y aun así sentía que habían vivido mucho más que yo en demasiados aspectos.

Terminamos de comer y dejamos el bar. El cielo se había cubierto de nubes y caía una ligera llovizna. Aguardamos bajo el techo de la terraza, pero, con el paso de los minutos, la lluvia no hizo otra cosa más que arreciar. Ren corrió hasta un comercio cercano y compró un par de paraguas para protegernos del chaparrón que había oscurecido Londres.

Después nos encaminamos a las escaleras.

Jun y yo íbamos delante. Mientras subíamos, me rodeó los hombros con su brazo libre y me pegó a su costado para que no me mojara. Nos reíamos de una de las muchas tonterías que Ren soltaba sin parar, cuando Jun frenó sus pasos. Levanté la cabeza para ver qué le ocurría y lo noté palidecer. Cómo su pecho se llenaba con una inspiración brusca y se detenía.

Seguí su mirada. En el otro extremo del puente, bajo un paraguas verde, una mujer de rasgos asiáticos nos observaba sin parpadear. A su lado, una niña que no tendría más de catorce o quince años no despegaba sus ojos de nosotros. Ren murmuró una maldición y lo miré por encima del hombro. Su expresión se convirtió en la chispa que iluminó mi mente y supe de inmediato quiénes eran ellas.

Los dedos de Jun se clavaron en mi hombro. Una presión

temblorosa que sentí por todo el cuerpo, de repente helado, y no por la lluvia. El mundo parecía haberse detenido. Hasta la lluvia daba la impresión de caer más despacio. Más espesa. Una pared borrosa que se alzaba en medio de aquel puente.

Entonces, la madre de Jun —no podía tratarse de otra persona— agarró la mano de su hija y dio media vuelta. Se alejaron a toda prisa. Un borrón de color, que se fue haciendo más y más pequeño hasta desaparecer.

Jun me miró y lo que vi en sus ojos le hizo daño a mi corazón. Una expresión vacía, como si estuviera intentando no dejarse vencer por la tristeza, pero no supiera cómo lograrlo. Estaba cayendo. Se hundía. Porque lo que duele y no se comprende te agota y te consume. Te deja sin fuerzas y nadar a contracorriente se convierte en un imposible.

Y yo no sabía qué hacer para aliviar todo eso que él sentía.

57
Jun

Cuando encajé la llave en la puerta de mi casa, me seguían temblando las manos. Había sido horrible sentir durante toda la tarde las miradas preocupadas de Dani y Ren atravesándome, tanto como el esfuerzo continuo para mantener la compostura frente a ellos. Algo que debería haber sido sencillo. Sobre todo, cuando llevas toda tu puta vida haciéndolo. Frente a tu familia. Tus amigos. Tu propio reflejo. Pero ¿sabes qué? No siempre se puede y yo había estado a un tris de perder los nervios cada vez que me preguntaban si me encontraba bien.

No, por supuesto que no, ¿cómo iba a estarlo?

Era la primera vez que veía a mi madre desde que me había echado de casa y su frialdad me había perforado el pecho. Esquirlas afiladas como cristales rotos clavándose en mi corazón. Y ya dudaba de que ella tuviera uno.

Entré y dejé las llaves sobre la mesa. Me quité el abrigo y saqué del bolsillo el teléfono. Se había quedado sin batería a media tarde y lo puse a cargar en la cocina. Después me derrumbé en el sofá, con la mirada perdida en la ventana y algo ácido y corrosivo quemándome los pulmones. Sin ganas de hacer nada, solo de desaparecer.

Mi teléfono regresó a la vida y comenzó a emitir pitidos. Avisos de mensajes y notificaciones. Fruncí el ceño. Eran demasiados. Me levanté y fui a la cocina. Le eché un vistazo a la pantalla iluminada y vi una decena de mensajes y otras tantas llamadas. Todos de mi hermano.

Entró otra llamada y me llevé un susto de muerte. Descolgué.

—Eh, Hae In...

—¿Por qué demonios tienes el teléfono apagado? —me preguntó alterado.

—Se quedó sin batería y no he podido cargarlo hasta ahora. ¿Qué ocurre?

—Mamá está en el hospital, la han atropellado.

Se me paró el corazón.

—¿Qué estás diciendo?

—Un coche la ha golpeado en un paso de cebra. Parece que iba distraída y ha cruzado sin darse cuenta de que el semáforo había cambiado.

—¿Cuándo ha sido?

—Hace un par de horas, pero nos acabamos de enterar. Estaba de compras con Yu Ri en la zona de King's Cross.

—¿Le ha pasado algo a Yu Ri?

—No, solo está asustada.

Me llevé la mano a la cabeza y giré sobre mí mismo. Eso había sucedido después de que nos encontráramos en el centro comercial. Me sujeté a la encimera al notar que mis piernas flaqueaban.

—¿Y cómo está mamá?

—Aún no lo sabemos, pero el golpe ha sido fuerte.

El corazón me latía en la garganta.

—Voy para allá.

—Estamos en el Saint Thomas.

Me guardé las llaves y la cartera y salí corriendo. Veinte

minutos después, atravesaba a toda prisa las puertas de urgencias del hospital. Busqué a mi familia, abriéndome paso entre la gente que colapsaba la sala de espera.

—Hae Jun.

Me giré y vi a mi hermano sentado en una silla. Yu Ri se encontraba a su lado, con el cuerpo encajado en su costado y la cabeza descansando en su pecho, dormida. Me agaché frente a ella y la miré preocupado.

—¿Cómo está?

—Le han dado algo para que se tranquilice, no paraba de llorar —respondió mi hermano.

—¿Han dicho algo sobre mamá?

—Padre ha ido a preguntar.

Asentí con la cabeza y me puse en pie con un suspiro. Ren apareció un minuto después.

—¿Qué haces aquí?

—Tu hermano me ha llamado al ver que no podía localizarte y me lo ha contado. ¿Sabéis cómo está?

Negué con un gesto.

Esperamos en aquella sala durante lo que me pareció una eternidad. Yu Ri se despertó y cambié el sitio con Hae In. Ella se subió a mi regazo y se acurrucó como solía hacer cuando era más pequeña. No logré que me dijera nada, apenas susurró un par de monosílabos y cerró de nuevo los ojos. Estaba en *shock* después de haber presenciado el accidente, así que me limité a abrazarla. No podía hacer otra cosa.

Al cabo de un rato, mi padre vino a buscarnos. Me saludó con una palmadita en el hombro y una pequeña sonrisa, demasiado tensa. Nos contó lo que los médicos le habían explicado. Mi madre estaba bien, dentro de la gravedad del accidente. Tenía contusiones y rasguños en las piernas y una luxación en la rodilla derecha, nada de gran importancia. Pero les preocupaba el golpe que había sufrido en la cabeza y querían mantenerla en observación para controlar su evolución y poder actuar rápidamente si surgía alguna complicación.

Por ese motivo iban a trasladarla a una habitación, donde podríamos verla más tarde.

—No creen que despierte hasta mañana —le dijo mi padre a Hae In—. Vete a casa y llévate a tu hermana contigo, ¿de acuerdo? Recoge algunas de sus cosas antes. Lo mejor es que se quede con vosotros unos días.

—Sí, eso haré.

—Yo debo ir a rellenar unos papeles para el seguro. —Se giró hacia mí y me miró—. ¿Te quedarás hasta que vuelva?

—No se preocupe, no me moveré de aquí.

Después de que se marcharan, me senté y contemplé el techo con un pensamiento terrible dentro de mi cabeza. Ren ocupó la silla que había a mi lado y me dio un golpecito con la rodilla. Lo miré y me dedicó una sonrisa de ánimo, que no pude devolverle.

—Ha tenido el accidente poco después de toparse conmigo. Dicen que iba distraída y se ha metido en el paso de cebra sin mirar. ¿Crees que...?

—¡No! —saltó Ren y me apuntó con el dedo—. Tú no tienes la culpa de ese accidente, no sigas por ese camino.

—Pero...

—Ni lo menciones.

Tragué saliva y asentí con un gesto, pero no podía sacarme esa idea de la cabeza. Era imposible no fijarse en los hechos. En la casualidad.

Inspiré hondo, incapaz de recuperar la calma.

Apareció una enfermera y me indicó la planta y el número de la habitación donde ya se encontraba mi madre. Le envié los datos a mi padre y me dirigí con Ren a las escaleras. Una vez arriba, recorrí aquellos pasillos en silencio. Lo hice nervioso como nunca antes en mi vida, porque no recordaba haber visto a mi madre enferma, salvo por algún resfriado o gripe sin mucha importancia. No estaba preparado para enfrentarme a su imagen en la cama de un hospital. A la gravedad de lo que había vivido.

Nos paramos frente a la puerta cerrada de la habitación. Respiré hondo varias veces. No había sido capaz de coger oxígeno suficiente desde que había recibido la llamada de mi hermano.

Tras un par de minutos de indecisión, empujé la puerta despacio y entré sin hacer ruido. La habitación se hallaba en penumbra, y el único sonido que se oía era la cadencia de un corazón en un monitor. Cuando me acerqué a la cama y pude verla, el estómago me dio un vuelco. Tenía la cara y los brazos magullados. Manchas violáceas salpicaban su piel y parte de su frente estaba cubierta con un apósito manchado de yodo.

Me quedé mirándola unos minutos y después acerqué una silla a la cama. Me senté, con el corazón encogido y un fuerte nudo en la garganta. Me recorrió un escalofrío al darme cuenta de que el accidente podría haber sido fatal. Ese pensamiento me oprimió el pecho como si una losa de piedra me lo aplastara.

Podría haber muerto. Y la habría perdido.

Sus ojos se movieron bajo los párpados y poco a poco se abrieron. Sentí un alivio infinito cuando sus pupilas se clavaron en las mías. Inspiró hondo y su rostro se contrajo con una mueca de dolor. Se humedeció los labios con la lengua. Me miró fijamente.

Yo no sabía qué decir, cómo empezar. Puse mi mano sobre la suya y me la llevé al pecho. Sonreí. La había echado mucho de menos. Muchísimo. Me incliné para besarla en los nudillos. Cuando estaba a punto de rozarlos, ella apartó la mano de golpe y giró la cabeza hacia el otro lado de la cama. Me quedé mudo al darme cuenta de que me estaba ignorando.

Aun en esas circunstancias, seguía castigándome.

—Mamá... —susurré.

Su silencio me dolió.

—Mamá, por favor, deberíamos terminar con esto, ¿no crees?

Nada.

—Dios —gemí. Estaba cansado de soportarlo. Me comía por dentro—. ¿De verdad vas a continuar? —Me puse de pie y rodeé la cama. Ella volteó la cabeza como una niña pequeña enrabietada. Y exploté—. ¿Es que no lo ves? ¿Acaso no te das cuenta? Podrías haber muerto, mamá. Te habrías ido para siempre y yo me quedaría aquí sabiendo que te marchaste enfadada conmigo.

Ella permaneció en silencio.

—¿Entiendes lo que digo? ¿Esto que ha pasado no te ha enseñado nada? Porque a mí sí. Me ha recordado que hoy estamos aquí, pero puede que mañana no, y por esa razón no deberíamos perder el tiempo enojados por cosas sin sentido. Estar juntos es más importante que todo lo demás.

Era como hablar con una pared y comencé a desesperarme.

—¡Mamá, mírame al menos! —grité.

La puerta se abrió y Ren entró a toda prisa.

—Tío, esto no está bien. Se te oye chillar desde el pasillo.

—Mamá...

—Vamos fuera. Deja que descanse.

—Quiero que me hable. Mamá, por favor, para de una vez. Soy yo... —Se me rompió la voz—. Háblame.

Ren me rodeó con sus brazos y tiró de mí hacia la puerta. Yo me resistí. La situación me estaba matando. Aún no entendía que gritar a alguien que no quiere oír es inútil.

—Jun, muévete o acabará viniendo alguien a echarte.

Me sacó a rastras al pasillo. Y una vez fuera, continuó empujándome hasta que estuvimos en la calle. Me obligó a sentarme en un banco y se agachó frente a mí con sus manos en mis rodillas. Sacudí la cabeza y parpadeé varias veces para alejar las lágrimas que se empeñaban en derramarse. Estaba hecho polvo. Asustado. Roto porque no entendía a mi madre.

—Podría haber muerto —dije.

—Lo sé.

—Sin que arregláramos las cosas.

—Eso también lo sé.

—Y para ella sigue siendo más importante salirse con la suya que aceptarme como soy.

—Entrará en razón.

Mi rostro se contrajo en un sollozo. Me sorbí la nariz. Sentía una opresión inmensa en el pecho. Repentina y dolorosa. Me encontraba muy mal y las emociones se me amontonaban en el estómago hasta doler. Mi propia respiración me ahogaba, porque no sabía cómo enfrentarme a esa ausencia forzada. A la distancia impuesta.

—¿Y si no lo hace?

Ren no respondió mientras me miraba sin parpadear. Resopló y se sentó a mi lado. Me rodeó los hombros con el brazo y tiró de mí hacia él. Yo dejé que lo hiciese.

Mi apoyo. Mi amigo. Mi hermano.

58
Dani

> Dani, soy Ren. Estoy con Jun en el hospital Saint Thomas.
>
> Su madre ha sufrido un accidente. Ha sido grave, pero va a recuperarse.
>
> Te lo cuento porque si yo estuviera en tu lugar querría saberlo.
>
> No te preocupes, me quedaré con él todo el tiempo.

Tuve que leer el mensaje varias veces, antes de entender lo que realmente significaba.

Dejé el cubo de palomitas sobre la mesa y me quedé mirando la televisión sin fijarme en nada. Pensando. ¿En qué? Ni idea. No lo recuerdo. Solo sé que me levanté del sofá y salí corriendo de mi casa.

Cogí un taxi y me dirigí al Saint Thomas. Puede que no fuese la mejor idea, ni la más acertada. Pero sentía que debía estar a su lado. No tenía por qué enfrentarlo solo. Nunca lo estaría, si de mí dependía.

Salté del taxi en cuanto se detuvo y fui a la entrada. Mientras caminaba, saqué el teléfono de mi bolsillo para llamar a Ren y averiguar dónde se encontraban. Iba tan distraída que choqué con otra persona y se me cayó al suelo. Me agaché para recogerlo y al levantarme vi a Jun y Ren saliendo del edificio por la puerta principal.

Corrí hacia ellos, pero, conforme me acercaba, mis pasos se fueron ralentizando hasta detenerse a muy poca distancia. No se percataron de mi presencia, y ojalá lo hubieran hecho. Así no habría tenido que ver a Jun completamente destrozado, preguntándose qué habría ocurrido si su madre hubiera muerto sin haber tenido la ocasión de solucionar sus problemas. Intentando entender por qué ella seguía rechazándolo con esa ferocidad solo para obligarlo a ceder.

Me rompió el alma verlo llorar. Cómo se desmoronaba en los brazos de su mejor amigo.

Y me quedé allí, observándolos. Sintiéndome inútil e impotente. Dudando entre dar un paso adelante o retroceder.

Abrí los mensajes y busqué su nombre.

DANI: Ren me ha contado lo ocurrido.
¿Cómo está tu madre?

Alcé la mirada y lo vi sacar su teléfono del bolsillo.

Me llegó su respuesta.

JUN: Ella se encuentra bien, acabo de
verla y ya está refunfuñando.

DANI: ¿Y tú qué tal?

JUN: Genial, ya se me ha pasado el susto.

DANI: ¿De verdad estás bien?

Se limpió la cara con la manga y parpadeó varias veces. Volvió a mentirme.

JUN: Sí, tranquila. Ahora voy con Ren de camino a la cafetería, vamos a comer algo.

DANI: Puedo ir y haceros compañía.

JUN: No es necesario. Quédate en casa y descansa. No te preocupes por nada.

DANI: ¿Estás seguro?

JUN: Completamente. No tienes de qué preocuparte.

DANI: Vale. Te llamo mañana.

Guardé mi teléfono y él hizo lo mismo. Después hundió la cabeza entre las rodillas y se la sujetó con ambas manos. Ren empezó a darle palmaditas en la espalda, como si estuviera consolando a un niño. Y, en ese instante, la realidad, cruda y dura, me explotó en la cara.

Sabía que Jun lo estaba pasando mal, pero no imaginaba cuánto porque no se abría a mí. Conmigo fingía. A mí me mentía. Para nosotros había creado un mundo que no era real, y no sabía por qué lo hacía cuando yo me había desnudado para él de todas las formas posibles.

Se había aferrado a nuestra relación, sacrificando la que tenía con su familia. Sin embargo, estar lejos de ellos lo mortificaba. Lo desesperaba. Y la prueba la tenía ante mis ojos. Yo le gustaba, pero confiaba sus sentimientos a Ren. Y lo entendía, por mucho que me doliera, sabía la clase de amistad que compartían. Del mismo modo que ahora sabía que, si a su madre le hubiera pasado algo ese día, él no habría podido vivir en paz.

Di media vuelta y me alejé de él. Dejé atrás la parada de taxis y seguí caminando, mientras los pensamientos dentro de mi cabeza se convertían en un torbellino. Jun y yo no teníamos futuro. Así no. Era imposible que una relación que acababa de empezar y que ya tenía tantas grietas funcionara.

Los sentimientos malos acabarían imponiéndose a los buenos. No podía ser de otra manera. Y cada día que pasaba, Jun parecía más triste y decaído. Más alterado y enfadado.

¿Cuánto tiempo podría aguantar sin explotar en esas circunstancias?

¿Un mes más, dos...?

¿Ya había estallado?

Después de todo, Hana tenía razón y yo estaba siendo egoísta al pensar que sería suficiente para él. Y no, estaba muy lejos de serlo.

Ellos eran su familia y Jun los necesitaba, aunque se empeñase en defender lo contrario.

Ellos nunca cederían, él tampoco lo haría, y por esa razón debía ser yo.

Porque mi presencia jamás podría reemplazar el lugar que esas personas ocupaban en su corazón. No podía llenar los huecos ni el vacío. Aquí el tiempo contaba, y toda una vida pesaba mucho más que unos cuantos meses. Sus huellas eran más profundas que la que yo pudiera haber dejado en él.

Lo nuestro no iba a ninguna parte, ¿para qué alargarlo? ¿Para qué dejar que siguieran creciendo unos sentimientos que solo causarían sufrimiento?

No tenía ningún sentido.

59
Jun

No me moví del hospital hasta que mi madre se recuperó y la enviaron a casa dos días más tarde. No me permitió verla en todo ese tiempo y yo dejé de intentarlo. Volvimos a la «normalidad» del último mes: ellos, viviendo sus vidas y yo, la mía.

Era martes. Salí del estudio a media tarde y me dirigí a Regent's Park. Dani me había enviado un mensaje en el que me pedía que nos encontráramos en su lugar favorito. Conduje de vuelta a casa y desde allí me moví a pie.

La primavera estaba a la vuelta de la esquina y los días comenzaban a ser un poco más largos. El ambiente ya no se notaba tan frío y era agradable pasear. Sentir los rayos del sol en la cara. El aroma de las primeras flores, que asomaban tímidas. Pequeños brotes que coloreaban el paisaje.

Crucé el jardín de las rosas y bordeé el lago. No tardé en descubrirla, de pie en medio del puente. Sonreí mientras me acercaba, pero al llegar al último sauce me quedé clavado bajo sus ramas durante unos segundos. Dani estaba apoyada en la barandilla y tiraba comida a los patos. La expresión de su cara hizo que me tensara. Respiré hondo. Y avancé.

Se irguió al verme llegar.

—Ya estás aquí —dijo nerviosa.

—Sí. —La miré y ella me miró. Y supe que algo no iba bien—. ¿Qué pasa?

Ella parpadeó y se le escapó un suspiro. Me estremecí.

—¿Damos un paseo? —me propuso.

—Vale.

Se acercó y empezamos a caminar el uno al lado del otro. La miré de reojo, más preocupado a cada segundo que pasaba, y ella continuaba en silencio. Bordeamos el lago y nos adentramos en los caminitos que serpenteaban bajo los árboles.

—Dani...

—Tenemos que hablar.

El corazón me dio un vuelco y se me subió a la garganta. Me detuve y la miré a los ojos. Expresaban demasiado. Todo su rostro lo hacía. Esa era una de las cosas que más me gustaban de ella, su expresividad. La franqueza que no podía esconder. Todo lo que decía sin palabras. En ese momento odié que fuera tan transparente, porque podía ver su lucha interna y supe que peleaba contra mí.

—¿Qué ocurre?

Ella abrió la boca varias veces. Inspiró. Suspiró. Y volvió a tomar aliento. Sacudió la cabeza. Yo estaba a punto de perder los nervios. Llevaba tanto tiempo caminando al borde del precipicio que el más mínimo soplo hacía que me tambaleara. Me empujaba muy cerca del límite.

—¡Solo dilo y ya está!

Dani parpadeó y clavó su mirada en la mía. El azul de sus ojos me recordó al de las tormentas de verano. Fieras, furiosas, cargadas de electricidad.

—Deberíamos romper.

No pude ignorar la punzada que me atravesó el corazón y mis labios se contrajeron en una mueca.

—¿Por qué?

—Porque no estamos bien, Jun. Tú no lo estás y yo tampoco.

—Eso no es verdad.

—Mírate —dijo en un susurro. Las emociones se desbordaban en sus ojos—. Estás viviendo un infierno y ni siquiera eres capaz de compartirlo conmigo. Pasas los días fingiendo que te encuentras bien, cuando no es así. Sufres lejos de tu familia, pero te empeñas en aferrarte a mí.

—Me aferro a ti porque quiero estar contigo —repliqué.

—Sé que quieres estar conmigo, pero no es lo mejor para ti. Debes estar con alguien que encaje contigo y yo no soy esa persona.

Se me escapó una risita sarcástica y sacudí la cabeza, molesto. No podía creer que hubiera dicho eso.

—Hablas como mi madre.

—Porque quizá ella esté en lo cierto. Al final, la familia es lo único que importa y tú no sabes vivir lejos de la tuya. —Se le quebró la voz.

Hice oídos sordos a sus palabras, porque tenía razón y no quería oírlo. No sabía vivir lejos de mi familia, pero podía aprender. Lo haría. Solo necesitaba un poco más de tiempo para acostumbrarme. Y la necesitaba a ella conmigo para superarlo.

Me acerqué y traté de alcanzar su mano.

Dani dio un paso atrás, alejándose, y ese gesto me rompió el corazón. Le sostuve la mirada. Tenía las pestañas brillantes por las lágrimas y yo apreté la mandíbula. No entendía por qué estábamos pasando por ese momento. No era necesario.

—Escucha, Jun. Ha sido bonito, y divertido, pero seguir juntos solo nos hará más daño. Yo no quiero ser la persona que te aleje de tu familia, porque te conozco lo suficiente para saber que terminarás arrepintiéndote de algo así. Creo que ya lo estás haciendo, pero no quieres aceptarlo. Y al final, cuando yo ya no sea suficiente, me acabarás culpando de todo lo que has perdido.

Los centímetros que me alejaban de ella me estaban matando.

—No pasará. ¿Cómo voy a culparte? Se trata de mis decisiones. Sé perfectamente lo que estoy haciendo.

—Sé que lo crees. Pero no estás pensando en las consecuencias que esas elecciones tendrán a largo plazo. Yo sí, porque he pasado por algo parecido y sé lo que vendrá después.

—Dani...

—Lo mejor es que nos detengamos aquí.

Me estaba ahogando al darme cuenta de que iba completamente en serio. La miré con una mueca de incredulidad.

—Joder, no. No puedes pensarlo de verdad.

—Ninguna relación debería pagar un precio por ser, y mucho menos hacer un sacrificio tan grande para existir —dijo con firmeza.

—¡Me dan igual el precio y el sacrificio! ¿No te das cuenta de que haré cualquier cosa para estar contigo? Haré lo que sea.

—Pero yo no quiero que lo hagas.

—Dani...

—No debería ser tan difícil, ¿no lo ves? Vengo de una relación que me destrozó, y no quiero que esta termine por consumirme. ¿Sufrir para poder querer? ¿Qué sentido tiene?

—Las cosas mejorarán.

Ella se rio entre lágrimas y se limpió las mejillas.

—Es que ni siquiera deberían haber empeorado. No llevamos ni medio año juntos —respondió en tono suplicante.

Quise morirme. No importaba cuánto me esforzara en

negarlo. Que hiciera oídos sordos o cerrara los ojos a las evidencias. Ella tenía razón en todo, pero dolía darse cuenta. Quemaba por dentro. Arañaba abriendo heridas. Me negaba a terminar. A perderla.

Me miraba como si de verdad aquello fuese una despedida y no podía soportarlo.

—Dame un poco más de tiempo, por favor. Lo arreglaré.

—Jun, no hay nada que arreglar. —Suspiró y se pasó las manos por el pelo—. ¿De verdad no imaginabas que esto acabaría pasando?

—¿Que acabaría queriéndote tanto? —repliqué. Ella abrió mucho los ojos y el color desapareció de su rostro. Proseguí—: No, no podía imaginarlo. Por eso tampoco puedo creer que se te haya pasado por la cabeza romper conmigo.

Dani cerró los ojos con fuerza. Su pecho no dejaba de subir y bajar en busca de aire. Me moría por abrazarla y rogarle que volviéramos atrás en el tiempo. Que olvidáramos que esa conversación había existido. Podíamos hacerlo si lo intentábamos.

—Dani, por favor.

Di un paso adelante y rocé su mano con la mía. Ella la apartó.

—Lo siento mucho, pero no quiero seguir. Así que, por favor te lo pido, vamos a detenernos aquí. Vuelve a tu mundo y yo regresaré al mío.

—No...

—Por favor, Jun. Si de verdad te importo, harás esto por mí.

—No puedes pedirme...

—Si de verdad te importo... —insistió con más firmeza. Tragó saliva e inspiró—. Te quedarás ahí y dejarás que me vaya. No me llamarás. No irás a buscarme. Pasarás página.

Me la quedé mirando como si no la conociera. Y es que

me costaba reconocerla en ese momento. Sus ojos chocaron con los míos y su dolor se mezcló con mi decepción. Mi desesperación, con su determinación. Sacudí la cabeza mientras ella se quitaba el colgante que le regalé. Alcé la mano para detenerla.

—Quédatelo.

—No puedo...

El corazón me latía frenético. Pensaba que era imposible que latiera más rápido, pero lo hizo cuando por fin me rendí. Estaba tan cansado que no tenía fuerzas. Solo quería dejar de sentir. De sentirlo todo. De sentirlo tanto. Que eso que me mordía por dentro desapareciera.

—Haré lo que me pides si te lo quedas.

—¿Me lo prometes?

—Te lo prometo.

Dani me miró como si tratara de adivinar si decía la verdad. Di un par de pasos atrás y metí las manos en los bolsillos. La miré imperturbable. Yo también era capaz de hacerlo y parecer convincente. De estar muriéndome por dentro y que nadie lo notara.

Ella asintió despacio. Me observó durante lo que me pareció una eternidad. Después me dio la espalda y comenzó a alejarse. Sin más. La contemplé marcharse. Y aguanté sin moverme, con los pies clavados en el suelo mientras el corazón me gritaba que la siguiera.

Y allí me juré a mí mismo que iba a cumplir todas y cada una de las promesas que le había hecho, incluida esa. Aunque hacerlo acabara conmigo.

Porque no se puede obligar a nadie a estar donde no quiere.

A aguantar lo que no puede.

No quería soltarla, pero tampoco podía retenerla.

Y, a veces, la mejor forma de demostrarle a otra persona que la quieres es dejándola marchar.

60
Dani

Jun podía presumir de muchas cosas, sobre todo de su voluntad para mantenerse firme en sus determinaciones. Lo había demostrado al no ceder al chantaje de su familia y ahora afianzaba ese carácter cumpliendo su promesa.

Habían transcurrido semanas desde que rompimos y no había sabido nada de él. No me llamó, no me escribió. Ni siquiera nos cruzamos por accidente. Y era difícil de creer cuando solo diez metros separaban su estudio de mi casa. Aun así, no verlo no me aliviaba en nada.

Lo echaba tanto de menos que había noches en las que sentía que me asfixiaba dentro de aquel piso. Me despertaba de madrugada y buscaba su cuerpo a tientas sobre la cama, hasta que recordaba que él ya no estaba. Durante el día, esa sensación continuaba aplastándome el pecho sin importar dónde me encontrara. En la calle, en el taller, comprando un vaso de café que siempre sabía demasiado amargo.

El tiempo que pasaba trabajando en casa era lo peor. No podía concentrarme. No hacía otra cosa que pensar en él, en lo mucho que lo extrañaba. Cada rincón guardaba un recuerdo que despertaba una sensación. Un sentimiento. Y sin darme cuenta me descubría a mí misma espiando las ventanas del estudio, sufriendo por no verlo y rezando para no hacerlo. Porque los momentos en los que me sentía flaquear cada vez eran más, cuando me parecía reconocerlo tras un cristal o subiendo a un taxi.

Vivir de ese modo era una agonía y cuando se me hizo insoportable, tomé la decisión más sensata. Me mudé. Dejé atrás un piso que me encantaba. El barrio que se había convertido en mi casa. Y puse distancia.

—¿Quedan más cajas? —me preguntó Max.

—No, esa es la última.

Él levantó la caja que había sobre la mesa del salón y me miró.

—Pues estamos listos para irnos.

—¿Puedes ir bajando tú? Quiero echar un último vistazo.

—Vale.

Me moví de una habitación a otra, mientras lágrimas mudas caían por mi rostro. Rota, dejando a mi paso un montón de trocitos diminutos. Puse las llaves en la mesa y salí de aquella casa. Max me esperaba con el coche en marcha. Abrí la puerta del copiloto y miré arriba una última vez. No sé si fue mi imaginación o mis ganas, pero, por un segundo, me pareció verlo tras la ventana con sus ojos clavados en mí.

Contemplé por la ventanilla las calles que íbamos dejando atrás mientras Max conducía en silencio. Me tragué las lágrimas y cerré los ojos. Nos dirigimos al sur. A Covent Garden. Un amigo de James acababa de aceptar un trabajo en Nueva York y había accedido a alquilarme su apartamento a un precio bastante asequible si adoptaba a su gato. No podía llevárselo con él. Acepté.

—Hola, *Gatsby* —lo saludé al abrir la puerta.

Max me seguía con una caja en los brazos y la dejó en el suelo.

—¡*Gatsby*! —insistí.

De repente, noté algo que se frotaba contra mis piernas. Miré abajo y sonreí al encontrarme con unos ojos azules preciosos que me miraban. Me agaché para cogerlo en brazos.

—Hola, pequeñajo.

Gatsby comenzó a ronronear en cuanto lo abracé. Sabía que íbamos a llevarnos bien.

—Los de la mudanza no tardarán en llegar —me dijo Max mientras corría las cortinas del salón.

El apartamento estaba en el ático del edificio y el sol se colaba por todas las ventanas. Me asomé y contemplé los tejados. Desde allí se podía ver incluso el de la Royal Opera. Noté que Max se detenía a mi espalda. Poco después, sus manos se posaron en mis hombros.

—¿Estás bien?

Asentí. Moví los brazos y me desembaracé de él. Después me alejé en dirección a la cocina. Oí como suspiraba y sacudí la cabeza. Me molestaba su frustración, la exigencia que escondía y que me hiciese sentir culpable. Me di la vuelta y enfrenté su mirada sin esconderle que la mía ya no sabía fingir. No podía hacerlo si pretendía empezar de cero.

—Max.

—¿Sí?

—No me sigas esperando.

—¿Qué quieres decir?

—Tú y yo nunca estaremos juntos del modo que deseas. Estás perdiendo un tiempo precioso que podrías dedicarle a cualquier otra mujer. Una que de verdad esté interesada en ti. Yo no lo estoy y nunca lo estaré.

Tragó saliva y una sombra oscureció su rostro.

—Dani...

—Solo puedo ofrecerte lo que ya tenemos, una amistad. Puedes tomarla o dejarla, no me enfadaré si decides poner distancia. Lo entenderé.

Se me quedó mirando y yo no aparté la vista en ningún momento.

—¿Estás segura de que no tengo ninguna posibilidad?

Era la primera vez que admitía abiertamente lo que sentía por mí.

—Ninguna.

—¿Tampoco cuando te olvides de él?

Esa pregunta se me clavó en el pecho y se hundió entre mis costillas hasta alcanzar mi corazón. ¿Olvidarme de él? Ojalá pudiera. Aunque sabía que nunca pasaría. Puede que con el tiempo lograra pensar un poco menos en él. Sentirlo algo más lejos. Que no doliera con tanta intensidad. Pero olvidarlo. Eso nunca.

—Lo siento, pero no.

Max asintió un par de veces. Miró a su alrededor, con el ceño fruncido y una expresión que no podía interpretar. Después inspiró hondo y posó su mirada en la mía. Me dedicó una pequeña sonrisa.

—De acuerdo, supongo que podemos seguir siendo solo amigos.

Asentí con *Gatsby* aún entre mis brazos.

Su respuesta me había llenado de alivio. No me sentía capaz de perder a nadie más.

—¿Eso quiere decir que vas a ayudarme con la mudanza? —le pregunté.

Él se echó a reír.

—No, quiere decir que me sentaré en ese sofá y me burlaré de ti mientras te quejas de que no te ayudo.

—Eres odioso.

—Y tú, una mimada.

—¿Yo, una mimada?

—¡Oh, sí!

Y sin más, volvimos a ser los de siempre. Solo amigos. Familia.

61
Jun

Estaba parado frente a la ventana de mi oficina, con las manos en los bolsillos del pantalón y la mirada clavada en el piso de enfrente. Una pareja tomaba café en el mismo balcón que Dani y yo habíamos ocupado tantas veces. Así debíamos de vernos nosotros antes. Contentos. Felices. Mientras bromeábamos y nos comíamos a besos.

Cerré los ojos para controlar todo lo que estaba sintiendo en ese momento. El dolor. La rabia. Ese pellizco en el estómago que no me abandonaba nunca. Echarla de menos. Mientras, el mundo seguía girando bajo mis pies y no se detenía.

—¿Dónde está el gato con alas? —preguntó Ren desde mi mesa, trasteando en mi ordenador.

Lo miré por encima del hombro.

—Era un hada, no un gato. Y la he eliminado.

—¿Por qué? Me gustaba.

—A mí no.

—Venga ya, era muy graciosa con esos bigotitos.

—No, Ren.

—Vaaaaale. Nada de hadas —dijo más para sí mismo que para mí. Soltó un suspiro—. Aquí no queda mucho más que hacer por hoy. ¿Quieres que salgamos? Podríamos ir al gimnasio.

—No me apetece.

—¿Al rocódromo?

—No.

—¿*Skate*? —Negué con un gesto—. ¿Pollo y cerveza?

—No.

Oí como tamborileaba con los dedos sobre la mesa y suspiraba resignado. Bajé la cabeza, sintiéndome mal por él. Me estaba comportando como un amigo de mierda desde que Dani me había dejado. Todo el día malhumorado. Arisco y desagradable en muchas ocasiones. Y él no se había quejado ni una sola vez. Seguía ahí, aguantándome con una sonrisa, incapaz de dejarme solo porque sabía que yo me hundiría aún más si lo hacía.

Quería intentarlo. Superarlo. De verdad quería.

Mi interior estaba lleno de ataduras que necesitaba deshacer con desesperación, pero no sabía cómo hacerlo. Me sentía atrapado. Perdido.

Llamaron a la puerta y Erin entró un segundo después.

—Jun, fuera hay una mujer que quiere verte.

—¿Quién es?

Erin frunció el ceño.

—No se lo he preguntado.

Puse los ojos en blanco y fui a la puerta. Salí tras Erin y vi a mi madre parada junto a la entrada. Me quedé paralizado. Impactado. Y tardé unos segundos en convencerme de que era real. Tragué saliva. Ella me dirigió una mirada y sonrió. Vino hacia mí. Mientras, yo solo podía observarla sin apenas respirar.

No había vuelto a verla desde el hospital. Tampoco lo había intentado.

El día que Dani me dejó atrás en ese parque, me resigné a muchas cosas.

Alejarme de mi familia definitivamente fue una de ellas.

No esperaba que fuese ella la que una tarde cualquiera regresara a mí.

—Este sitio es muy bonito, hijo. No imaginaba que fuese así, y cuánta gente —dijo con una sonrisa, como si nada hubiera pasado entre nosotros—. ¿Todos trabajan para ti?

—¿Qué haces aquí?

—¿Tomamos un té juntos? Me gustaría hablar contigo.

Asentí despacio y con un gesto le indiqué que entrara. Pasó por mi lado y el aroma de su perfume dulzón se coló en mi nariz. Se me encogió el estómago.

Ren se puso en pie nada más verla y la saludó con una inclinación. Después me miró estupefacto. Yo negué, respondiendo a la pregunta silenciosa que asomaba a sus ojos. No tenía ni idea de a qué había venido.

—¿Podrías prepararle un té, por favor? —le pedí a mi amigo.

—Ahora mismo.

Ren salió y mi madre y yo nos quedamos a solas. Inspiré para calmarme, y después moví una silla para que pudiera sentarse. Ella ocupó el asiento y cruzó las piernas a la altura de los tobillos. Contempló las paredes.

—¿Todos esos dibujos son tuyos?

—Sí —respondí con la respiración entrecortada.

—Son muy bonitos.

—¿Puedo saber a qué has venido? —le solté sin preámbulos.

Mi madre me miró sorprendida. Yo también lo estaba por haberle hablado de ese modo, pero los nervios no me dejaban pensar. Solo actuaba, impulsado por la adrenalina que me recorría el cuerpo. Ella me sonrió.

—Siempre has sido muy directo, en eso te pareces a mí.

—¿Qué quieres, mamá?

—Quiero que vuelvas a casa.

Me quedé mudo y solo pude parpadear. Ella continuó. Nunca le había gustado dar vueltas ni perder el tiempo. Al contrario, prefería los atajos.

—Tu sitio está con nosotros y va siendo hora de acabar con este distanciamiento, ¿no crees? Las familias deben permanecer juntas y unidas. También deben aprender de los errores. Durante estos últimos meses, todos nos hemos equivocado y dicho cosas de las que nos arrepentimos, nada que no pueda repararse. Así que... vuelve a casa, hijo.

—¿Por qué ahora?

—Nunca es tarde —respondió.

La miré con cautela y tuve un presentimiento.

—Te has enterado de que ya no salgo con ella, ¿verdad?

—Algo he oído, sí, pero no es la única razón. Te echamos de menos, te necesitamos.

—¿Tanto como para aceptarme sin ponerme condiciones?

Asintió sin dudar y puso su mano sobre la mía. Su contacto me hizo estremecer y un nudo me cerró la garganta.

—Claro, pero deberías saber que Minah estaría dispuesta a intentarlo de nuevo si tú...

Aparté la mano.

—Jamás tendré una relación con Minah —dije rotundo.

—Bien, puedo aceptarlo. No es la única jovencita con aptitudes para ser una buena esposa. Encontraremos a alguien más apropiado.

La miré enfadado.

—Nada ha cambiado, sigues queriendo controlarlo todo...

Hice el ademán de ponerme en pie.

—Espera... —Me sujetó por el brazo—. Puedo hacerlo, confiaré en que harás la elección correcta cuando llegue el momento. Sé que eres un adulto sensato y responsable, e intentaré respetar tus pensamientos.

—¿Lo intentarás?

—Lo haré si vuelves con nosotros. Te lo prometo.

Esa respuesta ya era en sí misma una condición.

Un músculo se tensó en mi mandíbula.

Quería creerla, pero no podía. Las palabras solo son eso, palabras. No significan nada si no se dicen con sinceridad. Si se usan para ganar tiempo, enredar y conseguir algo a cambio. Me costaba confiar en ella, porque pasé por momentos en los que incluso llegué a dudar de sus sentimientos hacia mí. ¿Me quería? ¿Le importaba?

Me había hecho sufrir mucho. No imaginaba cuánto.

Y pese a todo, la distancia con mi madre había hecho que el secreto de mi padre no fuese tan pesado. Había llegado a sentirme en paz conmigo mismo y mis acciones. Por esa razón no quería ni podía volver a vivir con esa angustia. Entre mentiras. Huyendo de mi propia conciencia. Con la sensación constante de estar haciendo algo muy malo.

Y ya no tenía nada que perder.

—Mamá, ¿tú me quieres?

—¿Qué pregunta es esa? —dijo asombrada.

—¿Tanto como para perdonarme cualquier cosa que pudiera haber hecho?

—Estoy aquí, abriéndote los brazos, hijo. Eso debería responder a tu pregunta.

El corazón me latía fuerte, rápido. Acababa de tomar una decisión.

—Necesito que lo digas.

—Puedo perdonarte cualquier cosa —aseguró con una sonrisa.

Bajé la cabeza y asentí varias veces, armándome de valor.

La vida está llena de situaciones complicadas y dolorosas. De realidades con el poder de cambiarlo todo y cerrar los ojos no sirve de nada. Se deben afrontar por mucho miedo que nos den. Aunque nos expongan al peor de los escenarios. Porque, al final, terminará siendo liberador.

—Voy a enseñarte algo. Si después de verlo sigues pensando lo mismo, entonces volveré a casa y viviré la vida que tú quieras.

Ella parpadeó confundida. Luego rio para sí misma.

—De acuerdo. ¿Qué quieres enseñarme?

—Ven conmigo.

En ese momento, Ren entró en la oficina con un vaso de cartón.

—No nos quedaba té y he tenido que ir a comprarlo. Espero que no se haya enfriado. —Alzó las cejas al vernos de pie—. ¿Os vais?

—Hae Jun quiere enseñarme una cosa —respondió mi madre.

—La llevo a la librería.

Los ojos de Ren me atravesaron y su rostro perdió todo el color. Cuando pasé a su lado, me detuvo.

—¿Qué haces? —mascull en mi oído.

—Lo que debo —susurré con la vista clavada en la espalda de mi madre.

—¿Estás seguro de esto?

Asentí. Estaba más seguro que nunca.

62
Jun

Había anochecido cuando salimos del edificio donde se encontraba el estudio. El viento me acarició la cara y agradecí esa sensación fría en mi piel sofocada. Alcé la mirada. No había estrellas en el cielo. Las luces de la ciudad eran demasiado brillantes y estridentes para verlas.

Caminamos en silencio, uno al lado del otro. Las farolas arrojaban una claridad tenue a nuestros pies, eclipsada por el resplandor de los carteles de neón y los escaparates de las tiendas.

Miré a mi madre de reojo y me pregunté qué estaría pensando.

—¿Está muy lejos ese sitio? Mi rodilla no se ha recuperado del todo —me dijo.

—Ya hemos llegado, es aquí.

Mi madre levantó la mirada y contempló el escaparate repleto de libros y el cartel que colgaba de la fachada. Empujé la puerta y la sostuve para que ella pasara primero. Una vez dentro, la conduje hacia la escalera. Rose estaba detrás del mostrador, leyendo, mientras vigilaba por el rabillo del ojo a un grupo de adolescentes que curioseaban en la sección juvenil. Sonrió al verme.

—¡Hola, Jun!

—Hola. ¿Todo bien?

Asintió.

—Ha llegado una carta del banco que no entiendo, ¿podrías echarle un vistazo después?

—Claro.

Mi madre nos observaba sin parpadear. Frunció el ceño.

—¿Esa mujer y tú...? —preguntó en voz baja.

—No, mamá. No hay nada entre nosotros.

—Por un momento he pensado que ella era ese «algo».

—No lo es.

—Da la impresión de que vienes mucho por aquí.

—Casi todos los días —respondí.

Me observó sin disimular su asombro y después bajó la mirada a los peldaños.

Yo sabía que debía de sentir curiosidad, y que no hiciera preguntas me tenía descolocado. Me hizo pensar que realmente intentaba poner de su parte para arreglar las cosas. Sin embargo, ambos íbamos a necesitar mucho más que esfuerzo para superar lo que estaba por venir.

Al llegar arriba, saqué las llaves del bolsillo y abrí la puerta. La invité a pasar.

Helen se levantó del sofá, donde estaba viendo la televisión.

—¡Jun! No esperaba verte hoy —me dijo mientras se fijaba en mi madre—. Hola, soy Helen.

—Buenas noches, yo soy Yeo Se Hee, la madre de Hae Jun.

Helen me miró sin esconder su desconcierto. Unas arruguitas aparecieron en su frente y supe que trataba de entender la situación. Conocía nuestra historia, mi propio padre se la había contado tiempo atrás.

—¿Tu madre?

Asentí y señalé la puerta del dormitorio.

—¿Podemos pasar?

—No necesitas mi permiso —respondió muy seria.

—¿Qué hacemos aquí, Hae Jun? —intervino mi madre y sus ojos se pasearon nerviosos por los míos.

El corazón me iba a mil por hora. Cogí aire. A esas alturas me era imposible dar marcha atrás, y tampoco quería. Tomé a mi madre por el codo y le pedí con un gesto que me acompañara. La puerta del dormitorio de mi padre estaba entreabierta y la empujé con cuidado. La única luz provenía de la lámpara que había sobre la mesita de noche, junto a la cama. De fondo sonaba música clásica, no lo bastante alta como para ahogar los sonidos que emitían el monitor cardíaco y la máquina que le suministraba oxígeno.

Cerré los ojos un momento y traté de mantener la calma cuando me acerqué a la cama y cubrí con mi mano la de mi padre. Nuestros ojos se encontraron y le sonreí.

—¿Ha tenido un buen día?

Un toque.

—Me alegro. Tiene mejor cara que ayer.

—¿Qué es esto, Hae Jun? ¿Quién es? —preguntó mi madre desde la puerta.

Se acercó con expresión curiosa y se colocó a mi lado. Forzó la mirada en el rostro demacrado que también la observaba a ella. Se quedó paralizada durante unos segundos, sin parpadear. De repente, dio un paso atrás y comenzó a temblar mientras me contemplaba horrorizada. Lo había reconocido.

—Tiene una enfermedad degenerativa que le provoca parálisis. Un día nos vimos por casualidad hace tres años, cuando regresé de estudiar en Seúl. Cuido de él desde entonces —afirmé. Ella me observaba estupefacta. Cogí aire y la miré a los ojos—. ¿Aún puedo volver a casa?

La mano de mi madre me cruzó la cara con fuerza. El

corazón se me subió a la garganta, conmocionado. La piel comenzó a arderme allí donde me había golpeado. Tragué saliva mientras la veía abandonar el dormitorio hecha una furia. La seguí.

—¿Cómo has podido hacerme esto? ¿Cómo has podido? —chilló histérica.

A mí me invadió una calma extraña.

—Tú lo sabes mejor que nadie. Siempre has dicho que me parezco a él. Que soy como él. Lo llevo en la sangre, ¿cómo no iba a hacerlo?

Su rostro se desencajó.

—Ese... ese hombre... nos arruinó la vida. Estabas allí, viste por todo lo que tuve que pasar, ¿y así me lo pagas?

—No podía mirar a otro lado y dejarlo solo.

—¿Por qué? Es un perro —escupió.

—Porque no soy como tú, mamá. No soy capaz de guardar ese resentimiento durante tanto tiempo, ni de darle la espalda a alguien que me necesita. Prefiero perdonar a odiar. —Hice una pausa y añadí—: Y es mi padre.

Me dio otra bofetada e hizo que me tambaleara hacia un lado.

—Tu padre está ahora mismo en casa, esperando a su familia para cenar. Creyendo que tiene un hijo agradecido por la vida y el amor que le ha dado. Lo que le has hecho todo este tiempo es imperdonable.

Mastiqué sus palabras. Las saboreé despacio.

Después de todo, no iba a perdonarme cualquier cosa que pudiera haber hecho.

Pasó por mi lado y se dirigió a la puerta principal. La abrió de un tirón.

—Intentó quitarse la vida para solucionar el problema que provocó —le dije. Ella se detuvo, pero no se volvió—. No justifico lo que hizo, no estuvo bien y causó mucho dolor.

Pero la verdad es que nunca tuvo intención de hacernos daño. Quiso algo mejor para todos y le salió mal, y cuando se dio cuenta del desastre que había causado, prefirió estrellar su coche a volver y pedirte perdón. ¿Tan bien te conocía, que sabía que sería un esfuerzo inútil?

Vi como inspiraba hondo. Después, se marchó.

Mis ojos se humedecieron, pero me negué a soltar una sola lágrima. Apreté los dientes con fuerza y me dije a mí mismo que había hecho lo que necesitaba para seguir adelante. Nunca quise herir a nadie, y mucho menos a ella. Simplemente, había alcanzado mi límite y tocado fondo. Todos tenemos un punto de no retorno.

Llevaba casi toda mi vida haciéndome responsable de sus sentimientos. Cargando con ellos. Pisando los míos por el camino. Convenciéndome de que podía ser feliz si todos los demás también lo eran, hasta que entendí que vivir de ese modo era imposible.

Regresé a la habitación y me senté junto a la cama. Miré a mi padre y tomé su mano. La congoja que sentía no me dejaba respirar.

—Siento mucho haber permitido que ella le vea de este modo, pero no tenía más remedio. Era algo que debía hacer. ¡Perdóneme!

Noté una ligera presión de sus dedos en los míos. Lo miré a los ojos y vi mucho dolor guardado, que comenzaba a liberarse. Le dediqué una pequeña sonrisa y asentí. Sabía cómo se sentía. Después de tanto tiempo hablándonos solo a través de miradas, habíamos aprendido a comunicarnos. A entendernos.

Y no hay mucho más que pueda decir.

Que se fue una semana después. Tranquilo. Sin darse cuenta de que lo hacía.

Al funeral acudieron una veintena de personas entre conocidos de mi padre y mis propios amigos. También asistió Hae In. Aunque solo pude verlo de lejos. Cuando ya nos marchábamos, lo descubrí caminando hacia el lugar donde reposaban los restos de mi padre.

Hay lazos imposibles de romper. Que no desaparecen. No importa el dolor que puedan causar.

Son hilos que se llevan por dentro, calientes y llenos de algo espeso sin lo que no se puede vivir. Ambos siempre lo supimos, solo que lo afrontamos de formas distintas.

63
Dani

La vida nunca nos parece tan sencilla como debería, o como nosotros esperamos que sea. Vivimos con la sensación de que siempre nos está poniendo a prueba. Que las cosas horribles solo nos pasan a nosotros y la mala suerte nos persigue. No es así. La vida no es más que una sucesión de días. Es tiempo. Somos nosotros y nuestras decisiones los que la complicamos o la hacemos simple, y siempre depende de la dirección que elegimos tomar.

¿Izquierda o derecha? ¿Adelante o atrás? ¿Odiar o perdonar?

Abrí una lata de comida para gatos y la olí. Alcé las cejas y miré a *Gatsby*, que se paseaba por la encimera de la cocina sin perder detalle de lo que yo hacía. Luego contemplé los tallarines que acababa de cocinar para mí.

—¿Por qué tu comida huele mejor que la mía?

Recibí un maullido por respuesta.

—Tienes razón, debería aceptar que mi única fuente de alimentación fiable es la comida a domicilio. —Le acaricié la cabecita y puse la lata en la encimera—. Aquí tiene, señor, que le aproveche.

Otro maullido.

Llamaron al timbre y me apresuré a lavarme las manos antes de ir a abrir. Corrí a la entrada. Llevaba días esperando un paquete. Quité el pasador y abrí la puerta con una sonrisa. Me quedé pasmada, mientras mi mente se volvía loca entre el asombro y la incredulidad.

—Sofía... —La miré de arriba abajo y me detuve en la maleta que agarraba con fuerza—. ¿Qué haces aquí?

De repente, rompió a llorar.

—Mamá me dio la dirección. Lo siento... Sé que soy la última persona a la que quieres ver y que no debería molestarte, pero no sé a quién más acudir. No tengo a nadie que no seas tú. Y yo... Yo necesitaba irme. No puedo más, Dani. No puedo. Necesito escapar.

—No entiendo nada.

—¿Puedes ayudarme, por favor? Por favor... Solo por esta vez... Por favor, ayúdame.

Mi desconcierto dio paso a otra cosa que me costó reconocer. Un instinto que creía olvidado y que cobró fuerza al ver el rostro de Sofía bañado en lágrimas. La desesperación con la que me rogaba. El miedo. La fragilidad que la envolvía. No veía a la mujer, solo a la niña. Esa que de pequeña se colaba en mi cama cada vez que tenía una pesadilla. La que siempre me daba la última galleta y se comía la pizza con pimientos solo porque a mí me gustaban.

Y me moví sin pensar.

Di un paso adelante y la abracé.

Su llanto se hizo más amargo y la sostuve. Sin entender qué estaba pasando, pero comprendiendo lo importante. Mi orgullo y resentimiento eran una mierda. Y mi corazón, el idiota que siempre se sacrificaba.

—Aquí tienes. Ten cuidado, está caliente —le dije.

Sofía alzó el rostro, hinchado y cubierto de lágrimas, y tomó la taza de té que le ofrecía. La sostuvo con ambas manos y musitó un gracias. Me senté a su lado en el sofá y miré a *Gatsby*, que no se movía de su regazo, como si supiera que ella necesitaba consuelo.

Suspiré.

—¿Te encuentras mejor?

Ella negó con la cabeza.

—Nunca debí acercarme a Adrián. Aunque, por más que lo pienso, ni siquiera puedo recordar cómo ocurrió. Cómo acabé liada con él —susurró temblorosa. La miré—. Cuando quise darme cuenta, nos estábamos acostando y ya no había nadie más para mí excepto él. No importaba lo que me pidiera, yo lo hacía. Si él estaba contento, yo era feliz. Si se enfadaba, yo apenas lograba vivir con la angustia. Si me decía que era culpa mía, lo creía. Mi vida entera giraba a su alrededor.

No ignoré la punzada de reconocimiento que sentí al escucharla. Lo cercanas y conocidas que me resultaban sus emociones.

—Tiene esa facilidad. La de hacerte creer que lo necesitas para vivir, aun cuando eres infeliz a su lado.

—No me di cuenta hasta que ya era tarde.

—Yo tampoco lo vi venir —le confesé—. Un día estaba aquí, empezando una carrera maravillosa. Y al siguiente me encontraba de regreso en España, lavándole la ropa.

—Un tapón y medio de suavizante, ni más ni menos —dijo en un sollozo.

Mis labios se curvaron con una pequeña sonrisa, y me sorprendió que pudiera divertirme con algo así. Sofía dejó la taza en la mesa y agarró un pañuelo para sonarse la nariz. Continuó hablando:

—Empecé a abrir los ojos poco después de que te marcharas.

—¿Qué pasó?

—Tú dejaste de ingresar dinero en vuestra cuenta conjunta.

Resoplé y fruncí un poco el ceño. «Cochina sanguijuela», maldije en silencio.

Sofía se secó las lágrimas con el dorso de la mano y prosiguió:

—Se transformó en otra persona. Hizo que les pidiera dinero a nuestros padres, también a los tíos. Luego consiguió dos préstamos personales a mi nombre, pero se quedó sin nada en muy poco tiempo y comenzó a presionarme para que pidiera prestado a mis amigos. —Se le rompió la voz y a mí se me formó un nudo en la garganta—. Entonces empezaron los malos modos, las palabras feas y los insultos. Dejaba de hablarme o desaparecía durante días. Creo que incluso veía a otras personas —susurró avergonzada.

—¿Te refieres a... mujeres?

Asintió con la cabeza y espachurró al gato contra su pecho como si fuese un peluche.

Parpadeé sorprendida y esa reacción inicial dio paso a una emoción más visceral. Enfado. Indignación. Asco. ¿Con qué clase de persona había estado casada? Y comencé a ser consciente de que Adrián pudo haberme engañado con más mujeres antes de Sofía y ella solo fue una más. Hasta que lo pillé.

—Hace unos meses, empezaron a seguirlo acreedores. Se pasaba los días histérico y fue entonces cuando me pidió que convenciera a papá de que lo dejara entrar en la empresa. Sé que soy tonta, pero no tanto, y me negué. Me martirizó hasta que no tuve más remedio que hacer lo que me pedía, incluso me dijo qué debía decirle a papá para convencerlo.

—Que si no te ayudaba, era porque me preferían a mí y estaban de mi lado.

—¿Cómo lo sabes? —me preguntó.

Me encogí de hombros y suspiré.

—A mí me presionaba para que convenciera a papá de

que tu parte de la empresa debía ser más pequeña, porque yo trabajaba en ella y tú no —respondí molesta.

Me fastidiaba que Adrián hubiera tenido tanto poder en mi vida. No darme cuenta desde un principio de cuáles fueron siempre sus intenciones.

—Después de que estuvieras en casa, papá y mamá cambiaron de opinión sobre darle trabajo. Ahora está completamente desquiciado y me da miedo.

Mi corazón se saltó un latido. ¿Había dicho que le daba miedo? Mi mente se llenó de pensamientos aterrorizados. Me giré hacia ella y busqué en su mirada huidiza. Decía la verdad.

—¿Por eso estás aquí?

Asintió.

—No quiero verlo nunca más —dijo entre lágrimas.

—¿Mamá y papá lo saben?

—No lo he hablado con nadie, así él tampoco lo sabrá.

Me encogí al oír esas palabras, preguntándome de qué clase de persona estaba huyendo realmente.

—Dios, Sofía...

—Lo siento mucho. Soy una estúpida y me merezco todo lo que me ha pasado.

—No digas eso.

—Es la verdad —gimoteó.

—Si las cosas son como cuentas, ¿por qué has aguantado tanto con él? Debiste dejarlo hace mucho.

—No podía. Rompí tu matrimonio y te hice mucho daño. Si lo hubiera dejado después de eso, habría sido la peor persona del mundo. Debía ser consecuente con el desastre que provoqué y que tuviera algo de sentido desbaratar tu vida como lo hice. Ni siquiera yo lo entiendo muy bien, solo... —Se cubrió la cara con la mano—. No lo sé, Dani.

Recordé lo que ella me comentó en casa de mis padres y empecé a comprender a qué se refería en aquel momento.

—Entonces, cuando dijiste que me habías salvado, ¿hablabas de todo esto?

—Sacarlo de tu vida fue un bien colateral. Es lo que quiero pensar. Adrián no es una buena persona, Dani. Lo parece, pero es un fraude. Finge delante de todo el mundo. Solo es amable si consigue lo que quiere.

—Dinero —aseveré.

Conmigo lo había tenido, porque desde que acabé mis estudios no había hecho otra cosa más que trabajar. En la empresa familiar. Desde casa con Amy. La economía de nuestra casa la había sustentado yo sola. Cubría todas y cada una de sus necesidades. Conseguí que viviéramos bien; y, pese a todo el esfuerzo, el dinero siempre fue un motivo de discusión entre nosotros. Él nunca tenía bastante. Siempre necesitaba más, pero no hacía nada para lograrlo. Era un parásito y yo tampoco supe verlo.

Empecé a preguntarme qué habría ocurrido entre nosotros si no hubiera tenido esa estabilidad. Si los problemas a los que se había enfrentado Sofía no habrían sido los míos.

Me levanté del sofá, incapaz de permanecer quieta. Paseé de un lado a otro del salón, pensando. Sofía continuaba abrazada al gato, con la mirada perdida en algún punto de la pared. Derramaba lágrimas sin parar y mi alma comenzó a tirar de mí hacia ella.

Resoplé frustrada. En otra vida debí de ser un mártir estúpido, que pasó sus días sacrificándose por los demás, y así me iban las cosas. Llené mis pulmones de aire y me senté de nuevo a su lado.

—De acuerdo, haremos esto. Vas a quedarte aquí conmigo un tiempo —empecé a decir. Sofía me miró sorprendida y con los ojos muy abiertos—. Hablaré con nuestros padres y les explicaré lo que me has contado, y entre todos nos desharemos de Adrián.

—¿Lo dices en serio? ¿Puedo vivir contigo?

—No te prometo nada, porque no sé si funcionará, ni siquiera si podré hacerlo, pero vamos a intentarlo, ¿vale?

—Siento todo lo que ha pasado, Dani. Me odio por lo que te hice.

—Ya pasó. Ahora trataremos de dejarlo atrás. —La miré de reojo y pensé en otra de las cosas que dijo cuando conversamos en casa de mis padres. Una que entonces me hizo feliz y ahora dolía como una quemadura—. Conocer a Jun ha hecho que cambien muchas cosas. Yo he cambiado. Es cierto, desbarataste mi vida, pero eso me trajo de vuelta a Londres y me dio la oportunidad de encontrarme con él. Me ayuda pensar que te lo debo en parte.

Mi hermana esbozó una pequeña sonrisa.

—Te lo dije, le gustas mucho. —Se quedó callada un momento—. Dani...

—¿Qué?

—No tienes que preocuparte por mí con respecto a Jun. Evitaré cualquier tipo de contacto con él. No haré nada que te haga sentir incómoda.

Me la quedé mirando y noté que mi corazón descarrilaba de nuevo.

—Ya no estamos juntos —dije sin más.

—¿Por qué? —me preguntó atónita.

—Tuve que dejarlo marchar, pero es una larga historia de la que no quiero hablar. —Inspiré hondo y me froté las palmas de las manos en los pantalones—. ¿Tienes hambre? Podemos pedir comida.

—Sí.

—¿Qué quieres?

—Me da igual, elige tú.

Cogí mi teléfono, que estaba sobre la mesa.

—Pues coreano, me apetece *tteokbokki*.

—¿Tteok... qué?

—Un plato que te va a encantar. Pica mucho.

Sofía sonrió de forma más abierta y por fin soltó al gato, que saltó al suelo y desapareció como una exhalación en la cocina. Poco después, comíamos en silencio frente al televisor, mientras veíamos un capítulo de *Friends*.

Miré a mi hermana de reojo.

Allí estábamos, dos mujeres que no podían ser más distintas. Ni más parecidas. Separadas y vueltas a unir por esas cosas que tienen la vida y el destino. No sabía cómo me sentía al respecto, pero sí que recuperar la relación con mi hermana iba a ser difícil. Y, aunque lo lograra, nunca sería la misma.

Sin embargo, iba a intentarlo. Porque así era yo y dudaba de que algún día pudiera cambiar.

Una tonta que siempre pensaba en lo mejor para los demás antes que en sí misma.

64
Jun

—¿En serio? ¿Hasta cuándo piensas no hablarme?

Ren me miró enfurruñado y se encogió de hombros.

Puse los ojos en blanco y después observé la cola de pasajeros que esperaba para cruzar el control de seguridad del aeropuerto. Debía irme y aún no había conseguido que entrara en razón. Y llevábamos con ese tira y afloja toda una semana.

—Eres un crío —le recriminé.

Él dio un paso hacia mí y pegó su cara a la mía. Mostrarse intimidante se le daba de lujo, pero conmigo no funcionaba. Sabía lo que había bajo esa coraza. Solo él. Sin máscaras. Sin filtros. Ansioso, enfadado a veces, sensible otras, un poco perdido e inseguro.

—Y tú, el imbécil que me deja tirado —me reprochó.

—No te dejo tirado.

—¿Y cómo llamas a largarte durante dos años? —Se llevó las manos a la cabeza y resopló—. ¡Dos años, Jun! Dos putos años, joder.

—Antes o después tendré que ir.

—De acuerdo, pues después. Vámonos a tomar una cerveza —convino muy serio.

Me cogió del brazo y tiró de mí hacia la salida. Me eché a reír mientras trataba de frenarlo.

—El momento es ahora, Ren, y lo sabes. El juego saldrá a la venta en pocas semanas y el nuevo proyecto ya está encarrilado.

—No puedo hacerlo solo.

—Claro que sí. Apóyate en Miku y Noah. Haréis un buen trabajo.

—El estudio también es responsabilidad tuya. No puedes abandonarlo de este modo.

—No lo estoy abandonando.

—Si se va a la mierda, tú serás el culpable.

Inspire por la nariz, tratando de ser paciente con él.

—No dejarás que eso pase.

Me atravesó con su mirada y tragó saliva.

—¿De verdad vas a irte? —preguntó sin esconder la súplica que impregnaba su voz.

Me miré los pies, porque su expresión me dolía. Yo también iba a echarlo de menos, ¿qué se creía? Probablemente, más que él a mí.

—Sí.

—Estás huyendo —me acusó.

—¿Al servicio militar? En caso de huir, lo haría a Mané —me reí.

Me golpeó el pecho con el dedo.

—Sabes perfectamente a qué me refiero.

El corazón comenzó a latirme con fuerza y un músculo se tensó en mi mandíbula.

Sí que lo sabía.

El tiempo pasaba y no lograba ser de nuevo yo mismo. Londres y sus calles me asfixiaban. Había empezado a odiar su clima, su ambiente, cada rincón que antes era especial. No soportaba salir a la calle y enfrentarme a la posibilidad de encontrarme con mi familia. Que mi corazón se volviera loco cada vez que creía verla a ella. Mi empeño en no dormir para no soñar, y no tener que vivir otra vez la maldita agonía que me dejaba sin aire al despertar y darme cuenta de que solo había sido eso, un sueño.

Continuar con mi vida allí me estaba consumiendo y pensaba nada más que en marcharme. ¿Adónde? Al único lugar que no me permitiría arrepentirme. Del que no podría salir una vez entrara, y esa certeza era un consuelo. Vivir sin más alternativa que una rutina dirigida por otros, que me dirían qué hacer, cómo y cuándo. Sin tiempo a pensar, solo dejándome llevar.

El tiempo sana, y me aferré a esa idea.

—Ren, necesito hacer esto y necesito hacerlo ahora. Por favor, debes entenderlo.

Nos miramos. Vi en sus ojos el conflicto, la incertidumbre y el atisbo de abandono que sentía, y me culpé por dejarlo solo. Me preocupaba lo que le pudiera pasar mientras yo no estuviera. Ren no confiaba en nadie, excepto en mí. No tenía una familia con la que contar, solo a mí.

Él asintió despacio.

—Vale, lo entiendo.

—Prométeme que vas a cuidarte y que no harás ninguna tontería. Nada de meterte en líos. Ni peleas. Céntrate en el nuevo juego.

—Sí, papi —se burló.

—Y deja al novio de Jisoo en paz.

Me fulminó con la mirada.

—¿Novio? En sus sueños y por encima de mi cadáver.

Me reí. Luego le eché un vistazo al control de seguridad y vi que ya había pasado todo el mundo. En las pantallas anunciaban mi vuelo. Me revolví el pelo y contemplé a mi amigo. De repente, todo parecía desbordarse de golpe.

—Vas a portarte bien, ¿verdad? —insistí.

Me lanzó un besito.

—Tu confianza en mí me abruma. ¿Temes que te ponga los cuernos?

—Vete a la mierda —dije entre risas.

—Aún puedo partirte una pierna para que no pases el reconocimiento médico.

—¡Estás pirado!

El silencio nos envolvió durante unos instantes.

Ren se frotó la cara. Dio un paso hacia mí y me envolvió con sus brazos. Yo también lo abracé, mientras le daba palmaditas en la espalda.

—Cuídate, ¿vale? —me pidió.

—Tú también.

—No dejes que nadie se meta contigo. No estaré allí para partirle la cara.

—Sé defenderme solito.

Nos separamos y comencé a alejarme de espaldas. Notaba un dolor agudo en el pecho y me escocían los ojos.

—Si ves a Kojima en el E3, dile que se prepare. ¡Le tomaremos el relevo! —le grité desde el control.

—Se lo dirás tú mismo en un par de años.

Asentí con una sonrisa y alcé la mano a modo de despedida.

—Sé bueno.

—¡Que sí, joder! ¿Quieres irte de una vez?

Le mostré el dedo corazón.

Después me di la vuelta y me dirigí a la zona de embarque.

—Estará bien —susurré para mí mismo.

Necesitaba creerlo.

65
Dani

Vivir con Sofía no resultó tan difícil como pensé que sería. Al contrario, pronto encontramos cada una nuestro propio espacio. Nuestra rutina. Hacer cosas juntas se convirtió en algo natural y espontáneo. Y la sensación de incomodidad se fue diluyendo poco a poco. Con el paso de los días, me fui dando cuenta de que ella ya no era la misma de antes. Había cambiado. Al igual que yo, imagino. No me sentía la misma persona que llegó a Londres hacía ya dos años. Tampoco la que era cuando Jun apareció en mi vida.

«Jun.»

Habían pasado tres meses desde que rompimos y seguía pensando en él tanto o más que al principio. Alejando la tentación sin apenas voluntad. Ignorando las excusas que podrían acercarme a él. Tenía la sensación de que mi tiempo transcurría nadando siempre a contracorriente y era agotador.

Respiré hondo y aparté la vista de la ventana cuando escuché el repiqueteo de los tacones de Sofía. Entró en la cocina a toda prisa y fue directa a la cafetera de cápsulas. Se preparó un expreso. Le añadió leche fría y dos cucharadas de azúcar. Luego empezó a beber como si acabara de escapar del desierto.

—Aún es temprano. ¿Por qué tanta prisa? —le pregunté.

—Hoy llegan los nuevos percheros. Debemos cambiarlos por los viejos y colocar toda la ropa antes de abrir.

—Es verdad, llegaban hoy. Me pasaré más tarde para ver cómo quedan.

—Vale, se lo diré a Natalie.

Vi que dejaba la taza en la pila y se dirigía a la puerta.

—Eh... —la detuve—. ¿No piensas comer nada?

—No tengo hambre.

Fruncí el ceño y cogí una de las tostadas que había preparado para mí.

—Pues comes sin hambre. Ten.

—Dani —protestó.

—Cómetela. El desayuno es importante.

—Eres peor que mamá —murmuró antes de darle un mordisco.

Forcé una risa maligna y entorné los ojos.

—Da gracias de que no te haya puesto toque de queda, jovencita —imité la voz de mi madre y eso la hizo reír.

Nos despedimos con una sonrisa, y poco después escuché un portazo. Volví a perderme en la ventana. Mayo había comenzado con buen tiempo y el sol brillaba en un cielo azul sin nubes. Me fijé en un rayito de luz que atravesaba el cristal y en el pequeño arcoíris que proyectaba en la pared. Durante un rato me distraje con ese juego de luces, hasta que *Gatsby* entró en la cocina y se subió a mi regazo de un salto. Después comenzó a maullar, pidiendo mimos. Le rasqué las orejitas.

—Parece que a Sofía le gusta trabajar en la tienda, ¿verdad? —Él me miró con sus enormes ojos azules. «Miau»—. Sí, yo también pienso que lo está haciendo bien. En fin... ¿Qué te parece si tú y yo nos vamos preparando? Tenemos cita con el veterinario en menos de una hora.

Me levanté de la silla y me dirigí al baño. Media hora más

tarde, salí a la calle con *Gatsby* dentro de su bolsa. La clínica veterinaria no estaba muy lejos de casa y hacía un día estupendo para pasear. Eché a andar sin prisa, deteniéndome en todos los escaparates de ropa que iba encontrando. Conocer a la competencia es esencial.

Frené en seco al pasar por delante de una tienda de segunda mano. Ladeé la cabeza y miré dentro. De un maniquí colgaba un precioso abrigo vintage de color rojo con doble abotonadura, y supe de inmediato que debía hacerme con él.

—¿Dani?

Me volví al oír mi nombre.

—¡Hana! —exclamé sorprendida. Desde ese día en el taller no había vuelto a verla—. Hola.

—Hola. —Su mirada se posó en la bolsa de *Gatsby* y abrió mucho los ojos—. ¿Tienes una mascota?

—Sí, un gato.

Se agachó para verlo de cerca.

—Es muy bonito. —Nos miramos un poco cohibidas—. ¿Qué haces por aquí?

—Ahora vivo en esta zona.

—¿En serio? Es un buen barrio, aunque queda más lejos del taller.

—Solo un poco. —Me fijé en su aspecto. Ahora vestía de un modo mucho más formal—. ¿Y a ti cómo te van las cosas?

—Bien, he comenzado a trabajar en una compañía que financia a otras empresas. Ya sabes, préstamos comerciales y ese tipo de cosas.

Me reí, un poco más relajada, y negué con la cabeza.

—No tengo ni idea, pero parece que te gusta. Me alegro mucho por ti.

—Gracias —dijo en voz baja—. ¿Cómo os va a vosotras? He oído que habéis firmado con unos grandes almacenes franceses.

—Sí, van a distribuir y comercializar nuestros modelos por varias ciudades de Europa.

—¡Felicidades! Os merecéis ese éxito.

—Hemos tenido suerte.

Me sonrió con afecto y negó.

—Nunca ha sido cuestión de suerte, Dani. Sé lo mucho que habéis trabajado.

—Tú también —le dije sincera—. Tenerte con nosotras nos ayudó mucho.

Dejó escapar un suspiro. Luego recorrió mi rostro con la mirada.

—Bueno, debo continuar. Me alegro de haberte visto, Dani.

—Yo también. Cuídate mucho.

—Y tú.

Empezó a alejarse y yo ignoré el vuelco que me dio el estómago. La tentación y la necesidad que bullía dentro de mí. El impulso que me empujaba a ceder. Y perdí.

—¡Hana!

Se volvió con los ojos muy abiertos.

—¿Sí?

Carraspeé.

—¿Qué... qué tal está Jun?

—Hasta donde yo sé, se encuentra bastante bien.

—Ya... —Forcé una pequeña sonrisa—. Imagino que arreglar las cosas con su familia era lo que necesitaba. Tú tenías razón.

Hana parpadeó, contrariada.

—Jun no recuperó en ningún momento la relación con sus padres.

—¡¿Qué?! Yo creía que... Quiero decir que... Rompimos y pensé que volverían a llevarse bien.

—Pues no, nunca trató de acercarse a ellos. Fue su madre

la que lo intentó, pero al descubrir que él había estado cuidando de su padre biológico, la relación se rompió del todo.

Inspiré hondo en busca del aire que comenzaba a faltarme. Demasiada información que asimilar. Que entender. Rompí con él porque estaba convencida de que yo era el lastre que lo frenaba. La razón que lo contenía. Y si yo desaparecía, él volvería con su familia.

Qué ironía darme cuenta de que nunca fui tan decisiva. Que no dependía de mí. Jamás fui la razón completa de sus actos. Jun lo había tenido claro desde el principio y me lo dijo de todas las formas posibles. Fui yo la que no tuvo paciencia. La que no escuchaba. La que no le dio tiempo y pensaba demasiado.

Mis latidos se dispararon al ser consciente de que lo había dejado ir por nada.

—¿Y sabes cómo se encuentra su padre biológico? Sé que está enfermo —me interesé.

—Murió hace dos meses.

—No tenía ni idea —susurré afectada.

Se me formó un nudo en la garganta.

Miré a Hana y me dije a mí misma que ya no tenía motivos para seguir conteniéndome. Puede que a esas alturas Jun no quisiera saber nada más de mí. Que estuviera tan resentido como para odiarme. Y lo aceptaría, si ese era el caso. Sin embargo, quería hablar con él y saber si estaba bien. Decirle que lo sentía. Que había sido muy estúpida.

—¿Jun aún conserva el mismo número de teléfono? Me gustaría decirle que siento la muerte de su padre.

Hana negó con la cabeza.

—Jun ya no está en Londres y es casi imposible comunicarse con él.

Mi corazón se saltó un latido.

—¿Y dónde está?

—En Corea, decidió presentarse al servicio militar y se marchó el mes pasado. Una vez en la base, apenas pueden comunicarse con el exterior. Lo primero que les confiscan es el teléfono, por eso no puedes llamarlo.

Me quedé petrificada. «¿Decidió?» No tenía sentido para mí.

—¿Por qué iba a querer entrar en el ejército?

—El servicio militar es obligatorio en Corea para todos los hombres. Jun aún tenía unos años de margen, pero no quiso esperar más.

No lo sabía y se me cayó el mundo encima.

—¿Cuándo regresará?

—En un par de años —respondió ella.

La miré consternada. Había dicho dos años. Dos. Años. Toda una eternidad.

Hana se despidió, pero no alcancé a oír sus palabras. Me quedé en medio de la acera, inmóvil, mientras ella desaparecía entre la gente. Mi mente se llenó de mil pensamientos y sensaciones. La poca esperanza que albergaba en mi interior se extinguía como una flor muerta deshaciéndose con el roce de mis dedos. Y en ese momento me di cuenta de que mi vida acababa de convertirse en una espera eterna. Mi mundo, en un puzle al que siempre le faltaría una pieza. Y no fue fácil aceptarlo.

Él se había ido. Puede que para siempre.

Ojalá no hubiera sido así.

Ojalá volver atrás.

Pero el tiempo solo sabe ir hacia delante.

66
Jun

El sudor me escurría por la frente y se me metía en los ojos. Tragué saliva, pero tenía la boca tan seca que solo paladeaba la arena que se me pegaba a la lengua. Miré al frente y me concentré en las espaldas de mis compañeros. En seguir adelante. En controlar mi respiración y el ritmo de mi marcha.

Tres kilómetros más. Solo tres más y podríamos beber, comer y descansar.

El camino se tornó más irregular y comenzó a ascender. Jodida montaña.

—Eh, Hae Jun —resopló Suk Ku a mi espalda—. Se me ha ocurrido otra idea para un videojuego. ¿Quieres oírla?

Sonreí y lo miré por encima del hombro. Suk Ku había ingresado en el cuartel el mismo día que yo. También habíamos pasado juntos las cinco semanas de entrenamiento y después nos asignaron a la misma unidad. Nos hicimos colegas desde el primer momento.

—¿Más zombis *strippers*?

—No, tío, esta es mucho mejor. Zombis amazonas. Ya sabes, las que van a caballo y tiran con arco. Un virus mutante las infecta y se transforman en zombis comecerebros, adictas al sexo. ¿Te lo imaginas? Amazonas luchando contra soldados, en todo tipo de posiciones, ¿ves hacia dónde voy? —Negué con la cabeza—. Exacto, videojuegos porno. Tiene morbo, ¿eh? Ese terreno es una mina de oro sin explotar —dijo convencido.

Rompí a reír y empecé a toser sin aire.

—Así que tu idea es que la gente se ponga cachonda con un videojuego.

—Sí.

—¿Y con qué mano?

—¿Qué? —preguntó Suk Ku en tono inocente.

—Vamos, idiota, ¿no lo pillas? —saltó Myung Sin, otro miembro del pequeño grupo de amigos que habíamos formado—. ¿Con qué mano vas a masturbarte si necesitas las dos para sostener el mando y jugar?

Suk Ku se quedó pensando seriamente en el tema, lo que hizo que el resto nos echáramos a reír como locos. Pensé en Ren. Myung Sin y él se parecían mucho. Compartían el mismo humor y sus ocurrencias y bromas siempre me hacían sentir mejor.

—Sssss..., callad, el sargento se acerca —nos chistó Sung Min desde su posición delantera.

Nos quedamos mudos y seguimos corriendo sin llamar la atención. Entorné los ojos cuando el sol incidió directamente en mi cara al doblar una curva. El calor era sofocante y el ambiente tan húmedo que respirar costaba el doble de esfuerzo. Hice recuento del tiempo que llevaba allí. Trescientos setenta y cinco días. Cada uno, igual que el anterior.

Vivíamos confinados en la base y los permisos fuera de ella eran escasos. Nos levantábamos al amanecer y realizábamos cualquier tarea que nuestros superiores nos encomendaban. Breve parón para comer y continuábamos hasta la cena. Era entonces cuando podíamos descansar y disfrutar de un poco de tiempo libre hasta la hora de dormir.

Sin embargo, ese rato del día era el que más temía. Porque, cuando mi cuerpo se derrumbaba agotado, era mi mente la que despertaba. Y pensaba. Recordaba. Pensaba y volvía a recordar.

Me preguntaba qué estaría haciendo ella. Si habría conocido a alguien y rehecho su vida. Si me echaría de menos tanto como yo la extrañaba. Cuánto tiempo más debía pasar para empezar a quererla un poco menos. A olvidarla un poco más.

Preguntas para las que aún no tenía respuestas.

Mientras, me dolía. Porque es lo que pasa cuando te enamoras de verdad y ese amor te abandona.

Dolía la ausencia.

Haberlo dado todo.

Dolía no haberle dicho te quiero y guardármelo dentro.

Dolía ese vacío a la altura del pecho.

Donde solo cabía ella.

67
Dani

—¿Quieres dejar de llorar? Soy yo la que se casa —me dijo Amy con la voz rota.

Saqué otro pañuelo de papel de mi bolso y me sequé las lágrimas con cuidado de no estropearme el maquillaje. Parpadeé y volví a contemplar a mi amiga. Estaba preciosa vestida de novia.

—No puedo evitarlo. Mírate —sollocé.

—No puedo respirar.

—¿Te aflojo el corpiño? —me ofrecí preocupada.

—No me aprieta. Es que estoy muy nerviosa.

—Tranquila, respira. —Inspiré y exhalé, gesticulando con mis manos para que me siguiera. Ella llenó su pecho y después soltó el aire—. Muy bien, así. Inspira, espira, inspira...

Beth entró en la habitación y se nos quedó mirando, con una mano apoyada en la cadera y la otra, en su barriga prominente.

—¿Qué hacéis? La única que puede ponerse de parto aquí soy yo.

Amy y yo la miramos, y rompimos a reír con lágrimas en los ojos.

—Que no se te ocurra dejar salir a ese bebé. Hoy es mi día —replicó Amy entre risas.

—Si es tan cabezón como tu hermano, prefiero que se quede dentro, la verdad —contestó Beth en tono resignado.

Max apareció tras ella y la miró desde arriba. Estaba guapísimo con traje y pajarita.

—¿A quién estás llamando cabezón?

Beth dio un respingo y a mí se me escapó una carcajada.

Es curioso cómo cambia la vida. Las vueltas que da. Nos mueve de un lado a otro, entre casualidades y tropiezos, hasta colocarnos en la dirección correcta. Al menos, así había sido para Max y Beth. De compañeros de universidad pasaron a ser amigos con derecho a roce. Una relación intermitente que se alargó más de una década, durante la que se enamoraron de otras personas. Afrontaron rupturas. Y volvieron a buscarse una y mil veces. Hasta que ese bebé que estaba en camino los unió definitivamente.

Ahora se los veía tan felices.

—Amy, se hace tarde. Deberíamos salir ya —dijo Max.

Entré en la iglesia y crucé el pasillo hasta los primeros bancos frente al altar, donde me esperaba mi familia.

—Dani —me llamó mi madre—. Estamos aquí.

Alcé la mano y la saludé mientras corría a su encuentro. Ella se hizo a un lado, para dejarme sitio, y me senté entre mi padre y mi hermana, que estaba junto a Jared, el chico con el que había empezado a salir en primavera. Nunca la había visto tan feliz como lo era con él esos días.

Comenzó a sonar la música y Amy apareció del brazo de su padre. Llevaba el pelo rubio suelto, adornado con una diadema de flores, y el vestido que había diseñado para ella. Su rostro brillaba de felicidad cuando llegó al altar y su padre la besó en la mejilla, antes de aceptar la mano que James le tendía.

La ceremonia fue muy emotiva. Sencilla y bonita. Y lloré a mares. Conmovida al verme rodeada de las personas a las que quería. Sensible por tantos sentimientos a flor de piel. Nostálgica al pensar en él. La mano de mi hermana se posó sobre la mía y me dio un pequeño apretón. Nuestros ojos se encontraron y su sonrisa me calentó el pecho.

Quién me iba a decir que acabaría siendo ella el hombro en el que me apoyaría. El abrazo que me consolaría. La persona que podría leer entre mis líneas. Por eso sabía cuáles eran mis pensamientos en aquel momento. Que por más que trataba de fingir que ya no sentía nada, que no pensaba en él, no era cierto. El tiempo había pasado, pero yo no podía avanzar igual de rápido.

Me costaba dejarlo ir. Aunque sabía que debía hacerlo, me resistía a ese momento en el que definitivamente le diría adiós. Porque echarlo de menos también era una forma de quererlo. Y me dolía aceptar que lo nuestro, al final, había sido un cuento que terminó mucho antes de comenzar.

68
Jun

—Mañana nevará —dijo Suk Ku.

Levanté la vista hacia el cielo despejado y contemplé los millones de estrellas que brillaban esa noche. Cruzábamos la base de vuelta a la habitación donde dormíamos.

—¿Cómo lo sabes? —le pregunté.

—Cuando has vivido toda tu vida en el campo, esas cosas se saben.

—¿Qué es, una especie de superpoder de agricultor? —bromeó Myung Sin.

—El aire huele distinto —respondió.

Por acto reflejo, los cuatro inspiramos hasta llenar nuestros pulmones.

—Yo no huelo nada —comentó Sung Min.

—Yo tampoco —afirmé.

—¿A qué huele la nieve? —se interesó Sung Min.

—Pues a nieve —replicó Suk Ku.

—La nieve es agua, no huele absolutamente a nada, idiota —resopló Myung Sin.

—El idiota lo serás tú.

Myung Sin saltó sobre Suk Ku y lo agarró por el cuello.

—Eh, ¿qué forma es esa de hablarle a un mayor?

—Mayor, mi trasero. Nacimos el mismo año —protestó mientras trataba de desembarazarse de él.

Sonreí. Esos dos siempre estaban enzarzados, picándose el uno al otro. Me estremecí bajo la chaqueta y una columna de vaho escapó de mi boca. Estábamos a mediados de diciembre y soplaba un viento glacial que te calaba hasta los huesos. Sung Min sacó su cajetilla de tabaco y encendió un cigarrillo. Después soltó una bocanada de humo que acabó en un suspiro.

—Dos meses. Dos meses más y podremos largarnos de aquí —susurró en tono esperanzado.

—Mantendremos el contacto, ¿verdad? —nos preguntó Suk Ku.

Nos miramos y asentimos convencidos. La vida en la base había sido soportable gracias a la amistad que habíamos forjado entre nosotros, y dudaba de que pudiéramos olvidarla así como así.

Luego, él me señaló.

—¿Vas a regresar a tu casa?

Me encogí de hombros.

—Imagino que sí. Al menos, mientras pienso en la posibilidad de montar aquí un segundo estudio.

—Ya te dije que no era una mala idea. Ningún país puede igualar a Corea y Japón en lo que a videojuegos se refiere.

—Lo sé.

—Y si te decides a instalarte aquí, no olvides contratarme. Ya sabes... —Me dedicó una mirada seductora—, zombis amazonas.

Rompí a reír con ganas. Suk Ku era todo un personaje.

—¿Kim Hae Jun?

Me volví al escuchar mi nombre. Uno de los nuevos reclutas venía corriendo hacia nosotros.

—¿Kim Hae Jun? —repitió.

—Soy yo.

—Señor, el capitán lo está buscando.

—¿A mí? —pregunté preocupado.

Últimamente no había hecho nada por lo que pudieran castigarme.

—Sí, señor. Lo espera en su despacho.

—Gracias. Voy inmediatamente.

Me despedí de mis amigos y me dirigí al edificio donde se encontraba la oficina de nuestro capitán. Llamé a la puerta y recibí permiso para entrar. Una vez dentro, me cuadré y saludé:

—Mi capitán, se presenta el sargento Kim...

—Está bien, está bien... —me dijo él desde su mesa—. Ya sé quién eres y estamos en horario de descanso. Puedes relajarte. —Me miró y dejó escapar un suspiro—. Me temo que debo darte malas noticias.

—¿Señor?

—He recibido una llamada de tu familia. Tu abuela falleció en la mañana de ayer y tienen intención de trasladar sus restos desde Londres a un cementerio en Incheon. ¿Nació allí?

Asentí, intentando digerir la noticia que acababa de darme.

—Sí, mi capitán.

—Lo siento, Hae Jun. Perder a nuestros mayores siempre es doloroso —dijo en voz baja. Cogió un papel de su mesa y me lo ofreció con el brazo extendido. Lo tomé—. Es un permiso especial de dos días para que puedas salir y presentarle tus respetos.

Tragué saliva para aflojar el nudo que me apretaba la garganta. Empezaron a escocerme los ojos y todo se volvió borroso. Mi abuela había muerto.

—Gracias, mi capitán.

—Puedes retirarte.

Me llevé la mano a la cabeza y lo saludé, antes de dar media vuelta y abandonar su despacho. Una vez fuera, me derrumbé como un niño. Lloré por primera vez en dos años, con la mente rebosante de vivencias y sentimientos. Mi abuela había muerto sin que hubiera podido verla de nuevo. Sin despedirme de ella, porque ni tuve ni me dieron la oportunidad de hacerlo. Y era muy duro aceptarlo.

«Pequeño delincuente», casi podía oírla.

Al día siguiente, abandoné la base al amanecer. Un taxi me llevó a la estación de autobuses y desde allí viajé a Incheon. Llegué a la ciudad a mediodía y fui directo al cementerio. En el centro de información me comunicaron que las cenizas de mi abuela habían llegado a primera hora de la mañana, con un familiar, y ya habían sido depositadas en una pequeña parcela.

Compré unas flores y, con las indicaciones apuntadas en un papel, fui en busca del lugar que me habían señalado. Estaba nervioso, porque no tenía ni idea de qué miembro de mi familia se había hecho cargo de trasladar las cenizas de mi abuela. Ni si aún permanecía allí.

Tomé un camino, bordeado de arbustos, y comencé a ascender. A lo lejos distinguí una figura, vestida de negro. Mis latidos se dispararon al darme cuenta de que se trataba de mi madre. No estaba preparado para un encuentro. El daño. La incomodidad de las palabras que nos dijimos aquella última vez seguía conmigo. Continué caminando hacia ella. Aunque, cada cinco pasos, tenía ganas de darme la vuelta y huir. Las reprimí. Pero el impulso se quedó ahí.

Me detuve a su lado como si allí no hubiera nadie.

Coloqué las flores en el suelo. Bajé la cabeza ante la lápida y me arrodillé. Después me incliné hacia delante, postrándome en señal de respeto mientras me obligaba a contener las lágrimas. En silencio le pedí perdón por no haber sido un buen nieto. Por no haberle dedicado más tiempo.

Me puse en pie al cabo de unos minutos y me mantuve inmóvil con los ojos cerrados. Podía notar la mirada de mi madre sobre mí. El modo en que contenía la respiración durante unos segundos, para a continuación exhalar todo el aire de golpe.

No sé cuánto tiempo llevábamos allí, uno al lado del otro, cuando habló:

—¿Tienes hambre? —Ladeé la cabeza y la miré por primera vez. Negué casi sin moverme, y ella añadió—: Vamos a comer algo.

Echó a andar y yo me quedé parado sin saber qué hacer. Tras un momento de duda, solté un suspiro entrecortado y la seguí. No porque ella me lo hubiera dicho. Yo decidí hacerlo. Nos acomodamos en el interior de un café y mi madre pidió por los dos: *gimbap, mandu, pajeon* y té para beber.

Aunque a ella le había dicho que no, estaba muerto de hambre y empecé a comer en cuanto los platos llegaron a la mesa. Con la cabeza baja, tragué sin apenas masticar.

—Te queda bien —habló de repente. La miré de soslayo—. Me refiero al uniforme, te queda bien.

Asentí y tragué otro bocado. Luego, bebí un sorbo de té.

—Tuvo un infarto de madrugada. La llevamos al hospital, pero los médicos no pudieron hacer nada por ella —susurró. Yo no podía levantar la vista de la mesa—. ¿Sabes qué fue lo último que me dijo mientras íbamos en la ambulancia?

—¿Qué? —musité.

—Me preguntó qué había hecho mal como madre para que yo hubiera salido así —respondió. La miré con los ojos muy abiertos—. Después me dijo que era la mujer más tonta del mundo y que se avergonzaba de mí. Que merecía quedarme sola, por haber apartado a su nieto de ella.

Noté una lágrima resbalando por mi mejilla y me la sequé con la mano.

—Y tenía razón en todo —expresó en voz baja.

—Seguro que no hablaba en serio.

Sacó un pañuelo de su bolsillo y se secó las mejillas.

—No trates de consolarme, conocía a mi madre y nunca decía nada por decir. Me merezco sus palabras y tendré que vivir con ellas. —Giró la cabeza y contempló la ventana—. Tu hermano se está divorciando —anunció, y yo asentí—. ¿Lo sabías?

—Recuperamos el contacto hará un año.

—No me lo comentó.

—Hace un par de meses que hablamos por última vez y me contó que estaba considerando separarse —le expliqué incómodo.

—Lo está pasando muy mal.

Se me escapó un ruidito amargo y la miré.

—Mi hermano nunca debió casarse. Hana no lo quería, y no se planteaba la idea de tener hijos con él. Dormían separados y había semanas que solo se veían los domingos, cuando iban a casa a comer y debían fingir. ¿Cómo esperabas que acabara?

Ella me sostuvo la mirada y vi por su expresión que desconocía esa parte de la historia. En realidad, no sabía nada de nada sobre nosotros. Nos habíamos pasado la vida ocultándole nuestros pensamientos y sentimientos, fingiendo para complacerla. Ahora todos pagábamos el precio.

—Es culpa mía.

—Sí, mamá, es culpa tuya. Todo es culpa tuya —le solté sin poder contenerme.

—Lo siento.

—¿Qué sientes?

—Todo. Las cosas que hice, las que dije... Estaba equivocada y no era capaz de verlo. —Parpadeó emocionada—. Nunca más volveré a interferir en vuestras vidas. Te lo prometo.

Me incliné sobre la mesa y busqué sus ojos.

—Llegas tarde. Nuestras vidas son un desastre y poco importa lo que intentes hacer.

—Hae In es joven, seguro que encontrará una persona con la que ser feliz. Y tú también.

—Yo ya la encontré. La tenía, mamá, y me dejó. Me abandonó para que regresara con vosotros, y no porque no me quisiera. Todo lo contrario. Me quería, pero estar conmigo la hacía sufrir y no fue justo. —No me di cuenta de que estaba alzando la voz hasta que descubrí un montón de miradas incómodas sobre mí.

Bajé la cabeza.

—Quizá puedas arreglar las cosas con ella cuando vuelvas. Yo no me meteré —dijo mi madre con una pequeña sonrisa, como si hubiese aceptado esa posibilidad, como si no le pareciese terrible.

—Han pasado dos años. Probablemente haya rehecho su vida. Puede que hasta tenga hijos...

Me froté el mentón e intenté calmarme. Todo el dolor y la nostalgia que aún sentía se asentaron en mi estómago y empujé el plato de comida. Sabía que no tenía por qué enfadarme, pero me mataba pensar que Dani ya pudiera tener todas esas cosas. Sin mí. Con otro.

—El tiempo...

—El tiempo no puede arreglar lo que se ha roto ni borrar lo que siento —la corté—. Con ella estaba completo, mamá. Sacaba lo mejor de mí.

Mi madre me observó con ojos brillantes y extendió las manos sobre la mesa hacia mí.

—Me equivoqué en todo, incluso con Seo Won.

Parpadeé sorprendido al escuchar a mi madre pronunciar el nombre de mi padre. Había tardado veinte años en hacerlo. Algo se aflojó dentro de mi pecho.

—Tenías derecho a estar molesta con él, pero no a responsabilizarnos a mi hermano y a mí de tus sentimientos.

—Tienes razón —suspiró.

Nos quedamos en silencio. Al otro lado de la ventana había comenzado a nevar. Caían unos copos gruesos que se arremolinaban con el viento y no se derretían al tocar el suelo. Inspiré hondo, de repente más ligero. Menos enojado.

—¿Crees que podremos arreglarlo? —me preguntó mi madre.

Aparté los ojos de la ventana y la miré. No tenía una respuesta absoluta a su pregunta. No era tan fácil como decir sí o no. Dependía de muchas cosas. Poder perdonar. Saber olvidar. Aceptar los errores y confiar.

—No lo sé —admití con sinceridad—, pero deberíamos intentarlo. Por Hae In, por Yu Ri, y también por padre.

Ella se llevó una mano al pecho. Tenía los ojos húmedos, llenos de emociones que parecía llevar años conteniendo.

—Lo siento mucho, hijo.

—No pasa nada, mamá. También lo siento.

—Sé que no hice bien las cosas.

—Y yo me equivoqué en otras muchas.

Alargó el brazo y me acarició la mejilla.

—Mi niño precioso.

Sonreí y noté que me ruborizaba.

—Mamá, tengo veintiocho años.

—Pero siempre serás mi pequeño. ¿Quieres que pidamos *bingsu*?

¡Bingsu! De pequeño me encantaba, pero no había vuelto a comerlo desde que nos mudamos a Londres. Un nudo de emoción me estrujó la garganta mientras la miraba. Percibí algunas arrugas nuevas en su rostro, canas que antes no estaban allí, su cuerpo más delgado. Sacudí la cabeza mientras me reía.

—Pero con mucha leche condensada.

—Toda la que quieras, Hae Jun. Toda la que quieras.

69
Jun

Me cargué la mochila al hombro y agarré mi maleta. Después avancé siguiendo a los otros pasajeros hasta la salida de la terminal de llegadas. Fue un poco extraño encontrarme de nuevo rodeado de gente que no se me parecía, que hablaba un idioma diferente.

Otra vez, todo era distinto. La ciudad, el ambiente, la comida... Me había sentido igual, dos años atrás, cuando regresé a Corea. Y ahora debía vivirlo a la inversa y volver a acostumbrarme.

Crucé las puertas con un cosquilleo que me erizó la piel. Levanté la cabeza y busqué entre todas aquellas personas que esperaban. No lo vi por ninguna parte. Fruncí el ceño, dudando por un momento de si le habría dado bien los datos de mi vuelo. Seguro que el muy idiota era capaz de haberse olvidado.

Estaba a punto de sacar mi teléfono del bolsillo cuando escuché un grito ronco.

—¡Cariño! ¡Eh, mi amor!

Alcé la vista y casi me da un ataque. Ren corría hacia mí con una sonrisa enorme en la cara y dando saltitos. Llevaba unas rosas en la mano, que perdían pétalos cada vez que las agitaba en el aire.

—Cariño, cuánto te he echado de menos.

La gente comenzó a fijarse en él, curiosa por ver adónde se dirigía. Yo pensé en esconderme o fingir que no lo conocía. De repente, abrió los brazos y supe lo que estaba pensando. Negué con la cabeza. No sería capaz. No estaba tan pirado.

Sí que lo estaba. Saltó en el aire y me cayó encima. Pesaba una tonelada. Me rodeó las caderas con las piernas y trató de plantarme un beso en la mejilla. Empecé a retorcerme y a empujarlo, pero era imposible quitármelo de encima. Colgaba de mí como un mono.

—¡Mi amor...! —gritaba con voz aguda.

Lo miré. Me guiñó un ojo y rompí a reír a carcajadas. Se me saltaron las lágrimas mientras él aplastaba sus labios en mi mejilla. Y me rendí. ¡Qué cabrón! Le devolví el abrazo. Cómo lo había echado de menos.

Saltó al suelo y me hizo ojitos.

—¿Qué me has traído?

Lo empujé en el pecho.

—Vámonos de aquí o acabaremos saliendo en las noticias.

Me pasó la mano por los hombros y echamos a andar hacia la salida del aeropuerto. Sus ojos se posaron en mi cabeza.

—Tío, ¿dónde está tu pelo?

Le di un cachete en la coronilla.

—¿Y estas melenas? —le pregunté a mi vez.

El pelo le cubría las orejas y se le ondulaba en la frente y el cuello. Tenía buen aspecto, incluso parecía que había ganado algo de peso. Se encogió de hombros y compuso una expresión seductora. Le di un codazo.

Seguimos bromeando hasta que llegamos al aparcamiento. Guardé mi equipaje en el maletero de su coche y entramos.

—Bueno, ¿qué quieres hacer? ¿Comer, beber...? —me preguntó mientras ponía el motor en marcha.

—Lo primero, recoger mis cosas del guardamuebles.

—No es necesario, tus cosas están en mi casa.

Lo miré sorprendido.

—¿Y eso?

—Porque vas a quedarte conmigo hasta que encuentres dónde vivir.

—Te dije que me quedaría en un hotel.

—Por encima de mi cadáver.

Sacudí la cabeza y contemplé la ciudad a través de la ventanilla. La primavera se abría paso en cada rincón.

—Bueno, cuéntame cómo va todo —le pedí.

—¿Acabas de llegar y ya quieres empezar a trabajar?

—La verdad es que me muero de ganas. Lo he echado de menos.

—Pues te vas a hinchar. Estamos a punto de comenzar las pruebas alfa y si el juego anterior fue difícil, este es una puta locura. —Me miró y tragó saliva—. Ha sido difícil hacer las cosas sin ti. No estaba acostumbrado.

—Ya estoy aquí.

Él asintió varias veces y se concentró en la carretera. Lo observé con atención.

—¿Y qué tal tú? —me interesé.

—¿Yo?

—Tú...

Inspiró. Puso el intermitente y giró a la derecha en el cruce.

—Como siempre, no ha cambiado nada.

Lo miré con cautela.

—¿Emily?

—Nos estamos tomando un tiempo —respondió en tono indiferente.

Hice una mueca.

—¿Estás bien?

—Sí. No te preocupes.

No quería hacerlo, pero siempre que decía «no te preocupes», yo no podía evitar inquietarme por él. Lo dejé pasar. Al menos, hasta que pudiera comprobar por mí mismo cómo estaba realmente. Apoyé la cabeza en el asiento, agotado por el viaje y tantas emociones, y contemplé las calles que íbamos dejando atrás.

Me costaba creer que estuviese de vuelta. Habían pasado dos años desde que me marché, pero tenía la sensación de que había transcurrido mucho más tiempo. Todo me parecía tan lejano.

Bueno, todo no.

—Ren.

—¿Sí?

Tragué saliva y mi pecho se llenó con una brusca inspiración.

—¿La has visto en todo este tiempo?

Ni siquiera me preguntó a quién me refería. Tan obvio era.

—No —respondió.

70
Dani

—¡No encuentro el chupete! —gritó Max.

—Lo lleva puesto —dije con la niña en brazos—. Vamos a llegar tarde.

—¿Dónde he dejado las toallitas?

—Están en la bolsa.

—¿Y dónde está la bolsa?

—En el carrito —respondí en voz alta y sin paciencia.

Megan abrió los ojitos y empezó a hacer pucheros.

—Ay, no, no, no... no llores, por favor. —Comencé a mecerla y sus párpados se fueron cerrando poco a poco—. Eso es, mi niña. Duérmete.

Le di un besito en la frente e inspiré su olor. Me encantaba cómo olía su piel.

Max apareció por el pasillo. Llevaba el pelo revuelto y la camisa arrugada por encima de los pantalones, nada que ver con la apariencia perfecta de la que siempre había presumido. Era reconfortante para mi amor propio comprobar que también era humano.

—¿Estás listo? —le pregunté.

—Sí.

Dejé a la niña dentro del carrito.

—Pues vámonos.

Salimos del piso que Max compartía con Beth y entramos en el ascensor.

—Gracias por ayudarme —me dijo por millonésima vez.

—¿Para qué están los amigos si no?

—No puedo hacer esto solo.

—Tranquilo, pasará pronto. —Lo vi inspirar y soltar el aire con fuerza—. Cualquiera diría que es a ti al que van a vacunar.

Me fulminó con la mirada.

—A mi hija le van a clavar una aguja, ¿cómo quieres que esté?

Puse los ojos en blanco y empujé el carrito cuando las puertas del ascensor se abrieron. Salimos a la calle y nos dirigimos a la consulta de la pediatra, que se encontraba muy cerca del mercado de Covent Garden. El sol brillaba en medio de un cielo azul impoluto y la temperatura era más alta de lo normal para esa época del año.

La primavera se asomaba por cada esquina y la llegada del buen tiempo me ponía contenta.

La enfermera nos hizo pasar en cuanto llegamos. Yo solo iba como apoyo moral, así que me quedé en una esquina y observé a Max pasando el peor rato de su vida. Desnudó a la pequeña para que la pesaran y la midieran. Después la sostuvo entre sus brazos y lloró a la par que su hija cuando le inyectaron la vacuna. Empatía emocional, lo llaman.

—No creo que sea necesario que cambies de pediatra por eso —le dije a Max mientras caminábamos por la calle tras la visita.

—No podré volver ahí sin morirme de vergüenza.

—Seguro que a muchos padres les ha pasado.

—Me he puesto a berrear y he amenazado a la doctora con una demanda.

—Bueno, has perdido los nervios y exagerado un poquitín. Pero te has disculpado. Se trataba de tu bebé.

Max asintió varias veces.

—Exacto, es mi bebé.

—Yo también me habría puesto como un basilisco si alguien hubiese intentado trinchar a mi hija como si fuese un pavo. ¿Qué importancia tiene la meningitis comparada con unas lagrimillas?

Él movió la cabeza como si estuviera considerando mis palabras. De repente, frenó en seco y me miró.

—¿Te estás burlando de mí?

Abrí mucho los ojos con una expresión inocente.

—¿Quién, yo? ¡Noooooo!

—Eres mala —me dijo él entre risas. Le guiñé un ojo con picardía—. Es pronto, ¿te apetece que tomemos algo?

—Vale, pero yo elijo el sitio.

Londres es una ciudad viva, voluble y cambiante hasta la saciedad. Sus barrios son un ejemplo y a muchos de ellos solo se llega por la recomendación de alguien que ha tenido la suerte de descubrir ese rincón mucho antes que tú. Eso fue lo que me pasó con Seven Dials, un vecindario muy estiloso entre Covent Garden y el Soho, al que no le faltaba de nada. Tiendas de moda internacionales, firmas independientes, galerías de arte, teatros, restaurantes y pubs.

Y en el centro de todo eso, se encontraba Neal's Yard. Una plazoleta de unos pocos metros cuadrados llena de color, ventanas colmadas de plantas y pequeñas tiendas de bálsamos y remedios naturales.

El lugar favorito de Jun.

Al principio me gustaba ir hasta allí porque sentía a Jun más cerca de mí. Me lo imaginaba caminando por esas calles. Tomando un café en cualquier terraza. Con el paso del tiempo, esas visitas se convirtieron en algo más mío. Más personal. Me encantaba sentarme al aire libre en verano y cobijarme en las cafeterías durante el invierno. Dibujar durante horas y abstraerme de todo lo que me preocupaba.

Llevé a Max a una pizzería situada en esa plaza. Ocupamos una mesa en la calle, para poder disfrutar del sol. Acababan de servirnos la comida cuando Megan se despertó.

—Deja, yo la cojo. Tú corta la pizza —le dije a Max.

—¿Seguro?

—Sí, me encanta tenerla en brazos cuando está despierta.

La saqué del carrito y la senté en mi regazo. Megan tenía el pelo rubio de su padre y los ojos castaños de su madre. La piel tan blanca que parecía de cera. La miré y sus labios esbozaron una sonrisa simpática.

—¿A quién quieres más, a la tía Dani o a papá?

—Pa pa pa pa pa...

Max se echó a reír y yo fruncí el ceño.

—Pequeña traidora.

Ella agitó los brazos y trató de agarrarme el pelo. Le puse el chupete.

Max colocó en mi plato un trozo de pizza con los bordes tostados. Le di mordisquitos, mientras ambos le hacíamos carantoñas a la niña y hablábamos de cosas sin importancia. A mi modo había encontrado la forma de ser «feliz» con lo que tenía. Con las personas que continuaban a mi lado. Me costó, pero acabé aceptando que no todos los finales son bonitos.

Y un día dejé de buscar entre la gente y el ruido.

Aplaqué mis ganas y apagué mis esperanzas.

Y justo en ese momento, cuando por fin dejé de pensar «Ojalá estuvieras aquí», nuestros caminos tropezaron de nuevo.

71
Jun

Era el tercer piso que visitaba ese día y el que mejor se adaptaba a mis necesidades. Quizá era un poco pequeño y el alquiler, algo elevado. También estaba lejos del estudio, pero la zona lo compensaba todo con creces.

—¿Qué te parece? —me preguntó el tipo que lo alquilaba.

—Me gusta bastante.

—Entonces, ¿te lo quedas?

Me pasé la mano por el mentón y le eché un vistazo a la plazoleta desde la ventana. Las vistas eran lo mejor y me moría por decir que sí. Sin embargo, esa misma tarde había quedado en ver otro apartamento, no muy lejos de allí, y quería considerar todas mis opciones.

—¿Puedo pensarlo un poco y decirte algo esta noche?

—Sin problema.

—Gracias.

Bajamos juntos las escaleras y nos despedimos en la calle con un apretón de manos. Miré la hora y resoplé. Llegaba tarde a la reunión que yo mismo había convocado. Eché a andar con paso rápido, al tiempo que esquivaba a un grupo de turistas chinos y su guía.

Entonces la oí. Primero, su voz y después, su risa. Inconfundibles.

Me di la vuelta con el corazón en la garganta.

Y la vi. Como un sueño apareciendo ante mí, con un vestido azul y una rebeca rosa, y el pelo mucho más largo e indomable. Estaba preciosa.

—¿Quieres ir con papá, Megan? ¿Quieres que papá te coja?

Me fijé en el hombre que había a su lado y en el bebé que ella sostenía, y el sueño explotó en mil pedazos. No era capaz de moverme, ni de apartar la vista. Mientras, un sudor frío me empapó la piel. Había considerado la posibilidad de que hubiera rehecho su vida. Me había mentalizado. Pero una cosa es pensarlo y otra muy distinta, verlo con tus propios ojos, y yo no estaba preparado.

Tampoco lo estaba para sentir su mirada sobre mí, pero pasó. Levantó la cabeza y sus pupilas se clavaron en las mías. Vi su sorpresa. El desconcierto. La incredulidad. Muchas cosas mezcladas y enmarañadas. Demasiado para mí.

Di media vuelta y empecé a alejarme.

—¡¿Jun?! —La oí gritar mi nombre y comencé a temblar. No podía enfrentarla ni hablar con ella en ese momento. No sería capaz de fingir que lo que acababa de ver no me había roto el corazón—. Jun, espera..., Jun.

Doblé la esquina y eché a correr.

La dejé atrás y me perdí entre la gente.

Cobarde, sí. Pero no era capaz de hacer otra cosa.

72
Dani

—Quizá no te oyó —me dijo Sofía desde el sofá.

Negué con la cabeza y dejé el lápiz y el bloc de dibujo sobre la mesa.

—Me vio y estoy segura de que también me oyó. Aun así, salió corriendo, y no entiendo por qué.

—Rompisteis y han pasado ya dos años, Dani. Mucha gente no es capaz de tener una relación cordial con sus exparejas. Simplemente, es imposible.

—Jun no es así. No..., no es una persona rencorosa.

—No estoy diciendo que lo sea, pero tú lo dejaste a él. Puede que esté más dolido de lo que crees y prefiera mantenerte lejos para poder superarlo.

—Pero no hay nada que superar. Yo me arrepentí de esa decisión y quise buscarlo.

—Eso él no lo sabe.

—Es verdad.

Inspiré de forma entrecortada y sentí el peso de la nostalgia.

Me puse en pie y me asomé a la ventana. No podía dejar de pensar en él. De hacerme preguntas. Y qué guapo estaba. Más mayor. Más adulto. Más todo. Solo había necesitado unos pocos segundos para darme cuenta de que lo seguía querien-do y deseando tanto que no quedaba espacio en mí para nada ni nadie más.

Me abracé a mí misma sin saber qué hacer. Ni si debía hacer algo. ¿Tenía algún derecho a inmiscuirme en su vida a estas alturas? La razón me decía que no. El corazón..., ese no tenía ni idea.

Y la única realidad era que él había huido al verme.

73
Jun

Pasaron los días y poco a poco me fui adaptando a mis viejas rutinas. Volví al gimnasio con Ren y a vivir prácticamente en el estudio. Me volqué en el trabajo como si fuese una obsesión. Mantenerme todo el tiempo ocupado y en compañía de mis amigos era lo que me ayudaba a avanzar. A reír más a menudo. Si continuaba así, lo lograría. Acabaría por estar bien.

Regresaron los domingos en familia. Las noches de pollo frito y cerveza. Las batallas en el estudio. Y cada nuevo día se tornaba un poco más fácil que el anterior.

Pensaba en Dani, por supuesto que lo hacía. Aún la quería, tanto que su felicidad seguía siendo lo más importante para mí. Por ese motivo había aceptado que en su vida ya no había un espacio que yo pudiera ocupar. Su corazón ya estaba completo, tenía una familia propia y me alegraba por ella.

Tanto como me dolía echarla de menos.

Como me dolía verla.

Por suerte, el tiempo empezó a correr más deprisa.

Y mientras los días pasaban, me fui recomponiendo.

Más tranquilo y conforme. Más yo.

Sin embargo, cuando hay caminos destinados a encontrarse, nada podrá evitar la casualidad que hará que se crucen. Y ocurrirá cuando menos lo esperas. Como la pieza perdida de un rompecabezas que aparece de repente, casi por arte de magia, y completa el dibujo.

Encuentros inesperados que se convierten en segundas oportunidades.

Era el cumpleaños de Luke y el equipo en pleno del estudio nos habíamos reunido para celebrarlo con una cena en un restaurante del Soho. El aire olía a comida picante y bebidas dulces. Aún no llevábamos ni media hora allí cuando mi atención se vio atraída hacia la puerta. Un grupo de gente bastante ruidoso acababa de irrumpir en el establecimiento.

El corazón se me paró en el pecho al descubrirla entre esas personas que cruzaban el comedor y ocupaban una mesa en el otro extremo. Dani. La seguí con la mirada mientras mis latidos se disparaban erráticos y trepaban por mi garganta. Estaba preciosa con un vestido negro, tacones y el pelo suelto.

Entre la gente que la acompañaba, reconocí a su amiga Amy y, cómo no, a Max. Se sentaron juntos y yo me obligué a apartar la mirada con un regusto amargo en la boca. ¿Celos? Sí, intensos y punzantes. Me llevé la jarra de cerveza a los labios y bebí hasta acabarla.

Ren arqueó una ceja cuando la dejé con demasiada fuerza sobre el mantel. Me observó un largo instante y se inclinó hacia mí.

—Oye, podemos irnos si no estás cómodo —me dijo en voz baja.

—¿Por qué? —Hizo un gesto con la cabeza hacia los recién llegados. Él también la había visto—. No pasa nada, estoy bien.

—Jun...

—No pienso joderle el cumpleaños a Luke.

—Vale, como quieras.

Me serví un taco y lo fui mordisqueando mientras me reía con cada chiste malo que contaba Noah. Intenté desconectar y pasarlo bien. Sin embargo, mis ojos escapaban para buscarla cada vez que me descuidaba. Me perdía observándola. Tan guapa. Tan perfecta.

Me inundaron los recuerdos. Los buenos y los malos.

Mis pensamientos eran como pelotas de goma rebotando dentro de mi cabeza.

Me restregué la cara para quitarme la visión de un pasado que no pudo ser y que aún seguía conmigo. Que dolía de nuevo, como si su mera imagen hubiera arrancado de un tirón la costra de esa vieja herida. Sin tiempo a prepararme. A apretar los dientes.

La puerta del restaurante se abrió y entró una mujer con un carrito de bebé. En su interior, una criatura lloraba a gritos. Vi como Max se levantaba y salía a su encuentro. Se inclinaba sobre el cochecito y sacaba al bebé, que inmediatamente acunó contra su pecho con una sonrisa. Después hizo algo que me costó comprender. Con su mano libre rodeó la nuca de la mujer y la besó en los labios. Un beso largo y profundo. Luego la acompañó hasta la mesa y la sentó a su lado, entre Dani y él.

Parpadeé confundido. Sorprendido. Mi mundo del revés, otra vez.

Ren me dio un codazo e hizo un gesto hacia su mesa.

—Tío, dijiste que...

—Sé lo que dije —lo corté alterado.

Inspiré y me pasé la mano por el pelo. El corazón se me había subido a la garganta.

No podía ser más imbécil, lo había malinterpretado todo.

Continué espiándolos en la distancia. Porque necesitaba asegurarme y no volver a sacar conclusiones precipitadas.

No tardé en convencerme de que Max y esa mujer eran los padres del bebé, estaban juntos y Dani no tenía nada que ver en esa ecuación.

No sé cómo describir lo que me sacudió en ese momento. El alivio que me caló hasta los huesos y me hizo sentir más ligero. Tuve que morderme el labio inferior para no romper a reír como si hubiera perdido la cabeza.

Me fijé en Dani, que llevaba un rato conversando con el tío que estaba sentado a su lado, en la esquina de la mesa. Sonreía sin parar, pero era un gesto falso, porque la conocía mejor que nadie y su rostro no sabía disimular. Tan bonito. Tan expresivo. Frente a ellos, Amy no dejaba de parlotear. Tuve un presentimiento y entorné los ojos.

¿Una cita a ciegas? Deberían prohibirlas.

Entonces, como si hubiera presentido que alguien la observaba, Dani giró la cabeza.

Sus ojos tropezaron con los míos. Dibujó una expresión de sorpresa y el color inundó sus mejillas como si alguien las hubiera pellizcado con fuerza. Nos contemplamos sin parpadear y yo sentí que todo desaparecía a mi alrededor. Las voces, el ruido, la gente... El mundo entero. Apartó la mirada. Despacio. Yo me quedé sin aire. Los minutos pasaron y me obligué a prestar atención a mis amigos. Sin embargo, solo lo conseguía durante unos pocos segundos.

De repente, el teléfono me vibró en el bolsillo. Lo saqué y le eché un vistazo. Casi me caigo de la silla al ver un mensaje con su nombre en la pantalla. Lo abrí mientras el corazón me latía muy deprisa.

DANI: ¿Aún lo eres?

JUN: ¿El qué?

DANI: Mi excusa.

Levanté la cabeza y la busqué. Sus ojos estaban clavados en los míos y me sostuvo la mirada. Directa y segura. Sin vacilar. Siempre había sido más valiente que yo. Una pequeña sonrisa se dibujó en sus labios y yo la imité. Tragué saliva, eclipsado por esa fuerza que solo ella poseía, pero que me empujaba a ser atrevido. Que me retaba a arriesgarme, pese al miedo a resultar de nuevo herido. Se me escapó una risita, que se transformó en un gemido mientras me ponía en pie y me guardaba el teléfono en el bolsillo. Después fui hacia ella sin pensar en nada que no fuese su forma de mirarme.

Alzó la vista cuando me detuve a su lado. La miré. Me miró. Y le tendí el brazo en silencio. Un desafío. Sus dedos se posaron en la palma de mi mano y los envolví. Luego tiré de ella y me la llevé conmigo. Igual que hice años atrás, la noche que le prometí que siempre estaría ahí si me necesitaba. Pasara lo que pasara, estuviera donde estuviera, siempre acudiría. Salimos a la calle, pero no me paré. Continué caminando, con su mano dentro de mi mano y sus pasos convertidos en el eco de mis pasos.

Alcanzamos el Soho Square Garden y allí me detuve.

Me di la vuelta para observarla. Mi pecho subía y bajaba agitado con cada respiración, mientras mis ojos se perdían en los suyos, húmedos y brillantes. Tan azules.

—Jun...

Me llevé un dedo a los labios. Necesitaba un momento para aclarar mis pensamientos y ordenarlos, porque en ese momento no eran más que una maraña turbia. Solo sentía. Demasiado. Quince minutos antes ni siquiera imaginaba que terminaría delante de ella, a escasos centímetros, tan cerca que nuestros cuerpos podrían tocarse si inspiraba hondo.

—Pensé que era vuestro.

—¿Qué? —preguntó confusa.

—Creí que el bebé era tuyo.

Movió la cabeza al comprender a qué me refería.

—¿Por eso me ignoraste?

Asentí. Dejé que mi mirada vagara por su rostro.

—Estos dos últimos años no he hecho otra cosa que mentalizarme para lo que podría encontrar si regresaba y volvía a verte. Marido, hijos... No sé. Ese día me di cuenta de que no estaba preparado aún.

—No he tenido ningún bebé.

—Bien —susurré aliviado.

A ella se le escapó una risita y alzó la vista al cielo un momento.

—Y no tengo una relación con Max más allá de nuestra amistad. —Ladeó la cabeza y una pequeña sonrisa asomó a sus labios—. Tú y yo nunca fuimos un accidente, Jun.

Apreté los párpados y asentí. Cuando vi a Max y a Dani en esa plaza, lo que más me dolió no fue la idea de que pudieran estar juntos, sino pensar que, quizá, él siempre tuvo razón y nuestra relación no fue para ella más que una pausa en su camino hacia la persona correcta.

—Nunca debí romper contigo, Jun. Pero cuando me di cuenta del error que había cometido y quise buscarte, ya era tarde. Te habías marchado —dijo en un susurro.

Abrí los ojos y me encontré con su rostro emocionado. Tragué para deshacer el nudo que tenía en la garganta.

—¿Te arrepentiste?

—No imaginas cuánto. —Se le quebró la voz—. Y me sigo arrepintiendo todos y cada uno de los días.

Dejé de respirar, aún con el eco de sus palabras resonando en mis oídos.

Le acuné la mejilla con la mano y el corazón latiendo deprisa. Ella me sonrió. Me incliné dejando apenas unos centímetros entre su boca y la mía. La miré. La observé durante una eternidad, con la tensión de nuestros cuerpos vibrando. Lanzando chispas que se transformaban en fuego allí donde nos acariciábamos.

Mi otra mano se posó en su cintura.

Lo que sentía dentro del pecho era inequívoco: esa clase de amor que hace que la existencia cobre sentido.

—Estoy cansado de echarte de menos.

—Yo también.

—Quiero que lo intentemos de nuevo.

—Me encantaría —dijo con lágrimas en los ojos.

Apoyé mi frente en la suya.

—Esta vez lo haré mucho mejor, te lo prometo.

—Jun... —El sonido de mi nombre fue como una caricia en la piel—. No necesito que hagas nada, solo que te quedes conmigo.

—Para siempre.

—¿Es una promesa?

Asentí.

—Sí, y yo nunca rompo mis promesas.

Me dedicó una sonrisa llorosa y mi corazón se saltó un latido. Dios..., cómo la quería.

Alcé la mano y le limpié una lágrima con el pulgar. Recorrí su rostro con la mirada y supe que esta vez funcionaría. Que era nuestro momento. Hoy, porque mañana ya me parecía tarde y estaba harto de esperar.

Cerré los ojos y la besé. Lo hice lento. Con una sonrisa. Y lo sentí. Lo sentí todo. De ese modo que solo había sentido con ella. Vivo. Sin límites. Sin frenos. Con mis nervios transformándose en certezas y mis latidos frenéticos, en ganas desmedidas. Sabiendo que había recuperado a la persona hecha para mí; y me sentía tan afortunado.

Mis brazos la acogieron y ella dejó de respirar.

No quedaba espacio entre nuestros cuerpos.

Dos constantes que habían encontrado su propio universo.

Latiendo al mismo ritmo.

Y era fácil. Por fin lo era.

Epílogo
Cuatro meses más tarde

Jun

—Firme aquí, por favor —me pidió el operario de la mudanza.

Tomé el bolígrafo que me ofrecía y tracé mi nombre en el recuadro marcado con una x.

—Hecho.

—Muy bien, gracias. Aquí tiene la copia del seguro que contrató. Si observa algún desperfecto en sus bienes, no dude en llamarnos.

—No creo que haya ningún problema.

El hombre asintió con una sonrisa.

—Que tenga una buena noche.

—Y usted.

Cerré la puerta y dejé escapar un suspiro mientras miraba a mi alrededor. Las cajas y maletas se amontonaban entre los pocos muebles que habíamos comprado. Casi todas eran de Dani y estaban perfectamente etiquetadas por su contenido: abrigos, camisas, sombreros, zapatos... Íbamos a necesitar muchos armarios.

Sonreí. Sentía una ilusión que nunca antes había experimentado. Mudarme a aquel espacio con Dani era la segunda mejor decisión que podría haber tomado. La primera fue pedirle que viviéramos juntos.

Buscamos durante semanas el lugar ideal para nosotros y al final lo encontramos en Primrose Hill: una casa adosada con grandes ventanas y vistas al parque. Supe que era la elegida cuando vi la expresión de Dani mientras recorría las habitaciones. El brillo de su mirada al descubrir el tamaño de la buhardilla y la claraboya en el techo. Era perfecta para convertirla en un dormitorio y contemplar las estrellas desde la cama.

Me dirigí al salón y abrí las ventanas para que entrara aire fresco. El sol había comenzado a ponerse y el cielo se teñía de tonos rosas. Me llegaron risas desde la cocina y fui hasta allí.

—Me niego a servir un vino de cincuenta libras en vasos de plástico —decía mi hermano con una botella de Merlot abrazada a su pecho.

—Pero ¡si ya la has abierto! —protestaba Dani.

—Porque no tenía ni idea del sacrilegio que ibas a cometer.

—Hae In, dame la botella.

—Este vino debe beberse en una copa cristal para poder captar todo su aroma y sabor. Cris. Tal.

—Pues coge el florero, es de cris... tal —dijo Dani en tono burlón, y le sacó la lengua.

Se me escapó una carcajada.

Me apoyé en la pared, con los brazos cruzados y una sonrisa enorme en la cara, mientras ellos daban vueltas alrededor de la mesa bajo la atenta mirada del gato. Aunque a veces pudiera parecer lo contrario, en el fondo, se llevaban bastante bien.

Dani me fulminó con la mirada.

—¿Podrías decirle a tu hermano que lo que se da no se quita?

—¿Podrías decirle a tu novia que...?

Sonó el timbre de la puerta y yo di un respingo. Salvado por la campana.

—Iré a abrir. Y vosotros... Vosotros intentad poneros de acuerdo. Parecéis niños.

—¡¿Qué?!

Me di la vuelta y corrí a la entrada muerto de risa. Abrí y me encontré con Ren al otro lado.

—¿Ahora apareces? —le gruñí—. Dijiste que me echarías una mano.

Resopló y pasó por mi lado sin mediar palabra. Parpadeé sorprendido. Luego giré sobre mis talones y lo miré. Me fijé en su expresión preocupada y en el nerviosismo con el que se despeinaba el pelo. Algo le pasaba. Y parecía serio. Casi me daba miedo preguntarle, ya que en raras ocasiones lo había visto tan alterado.

—¿Qué ocurre?

—Mátame.

—¿Qué has hecho? —le pregunté asustado.

Abrió la boca, pero volvió a cerrarla y se sentó en el suelo, con la espalda contra la pared y la cabeza entre las rodillas. Soltó un suspiro.

—Ren, del uno al diez, ¿cuánto debo preocuparme? ¿Debo llamar a un abogado?

Levantó la cabeza y me atravesó con la mirada. Yo alcé las manos a modo de disculpa.

Él trago saliva e inspiró hondo.

—La he besado.

Fruncí el ceño, más confundido que nunca. Había besado a alguien y, visto lo visto, eso era malo.

—¿No te habrás liado con una menor? —Agarró el comedero del gato y me lo lanzó. Suerte que era de plástico y estaba vacío, porque me dio de lleno en el estómago. Tosí—. Entonces, ¿a quién has besado para estar tan jodido?

Apretó los parpados un momento y gimió derrotado. Abrió los ojos. Clavó sus pupilas en las mías durante un largo instante. Y lo supe. Porque una pequeñísima parte de mí lo había sospechado en alguna ocasión, tan loca que descarté esa posibilidad como el disparate que era.

—Joder, Ren —suspiré.

Asintió varias veces.

—Y eso no es lo peor. Creo que lo he hecho porque me gusta. —Tragó saliva—. Jun, ella me gusta.

Me lo quedé mirando, sin saber qué decir. Así que me senté a su lado e hice lo único que podía hacer. Quedarme con él, como siempre hacía.

Y no hay mucho más que pueda contar sobre lo que pasó después.

No me corresponde. Esa no es mi historia.

Es la suya.

Agradecimientos

No imagináis cuánto me ha costado llegar a esta parte. Y ahora que estoy aquí, apenas sé qué decir, salvo gracias. Gracias por acompañarme durante los últimos años haciéndome crecer y soñar. Gracias por seguir leyéndome y buscar en mis libros el amor y todas las cosas buenas que nos regala la vida.

Gracias a la editorial Planeta por convertirse en mi casa.

A Irene, mi editora, por cuidarme tanto y escucharme siempre. Trabajar contigo es una maravilla.

A Miriam, Andrea, Aurora y Judith, el mejor equipo editorial del mundo. Judith, voy a echarte de menos.

A Elena Pancorbo, por diseñar el traje más bonito que podría vestir esta historia.

A Alice, los momentos duros lo son menos contigo. Gracias por estar ahí siempre.

A Tamara y Yuliss, por no abandonarme nunca. A todas mis chicas H, os quiero.

A Piti, por hacer recuento de tarjetas todos los días. Pienso esconder el próximo tablón.

A Celia y Andrea, se acabó la comida precocinada. Os quiero mucho. Sois mi motivación.

Y, sobre todo, a ti.

Gracias.